W0307721

PAMELA CALLOW
Vom Tod gezeichnet

Zu diesem Buch:
Als Anwältin Kate Lange von ihrer neuen Mandantin Frances Sloane gebeten wird, für sie das Recht auf aktive Sterbehilfe einzuklagen, ist es keineswegs das brisante Thema, das Kate Magenschmerzen verursacht. Vielmehr weckt Frances in ihr längst verdrängte Erinnerungen, denn Kate und Frances' Tochter Kenzie verbindet ein dunkles Geheimnis, das für immer im Verborgenen bleiben sollte: Kenzie brachte Kates Schwester Imogen als Jugendliche auf die schiefe Bahn, und Kates verzweifelter Versuch, ihre Schwester zu retten, endete in einem tragischen Unfall. Noch immer quälen Kate deswegen schwere Schuldgefühle. Als im Sumpfgebiet vor Halifax die Leiche einer jungen Frau gefunden wird, die jahrelang als vermisst galt, wird Kate endgültig von ihrer Vergangenheit eingeholt. Alle Spuren führen zu Kenzie Sloane, und Kate beginnt im Umfeld ihrer Schwester nach Antworten zu suchen – ohne zu ahnen, dass sie damit in das Blickfeld eines Mörders gerät, der noch eine alte Rechnung zu begleichen hat …

Über die Autorin:
Pamela Callow wurde in Ontario, Kanada, als Tochter einer deutschen Mutter und eines britischen Vaters geboren. Sie wuchs in Nova Scotia auf, wo sie englische Literatur und Jura studierte und später als Unternehmensberaterin arbeitete. Bereits mit ihrem ersten Thriller eroberte sie sich eine große Leserschaft. Weitere Informationen unter:
www.pamelacallow.com

Pamela Callow bei LYX

Im Blut vereint
Nichts als Schweigen
Von Tod gezeichnet

Pamela
Callow

Vom Tod gezeichnet

Roman

*Ins Deutsche übertragen von
Anne-Marie Wachs*

LYX
EGMONT

Die Originalausgabe erschien 2012 unter dem Titel
Tattooed bei MIRA Books, an imprint of Harlequin Enterprises,
Don Mills, Ontario, Kanada.

Deutschsprachige Erstausgabe Februar 2015 bei LYX
verlegt durch EGMONT Verlagsgesellschaften mbH,
Gertrudenstraße 30–36, 50667 Köln

1. Auflage
Redaktion: Barbara Slawig
Satz: KCS GmbH, Stelle/Hamburg
Printed in Germany (670421)
ISBN 978-3-8025-9549-3

www.egmont-lyx.de

MIX
Papier
FSC FSC® C083411

Die EGMONT Verlagsgesellschaften gehören als Teil der EGMONT-Gruppe zur **EGMONT Foundation** – einer gemeinnützigen Stiftung, deren Ziel es ist, die sozialen, kulturellen und gesundheitlichen Lebensumstände von Kindern und Jugendlichen zu verbessern. Weitere ausführliche Informationen zur EGMONT Foundation unter:
www.egmont.com

Für Dan, meinen geliebten Mann

Die Hölle ist leer,
alle Teufel sind hier.

William Shakespeare, *Der Sturm* 1,2

1

Zehn.

Römisch X.

Das X kennzeichnet den Ort.

In John McNallys Fall das Gefängnis.

Am zehnten Tag seiner zehnjährigen Haftstrafe wegen Totschlags hatte John McNally sich ein X auf die Brust tätowiert.

Zehn Jahre. Sieben plus Bewährung.

Er kannte sich mit dem Gefängnissystem aus. In den letzten Jahren hatte er damit ausgiebig Bekanntschaft gemacht. Davor war er schon öfter in der Jugendfürsorge hängen geblieben. Verdammt noch mal, ja, er kannte sich aus.

Nach sieben Jahren war er wirklich auf Bewährung rausgekommen. Zwei Monate hatte er draußen durchgehalten. Wenn dieser Idiot im *White Elephant* sich nicht über seine Knasttattoos lustig gemacht hätte, säße er längst nicht mehr in diesem Loch. Obwohl er den Kerl kaum angefasst hatte, war er wegen seiner gewalttätigen Vorgeschichte zu zwei Jahren Haft verurteilt worden, die er direkt im Anschluss an die erste Strafe ableisten musste.

Diesmal hatte er keine Bewährung bekommen. Aber das war ihm scheißegal. Bewährung kotzte ihn sowieso an. Einem Bewährungshelfer berichten zu müssen und gesagt zu bekommen, was man tun und lassen sollte, war höllisch frustrierend. Er hatte seine Pläne, und mit so einem verdammten Bewährungshelfer im Nacken ließen sich die nicht durchführen.

Also saß er seine Zeit im Knast ab.

Bis heute. Dem 19. Mai. Heute war seine zweite Haftstrafe abgegolten. Die wegen Totschlags hatte er schon seit zwei Jahren hinter sich.

Ab heute würde er *frei* sein.

Keine Einschränkungen, kein Bewährungshelfer, nichts.

McNally saß auf seiner Pritsche und wartete auf den Schließer. Er spürte Druck auf den Ohren, als stünde er in einem Windkanal. Das Gefühl war ihm noch von seiner Zeit mit der Band vertraut, den Momenten, wenn er vorn auf der Bühne stand und die dröhnenden Lautsprecher die Luft zum Vibrieren brachten.

Sein Bett war gemacht, sein Spind geräumt. Seine wenigen Besitztümer hatte er gestern Abend denjenigen Jungs vermacht, die ihm während der letzten Jahre mal einen Gefallen getan hatten.

Er verschränkte die Hände und betrachtete die Tätowierungen, die sein Leben bestimmt hatten: »LOVE« auf den Fingern seiner Linken, »HATE« auf den Knöcheln der Rechten.

Mit diesen Worten war alles gesagt.

Liebe wie Hass waren nie gestorben, nie verblasst. Sie hatten sich kein bisschen verändert.

Er hatte Kenzie Sloane sein halbes Leben lang geliebt.

Und sein halbes Leben lang hatte er sie dafür gehasst, was sie ihm angetan hatte.

Aber er hatte einen Plan.

Einen Plan, durch den sich der Kreis schließen würde.

Der zu dem Punkt zurückführen würde, an dem alles begonnen hatte. Dem Tag, an dem sie beschlossen hatten, dass Imogen Lange ihr erstes Opfer sein würde. Imogen hätte der Schlüssel sein sollen, der Katalysator, das blutige Band, das Kenzie an ihn gefesselt hätte. Kenzie und er hatten alles bis auf das letzte Detail geplant …

Und dann war Imogen gestorben. Durch die Schuld ihrer Schwester Kate Lange.

Bei dem idiotischen Versuch, Imogen vor dem Koksen »zu bewahren«, hatte Kate Lange sie von Kenzies Party weggeholt – und sie auf der Heimfahrt durch einen Autounfall getötet.

Nach jener Nacht hatte er gemerkt, wie Kenzie ihm entglitt. Er war nicht sicher, ob ihr Imogens Tod Angst machte oder ob sie einfach genug von ihm hatte. Sie warf ihm vor, zu besitzergreifend zu sein. In seiner Verzweiflung sorgte er dafür, dass an Imogens Stelle eine andere junge Frau – Heather Rigby hieß sie – in der *Mardi-Gras*-Nacht zu den Bunkern herauskam. Aber es war nicht dasselbe. Es war schon zu viel Zeit vergangen. Die günstige Gelegenheit war vorbei.

Wenn Kate Lange sich nicht eingemischt hätte, wäre Kenzie heute noch mit ihm zusammen. Und er hätte inzwischen sein eigenes Tattoo-Studio, gemeinsam mit Kenzie.

All seine Pläne, all seine Träume waren von Kate Lange vereitelt worden, weil sie in jener Nacht ihre Schwester getötet hatte.

Aber jetzt, siebzehn Jahre danach, würde er für Gerechtigkeit sorgen.

Zuallererst musste er Kenzie ausfindig machen.

Dann würde er Kate Lange aufspüren.

Er streckte die Finger und beobachtete, wie sich rings um die Knöchel Falten bildeten. Dann ballte er die Hände zu Fäusten, sodass sich die eintätowierten Buchstaben über den Knöcheln dehnten.

Er fragte sich, wo Kenzie jetzt war. Wie sie aussah. Hatte sie immer noch lange rote Haare? Hatte sie sich weitere Tattoos stechen lassen?

Hatte sie einen Freund?

Er schwitzte plötzlich und stellte sich vor, wie das Spinnennetz-Tattoo auf seinem Hinterkopf zu glänzen begann.

Ob Kenzie einen Freund hatte, war egal. Oder ob sie verheiratet war. Sie gehörte zu ihm. Das wusste er. Und sie wusste es auch. Sie würde den anderen Typen halt wegschicken müssen. Sonst würde er das übernehmen.

Er sprang auf und blickte durchs Zellengitter.

Der Flur war leer.

Aus der Zelle gegenüber schaute Roberts zu ihm herüber und zuckte mit den Schultern.

McNally wandte sich ab.

Wo zur Hölle blieb der Schließer?

Digger, auf der oberen Pritsche, verschränkte die Arme und lehnte den Kopf an die Wand. Es sah aus, als wären seine Augen geschlossen, doch McNally wusste, dass sie einen Spalt weit geöffnet waren und dass Digger nichts entging. Er wartete. Alle warteten sie. Es war schließlich der Tag von McNallys Entlassung.

Aber der Schließer, der heute Dienst hatte, war Aucoin. McNally fragte sich, ob Aucoin um diese Schicht gebeten hatte.

Jeder wusste, dass Aucoin McNally nicht leiden konnte. Das beruhte auf Gegenseitigkeit. Aucoin hatte ihn ständig wegen irgendwelcher Vergehen gemeldet und ihn mindestens achtmal ins Loch geschickt.

Um 7:20 Uhr kam Aucoin den Flur entlanggeschlendert und schloss McNallys Zelle auf. »Los.«

McNally warf Digger einen Blick zu. Sie hatten dreizehn Monate lang die Zelle geteilt. »Wir sehen uns draußen.«

Digger hatte noch fünf Jahre vor sich.

Er nickte und schloss die Augen.

Aucoin führte McNally zur Aufnahme- und Entlassungsstelle. Es war ein unpersönlicher Raum mit Postern an den Wänden, die ihn aufforderten, sich auf sexuell übertragbare Krankheiten testen zu lassen, darauf hinwiesen, dass Telefonate nur mit Nummern auf der Freigabeliste erlaubt waren, und einen Überblick über die wöchentlichen Gottesdienste gaben, für den Fall, dass jemand auf die Idee verfiel, Jesus könne ausgerechnet in diesem Knast auf ihn warten.

Aucoin ließ einen versiegelten Beutel auf den Tisch fallen. »Hoffentlich riechen die nicht allzu schlimm«, sagte er trocken.

McNally nahm den Beutel. Er wusste, dass Aucoins Bemerkung spöttisch gemeint war. Die meisten Häftlinge hatten Angehörige, die ihnen vor der Entlassung frische Kleidung brachten. Dass auf McNallys Telefonliste lediglich die Nummern seines Anwalts und seines Sozialarbeiters standen, war nicht unbemerkt geblieben. Mit seinem Bruder Matt war McNally zerstritten, seit er diese junge Frau in der Bar umgebracht hatte. Und seine Pflegemutter hatte er vor ungefähr acht Jahren von der Liste gestrichen. In letzter Zeit hatte es nur eine Änderung gegeben: Rick Lovett war hinzugekommen, sein alter Kumpel aus der Band.

Mit klopfendem Herzen riss McNally den Beutel auf.

Seine Finger berührten den weichen Stoff seines T-Shirts.

»Kommen Sie schon, McNally. Bewegung. Man sollte doch meinen, Sie hätten es eilig, hier rauszukommen.« Aucoin verschränkte die Arme vor der Brust.

McNally zerrte das Hemd aus dem Beutel. Dabei fiel ein Gürtel vor ihm auf den Boden. Den hatte er schon ganz vergessen …

Er schlang den Gürtel um Aucoins Hals, enger, fester, dass ihm die Augen aus den Höhlen traten. Aucoin schnappte nach Luft und fasste sich an den Hals. McNally grinste. Der Schließer sah aus wie ein Fisch.

Rasch hob Aucoin den Gürtel auf. »Geben Sie mir Ihre Anstaltskleidung und ziehen Sie Ihre eigenen Sachen an.«

Wären sie beide Hunde gewesen, hätte jetzt ein Kampf auf Leben und Tod begonnen.

McNally zog sich das gefängniseigene Polohemd über den Kopf, und dabei genoss er das Spiel seiner Muskeln. Er warf das Hemd auf den Fußboden. *Das kannst du auch aufheben, Aucoin.* Seine Hemdgröße war im Knast kontinuierlich gestiegen, weil er so viele Stunden im Fitnessraum zugebracht hatte.

Aucoin ließ seinen Blick über die Tätowierungen auf McNallys Oberarmen wandern. Jeder wusste, dass McNally der hiesige Tattoo-Spezialist war. Normalerweise drückte das Wachpersonal in solchen Dingen ein Auge zu, es sei denn, ein Insasse sollte ohnehin diszipliniert werden. Nur Aucoin hatte sich streng an die Vorschriften gehalten und McNally alle Vergünstigungen gestrichen, wann immer er nachweisen konnte, dass McNally ein Tattoo angefertigt hatte.

Aber wenn Aucoin keinen Dienst hatte … Im Gefängnis galt das Gesetz von Angebot und Nachfrage. Wer etwas anzubieten hatte, konnte auf Nachfrage zählen. Und als McNally vor zwölf Jahren hier angekommen war, war der Bedarf an Tätowierungen gewaltig gewesen. Die anderen Insassen seiner Abteilung hatten nicht einmal vierundzwanzig Stunden gebraucht, um herauszufinden, dass er Tattoos stechen konnte. Es fehlte nur das passende Werkzeug. Als die anderen Jungs nach der dreißigtägigen Aufnahmephase begriffen, dass McNally draußen niemanden hatte, der ihm Material schicken konnte, machten sie sich daran, die Einzelteile für eine Tätowiermaschine einzuschmuggeln.

Nach nur einer Woche besaß McNally eine leere Stifthülse, die Saite einer E-Gitarre und einen Radiergummi. Aus der Werkstatt wurden Isolierband und Schmirgelleinen beschafft. Er brauchte aber auch einen Motor. Also machte Hodder – der Lebenslängliche, der die heimlichen Versorgungswege innerhalb der Abteilung kontrollierte – ein wenig Druck, und der junge Typ zwei Zellen weiter stiftete mehr oder weniger freiwillig das *Rumble Pak* seiner Videokonsole. »Dabei erlaubt mir meine Freundin gar kein Knasttattoo«, murrte er.

McNally feilte das Ende der Gitarrensaite mit einem Stück Schmirgelleinen zurecht und steckte es in das Plastikröhrchen. Sein Zellengenosse Billy Lyman sah ihm fasziniert, aber auch ängstlich dabei zu. »Ich kann nicht noch mehr Ärger gebrauchen«, sagte er. »Seit dem Sommer war ich schon dreimal im Loch.«

McNally schob das andere Ende der Gitarrensaite durch das obere Loch des Röhrchens und drückte es in den Radiergummi.

»Siehst du? So macht man das. Der Radiergummi dient als Nocke«, erklärte er Kenzie.

Er schaute sie an, während sie das Gerät musterte. »Nocke?«

Auf ihrem Gesicht lag kaltes, unbarmherziges Winterlicht. Trotzdem war sie wunderschön. Ihre Haut, immer blass und glatt, erinnerte an Marmor. Wie wunderbar musste es für Michelangelo gewesen sein, Kunstwerke aus so reinem Material zu erschaffen.

»Die Nocke verbindet die Gitarrensaite mit dem Motor. Sie funktioniert wie ein Rad, das sich dreht. Sie bewegt die Nadel.«

Er konnte es kaum erwarten, auf ihrer Haut Meisterwerke zu erschaffen.

Ein Meisterwerk hatte er tatsächlich auf Kenzies Haut erschaffen.

Bald danach hatte sie sich aus dem Staub gemacht – und es ihm überlassen, Heather Rigbys Leiche zu beseitigen.

Fünf Jahre später hatte er eine junge Frau aus der Bar getötet, in der er arbeitete. Dafür bekam er zehn Jahre. Und jetzt, am zehnten Tag dieser Haftstrafe wegen Totschlags, sorgte er dafür, dass er Kenzie niemals vergessen würde. Oder das, was sie ihm schuldig war.

Er konzentrierte sich darauf, die Nocke genau richtig zu positionieren. Nach ein paar Korrekturen bewegte sich die »Nadel« im richtigen Maß auf und ab. War die Bewegung zu kurz, würde an der Nadel nicht genug Tinte haften, war sie zu lang, zerfetzte sie die Haut.

Hodder hatte ihm unter der Hand zwei Einwegrasierer zukommen lassen. McNally steckte sie in die Mikrowelle der Abteilung. Die Rasierer verkohlten und sonderten Ruß ab, den McNally mit Seife und Wasser vermischte.

Dann saß er auf seiner Pritsche, saugte die Tinte ins Röhrchen und tätowierte sich über dem Herzen ein X auf die Brust. Es tat höllisch weh. Das Blut pochte in seinen Adern. Wären seine Augen geschlossen gewesen, hätte er sich vermutlich vorgestellt, dass seine Haut im Takt seiner Herzschläge pulsierte.

Aus irgendeinem Grund waren die Linien des Tattoos leicht verlaufen. Billy Lyman lachte ihn aus. »Und du willst *Straight-Edger* sein? Du kriegst ja nicht mal gerade Linien hin.«

McNally fuhr ihm mit der Tätowiermaschine über die Wange. Aus der Schnittwunde quoll Blut. »Du Arsch.« Er legte die Maschine auf seine Pritsche. »Ich bin kein *Straight-Edger*.« Er ballte die Hände zu Fäusten. Am liebsten hätte er Lyman seinen hässlichen Adamsapfel eingedrückt, damit er nicht mehr so blöd lachen konnte. McNally deutete auf das große Spinnennetz-Tattoo auf seinem Hinterkopf. In der Mitte saß ein Totenkopf. »Hier, sieh dir das an, verdammt noch mal. Glaubst du, *das* ist *Straight-Edge*?«

Lyman wich zurück. »Ich hab's nicht so gemeint. Ist doch nichts Schlimmes dabei, wenn man sich nichts aus Drogen und Alk macht.« Er senkte die Stimme zu einem Flüstern. »Ich werde auch nichts von der Tätowiermaschine sagen. Oder hiervon …« Er berührte den Schnitt auf seiner Wange. »Das war ein Versehen. Beim Rasieren passiert. Glaub mir, du willst nicht ins Loch.«

Wie recht Lyman damit hatte, sollte McNally acht Monate später herausfinden. Doch jetzt, an seinem zehnten Tag im Knast, zuckte er nur mit den Schultern und ließ sich auf seine Matratze fallen. Von dort blickte er auf die Unterseite von Lymans Pritsche. Er hasste Lyman dafür, dass er lügen wollte, um ihn vor der Einzelhaft zu bewahren. Er wollte niemandem etwas schuldig sein.

Ich sollte ihn einfach umbringen. Er könnte ihn auf die gleiche Weise töten wie die junge Frau, die sich in der Bar über ihn lustig gemacht hatte. Ihn am Hals packen und seinen Kopf auf den Boden knallen.

Danach hatte McNally sich keine Tätowierungen am Oberkörper mehr gestochen. Teils um dem X nicht die Wirkung zu nehmen, teils weil der Winkel schwierig war, wenn man keinen Spiegel benutzte. Auch als er noch einmal zwei Jahre aufgebrummt bekam, weil er diesen Depp in der Bar angegriffen hatte, hatte er die Tätowierung nicht verändert. Sie symbolisierte für ihn nicht nur die Anzahl der Jahre, die er im Gefängnis verbringen musste. Sondern auch seine Entschlossenheit, seinen Willen, alles zu tun, um Kenzie zurückzubekommen.

Aucoin ließ den locker aufgerollten Gürtel gegen seinen Oberschenkel klatschen. »Ich verstehe Sie nicht, McNally. Sie könnten schon längst draußen sein. Stattdessen stehen Sie rum und träumen.«

Bist du von der Gestapo, verdammt noch mal? McNally zog sich das T-Shirt über. Obwohl es viele Jahre in einem versiegelten Beutel gesteckt hatte, roch es gar nicht schlecht. Der weiche, abgetragene Stoff glitt angenehm über seine Haut. McNally hätte gern die Augen geschlossen und das Gefühl ausgekostet, wieder eigene Kleidung zu tragen. Das Hemd spannte an den Schultern und hing am Bauch locker herunter, aber das war egal. Es fühlte sich verdammt gut an. Am liebsten hätte er es nie mehr ausgezogen.

Der Schließer ließ wieder den Gürtel klatschen.

Sobald McNally angezogen war, würde er diesen Ort verlassen können. Damit würde er etwas erreichen, was lange nur ein Traum gewesen war. McNally griff in den Plastikbeutel und nahm Boxershorts und Hosen heraus. Er stieg aus den Gefängnisjeans, riss sich die Unterwäsche herunter und kickte sie weg. Morgen würde ein anderer die frisch gewaschenen Sachen tragen.

Er zog die neongelben Boxershorts an, die er bei seiner Verhaftung getragen hatte. Im Licht der Neonröhren sahen sie grell und billig aus. Die Hose saß an der Taille locker, an den Oberschenkeln eng. Er streckte die Hand nach dem Gürtel aus.

Aucoin reichte ihn McNally und sah zu, wie dieser ihn umlegte. McNally steckte das T-Shirt in den Hosenbund und griff nach dem Beutel. Seine Brieftasche und die Schlüssel lagen noch darin. Erstere war leer, Letztere nutzlos. Als er auf Bewährung draußen war, hatte er in einem Resozialisierungsheim gewohnt. Das Haus, in dem er vor seiner Verurteilung immer gepennt hatte, hatte sein alter Kumpel Lovett inzwischen verkauft. Er fragte sich, ob die neuen Besitzer wohl die Schlösser ausgetauscht hatten …

Er schloss die Hand fester um den Beutel und nickte Aucoin barsch zu.

Der Schließer führte ihn aus dem Sicherheitsbereich und öffnete per Knopfdruck das Tor zum Parkplatz.

McNally trat durch das Tor.

Morgennebel lag über den kleinen Rasenflächen, die dem Parkplatz wohl einen Hauch von Natur geben sollten. McNally atmete tief durch. Es tat gut, die kühle, feuchte Luft auf den Wangen zu spüren.

Wo war Lovetts Mercedes? Die Strafanstalt selbst hätte Lovett nie betreten. In den zwölf Jahren, die McNally dort verbracht hatte, war Lovett nicht ein einziges Mal zu Besuch gekommen. Während McNally drinnen versauerte, hatte er sich ein Immobilienimperium aufgebaut. Sich mit jemand wie McNally abzugeben würde seinem Ruf als ehrlicher Geschäftsmann schaden, hatte Lovett ihm erklärt. McNally wusste zwar, dass das nicht der eigentliche Grund war, fand es aber sinnlos, darüber zu streiten. Wenigstens hatte Lovett – widerwillig – versprochen, McNally bei der Rückkehr nach Halifax zu unterstützen.

McNally schaute noch einmal suchend über den Parkplatz, wobei er den Kopf so drehte, dass der Schließer sein Gesicht nicht sah. Lovetts glänzender schwarzer Geländewagen war nirgendwo zu entdecken. Scheiße. Hatte Lovett etwa vergessen, dass er heute entlassen wurde?

Er kauerte draußen vor der Schule unter einem Schutzdach. Fünf Zentimeter vor seiner Nase rauschte der Regen vom Himmel. Ab und zu streckte er seine Zunge in den Regen hinaus, malte Muster oder beobachtete die Wassertropfen. Seine Mutter hatte gesagt, sie würde nach Schulschluss kommen. Sie hatte ihn fest umarmt und es versprochen.

Er hatte verlangt, dass sie es gleich noch einmal versprach. Das hatte sie getan. Aber als er ein drittes Mal darum gebeten hatte – in der Hoffnung, dass drei Versprechen besser waren als zwei –, war sie ungeduldig geworden und hatte die Umarmung gelöst.

Er steckte die Hände in die Hosentaschen. Sie waren von der feuchten, kalten Luft ganz taub. Wenn er eine Uhr hätte, könnte er nachschauen, wie lange er schon wartete. Andererseits kam er mit dem kleinen Zeiger sowieso immer durcheinander, also hätte es wahrscheinlich gar nichts genutzt. Auf jeden Fall waren alle Lehrer längst weg. Seit dem Läuten musste also viel Zeit vergangen sein.

Er sah zu, wie das Wasser in langen silbrigen Kaskaden vom Himmel fiel. Er war ein Entdecker und versteckte sich hinter einem Wasserfall vor den Bösen. In der Hosentasche spreizte er Daumen und Zeigefinger. Wenn sie ihn fanden, würde er schießen. Jawohl. Er würde sie totschießen. Er blickte starr geradeaus in den Regen. Das Schulgebäude wirkte immer düsterer, der Regen hatte sich auf rätselhafte Weise von silbern zu schwarz verfärbt. Er musste so dringend pinkeln. Und seine Turnschuhe waren völlig durchweicht. Die Hosenbeine waren auch ganz nass. Und wenn er einfach jetzt ein kleines bisschen pinkelte? Niemand würde es je erfahren …

Ein Taxi fuhr auf den Parkplatz.

McNally holte tief Luft. Warum hatte er angenommen, Lovett würde ihn persönlich abholen? Er hätte es besser wissen müssen. Vor Besorgnis wurde ihm eng um die Brust. Er hatte nicht genug Geld, um die lange Fahrt bis nach Halifax zu bezahlen.

Aucoin winkte das Taxi heran. Es kam näher. Der Fahrer musterte sie durch die Windschutzscheibe. Gleich würde er es sich anders überlegen, das spürte McNally. Er wünschte, er hätte eine Baseballmütze und könnte sein Totenkopf-Tattoo verdecken.

»Ach, übrigens, Sie haben Post bekommen.« Aucoin hielt ihm einen FedEx-Umschlag hin.

Erleichtert griff McNally danach, auch wenn es ihn ärgerte, dass Aucoin ihm den Umschlag nicht zusammen mit seinen persönlichen Gegenständen ausgehändigt hatte. Er riss den Umschlag auf und schaute hinein.

Lovett schickte ihm einen Gutschein für das Taxi, eine Zugfahrkarte und etwas Bargeld als Starthilfe.

McNally ging zum Taxi – und schaute dabei unwillkürlich zurück. Als er dem Blick des Schließers begegnete, wurde er rot.

Du wirst dich dein Leben lang nach uns umsehen, besagte Aucoins Blick.

McNallys Herz pochte. Er war wütend auf sich, weil er sich umgeschaut hatte, weil er die Autorität des Schließers so tief verinnerlicht hatte. *Leck mich am Arsch.*

Aucoin salutierte spöttisch. »Wir halten Ihnen die Pritsche warm, McNally.«

McNally biss die Zähne zusammen. *Wart nur ab, Aucoin.*

Er stieg eilig ins Taxi und warf den Plastikbeutel in den Fußbereich. »Zum Bahnhof.«

Dann lehnte er den Kopf an die Rücklehne. Alles erschien ihm düster: der aufgeplatzte Asphalt, die bescheidenen Häuser, die links und rechts der Straße immer zahlreicher wurden, je weiter sie die Strafanstalt hinter sich ließen. An einem Zaunpfahl war ein großer sandfarbener Hund angebunden und bellte. McNally lächelte.

Die Wolken sahen nach Regen aus. Aber noch hielt das Wetter den Atem an. Und die Luft war voller Versprechen. Frühling. Freiheit.

Kenzie.

Sein Herz klopfte so heftig, dass er fühlen konnte, wie sich das X unter seinem T-Shirt auf und ab bewegte.

Zwölf Jahre hatte er verloren.

Endlich war es so weit. Jetzt würde nichts mehr zwischen ihnen stehen.

Dafür würde er sorgen. Kenzie und er waren verwandte Seelen, sie trugen die gleiche Dunkelheit in sich. Und diesmal würde er darauf achten, dass Kenzie sich nicht wieder davonstahl.

Mit Kate Lange würde sich der Kreis schließen. Alles würde genauso sein wie in der Nacht, als sie Kates Schwester Imogen zu ihrem ersten Opfer auserkoren hatten. Eine Lange war schließlich so gut wie die andere.

Das X kennzeichnet den Ort.

2

Nach zwei Begegnungen mit dem Tod innerhalb eines einzigen Jahres sollte man eigentlich gewappnet sein, wenn der Tod erneut vor der Tür stand.

Das behauptete zumindest der optimistische Teil von Kate Lange. Ihr Verstand wusste es allerdings besser. Auch wenn sie als die Frau bekannt war, die einen Serienkiller zur Strecke gebracht hatte, war ihr sehr klar, wie beliebig und unerklärbar der Tod zuschlagen konnte. Nur eines begriff sie nicht – und wollte es vielleicht auch gar nicht wissen: warum der Tod *ihr* so hartnäckig auf den Fersen blieb.

Diesmal schien der Grund allerdings sonnenklar. Ihre Mandantin Frances Sloane litt an einer tödlichen Krankheit: Amyotrophe Lateralsklerose. Die Krankheit war durch den Baseballspieler Lou Gehrig weithin bekannt geworden. Sie schädigte die motorischen Nerven. Bei Frances Sloane war offenbar der ganze Körper betroffen. Sie war nur noch eine schlaffe Hülle aus Knochen und Gewebe. Wem nicht klar war, wie wichtig Motoneuronen waren, müsste nur einen Blick auf sie werfen.

Doch auch wenn Frances Sloanes Körper verfiel, ihre himmelblauen Augen blickten unverändert scharf und durchdringend in die Welt. Kate fühlte sich von ihnen gebannt, genau wie in ihrer Jugend. Wenn sie Frances in die Augen sah, vergaß sie fast – aber nur fast – den komplizierten Rollstuhl mit Motor und Handsteuerung, in dem Frances sich mühsam aufrecht hielt.

Kate versuchte, sich ihr Mitgefühl nicht anmerken zu lassen. Wie sie Frances Sloane kannte, war Mitleid das Letzte, was sie wollte. Oder auch brauchte.

Frances' Begleiterin Phyllis war eine Frau mittleren Alters, die wie eine professionelle Pflegekraft gekleidet war. Sie stellte die Bremsen am Rollstuhl fest, nickte Kates Mandantin kurz zu und verließ das Büro.

»Mrs Sloane, schön, Sie wiederzusehen.« Dem Treffen war eine komplizierte Kette von Ereignissen – und Emotionen – vorausgegangen.

»Hallo, Kate.« Die früher so klare Stimme ihrer Mandantin klang undeutlich und eigentümlich nasal. »Bitte nennen Sie mich doch Frances.«

Kate lächelte. »Das fällt mir nicht leicht. Für mich waren Sie immer Mrs Sloane.«

An Frances' Mundwinkel hatte sich ein Speicheltropfen gebildet. Sie hob die Hand, mit der sie ihr Taschentuch umklammert hielt. Die Bewegung erinnerte Kate an einen Vogel, der trotz rauer Winde aufzufliegen versucht.

Zu beobachten, welche Anstrengung diese kleine Bewegung erforderte, schnürte Kate die Kehle zu. Frances Sloane war immer eine so vitale und unabhängige Frau gewesen. Sie hatte sich ein eigenes Architekturbüro aufgebaut und zahlreiche Preise gewonnen, in einem Beruf, der immer noch von Männern dominiert wurde. Wenn Kate richtig informiert war, stand sie jetzt völlig allein da. Sie hatte nur ihre Pflegerin und ihren Rollstuhl. Und sie sah einem schrecklichen Ende entgegen.

Kate musste an ihre älteren Nachbarinnen Enid und Muriel Richardson denken. Es waren ebenfalls starke Menschen, deren Leben sich dem Ende näherte. Mit der jüngeren Schwester ging es wegen ihrer Alzheimererkrankung langsam bergab, aber anders als Kates Mandantin hatte Muriel das Glück, dass

Enid liebevoll für sie sorgte. *Ich habe seit einer Woche nicht mit Enid und Muriel gesprochen. Heute Abend muss ich sie anrufen.*

Frances wischte sich über den Mund und sah Kate prüfend an. »Sie haben eine Menge durchgemacht. Ich habe es in der Zeitung gelesen.«

»Wie es scheint, haben wir beide viel durchgemacht«, sagte Kate. »Das mit Ihrer Krankheit tut mir leid ...«

Frances ließ ihre Hand langsam in den Schoß zurücksinken. »Kate, ich brauche Ihre Hilfe.«

Kate war sich bewusst, welche Ironie in diesen Worten lag. Vermutlich war es auch Frances nicht entgangen. Sicher dachte sie jetzt an ihre letzte Begegnung. Auf der Beerdigung von Kates Schwester Imogen.

Imogen war im Alter von fünfzehn Jahren bei einem Autounfall ums Leben gekommen. Die siebzehnjährige Kate hatte am Steuer gesessen.

Als Frances Sloane nach dem Trauergottesdienst in der Reihe der Kondolierenden vor ihr auftauchte, hatte Kate ihr kaum ins Gesicht blicken können. Nicht weil sie sich schämte oder Schuldgefühle hatte. Oder weil sie zu traurig war.

Sondern aus Wut.

Vielleicht war das ungerecht gewesen. Schließlich war Frances im Ausland gewesen, als ihre Tochter Kenzie ihre Party gab und Imogen starb.

Aber sie hatte doch sicherlich gewusst, dass ihre Tochter eine Party veranstalten würde, wenn sie fort war?

Also hätte sie sich auch denken können, dass dabei auf der Gartenveranda wieder ausgiebig Drogen herumgehen würden und dass Imogen – die Kenzie seit einiger Zeit mit rührendem Eifer umschwärmte – in das Gelage hineingezogen werden könnte.

Frances schien Kate die Fragen am Gesicht abzulesen. Vielleicht fragte sie sich seit Imogens Tod das Gleiche. Jedenfalls sagte sie: »Kate, es tut mir so leid. Ich wusste nichts von der Party. Sonst hätte ich es verhindert.«

Kates Augen wurden feucht. Frances' Worte erteilten ihr Absolution; sie bewiesen, dass Kate nicht allein an Imogens Tod schuld war. Ihre Wut löste sich auf, und die Tränen liefen ihr warm über die Wangen.

Sie brachte kein Wort heraus und nickte Frances nur stumm zu.

Frances ging weiter und kondolierte Kates Mutter, die vom Schock noch wie betäubt war. Die Nächste in der Reihe der Kondolierenden war Kenzie Sloane.

Kenzie wich ihrem Blick aus.

Sie eilte an Kate vorbei zum Ausgang.

Frances Sloane hatte sich noch einmal zu Kate umgeschaut und war dann ihrer Tochter gefolgt. Aufrecht, aber langsamen Schrittes hatte sie die Kirche verlassen.

Ob die Krankheit damals schon in ihr geschlummert hatte?

Konzentrier dich, Kate.

Sie blickte auf die Aktenmappe auf ihrem Schreibtisch. Darin fanden sich sämtliche juristischen Gründe, warum ihre Mandantin niemanden bitten durfte, ihr beim Suizid zu helfen.

»Mrs … ich meine, Frances«, begann Kate. »Sie möchten mit mir besprechen, inwieweit Sterbehilfe in Kanada legal ist, nicht wahr?«

So einfach war es, und so kompliziert.

»Ja.«

In Frances Sloanes Augen lag so viel Hoffnung, Entschlossenheit und – schlimmer noch – Verzweiflung, dass es Kate schwerfiel, ihrem Blick standzuhalten. »Es tut mir leid, Ihnen das sagen zu müssen, Frances, aber es ist unter keinen Umständen legal. Das ist durch das Urteil im Fall Sue Rodriguez eindeutig klargestellt worden.«

Sue Rodriguez war 1993 bis vor den Supreme Court gezogen und hatte damit sowohl der Krankheit ALS als auch dem Thema Sterbehilfe ein Gesicht gegeben.

»Das Urteil liegt lange zurück«, sagte Frances. »Und es ist knapp ausgefallen.« Fünf zu vier, wie Kate wusste. Eine einzige Stimme hätte genügt, damit die Entscheidung in dem Präzedenzfall anders lautete und damit vollkommen neue Regeln dafür galten, wie und wann das Leben eines Menschen legal beendet werden durfte.

In der Haut dieser Richter hätte Kate nicht stecken mögen.

»Hat sich seitdem denn nichts geändert?«, fragte Frances.

Kate schüttelte den Kopf. »Die Entscheidung stützt sich auf die grundlegenden Prinzipien unserer Charta der Rechte und Freiheiten. Und die haben sich nicht geändert.«

»Aber warum darf ich nicht entscheiden, wie ich sterben möchte?«

»Das dürfen Sie ja.«

Über das Gesicht von Kates Mandantin huschte ein Lächeln. »Ich dürfte es, wenn ich nicht behindert wäre. Aber das bin ich leider. Es ist diskriminierend, dass ich mir nicht das Leben nehmen kann, nur weil ich behindert bin.«

»Die Entscheidung des Supreme Court von Kanada war tatsächlich knapp.« Und wenn man sich Kates Mandantin anschaute, wie zusammengesackt sie in ihrem Rollstuhl saß, wie sie kaum den Kopf aufrecht halten konnte, wie mühsam sie sprach, wie sie um jede Bewegung kämpfen musste, kam einem die Entscheidung sehr ungerecht vor. Aber Kate durfte sich nicht von Gefühlen leiten lassen. »Dem Supreme Court ging es darum, die Schwachen zu schützen. Und er wollte die

Unantastbarkeit des menschlichen Lebens wahren.« Ihre Mandantin lächelte bitter. »Aus diesem Grund hat er entschieden, dass Sterbehilfe weiterhin strafbar ist.«

»Das alte Argument vom Dammbruch ...« Frances verzog das Gesicht. »Sue Rodriguez hat die richtige Frage gestellt: Wer bestimmt über mein Leben? Der Staat oder ich? Leider hat das Gericht die falsche Antwort gegeben.«

Kate beugte sich vor. »Sie sind nicht die Einzige, die so empfindet. Ich denke, dass sich die öffentliche Meinung in dem Punkt allmählich wandelt. Momentan stehen bereits zwei Anfechtungen an. Beide Kläger argumentieren damit, dass Sterbehilfe in anderen Ländern erlaubt ist. Auch in mehreren Bundesstaaten der USA. Die Frage ist: Möchten Sie den langen und mühsamen Rechtsweg gehen und den Urteilsspruch ebenfalls anfechten?« *Würden Sie das Ende überhaupt noch erleben?*

»Wie lange würde das dauern?«, fragte Frances.

»Wir würden bei den regionalen Gerichten beginnen müssen und uns von da hocharbeiten. Aufgrund Ihres gesundheitlichen Zustands könnten wir die Gerichte um zügige Bearbeitung bitten. Aber auch dann würde bis zur ersten mündlichen Verhandlung ein halbes bis ein ganzes Jahr vergehen.«

Frances blickte auf ihre Hände. Sie lagen schlaff auf der Armlehne.

Früher hatte Frances immer einen Bleistift in der Hand gehalten, wenn Kate sie sah. Um eine Idee zu notieren oder ein Gebäude zu skizzieren, das sie gerade entwarf.

»Bis die Gerichte fertig sind, bin ich tot.«

Dagegen ließ sich kaum etwas sagen. Wer an ALS erkrankt war, taugte nicht zum Aktivisten. Er lebte nicht lange genug. »Und ich frage mich, ob Sie die letzten Tage Ihres Lebens im Gerichtssaal verbringen möchten.«

Frances lachte bitter. »Natürlich nicht. Ich hatte gehofft, Sie würden mir sagen, dass es irgendeine Hintertür gibt. Meistens gibt es eine. Zumindest für Kriminelle.«

Kate schüttelte den Kopf. »Ich wünschte, es wäre so.«

Frances schwieg. Schließlich sagte sie: »Wenn ich schon niemanden bitten kann, mir beim Freitod zu helfen, ohne ihn in Schwierigkeiten zu bringen, darf ich dann wenigstens meinen Arzt anweisen, mir mehr Schmerzmittel zu geben, wenn es so weit ist?«

»Das müssen Sie mit Ihrem Arzt abmachen, Frances. Die meisten Ärzte dürften dafür Verständnis haben ...« *Achten Sie auf die Botschaft zwischen den Zeilen, Frances.*

Ihre Mandantin schien nachzudenken. »Aber genau deswegen ist Dr. Clarkson vor ein paar Jahren in Schwierigkeiten geraten. Deshalb habe ich mich ja an Randall gewandt, als ich Rat brauchte. Er hat dann gesagt, er habe eine Auszeit genommen und sei derzeit in New York ...«

»Ja«, sagte Kate in neutralem Tonfall. »Er betreut dort eine Unternehmensfusion. Aber über den Fall Clarkson hat er mich informiert.«

Der Fall war in Halifax legendär. Ein prominenter Herzchirurg war beschuldigt worden, einer von Schmerzen gequälten unheilbar kranken Patientin einen tödlichen Medikamentencocktail gespritzt zu haben, um ihr Leiden zu beenden. Detective Ethan Drake, Kates Exverlobter, hatte damals die Ermittlungen des Morddezernats geleitet. Eine ganz zentrale Rolle spielte dabei der Sohn des Opfers. Er hatte bei der Polizei – und vor Gericht – ausgesagt, Dr. Clarkson habe ihm versichert, seine Mutter würde nicht mehr lange leiden müssen.

Dr. Clarkson hatte sein gesamtes Vermögen in seine Verteidigung gesteckt, war aber dennoch verurteilt worden. Um seinem alten Freund zu helfen, war Randall Barrett nach Halifax gekommen, was zur Auflösung seiner Ehe, zu seinem Abschied von der Anwaltskanzlei in Toronto und seinem endgültigen Umzug nach Halifax geführt hatte. Er hatte Clarksons Berufungsverfahren geleitet – und mitfinanziert. »Fußballkumpel legt Berufung ein«, so hatte eine der Schlagzeilen gelautet. In der Verhandlung wurde die Zeugenaussage des Sohnes angezweifelt. Detective Ethan Drake wurde vorgeworfen, er habe den Teenager ungebührlich beeinflusst.

»Wie Sie vielleicht noch wissen, wurde Dr. Clarkson wegen Mordes verurteilt, Frances. Seine Berufung wurde mit zwei zu eins Stimmen abgewiesen.«

Randall und Ethan hatten einander bis heute nicht vergeben.

»Wie kann ich verhindern, dass meinem Arzt das Gleiche passiert?«, fragte Frances.

»Juristisch gesehen können Sie sie nur eins tun, nämlich Ihrem Arzt mitteilen, dass Sie keine lebensverlängernden Maßnahmen wünschen.« Kate schloss die Aktenmappe. »Es tut mir leid, Frances. Ich wünschte, ich könnte Ihnen helfen.«

Frances begann laut zu lachen.

Kate starrte sie verwundert an. *Denkt sie etwa, das wäre ein Scherz?*

»Entschuldigen Sie bitte«, sagte Frances hastig. »Das liegt am ALS. Wenn ich mich aufrege, muss ich lachen.« Sie schluckte. »Es ist frustrierend«, fügte sie hinzu, als könnte sie Kates Gedanken lesen. »Wer mit mir redet, denkt sofort, ich wäre betrunken oder verrückt.« Ihre Hand zuckte.

Nach dem Ausbruch eben konnte Kate es nachvollziehen, wenn manche Menschen glaubten, Frances sei auch geistig nicht ganz fit. Sie wusste jedoch, dass bei ALS der Verstand selten nachließ. Das machte es ja so schrecklich. Zu wissen, dass der eigene Körper langsam seine Funktionsfähigkeit einbüßte, bis man sogar fürs Atmen eine Maschine brauchte. Während der Geist unerträglich klar blieb und man genau wusste, was einem genommen wurde.

Das war ein Unterschied zur Creutzfeldt-Jakob-Krankheit, die möglicherweise in Kate schlummerte. Diese Krankheit raubte den Betroffenen alle kognitiven Fähigkeiten.

Hör auf, Kate.

Sie hatte seit Monaten nicht mehr daran gedacht, hatte sich nicht erlaubt, darüber nachzugrübeln. Wobei es schwer war, nicht an die eigene Sterblichkeit zu denken, wenn man einer Mandantin gegenübersaß, die den Kampf ganz offensichtlich bald verlieren würde. Und die juristischen Beistand suchte, weil sie ihren eigenen Tod beschleunigen wollte.

Frances blickte Kate an. »Sie fragen sich wahrscheinlich, warum ich mir nicht das Leben genommen habe, als ich es noch konnte.« In ihrem dick gepolsterten Rollstuhl sah sie zwergenhaft klein aus. Ihre Augen, in denen noch Tränen von ihrem Lachanfall standen, blickten derart trotzig drein, dass es Kate eng ums Herz wurde. Weshalb musste sich jemand dafür rechtfertigen, leben zu wollen? Oder sterben zu wollen?

»Ich wollte weiterleben«, sagte Frances leise.

Sie blickte erneut auf ihre Hände. Ihre Augenlider wirkten zart und durchscheinend. Wie bei einem Embryo. Der Kreislauf des Lebens: Anfang und Ende trafen sich.

»Ich würde gerne weiterleben.« Sie versuchte gar nicht erst, ihre Verzweiflung zu verbergen. Oder ihre Entschlossenheit. »Aber nicht so.«

»Es tut mir leid.« Kate hatte das Gefühl, versagt zu haben. Einen Moment lang wünschte sie sich feige, sie hätte Frances nie als Mandantin angenommen. Dann müsste sie sich jetzt nicht mit ihrer Unfähigkeit auseinandersetzen, ihr zu helfen.

Eine Entscheidung des Supreme Court kannst du nicht aufheben, Kate.

Sie konnte sie nur anfechten. Sofern ihre Mandantin das wollte.

Und Frances Sloane wollte nicht.

»Mehr kann ich leider nicht für Sie tun.« Kate erhob sich. *Wie schaffen das die Ärzte eigentlich dauernd?*

Frances holte zitternd Luft. »Ich verstehe. Können Sie bitte Phyllis holen?«

Kate nickte. »Selbstverständlich.«

Sie eilte ins Foyer. Die kühle Luft auf dem Flur war erfrischend. Ihr war gar nicht bewusst gewesen, wie drückend die Atmosphäre in ihrem Büro geworden war.

Wartend blieb sie im Gang stehen, während Phyllis den Rollstuhl Richtung Foyer lenkte. Zum Abschied hob Kate die Hand. »Machen Sie es gut, Frances.« Es klang schrecklich unangemessen. Aber was sollte sie sonst sagen? »Einen schönen Tod noch«, oder »Wir sehen uns dann auf Ihrer Beerdigung«?

Frances nuschelte: »Alles Gute.« In ihren Augen standen Tränen.

Oh nein.

Phyllis schob den Rollstuhl zu den Fahrstühlen. Kate schaute ihnen nach.

Wahrscheinlich siehst du sie gerade zum letzten Mal.

Ihr Magen zog sich zusammen. Sie drehte sich auf dem Absatz um und schloss ihre Bürotür schwungvoller als nötig. *Mehr kannst du nicht für sie tun, Kate. Gesetz ist Gesetz. Und sie wollte ja nicht vor Gericht gehen.*

Sie ließ sich auf ihren Schreibtischstuhl nieder, schloss die Augen und legte den Kopf in den Nacken.

Vor ihrem inneren Auge sah sie Frances Sloane zusammengesunken im Rollstuhl sitzen und ihr unverwandt ins Gesicht blicken.

»Verdammt!«

Sie stand auf, um das Bild abzuschütteln. Dann eilte sie aus dem Büro. Frances und ihre Pflegerin warteten noch vor dem Fahrstuhl.

»Frances!« Kate stellte sich zwischen ihre Mandantin und die Fahrstuhltüren. »Mir ist da eben etwas eingefallen …«

»Gibt es *doch* eine Hintertür?«

»Nein. Aber es gibt eine andere Möglichkeit, die juristische Lage zu ändern. Sie könnten Ihren Abgeordneten durch Lobbyarbeit dazu bringen, für eine Gesetzesänderung einzutreten.«

Frances sah sie interessiert an.

Kate sprach nun etwas leiser. »Wenn Sie es schaffen, sie zu überzeugen, werden sie sich im Parlament dafür einsetzen. Das erspart Ihnen den langwierigen Kampf vor Gericht.«

Der Fahrstuhl klingelte. Frances' Pflegerin wollte den Rollstuhl in den Aufzug schieben, aber Frances streckte die Hand aus und fasste Kate am Ärmel. Ihre Finger konnten den Stoff nicht halten. Sie ließ die Hand wieder auf die Armlehne sinken.

Der Fahrstuhl fuhr ohne Kates Mandantin nach unten.

»Würden Sie mir helfen?« Frances streckte erneut die Hand aus. Kate konnte sich nicht erinnern, dass Frances Sloane früher auch so viel Körperkontakt gesucht hatte. Vielleicht tat sie es jetzt, weil sie spürte, wie ihr diese Fähigkeit verloren ging. »Würden Sie eine juristische Begründung für meinen Abgeordneten schreiben?«

Kate verzog bedauernd den Mund. »Ich bin keine Lobbyistin, Frances.«

»Aber Sie kennen die Rechtslage. Sie könnten das.«

Kate schüttelte den Kopf. »Frances … Es tut mir leid«, sagte sie sanft. »Sie müssen sich einen professionellen Lobbyisten suchen. Sicher finden Sie jemanden mit juristischer Vorbildung.«

»Ich möchte Sie.« Frances' Blick wurde flehend.

Kate wurde es schwer ums Herz. »Weshalb?«

»Sie haben sich gegen den Halifax-Schlächter gewehrt, um nicht auf schreckliche Art zu sterben.«

Im Foyer war es plötzlich ganz still. Kate fühlte ein Kribbeln im Nacken. Sie war sicher, dass die Empfangsdame Melissa genau zuhörte. Während sie zugleich überall hinschaute, bloß nicht zu ihr und ihrer Mandantin.

Sie bringen alles durcheinander, Frances. Das war reiner Überlebenswille. Ich habe mir nicht vorher überlegt, wie ich diese Welt gern verlassen würde. Kate rieb sich die Arme. »Ich habe ihn umgebracht, um zu überleben, Frances.«

»Aber es ging Ihnen auch darum, nicht auf diese Art zu sterben, oder?«

Kate merkte genau, worauf Frances mit ihrer Frage abzielte. Aber sie konnte sie nicht belügen. »Ja.« Der Wunsch zu leben hatte ihr die Kraft gegeben, den ersten Serienmörder von Halifax zu besiegen. Aber Frances hatte recht: Sie hatte sich auch deshalb so erbittert gegen den Halifax-Schlächter gewehrt, weil sie Angst hatte. Angst, auf die grausame Art und Weise ermordet zu werden, die dem Täter seinen Beinamen eingebracht hatte.

»Und Ihr Ruhm wäre für mich ein Pluspunkt, Kate.«

Himmel. Sie lachte nervös. »Frances, ich bin nicht so berühmt, wie Sie denken.«

»Sie sind eine Heldin. Sie haben andere junge Frauen vor dem Tod bewahrt. Bei mir ist die Krankheit der Mörder, Kate.« Frances schluckte. »Im Kampf gegen sie gibt es keine Hilfe. Keine Pillen, keine Operationen. Sie ist unheilbar und unbesiegbar. Also möchte ich wenigstens entscheiden dürfen, wie ich sterbe. Nämlich nicht so, wie es die Krankheit mit sich bringt.« Sie schwieg einen Moment. »Sie können sich noch frei entscheiden. Ich nicht.«

Sie könnten sich entschließen, mir zu helfen. Frances brauchte es nicht auszusprechen – sie beide wussten, was sie meinte.

Ihr bittender Blick war schwer zu ertragen. Aber Kate würde ihr keinen Gefallen tun, wenn sie einwilligte.

Und sich selbst würde sie auch keinen Gefallen tun. Seit ihrem Kampf mit dem Halifax-Schlächter litt sie an einer posttraumatischen Belastungsstörung. Sie wollte nicht erneut mit den Erlebnissen von damals konfrontiert werden.

»Ich verstehe nichts von Lobbyarbeit, Frances.« Kate ging um den Rollstuhl herum. »Aber ich finde jemanden, der Ihnen hilft. Der dabei Aussicht auf Erfolg hat. Sobald ich jemanden habe, rufe ich Sie an.«

Man sah ihrer Mandantin die Enttäuschung an. »Wenn das Ihre Entscheidung ist …«

Kate zwang sich zu einem ermutigenden Lächeln. »Ich rufe Sie an.« Es klang schrecklich unzureichend.

Der Fahrstuhl klingelte und die Türen öffneten sich. Ihre Mandantin rollte in den Aufzug. »Alles Gute.« Ihr Tonfall hatte etwas Endgültiges.

Wahrscheinlich sprach sie den Abschiedsgruß immer so aus. Sie wusste ja nicht, wann der Tod sie ereilen würde.

Kate kehrte in ihr Büro zurück. Frances' Rollstuhl hatte Radspuren auf dem Teppich hinterlassen.

Du kannst nicht jedem helfen, Kate.

Allerdings bat auch nicht *jeder* darum.

Sondern nur diese eine Frau.

Eine sehr kranke, hilflose Frau.

Kate ließ sich auf ihren Stuhl sinken und schloss die Augen.

3

Rebecca Chen hockte vor einem seichten und erstaunlich klaren Tümpel im Torfmoor und betrachtete zufrieden das Exemplar *Sarracenia purpurea* – auch als rote Schlauchpflanze bekannt. *Jetzt tütest du die ein, und dann nichts wie weg.*

Es war eine schöne Pflanze, wenngleich sie nach Rebeccas Notizen aus dem Biologiekurs zu den Fleischfressern gehörte und ihre Blütenblätter benutzte, um Beutetiere zu fangen. Rebecca steckte ihre Hand in den Schlamm, strich am Pflanzenstängel entlang abwärts und tastete nach dem Wurzelballen. Der Stängel bog sich zur Seite weg und verschwand unter einem überwucherten Torfbuckel. Rebecca seufzte auf. Schweiß trat ihr auf die Stirn.

Hinter dem Hang und den Klippen verborgen lag die Hafenausfahrt von Halifax. Am Horizont hing Nebel über dem tiefblauen Ozean, wie ein düsterer Wasserfall. Doch die kühle feuchte Brise, die der Nebel stets mit sich brachte, drang nicht bis zu Rebecca vor.

Ächzend versuchte sie die Hand unter den Buckel zu schieben. Ihre Finger trafen auf einen Stein. Der Stängel schien um ihn herumzulaufen.

Scheiße. Rebecca richtete sich ein wenig auf. Ringsum erstreckte sich das weite Torfmoor mit seinen zahllosen blauen Tümpeln und dem niedrigen Buschwerk auf den Torfbuckeln. Sie war zum ersten Mal am Chebucto Head, und das nur, weil ihr Biologielehrer sich dieses Praktikum für ihre Klasse ausgedacht hatte. Dafür hatte sie ihn bereits heimlich verflucht, zumal sie die gemeinsame Exkursion der Klasse verpasst hatte und jetzt allein hatte herkommen müssen. Es waren fünfundzwanzig Minuten Fahrt bis zu der Straße, die auf die Landzunge hinausführte. Sie lief durch ein Naturschutzgebiet und endete bei einer kleinen Gruppe von Häusern, die bunt durcheinander auf den Granitfelsen kauerten, als hielten sie den Atem an.

Das Moor lag weiter draußen auf der Landzunge, zwanzig Minuten Fußweg entfernt. »Du musst die alten Bunker ansteuern«, hatte ihr der Lehrer gesagt. »Es sind zwei. Du kannst sie nicht übersehen. Das Moor liegt gleich unterhalb.«

Und wirklich, nachdem sie zwanzig Minuten lang einem holprigen, matschigen Pfad gefolgt war, hatte sie die Bunker am Rand der Klippen entdeckt. Der eine stand direkt am Meer, der andere etwas versetzt dahinter. Sie waren vor achtzig Jahren als äußere Verteidigungsanlage für den Hafen gebaut worden. Der untere Bunker stand am Hang, sein flaches Dach hob sich hart und schief gegen den Himmel ab. Rings um die plumpen Betonquader wuchsen hohe Sträucher und ein paar verkrüppelte Nadelbäume. Doch das wuchernde Gestrüpp und dichte Astwerk ließen diese Relikte aus Kriegszeiten nicht freundlicher erscheinen, sondern unterstrichen noch ihre rohe Zweckmäßigkeit.

Sogar jetzt im Mai und bei hellem Sonnenschein wirkten die Bunker unheimlich. Rebecca ging an ihnen vorbei und weiter den Hügel hinab zum Torfmoor, einem weiten, unbewaldeten Sumpf, dessen Tümpel in der Sonne funkelten und in dem es angenehm nach Harz roch. Die Pflanzen für den Biologieunterricht zu finden hatte nicht lange gedauert.

Bis jetzt.

Letztes Praktikum des Schuljahrs, letztes Praktikum in der Highschool, Rebecca. Grund genug, ganz besonders eifrig in der Erde herumzuwühlen. Sie umfasste den Stein, an dem die Pflanze festsaß, die Rebecca bereits als ihr Eigentum betrachtete. Sie zerrte Stein und Pflanze unter dem Buckel hervor, wobei sie nach hinten kippte. Taumelnd stand sie auf, das Objekt der Begierde in der Hand.

Ihr Hintern war bei der Aktion ziemlich nass geworden. *Mist.*

Sie löste das Wurzelgewirr vom Stein.

Und erstarrte.

Unter den Pflanzenteilen und dem Schlamm sah etwas hervor, das mit Kalk überzogen schien. Es war ganz glatt.

Oh Gott. Das fühlte sich verdächtig nach einem Knochen an.

Rebecca, das ist kein Knochen.

Aber es war ein Knochen. Mit klopfendem Herzen entfernte Rebecca die Wurzeln.

Die sanfte Rundung und die kalkartige Oberfläche waren nun gut zu erkennen.

Es ist ein Tierknochen. Wahrscheinlich von einem Hirsch.

Sie schaute zu dem Torfbuckel und suchte nach dem Loch, das sie gegraben hatte.

Ihr stockte der Atem.

Sie konnte sich nicht bewegen.

Nicht blinzeln.

Nicht schreien.

Fassungslos blickte sie in zwei vorquellende farblose Augen, die sie böse anstarrten. Dann sah sie die Hakennase, das zahnlose Lächeln, das Haar oben auf dem Kopf. Alles war im gleichen bräunlichen Ton eingefärbt.

Ein Horrorfilm in Sepia.

Zuerst konnte ihr Gehirn gar nicht verarbeiten, was sie da sah. Dann aber holte sie tief Luft. Und ihr Gehirn suchte nach einer Erklärung.

Die Glubschaugen gehörten natürlich zu einer Maske. Jemand hatte eine Halloweenmaske aus Gummi ins Moor geworfen. Vor Erleichterung wurde ihr ganz flau. Aber dann fiel ihr wieder der kalte, glatte Knochen ein, der noch immer auf ihrer Handfläche lag.

Sie hatte nicht nur eine Maske freigelegt. Die Maske gehörte zu einem Toten.

Den Beweis dafür hielt sie buchstäblich in der Hand.

Sie wollte schreien.

Da lag eine Leiche unter dem Torfbuckel. Unter *ihr*.

Oh Herr im Himmel. Sie hielt den Knochen von einem Toten in der Hand!

Sie warf den Knochen so heftig ins Wasser, dass es überallhin spritzte. Auf ihren Körper, ihr Gesicht, sogar in ihren Mund. Sie schmeckte etwas Erdiges und Fauliges auf der Zunge. Moorwasser.

Wasser, in dem eine verweste Leiche lag.

Sie wischte sich mit dem Handrücken den Mund ab. An der Hand klebte Schlamm.

Schlamm, der einen Toten bedeckt hatte.

Das war zu viel für ihren Magen. Sie übergab sich auf ihre Gummistiefel.

Dann begann sie laut zu schreien.

4

Das ziellose Gewimmel der Menschen auf den Gehwegen machte McNally nervös. Ebenso die endlosen Reihen von Brotsorten im Lebensmittelladen … Neunkorn, Vollkorn, Vital, Soja, Weizenschrot. Bio hier, Vegan da. Alles war so … kompliziert.

Und überall Mädchen und Frauen …

Seine ersten Tage in Freiheit waren wie in Trance vergangen. Rick Lovett, der früher an seinen Lippen gehangen hatte, war jetzt sein Chef. Sein alter Freund hatte ihn mit Warnungen begrüßt: »Halt dich von mir fern. Und keine Drogen. Keine Polizei.« Zugleich hatte Lovett die leer stehende Hausmeisterwohnung in einem schäbigen Mietshaus im Norden der Stadt aufgeschlossen. »Du musst rund um die Uhr erreichbar sein. Die Wochenenden hast du frei. Dafür wohnst du mietfrei. Erschreck die anderen Mieter nicht.« Er hatte McNally die Schlüssel zugeworfen, wobei seine Miene verriet, dass er seine Großzügigkeit schon bereute. »Und setz gefälligst ein Basecap auf, bis deine Haare nachgewachsen sind. Mit dem Tattoo siehst du aus, als wärst du Mitglied in einer Gang.«

McNally spürte Hitze im Nacken, aber er steckte die Schlüssel ein und betrat die Wohnung.

Sie war klein. Sie war leer. Sie gehörte ihm.

Hier konnte er tun und lassen, was er wollte.

Sein Herz begann schneller zu schlagen.

»Wird gemacht, Chef«, sagte er lässig und schlug Lovett die Tür vor der hässlichen Visage zu.

Am nächsten Morgen wachte er um 5:04 Uhr auf. Er verzog das Gesicht. Selbst im Gefängnis wäre das früh gewesen.

Er vergrub das Gesicht im Kissen. Eigentlich hatte er den ersten Tag seines neuen Lebens damit feiern wollen, dass er so richtig ausschlief.

Aber Körper und Geist hatten sich noch nicht umgestellt.

Unfähig, noch länger still zu liegen, sprang er auf. Er würde sich erst einmal einen Kaffee machen und eine Liste mit Dingen aufstellen, die er beschaffen musste.

Eine halbe Stunde später war die Liste zwei Seiten lang, und McNally war frustriert. Bei dem Lohn, den Lovett ihm zahlte, würde es mindestens ein Jahr dauern, bevor er sich all das kaufen konnte, was er brauchte.

Und wollte. Wie zum Beispiel eine professionelle Tätowierausrüstung.

Er zog die Laufschuhe an. Sportkleidung besaß er nicht, also mussten die Jeans genügen. Er trat in den Hausflur und verschloss die Wohnungstür, wobei er die Erinnerung an die tausend Male, die ein Schließer ihn eingesperrt hatte, ganz, ganz weit beiseiteschob. Dann machte er sich auf den Weg in die Tiefgarage.

Lovett hatte ihm die Schlüssel zu einem Firmenwagen überlassen. Der marineblaue Transporter stand in einer Ecke des Parkdecks, leicht zu erkennen an dem großen goldenen Logo von Lovetts Immobilienfirma: *Lovett Group Limited*.

McNally fuhr über die Brücke Richtung Cole Harbour. Er genoss das Vibrieren des Achtzylinder-V-Motors. Fünfzehn Minuten später bog er in die Bissett Road ein – wobei er über die Ermahnungen auf den Plakatwänden einer fundamentalistischen Kirche die Nase rümpfte – und steuerte die Zufahrt zum Strand von Rainbow Haven an. Noch konnte er das Meer nicht sehen, aber er spürte es schon in der Ferne. Er fuhr auf den

Parkplatz. Die Reifen knirschten, der Motor brummte leise, sonst war es still.

Er war der einzige Besucher. Er sprang aus dem Wagen.

Meeresluft strich über sein Gesicht, feucht, nach Seetang riechend und belebend.

Er rannte los. Es tat gut, die Luft auf der Haut zu spüren und von Weite umgeben zu sein.

Er joggte an der Cafeteria und den Umkleidekabinen vorbei. Seine Turnschuhe erzeugten auf den Holzplanken ein dumpfes Geräusch. Wenig später war er am Strand.

Er blieb stehen. Die großartige Weite von Sand, Wasser, Himmel weckte in ihm ein Gefühl von Leere. Sein Herz hämmerte.

Stille.

Wann war er das letzte Mal von Stille umgeben gewesen?

Hier gab es nur das sanfte Rauschen der Brandung, den gedämpften Schrei eines Seevogels und den flüsternden Wind.

Die Wellen waren heute niedrig. Als Teenager hatte er hier auf weißen, schäumenden Brechern gesurft, in denen die Kraft von Milliarden Wassertropfen gebündelt war. Das waren mit die besten Tage seines Lebens gewesen.

Er ließ den Blick über den weiten Strand schweifen.

Meeresschaum, eine tote Krabbe und Kiesel, die von Hunderttausenden von Wellen rund geschliffen worden waren.

Die Morgendämmerung tauchte den Himmel in strahlendes Gold. Es floss ihm unter die Haut, durchströmte seine Zellen und erfüllte ihn auch dort mit Licht, wo sein Leben lang nichts als Grau gewesen war. Auf einmal erblühten Farben in ihm.

Zum ersten Mal seit seiner Inhaftierung vor zwölf Jahren war ihm nach Weinen zumute.

Er wandte sich dem Wind entgegen und rannte los, den Strand entlang. Nach einer Weile fiel er in ein gleichmäßiges

Lauftempo und blieb erst stehen, als der wilde Überschuss an Energie in seinem Körper zu einem erträglichen Summen abgeklungen war.

Eine gute Stunde später stieg er schweißüberströmt in den Transporter. Was er jetzt brauchte, war eine weitere Tasse Kaffee. Er schaltete das Radio ein und fand einen Sender, der klassischen Rock spielte. Als er die Brücke nach Halifax erreichte, sang er bereits laut mit.

Die hoffnungsvolle Stimmung war jedoch von kurzer Dauer. Sobald er die Spring Garden Road entlangspazierte, um sich in eins der geschäftigsten Einkaufsviertel von Halifax zu stürzen, wurde er wieder nervös und angespannt.

Ständig fühlte er Blicke auf sich. Er stand an einer Kreuzung und wartete darauf, dass die Ampel umsprang, wandte sich um und schaute die junge Frau an, die direkt hinter ihm stand. Sie trug ein winziges Tanktop und knappe Shorts. Er wollte ihr zulächeln. Sie wich einen Schritt zurück.

Eilig betrat er einen Drugstore. Er brauchte einen Rasierer und Aftershave. Beim Aussuchen ließ er sich Zeit, damit sein Verstand das überwältigende Angebot verarbeiten konnte. Dabei spürte er ein Kribbeln im Nacken. Der Wachmann behielt ihn im Auge. Er nahm eine Fünferpackung Einwegrasierer und klemmte sie sich unter den Arm, während er an mehreren Aftershave-Gels roch. Eines duftete besonders frisch und sauber.

»Hm … Du riechst so gut«, murmelte Kenzie ihm ins Ohr. »Nach Citrus oder so.«

Dieses Gel roch auch nach Citrus. Er klemmte es sich ebenfalls unter den Arm und stellte sich in die Schlange vor der Kasse. Beim Warten überflog er die Titelseiten der Zeitschriften.

Die Kassiererin warf einen prüfenden Blick auf seine Jackentaschen.

Er ließ seine Einkäufe auf den Tresen fallen, freute sich am

Zusammenzucken der Kassiererin und bezahlte. Aber kaum marschierte er wieder an den Schaufenstern der Geschäfte vorbei, spürte er erneut dieses Kribbeln im Nacken. Jeder starrte ihn an. Er steckte die Hände in die Taschen seiner Jeans und zog sich in einen Zeitungsladen zurück.

Hier war es kühl. Ruhig. Er ging an den Auslagen entlang. Die Titelbilder der Zeitschriften sprangen ihn regelrecht an. Jahrelang hatte er beim Zeichnen nur schwarze und blaue Stifte verwenden dürfen. Die satten Farben und die Bilder schöner Frauen weckten in ihm das Verlangen, mit Tinte zu zeichnen. Am liebsten auf Haut.

Die Tattoo-Zeitschriften lagen im unteren Regalfach in der hinteren Ladenecke. Sein Herz begann schneller zu schlagen. Tattoo-Zeitschriften waren im Gefängnis verboten gewesen. Die wenigen, die dort zirkulierten, stammten noch aus der Zeit vor seiner Ankunft. Er bückte sich und schaute sich die Titelbilder an. Da er sich nicht entscheiden konnte, nahm er von jeder Zeitschrift ein Exemplar und ging zur Kasse. Sie kosteten mehr als erwartet – mehr, als er sich leisten konnte –, aber er kaufte sie trotzdem.

Eine halbe Stunde später lag er auf seiner Matratze und blätterte in den Heften. Mitten in einem besonders populären Magazin hielt er inne. Er starrte auf die aufgeschlagene Seite.

Kenzie Sloane, Göttin japanischer Tattoos. So lautete die Überschrift. Er fühlte sich, als hätte ihm jemand einen Schlag versetzt.

Nur einen halben Meter entfernt schaute Kenzie ihm entgegen, scharf umrissen und in Hochglanz. So sah sie jetzt also aus, nach siebzehn Jahren.

Sie sah gut aus.

Sehr gut.

Ihre himmelblauen Augen waren mit schwarzem Eyeliner

umrahmt. Durch die Jahre hatte ihr Gesichtsausdruck an Sicherheit gewonnen. Das einfache schwarze Tanktop bildete einen scharfen Kontrast zu dem Gewimmel japanischer Motive auf ihren Armen, ihrer Brust, ihrem Nacken.

Ihrem Nacken.

Sein Blick sprang zwischen dem Artikel und den knalligen Fotos hin und her.

Je mehr er sah, desto gieriger wurde er.

Je mehr er las, desto wütender wurde er.

Hatte Kenzie jemals anerkannt, dass *er* sie ans Tätowieren herangeführt hatte?

Nein.

Sie hatte ihn benutzt.

Und ihn dann verlassen. »Diese Schlampe!« Er warf das Magazin auf den Fußboden und sprang wütend auf. Sein Herz klopfte wie wild.

Er hatte gewusst, dass sie mit dem Tätowieren Erfolg hatte, aber wie berühmt sie inzwischen war, hatte er nicht geahnt.

War er zu naiv gewesen? Hatte er bewusst die Augen verschlossen?

War er zu dumm?

Er hob die Zeitschrift auf und betrachtete noch einmal Kenzies Gesicht.

Sein Herz hing seit siebzehn Jahren an ihr. Das hatte nie nachgelassen, und jetzt spürte er es stärker denn je.

Er musste sie sehen. Mit ihr sprechen. Ihr deutlich machen, was für einen schweren Fehler sie begangen hatte.

Es sollte ihr leidtun, dass sie ihn kein einziges Mal angerufen hatte. Oder besucht. Dass sie nie gesagt hatte, sie bereue es sehr, in jener Nacht davongelaufen zu sein.

Stattdessen hatte sie sich jemanden gesucht, der sie als Lehrling in seinem Laden in Montreal arbeiten ließ. Danach war sie in die Staaten gezogen. Und nun – er biss die Zähne zusammen – hatte sie ihre eigene Rubrik in der Zeitschrift und beantwortete Leserfragen, unter der Überschrift »KOI – Kenzie On Ink«.

Du hältst dich wohl für clever, dachte er. *Aber ich wette, was du da an Ratschlägen in die Welt hinausposaunst, hast du alles von mir gelernt, als du siebzehn warst.*

»Kenzie freut sich über jede Frage, ob von Anfängern oder Profis«, hieß es in dem Artikel. Dazu war Kenzies Homepage angegeben, wo man auch »einen Überblick über Kenzies Gastauftritte in Tattoo-Studios« finden könne.

Er steckte das Magazin in die Jackentasche, griff nach dem Bund mit den Generalschlüsseln und ging durch die Eingangshalle zum Hausmeisterbüro. Einer der Mieter stand vor den Briefkästen, die links und rechts von der Bürotür angebracht waren. »Sie sind der neue Hausmeister, oder?«, fragte der kleine rundliche Typ und lächelte arschkriecherisch.

McNally suchte an seinem Bund nach dem Büroschlüssel. »Ja.« Er erwiderte den Blick des Mannes auf eine Weise, mit der er im Gefängnis mehr als eine Unterhaltung beendet hatte.

Der Typ stopfte seine Post in eine Einkaufstasche. McNally hoffte, dass er sich jetzt in seine Wohnung verziehen würde, aber er fischte den Prospekt eines Discounters aus der Post und fing an, darin zu blättern.

McNally schluckte seine Wut hinunter.

Dieser Schlüssel hier sah so aus, als könnte er passen. Er steckte ihn ins Schloss und drehte am Türknauf.

Bingo.

Er betrat das Büro. Dabei fühlte er den Blick des Mieters im Rücken. Sicher betrachtete er jetzt das Spinnennetz-Tattoo auf seinem Hinterkopf und fragte sich, ob er sich weiter einschleimen oder besser auf Distanz gehen sollte.

Er schlug dem Mann die Tür vor der Nase zu und verriegelte sie.

Das diente nur der Sicherheit des Mieters, fand McNally. Wenn der Typ ihn weiter genervt hätte, hätte er ihm noch die Fresse poliert.

McNally ging zum Rechner. Im Knast hatte er wenig Zugang zu Computern gehabt, aber während seiner kurzen Zeit auf Bewährung hatte er an einem Kurs teilgenommen. Dieses Gerät war alt und langsam. Bis es hochgefahren war, trommelte McNally nervös auf der Tischplatte herum. Dann tippte er die Adresse von Kenzies Homepage ein und wartete darauf, dass die Seite geladen wurde.

Es wollte ihm glatt den Hals zuschnüren. An den senkrechten Bildschirmrändern schwammen Kois hinauf. Den Hintergrund bildete ein blasser Wasserfall. McNally klickte darauf, und Kenzie füllte den Bildschirm.

Ihm wurde heiß, als er ihre schlanken, tätowierten Glieder sah. Ihre vollen Brüste. Ihr spöttisches Lächeln.

Hatte sie jemals versucht, ihn ausfindig zu machen? Hatte sie jemals seine Telefonnummer nachgeschlagen oder im Internet nach ihm gesucht?

Sie seien Seelenverwandte, hatte sie einmal gesagt. Und er hatte ihr geglaubt. Er hatte ihr unbedingt glauben wollen. Nachdem er jahrelang von Pflegefamilie zu Pflegefamilie gereicht worden war und nie, wirklich nie von seiner leiblichen Mutter gehört hatte, war Kenzie der erste Mensch gewesen, der wirklich zu ihm gehörte. Er hatte ihr die dunkle Seite seiner Seele gezeigt – und sie hatte es genossen.

Er hatte ihr alles gegeben.

Er hatte alles getan, worum sie ihn bat.

Sie hatten sich durch Blut, Schuld und Komplizenschaft aneinander binden wollen.

Und dann hatte er nichts mehr von ihr gehört.

Es war, als hätte ihm jemand einen Stich ins Herz versetzt.

Er klickte sich durch die Rubriken ihrer Webseite. Als er ihre Tipps las, lächelte er zunächst. Aber dann wurde ihm klar, dass er viele der Techniken, die sie beschrieb, gar nicht kannte, und ihm krampfte sich der Magen zusammen.

Dieses Miststück.

Er klickte auf »Events und Gastauftritte«.

»Hallo, ihr Tattoo-Fans von der Ostküste, ich komme nach Halifax. Bucht einen Termin bei Yoshi.«

Dieser Beitrag war vor einer Woche gepostet worden.

Er fröstelte am ganzen Körper.

Kenzie. Wieder in Halifax.

Er musste nicht einmal nach ihr suchen.

Sie kam hierher.

Das war ein Zeichen.

Er verließ die Webseite und leerte den Cache des Browsers. Lovett musste nicht erfahren, dass er Kenzies Homepage besucht hatte.

Das Telefon klingelte. Er sah auf die Uhr. Scheiße. Es war schon nach zehn. Er musste mit der Arbeit anfangen.

Wenn er sich beeilte, konnte er am frühen Nachmittag Schluss machen und zu Yoshis Tattoo-Studio fahren.

Er nahm den Hörer ab. Es war ein Kontrollanruf von Lovett.

Eine Ader an seiner Schläfe pulsierte.

Es ging ihm dermaßen auf den Zeiger, dass Lovett ihn herumkommandierte.

Das wird ja nicht ewig so bleiben. Jetzt, wo Kenzie in der Stadt ist, kannst du deine Pläne vorantreiben.

Pläne.

Das Wort gefiel ihm.

Lange hatte alles wie ein Hirngespinst ausgesehen. Wie Fantasterei. Oder wie immer man das nennen wollte. Es war ihm unerreichbar erschienen.

Das tätowierte X über seinem Herzen hatte ihn Tag für Tag dazu ermahnt, trotzdem weiter daran zu glauben.

Und nun servierte ihm das Universum Kenzie geradezu auf dem Silbertablett.

Als Nächstes kam dann Kate Lange an die Reihe.

5

Ethan Drake fühlte, wie hinter seinem Ohr ein Schweißtropfen entlanglief. Es war einer dieser herrlichen Tage im Mai, an denen sich bereits der Sommer ankündigte. Ethan wischte sich mit der Hand über die Stirn. Die forensische Anthropologin Darcie Hughes legte ein unglaubliches Tempo vor, während sie den ausgetretenen Pfad zum Chebucto Head entlangmarschierten.

Ethan hatte immer noch nicht ganz verdaut, dass Dr. *Darcie* Hughes eine Frau war. Vermutlich war sie an solche Reaktionen gewöhnt. Als sie aus ihrem Wagen mit Allradantrieb gestiegen war und er sie verblüfft angestarrt hatte, war sie jedenfalls völlig ungerührt geblieben.

Dr. Hughes schlug nach einer Mücke, die sich auf ihren Nacken gesetzt hatte. Ihr rotblonder Pferdeschwanz geriet ihr dazwischen, und sie traf daneben. Ethan hätte die Mücke gern selbst erschlagen, aber vielleicht verstand die Anthropologin es falsch, wenn er ihr einfach auf den Nacken klatschte. Vom Basecap bis zu den Gummistiefeln strahlte sie Sachlichkeit aus. Über einem langärmeligen karierten Hemd trug sie eine Weste in grässlichem Grün, die überall Taschen hatte. Er war gespannt, was sie alles dort herausholen würde. Die schweren Taschen, die er ihr tragen half, enthielten vermutlich die übliche Ausgrabungsausrüstung: Plastiktüten, Stifte, Aufkleber, Klebeband, Gummihandschuhe, Schnur, Pflöcke, Notizbücher und Kameras.

Normalerweise wurden nicht identifizierbare Knochen vom

Rechtsmediziner ins Labor von Dr. Hughes geschickt. Ab und zu kam die forensische Anthropologin jedoch selbst an den Fundort. Als Dr. Hughes erfahren hatte, dass die Leiche noch nicht entfernt worden war, hatte sie Dr. Guthro mitgeteilt, sie wolle die Überreste gern in Augenschein nehmen, bevor sie bewegt wurden. Und da Ausgrabungen in einem Torfmoor eine echte Herausforderung waren, hatte Dr. Guthro das Angebot gern angenommen.

Auf dem Weg zum Fundort merkte man Dr. Hughes die Vorfreude an. »Ich habe noch nie eine Ausgrabung in einem Moor gemacht«, sagte sie und schwang ihren erdverkrusteten Spaten.

Ethan riss seinen Blick von dem Blutstropfen los, den der Mückenbiss auf Dr. Hughes' sommersprossigem Nacken hinterlassen hatte, und betrachtete stattdessen die Umgebung. Überall wuchsen verkrüppelte Bäume und Büsche. Ein lebender Beweis dafür, wie rau der Seewind war. Keine Frage, auf dieser Landzunge lautete die oberste Überlebensregel für alle Pflanzen, sich dicht am Boden zu halten. *Pflanzen im Grabenkrieg*.

Dr. Hughes ließ Ethan aufholen und ging neben ihm her, was auf dem schmalen Pfad nicht einfach war. »Also, Detective, haben Sie irgendwelche Vermisste, die zu dem Fund hier passen?« Sie wischte sich mit dem Ärmel über den Nacken.

Er zog den Schulterriemen seiner Tasche zurecht. Darin befanden sich eine Flasche Wasser, ein paar Proteinriegel, die er aus der Teeküche des Reviers stibitzt hatte, eine Kamera, ein Notizbuch und die Akten zu zwei Vermisstenfällen. »Ich habe die Fälle dabei, die am ehesten in Frage kommen. Bei dem einen handelt es sich um einen dreiundfünfzigjährigen Mann, der zuletzt im Oktober 2003 gesehen wurde. Er hatte sich geweigert, seine Antipsychotika einzunehmen.«

»Meinen Sie, dass er es ist?«

Ethan schüttelte den Kopf. »Nein. Ich denke, es ist jemand anderes.«

Eine junge Frau. Die er einmal gekannt hatte. »Ihr Name ist Heather Rigby. Sie ist beim letzten *Mardi Gras* in Halifax verschwunden. 1995.«

Dr. Hughes sah ihn an. »Oh Gott, zu diesen Partys bin ich auch gegangen.«

Er hob eine Augenbraue. »Wer denn nicht?«

Der Straßenkarneval *Mardi Gras* war damals die wildeste Party von Halifax. So wild, dass sie schließlich verboten wurde. Sie fand am Halloween-Wochenende statt und zog zwanzig- bis dreißigtausend kostümierte Partygänger an, vorwiegend Studenten. Und unter die feiernden Betrunkenen mischten sich Kriminelle, die im Schutz des Chaos und der Kostüme Rache übten und offene Rechnungen beglichen.

Dr. Hughes warf einen Blick auf seine Tasche. »Was steht über die vermisste Frau in der Akte?«

Immer raus mit den makabren Einzelheiten, schien ihr Blick zu besagen.

Ethan kramte die Akte hervor und schlug sie auf, obwohl er jedes Wort auf dem einen Blatt Papier seit Langem auswendig wusste. »Status: vermisst. Zuletzt gesehen: *Mardi Gras* 1995.« Er stieg über eine Wurzel. »Alter: Achtzehn Jahre.« Er warf Dr. Hughes einen Blick zu. »Sie hat an der Hollins University studiert.« Heather Rigby war im gleichen Kriminologie-Seminar wie er gewesen, eine liebe, ganz normale junge Frau, die er eigentlich kaum wahrgenommen hatte, bis ihr Verschwinden plötzlich Schlagzeilen gemacht hatte. Er fragte sich oft, ob ihr Fall in ihm den Wunsch geweckt hatte, beim Morddezernat zu arbeiten.

»Wie sah sie aus?«, fragte Dr. Hughes.

Natürlich, einer Anthropologin ging es in erster Linie um den Körper.

Heather hatte ein süßes Lächeln. Ethan schaute in die Akte. »Ein Meter fünfundsechzig, zweiundfünfzig Kilo, schulterlange braune Haare, Muttermal am unteren Rücken.«

»Und in der Nacht, in der sie verschwunden ist …« Dr. Hughes wischte sich eine Mücke aus dem Gesicht. »… wie war sie da gekleidet?«

Ethan überflog das Blatt. »Schwarzes Minikleid, Stiefel, Netzstrumpfhose und eine grüne Perücke.« Er schloss die Akte und stopfte sie wieder in seine Tasche. »Niemand hat gesehen, wie sie die Bar verlassen hat. Es waren zu viele Leute da, und alle waren betrunken.«

»Und wenn alle kostümiert waren, wird es schwer gewesen sein, überhaupt jemanden zu erkennen. Vor allem eine Hexe …« Dr. Hughes schlug Ethan auf den Arm. »Entschuldigen Sie. Da hätte Sie beinahe eine gestochen.«

»Danke.« Er schnipste die tote Mücke vom Ärmel. »Wenn ich mich recht erinnere, war das Kostüm der sexy Hexe damals sehr beliebt.« Er begegnete Dr. Hughes' Blick. *Ich wette, Sie sind als Skelett gegangen.*

»Und was ist mit dem anderen Vermissten? Dem Psychotiker?«, fragte Dr. Hughes. »War er genauso groß wie Heather?«

Ethan schüttelte den Kopf. »Nein. Er war größer, mindestens ein Meter achtzig.«

»Also, wenn das Skelett halbwegs intakt ist, sollten wir mindestens einen der beiden *in situ* ausschließen können.«

Ethan beschleunigte seinen Schritt. Heathers Fall gehörte zu denen, die jedem nachgingen, der davon erfuhr. Als er letztes Jahr in die Abteilung »Ungelöste Fälle« versetzt worden war, hatte er sich als Erstes mit ihrer Akte befasst. Er hatte über den Zeugenaussagen gebrütet, das Videomaterial der Überwachungskameras vor der Bar studiert und mit Polizeidienststellen im ganzen Land Kontakt aufgenommen, um herauszufinden, ob es irgendwelche neuen Hinweise gab.

Nichts.

Nun würden sie vielleicht endlich herausfinden, was aus ihr geworden war. Und das würde eine Menge neuer Fragen aufwerfen.

Er hätte diesen Fall gern gelöst, hätte es Heathers Angehörigen gern ermöglicht, einen Schlussstrich zu ziehen. *Falls da wirklich Heather im Moor liegt*, erinnerte er sich. Er wollte die Ärmel hochkrempeln, zupacken und gute, solide Polizeiarbeit leisten. Er wünschte sich einen Fall, der seine Leidenschaft für diesen Beruf neu entfachte.

Und nicht nur das, er war auch erleichtert, dass ihn endlich wieder etwas dazu zwingen würde, ohne Pause und rund um die Uhr zu arbeiten. Ein neuer Fall würde die leeren Abende und schlaflosen Nächte füllen, in denen seine Gedanken derzeit ständig um Kate Lange kreisten.

Normalerweise stieg er dann aufs Laufband und joggte. So kamen zwar unendlich viele Kilometer zusammen, aber der Gedanke an Kate ließ sich nicht vertreiben.

Es war verdammt frustrierend. Es machte ihn wütend, dass er nach einem Jahr immer noch Liebeskummer hatte. Was hatte Kate nur an sich, dass er sie immer noch begehrte?

Er wusste, dass sie in Randall Barrett verschossen war – aber der Mann hatte Halifax verlassen. Er musste verrückt sein. Nach allem, was Kate durchgemacht hatte, ließ er sie einfach allein.

Aber wenn Randall so dumm war, einer Frau wie Kate den Rücken zu kehren, dann war das sein Problem.

Ethan hatte sich lange genug dafür bestraft, dass er Kate gegenüber Fehler gemacht hatte.

Jetzt wollte er es riskieren.

Und es noch einmal versuchen.

Vor ihnen flatterte gelbes Absperrband im Wind. Zwischen den Erdhügeln schimmerte Moorwasser, überraschend klar und blau. Dr. Guthro stand bis zu den Knien im Wasser und untersuchte mit seiner üblichen Unerschütterlichkeit einen Torfbuckel. Die hochgekrempelten Beine seiner Kakihose waren dunkel vor Nässe.

»Ah, Dr. Hughes, Detective Drake«, sagte er, als würde er sie in seinem Arbeitszimmer und nicht mitten im Torfmoor willkommen heißen. »Hier haben wir aber einen ganz außergewöhnlichen Fall.«

Dr. Hughes grinste. »Wem sagen Sie das.« Die beiden wechselten Blicke. Man merkte ihnen die Erregung an.

»Ist das hier die Fundstelle?«, fragte Dr. Hughes und deutete mit dem Kopf zu einem dicken, schwammigen Torfbuckel.

»Die Leiche ist ziemlich geschickt versteckt worden.« Dr. Guthro deutete auf das kleine Loch, das die Highschool-Schülerin gegraben hatte, um die Pflanze herauszuholen.

Dr. Hughes stieg ins Wasser und bückte sich, bis sie das Loch auf Augenhöhe hatte. »Nett«, sagte sie, als sie die Maske sah. »Da hatte jemand Sinn für Humor.«

Detective Constable Lamond – Ethan hatte mit ihm im Morddezernat zusammengearbeitet, bevor er im vergangenen Jahr in die Abteilung »Ungelöste Fälle« versetzt worden war – bewegte sich in engen Kreisen am Absperrband entlang vorwärts, den Blick unmittelbar vor sich auf den Boden gerichtet. Jetzt kam er langsam näher.

»Haben Sie etwas gefunden, Lamond?«, rief Ethan ihm zu.

Lamond schaute nicht auf. »Nur ein paar Reagenzgläser. Das Mädchen, das die Leiche gefunden hat, hatte Wasserproben fürs Biologiepraktikum gesammelt. Sie ist ausgeflippt und hat alles fallen lassen.« Er deutete auf bereits markierte Reagenzgläser im Gestrüpp. »Die gute Nachricht ist, dass sie behauptet, sie hätte bis auf den einen Knochen nichts aus dem Moorloch herausgeholt. Bisher spricht nichts dagegen, dass das stimmt.«

Dr. Hughes öffnete ihren Rucksack und nahm eine digitale Spiegelreflexkamera mit beeindruckendem Objektiv heraus. »Mit etwas Glück hat sie also keine losen Knochen verschoben. Ich mache ein paar Fotos *in situ*. Dann markieren wir mit Pflöcken und Schnur ein Gitternetz und legen einen Bezugspunkt fest. Und *dann* …«, sagte sie mit einem verschwörerischen Grinsen zu Dr. Guthro, »… krempeln wir die Ärmel hoch und fangen an zu graben.«

Ein Gitternetz anzulegen war immer mühselig, das wusste Ethan. In diesem Gelände würde es vermutlich noch schwieriger sein als sonst.

Damit sollte er recht behalten. Nachdem Dr. Hughes festgelegt hatte, welches Gebiet einbezogen werden sollte, und den Bezugspunkt definiert hatte, begannen sie, mit Pflöcken und Schnüren dreißig mal dreißig Zentimeter große Abschnitte zu markieren. Doch die Pflöcke versanken ständig im Torf oder wurden umgerissen, weil jemand die Schnur zu straff zog.

Bald lief ihnen allen der Schweiß den Rücken hinunter, was eine Wolke zudringlicher Mücken anzog. Nach mehreren Stunden war Ethan sicher, dass er die örtliche Mückenpopulation mit Blut für eine ganze Woche versorgt hatte.

Sobald das Gitternetz fertig war, machte Dr. Hughes weitere Fotos. Ethan rieb sich den Nacken und schaute nach oben. Während sie arbeiteten, war eine dicke Wolkenbank aufgezogen und bedeckte nun den Himmel. Die Sonne war dahinter verschwunden. In etwa zwei Stunden würde es dunkel sein. Er hoffte, dass der Rechtsmediziner die Leiche heute noch bergen konnte … Aber das setzte natürlich voraus, dass das Skelett intakt war. Alles hing davon ab, was sie vorfanden, wenn sie den Torfbuckel über der Leiche schichtweise abtrugen.

Die Hände in die Hüften gestemmt musterte Dr. Hughes die markierte Fläche und sagte zu Guthro: »Clarence, dieses Material können wir nicht durchsieben. Es ist zu verfilzt und zu feucht. Dazu die ganzen Wurzeln dieser Büsche.« Sie strich sich eine Haarsträhne aus dem Gesicht. Dabei blieb eine Spur von Schmutzwasser zurück.

Dr. Guthro reichte ihr ein Taschentuch. »Was schlagen Sie vor?«

Sie tupfte sich mit dem säuberlich gebügelten Baumwolltuch den Schweiß von der Stirn. Dabei bemerkte Ethan ein gesticktes Monogramm des Rechtsmediziners im Taschentuch. »Wir werden den Torfbuckel Abschnitt für Abschnitt abtragen müssen. Die Abschnitte schaffen wir ins Labor und versuchen da, den Torf aufzulösen. Wenn das Zeug sich nicht durchsieben lässt, müssen wir die Stücke röntgen.«

Dr. Guthro hob die Brauen. »Ich kann mir vorstellen, wie beliebt wir uns damit bei den Röntgenassistenten machen würden. Hoffentlich ist es nicht notwendig.«

Dr. Hughes stopfte das Taschentuch in eine ihrer Westentaschen. »Ich werde es waschen, Clarence«, sagte sie grinsend und griff nach dem Spaten, der unter einer offenen Tasche lag. »Ich hebe jetzt den ersten Abschnitt aus. Ich beginne da, wo sich die Maske befindet.«

Sie kletterte auf den Buckel und kniete sich neben den markierten Abschnitt. »Clarence, können Sie mir von der anderen Seite her assistieren? Jemand muss mir das Torfstück abnehmen, wenn ich es heraushebe.« Sie kramte in einer ihrer vielen Westentaschen und zog eine Plastiktüte hervor, die sie Dr. Guthro reichte.

Die Leute von der Spurensicherung, die das Gelände ringsum abgesucht hatten, versammelten sich in ihren weißen Overalls hinter Ethan. Über Dr. Hughes' Schulter hinweg beobachteten sie, wie die Anthropologin mit der Kante des Spatens in den Torf stach. Als sie den Spaten tiefer hineintrieb, sammelte sich Wasser um das Spatenblatt. Sie zog den Spaten heraus und tat an den anderen drei Seiten des Abschnitts das Gleiche. »Jetzt müsste es locker genug sein«, sagte sie.

Alle Blicke waren auf den Spaten gerichtet. Sie schob das Blatt unter das Torfstück und hebelte es vom Rand her hoch. Es war etwa sechzig Zentimeter dick. An der Unterseite hingen zahllose abgerissene Wurzeln. Ethan stieg ein frischer, harziger Duft in die Nase, unterlegt von etwas Feuchtem und Moosartigen.

Dr. Guthro hielt die Plastiktüte auf. Mit einer raschen, präzisen Bewegung schob Dr. Hughes das Stück Torf hinein. Nichts von dem, was in dem Wurzelfilzwerk versteckt sein mochte, durfte verloren gehen. Ethan betrachtete prüfend die Schnittflächen des Stücks. Es waren keine Knochenteile zu sehen, also waren die Aussichten gut, dass sie ein intaktes Skelett vorfinden würden. Das würde die Identifizierung deutlich erleichtern. Und wenn sie Kleidung oder Schmuck fänden … oder gar die Mordwaffe … *falls* hier ein Mord vorlag.

Er kämpfte seine Ungeduld nieder.

Mit dem Aushub des ersten Teilstücks war ein quadratisches Loch entstanden. Dr. Hughes schaute hinein. »Es handelt sich definitiv um eine Gummimaske …«

»Können Sie sonst noch etwas erkennen?«, fragte Sergeant Deb Ferguson, Chefin der Major Crime Unit, und reckte den Hals, um in das Loch zu spähen.

Dr. Hughes stellte das Kameraobjektiv ein. »Nein. Ich sehe die Maske nur zum Teil. Sie ist mit Erde bedeckt.«

»Kann ich mal sehen?«, fragte Ethan.

Dr. Hughes trat zurück und reichte ihm die Taschenlampe. Er richtete den Lichtstrahl in die Öffnung.

Trotz der vielen Toten, die er im Lauf der Jahre gesehen hatte, stockte ihm bei dem Anblick der Atem. Ihm wurde klar, dass er damit gerechnet hatte, Heather zu sehen. Tot und verwest. Oder einen Totenschädel.

Aber kein Hexengesicht.

Es starrte ihn zornig an. Die Maske musste schon vor Jahren alle Farbe verloren haben, aber so monochrom, in unterschiedlichen Brauntönen, wirkte sie fast noch unheimlicher. Man konnte ein paar Haarsträhnen erkennen.

Dr. Hughes schaute ihn an. »Hat Ihre verschwundene junge Frau zu dem Kostüm auch eine Gummimaske getragen?«

Ethan schüttelte den Kopf. »Davon hat niemand etwas gesagt. Aber es könnte natürlich trotzdem der Fall gewesen sein.«

»Sieht aus, als wäre sie stranguliert worden.« Dr. Hughes deutete auf die rechte untere Ecke des freigelegten Abschnitts. »Sehen Sie das Seil?«

Es war mit Erde bedeckt und von Wurzeln umwuchert. Da hat die forensische Anthropologin einen guten Fang gemacht. Ethan richtete sich auf. »Das sieht definitiv nach Mord aus.«

Er brannte darauf, sich die Maske genauer anzusehen, aber vorher musste noch viele Stunden lang Schmutz mit dem Pinsel beseitigt und Erde durchgesiebt werden. In den Schichten über und unter dem Toten konnten sich wichtige Beweisstücke befinden.

Ethan sah auf die Uhr: 18:53. Das Licht wurde schwächer, und mit zunehmender Dämmerung legte sich Dunst über die Landschaft.

Der nächste Abschnitt des Torfbuckels ließ sich etwas leichter herauslösen. Wie beim ersten Mal tüteten Dr. Hughes und Dr. Guthro ihn ein und legten ihn in einen großen Plastikbehälter. Dann schaute die forensische Anthropologin in das Loch. Erstaunt hielt sie inne und sah Dr. Guthro an. »Da liegt eine Leiche.«

»Sie meinen wohl ein Skelett?«, fragte Ethan.

Dr. Hughes schüttelte aufgeregt den Kopf. »Nein, eine richtige Leiche. Ich kann sie deutlich sehen.«

»Also liegt sie erst seit Kurzem da?«, fragte Ethan missmutig.

»Nein. Die Leiche ist mumifiziert.« Sie grinste Dr. Guthro an. »Werter Herr Doktor, wir sind dabei, eine echte Moorleiche auszugraben.«

»Sind Sie sicher, Darcie?«

»Ich kann ganz eindeutig eine mumifizierte Schulter erkennen.«

»Wie soll denn eine Leiche in Wasser mumifizieren?« Ethan versuchte, an Dr. Hughes' Kopf vorbei einen Blick in das Loch zu erhaschen.

Dr. Hughes wirkte noch immer ein wenig benommen. »Das Verwesen von Leichen wird durch Bakterien verursacht. Aber wenn kein Sauerstoff vorhanden ist – und ein Moor ist eine ausgesprochen anaerobe Umgebung –, dann gibt es auch keine Bakterien. Also mumifiziert der Körper, anstatt zu verwesen. Dass das möglich wäre, war mir klar, sobald ich gehört habe, wo der Fundort liegt, aber ich hätte trotzdem nie damit gerechnet, dass wir hier tatsächlich auf eine mumifizierte Leiche stoßen. Die Highschool-Schülerin hat schließlich einen Knochen gefunden. Deshalb habe ich angenommen, dass es ein Skelett ist.«

»Aber die Leiche ist doch mit Wasser in Berührung gekommen. Warum ist sie dann nicht verwest?« Irgendwie schien Ethan das völlig bizarr.

»Die Säuren im Wasser entziehen dem Gewebe die Feuchtigkeit«, sagte Dr. Guthro und rieb sich die Hände, ein klares

Zeichen dafür, dass er drauf und dran war, eine Pathologievorlesung zu halten. »Und die Gerbstoffe im Moor konservieren es zusätzlich.«

»Wenn hier wirklich eine konservierte Leiche liegt, dann ist das ein Fund von großer wissenschaftlicher Bedeutung, Clarence«, sagte Dr. Hughes. »Meines Wissens ist in Kanada noch nie eine Moorleiche entdeckt worden …«

»… bis heute«, warf Dr. Guthro lächelnd ein.

»Und zeitgenössische Moorleichen sind überhaupt sehr selten.« Anscheinend wurde ihr die Bedeutung des Fundes erst allmählich bewusst. »Daraus könnte ein faszinierendes Forschungsprojekt werden …«

Das dort unten konnte Heather sein. Die nie nach Hause gekommen war.

Während des Gesprächs hatte das Tageslicht deutlich nachgelassen. Bald würde es zu regnen beginnen, und kurz darauf würde die Nacht anbrechen. Zeit, die Feierstunde zu beenden. »In einer Stunde ist es dunkel«, sagte Ethan. »Außerdem sieht es nach Regen aus. Wie stellen Sie sich das weitere Vorgehen vor?«

»Wir sollten mit der Ausgrabung fortfahren«, sagte Dr. Hughes. »Wir stellen Scheinwerfer auf und errichten ein Zelt.«

Ethan sah ihr an, dass sie die Fundstelle um keinen Preis verlassen würde. Dies war der Traum jedes Wissenschaftlers. Wahrscheinlich malte sie sich schon aus, dass sie mit den Forschungen an dieser einen Moorleiche über Jahre hinweg ihr Labor finanzieren konnte. Es gab nur ein Problem: Sie würde den Leichnam nicht behalten dürfen. Früher oder später mussten die Angehörigen informiert werden.

Ferguson rief das Team zusammen. Innerhalb weniger Minuten hatten sie ein zeltähnliches Gebilde über dem abgesteckten Areal errichtet. »Wenn der Wind zulegt, fällt das in null

Komma nichts in sich zusammen«, sagte Lamond. »Die Pfosten lassen sich hier nicht richtig verankern.«

»Wenn wir Glück haben, ist die Leiche bis dahin geborgen.«

Wenn nicht, hatte Dr. Hughes eine lange, nasse Nacht vor sich.

6

Wie in Halifax üblich schlug das Wetter schon wieder um. Dicke, schwere dunkle Wolken bedeckten den Himmel, der vor ein paar Stunden noch so vielversprechend blau geleuchtet hatte. Kate passierte das steinerne Tor am oberen Parkplatz des Point-Pleasant-Parks und lief dicht an der Parkmauer entlang weiter, damit sie nicht wegen des Verkehrs anhalten musste.

Das Laufen hatte ihr gutgetan. Es war auch dringend notwendig gewesen. Kate hatte dabei all die Emotionen abschütteln können, die der Besuch von Frances Sloane ausgelöst hatte.

Aber trotz der würzigen Seeluft spürte sie jetzt eine Last auf der Brust.

Sie wusste, dass sie die richtige Entscheidung getroffen hatte. Sterbehilfe war ein brisantes politisches Thema, an dem sich die öffentliche Meinung schied. Um einen Abgeordneten davon zu überzeugen, dass er sich für die Abschaffung eines Paragraphen im Strafgesetzbuch einsetzte, brauchte man immer das Geschick eines professionellen Lobbyisten, und bei Sterbehilfe traf das erst recht zu. Ihre Mandantin musste in ihrem Kampf von den richtigen Leute unterstützt werden. Sonst schlug man ihr womöglich die Tür vor der Nase zu, bevor sie in ihrem Rollstuhl über die Schwelle kam.

Kates weißer Husky Alaska und Randall Barretts schokoladenbraune Labradorhündin Charlie trotteten neben Kate her, wobei Charlie hingebungsvoll die Zunge hängen ließ. Ihr Gang war nicht mehr so geschmeidig wie früher, denn im letzten Jahr war sie am Becken verletzt worden. Aber obwohl sie hinkte, hielt sie mit Kate und Alaska Schritt.

Vor einem Jahr noch wäre Kate geradeaus weitergelaufen, die Tower Road entlang bis zu den Universitätsgebäuden und von dort nach Hause. Jetzt bog sie nach links zu Randall Barretts sehenswertem Haus ab. Charlie winselte kurz, wedelte mit dem Schwanz und begann an der Leine zu zerren.

»Halt, Mädchen.« Kate wechselte ins Schritttempo. Ihr Oberschenkel hatte sich noch immer nicht ganz von der Attacke des Halifax-Schlächters vor einem Jahr erholt. Nach der Joggingrunde musste Kate ihn dehnen. Gehorsam wie immer ließ Charlie sich neben ihr nieder. *Alaska, du solltest dir ein Beispiel daran nehmen.*

Charlie war ein braver Hund. Kate hatte sich schnell an den schweren Körper und die feuchten Küsse gewöhnt, sogar daran, dass Charlies Schwanz offenbar ein Eigenleben führte, dem innerhalb einer Woche nach Charlies Ankunft sämtliche zerbrechlichen Gegenstände auf Kates Wohnzimmertisch zum Opfer gefallen waren. Aber vor allem hatte sie sich an Charlies bedingungslose Zuneigung gewöhnt. Charlie war eigentlich Randall Barretts Hund, doch Kate hatte ihr Vertrauen gewonnen, als sie sich letztes Jahr im August um sie gekümmert hatte, während Randall im Gefängnis saß.

Aus Charlies Kehle drang ein leises Winseln. Sie hatte Eddie Bent entdeckt, der auf der Veranda vor Randalls Haus saß.

»Das mit dem Garten hast du ja toll hinbekommen, Eddie«, rief Kate, während sie auf ihn zuging. »Sieht ganz so aus, als müsste Randall dich doch nicht rauswerfen.«

»*Gracias*«, antwortete Eddie aus den Tiefen des Adirondack-Gartensessels, den er sich auf die Veranda gestellt hatte. Eddie und Randall waren alte Studienfreunde. Randall vertraute ihm und hatte ihn gebeten, auf sein Haus aufzupassen, während er in New York war. »Ich habe es sogar geschafft, die Blätter zusammenzuharken, ohne auch nur eine einzige Knospe zu beschädigen.«

»Offensichtlich färbt die Umgebung auf dich ab.« Kate suchte die Terrasse verstohlen nach Kratzspuren von den Beinen des hölzernen Sessels ab. Sie grinste. Aus der Richtung drohte Eddie kein Ärger. Auf dem Boden waren keine Kratzer zu entdecken.

Charlie lief die Treppe hinauf und strich um Eddies Beine. »Platz, Charlie!«, rief Kate besorgt. Aber irgendwie gelang es Charlie, doch nicht das Ding umzuwerfen, das Eddie als Aschenbecher benutzte und das Kate sehr an die Porzellan-Zuckerdose erinnerte, die Randall vor acht Monaten beim Teetrinken vor ihr auf den Tisch gestellt hatte.

»Schon gut.« Eddie drückte seine Zigarette aus und erhob sich aus dem Sessel. »Ich muss sowieso nach dem Abendessen schauen.« Er öffnete die Tür. »Isst du mit?«

»Kommt darauf an, was es gibt«, sagte Kate mit einem Grinsen.

Eddie schüttelte den Kopf. »Die Kocherei mit Enid ist Ihnen ganz schön zu Kopf gestiegen, Miss Lange.« Enid Richardson und ihre Schwester Muriel waren Kates Nachbarn. Zwischen ihnen hatte sich im letzten Jahr eine enge Freundschaft entwickelt, und Kate betrachtete die beiden älteren Frauen mittlerweile als Familienmitglieder. »Es ist noch gar nicht so lange her, da hättest du für eine selbst gekochte Mahlzeit alles gegeben.«

Kate lachte und bückte sich, um den Hunden die Leinen abzunehmen. »Die Zeiten ändern sich, Mr Bent. Ich habe mir neulich eine Nudelmaschine gekauft.«

Eddie schnaubte. »Du musst sie auch auspacken, Kate.«

»Der Punkt geht an dich.« Kate rollte die Leinen zusammen. »Ich habe sie *tatsächlich* aus dem Karton genommen. Und gleich wieder reingestellt.«

Eddie hob den Zeigefinger. »Sag nicht, dass du von jetzt an auch in teure Läden gehen und nutzloses Küchenzubehör kaufen willst …«

»Du bist ja bloß neidisch.« Sie folgte Eddie in die Küche. Mit den unglaublich vielen weißen Schränken, den Arbeitsflächen aus grauem Granit und Geräten aus fleckenlosem Edelstahl war der Raum ein Musterbeispiel an Effizienz und architektonischer Klarheit. Die klösterliche Strenge wurde durch die Gemälde an den Wänden allerdings etwas gemildert. Es waren andere Bilder als die, die Kate bei ihrem ersten Besuch in Randalls Küche bewundert hatte. Diese Bilder hatten das Meer dargestellt, sehr abstrakt, aber so gut komponiert, dass man die jeweilige Stimmung der See schon aus weiter Entfernung spürte.

Es waren drei Gemälde von Randalls Mutter Penelope Barrett gewesen. Kate wusste, weshalb Randall sie entfernt hatte. Das Meer hatte ihm beinahe einen geliebten Menschen geraubt und damit bewiesen, wie schrecklich es bei aller Schönheit war. Sicher wollte er nicht jeden Morgen beim Kaffeetrinken mit dieser Erinnerung konfrontiert werden.

Die Gemälde seiner Mutter, die nun in der Küche hingen, waren ebenfalls eindrucksvoll: Sie zeigten verlassene Scheunen, anheimelnd, aber auch trostlos, verwittert und dennoch den Zeiten trotzend.

»Sieh dir diese Küche an. Wie könnte ich da neidisch werden, Kate?« Eddie rührte in der Spaghetti-Soße, die auf dem Herd stand, und wedelte zugleich mit der Hand. Koordination gehörte nicht zu seinen Stärken, ein paar Tropfen roter Soße spritzten auf die Edelstahltür des Backofens.

Blut, das die Fahrstuhlwand herunterläuft.

Kate versuchte das Bild abzuschütteln, das sich vor einem Jahr in ihr Gehirn gebrannt hatte.

»Diese Küche enthält bereits jedes nutzlose Küchenutensil aus allen edlen Läden von Halifax.« Eddie zwinkerte Kate zu. »Aber verrat Randall bloß nicht, dass ich das gesagt habe.«

Kate setzte sich neben der Kücheninsel auf einen Barhocker mit weißem Lederbezug. Sie löste ihren Blick von den Soßenspritzern und sagte möglichst unbeschwert: »Ich denke, das weiß er schon.« Sie schlug die Beine übereinander und versuchte, locker zu wirken. »Wie geht es ihm denn so?«

Gott. Das ist ja wirklich armselig, Kate. Du hast doch erst vor ein paar Tagen mit ihm gesprochen.

Aber das war nicht das Gleiche. Bei diesem Gespräch war es um Frances Sloane gegangen.

Nicht um sie beide.

Vor acht Monaten hatte Kate Randall Barrett erfolgreich gegen den Vorwurf verteidigt, seine Exfrau ermordet zu haben, und dabei hatten sie gemerkt, dass sie mehr füreinander empfanden als zwischen Anwältin und Mandant üblich.

»Die Fusion ist wohl endlich beschlossene Sache. Randall ist zufrieden.« Etwa einen Monat, nachdem die Mordanklage gegen ihn zurückgezogen worden war, hatte ein früherer Kommilitone aus Randalls Zeit als Jurastudent in Harvard angerufen. Er hatte ihm sein Beileid ausgesprochen und ihm angeboten, für einen internationalen Technologiekonzern den Zusammenschluss mit einer anderen Firma juristisch zu betreuen.

Aber darüber wollte Kate eigentlich gar nichts hören. Sie versuchte es nochmals: »Wie geht es den Kindern?«

»Gut.« Eddie tätschelte Charlie, die zu seinen Füßen saß. »Aber Lucy vermisst ihren Hund.«

Ein Apartment in Manhattan sei nicht der richtige Ort für einen großen Labrador, hatte Randall Kate erklärt. Daraufhin hatte sie angeboten, Charlie bei sich aufzunehmen, solange die Barretts fort waren. Da hatte sie allerdings noch nicht geahnt, wie schwer es ihr fallen würde, ständig ein Wesen um sich zu haben, das sie an Randall erinnerte, während ihr Verhältnis zugleich so vollkommen ungeklärt war. Wer wusste schon, zu welchen Entscheidungen Randall bei seiner Rückkehr gekommen sein würde? Wie würde er die Bedürfnisse seiner Kinder einschätzen? Und seine eigenen?

Und seine Gefühle zu Kate?

Eddie nahm etwas von der Soße auf einen Holzlöffel und kostete. »Hm … Genau richtig gesalzen.«

Kate hob die Augenbrauen. »Wann kriege ich endlich dein Bolognese-Rezept?«

»Das ist ein Geheimnis der Familie Bent, Kate.« Eddie summte leise vor sich hin, während er Knoblauchbaguette in den vorgeheizten Backofen schob. »Meine Mutter würde sich im Grab umdrehen, wenn ich es dir verraten würde.« Er schloss die Backofentür und lehnte sich gegen das warme Metall. »Und außerdem, wozu brauchst du mein Rezept? In Italien bekommst du das Original.«

»Stimmt, aber das dauert noch ein paar Monate. Und ich bin am Verhungern!« Kate grinste.

Eddies Blick wurde sanfter. In diesem Augenblick sah Kate den Vater in ihm – einen Vater, der sich nach der Tochter sehnte, die mit ihrer Mutter nach Montreal gezogen war und ihren alkoholabhängigen Vater ein für alle Mal aus ihrem Leben gestrichen hatte.

»Oh, schau mal«, sagte Kate plötzlich. »Nat ist in den Nachrichten.« Sie sprang vom Barhocker, froh darüber, dass sie Eddies melancholische Stimmung durchbrechen konnte. Sie drehte den Fernseher laut.

Kates alte Studienfreundin Nat Pitts hatte einen Job bei den

Lokalnachrichten bekommen, nachdem sie vor acht Monaten über den Mord an Randall Barretts Exfrau berichtet hatte. Sie hatte den Sprung von der Zeitung zum Fernsehen besser bewältigt als viele ihrer Kollegen. Heute berichtete sie offenbar von einem Ort irgendwo an der Küste, und der Wind zerzauste ihr das nicht mehr blondierte, aber sehr telegene hellbraune Haar. Sie hielt ein Mikrofon in der Hand und hatte ihren Trenchcoat eng gegürtet, was ihrer schlanken Figur schmeichelte. Hinter ihr, etwas von Dunst verschleiert, sah man Polizei am Ort irgendeines Verbrechens. »… wurde eine forensische Anthropologin hinzugezogen. Sie soll eine menschliche Leiche untersuchen, die von einer Schülerin der hiesigen Highschool im Torfmoor entdeckt wurde.«

Die Kamera zeigte eine Moorlandschaft, in der ein Bereich mit gelbem Flatterband abgeriegelt war. Mehrere Personen legten in dem struppig überwucherten Gelände mithilfe von Schnüren ein Gitternetz an. Das Ganze sah ziemlich uninteressant aus, doch die Polizisten blickten mit offensichtlicher Faszination auf ein bestimmtes Loch.

Kate durchfuhr ein Schmerz – ein feiner, stechender Schmerz. Mitten im Bild stand eine vertraute dunkelhaarige Gestalt.

Ethan.

Detective Ethan Drake, früher beim Morddezernat, nun beim Sonderdezernat für ungelöste Fälle. Ihr Exverlobter, von dem sie einst geglaubt hatte, er würde ihr in Gesundheit und Krankheit zur Seite stehen, sie lieben und achten, in guten wie in schlechten Tagen …

Nur der letzte Teil hatte sich als wahr erwiesen. Ethan hatte an einigen der schlimmsten Momente ihres Lebens teilgehabt. An Erlebnissen, die sie am liebsten wieder vergessen würde.

Seit einem Jahr versuchte sie, nicht mehr an Ethan zu denken. Meistens gelang es ihr. Nur tief in der Nacht, wenn sie nach einem Glas Wein im Bett lag und nicht schlafen konnte, fragte sie sich ab und zu, ob er inzwischen eine Neue hatte. Würde er auch dieser Frau morgens einen Caffè Latte mit perfekt aufgeschäumter Milch und frischen Schokoraspeln bringen?

Kate, dafür gibt es Starbucks. Auf Espresso allein gründet man keine Ehe.

Im Augenblick war er lediglich eine acht Zentimeter große Gestalt auf dem Fernsehschirm. Er hielt den Kopf gesenkt, etwas fesselte offenbar seinen Blick. Der Wind spielte mit seinem Haar.

Jetzt kam Nat wieder ins Bild. Neben ihr stand eine große Frau mit Basecap und einer Weste voller ausgebeulter Taschen. »Neben mir steht Dr. Darcie Hughes …«

»Darcie?«, rief Kate überrascht.

»Kennst du die Frau?« Eddie rieb gerade ein kleines Stück Parmesankäse.

»Vom Jurastudium«, sagte Kate. Dann verstummte sie und konzentrierte sich auf das Interview, wobei sie unterschwellig immer noch damit beschäftigt war, dass ihre alte Studienkollegin forensische Anthropologin geworden war.

»… Torfmoore sind für ihre konservierenden Eigenschaften bekannt, nicht wahr, Dr. Hughes?«, sagte Nat.

Darcie Hughes nickte. Ein paar Strähnen ihres rotblonden Haars hatten sich aus ihrem Pferdeschwanz gelöst. »Ja, das stimmt. Dieser Fund ist hochinteressant. Es ist der erste seiner Art in ganz Kanada.«

»Wie lange, glauben Sie, hat die Leiche hier gelegen?«, fragte Nat.

Das Bild zeigte Darcie Hughes in Nahaufnahme. Aus ihrem sommersprossigen Gesicht leuchteten helle goldgrüne Augen hervor. Sie lächelte entschuldigend. »Wir reden hier nicht von einer Mumie aus der Eisenzeit wie dem Tollund-Mann in Dänemark. Die Leiche stammt aus unserer Zeit. Aus diesem Jahrzehnt. So viel steht bereits fest.«

»Weshalb sind Sie da so sicher, Dr. Hughes?« Nat kniff ein wenig die Augen zusammen, als wüsste sie bereits mehr und wollte ihre vorsichtige Gesprächspartnerin dazu verleiten, etwas Bestimmtes preiszugeben. Kate hielt den Atem an. Sie hätte Nat einen solchen Coup gegönnt, wollte aber auch nicht, dass Darcie Hughes in die Falle ging.

Doch Darcie Hughes hatte im Jurastudium offenbar einiges gelernt. Sie lachte kurz auf. »Es tut mir leid. Zurzeit kann ich keine weiteren Details nennen. Sobald wir Genaueres wissen, wird die Polizei die Presse informieren.« Sie zog sich den Mützenschirm tiefer in die Stirn. »Ich muss wieder zur Ausgrabung, bevor es anfängt zu regnen.«

Die Kamera zoomte zu Nat heran, während Darcie Hughes aus dem Bild verschwand. »Das war Darcie Hughes, Gastprofessorin an der Saint Mary's University, die für die Polizei von Halifax eine menschliche Leiche ausgräbt, die eine Schülerin heute Nachmittag beim Probensammeln für den Biologieunterricht entdeckt hat.« Eine Windbö fuhr unter den Kragen von Nats Trenchcoat. »Nach noch unbestätigten Berichten wurde bei der Leiche eine Halloweenmaske aus Gummi gefunden.«

Es folgte ein Interview mit der bedauernswerten Highschool-Schülerin Rebecca Chen. Sie wirkte immer noch etwas benommen, bestätigte aber, dass sie eine Halloweenmaske aus Gummi bemerkt habe. Für Nat war das definitiv ein Coup. Die Polizei würde jedoch verärgert sein, dass ein so wichtiges forensisches Detail an die Öffentlichkeit gelangt war – noch bevor feststand, ob es sich um Mord handelte oder nicht.

»Puh«, sagte Kate. »Ich frage mich, wer das arme Opfer war.

Vermutlich irgendein Säufer ...« Sie schlug sich auf den Mund. »Oh, verdammt. Tut mir leid, Eddie ...«

Er schüttelte den Kopf. »Das braucht dir nicht leidzutun. Wahrscheinlich ist es irgendein armer Kerl, der zu viel gefeiert hat und am eigenen Erbrochenen erstickt ist. Das kommt vor.« Er gab die Nudeln in einen Topf mit kochendem Wasser. Über dem Herd stieg Dampf auf. In Eddies Augen trat ein nachdenklicher Ausdruck. »Obwohl, ich frage mich ...«

Kate stellte den Fernseher leiser. »Was?«

»Diese Maske ...«

»Was ist mit der Maske?«

»Es gab da mal einen Fall ...«

»Sag bloß nicht, du hast das Opfer gekannt.« Bei Eddie war nichts unmöglich. Bevor er Strafverteidiger wurde, war er in die Fußstapfen seines Vaters getreten und hatte im Installationsbetrieb der Familie gearbeitet. Zu Kate hatte er einmal gesagt, das Leben in Halifax erinnere ihn an die Rohrleitungen in einem alten Haus: Es gebe die seltsamsten Verbindungen und immer wieder unerwartete Knicke.

Er schüttelte den Kopf. »Nein. Aber ich erinnere mich an einen Fall, bei dem eine junge Frau zu Halloween verschwunden ist ... Er hat mir damals keine Ruhe gelassen ...«

»Warum? Sie war doch bestimmt nicht deine Mandantin, oder?«

Kate schoss die Erinnerung an Marian MacAdam durch den Kopf. *Denk nicht daran.*

Eddie rührte die Nudeln um und blickte dabei in den Topf, als könnte er darin die Antwort finden. »Nein. Diese junge Frau – sie hieß Heather Rigby – ist in dem Jahr verschwunden, als meine Tochter geboren wurde. Ich weiß noch, wie ich dieses kleine verletzliche Baby an die Brust gedrückt habe und entsetzt war, weil anderer Leute Töchter offenbar einfach so verschwinden konnten. Heather war genau so, wie man sich die eigene Tochter wünschen würde.« Es klang fast so, als hätte Eddie sie gekannt. Vermutlich hatte er sich intensiv mit dem Fall befasst, hatte mit seinem scharfen Verstand jede Einzelheit analysiert und nach einer Lösung gesucht.

Und ist deine Tochter so geworden wie Heather Rigby?, hätte Kate gern gefragt, doch sie ließ es sein. Sie wollte Eddie nicht daran erinnern, was er verloren hatte. Weggeworfen hatte, wie er es formulierte.

»Und diese junge Frau hat man nie gefunden?«

Eddie schüttelte den Kopf. »Nein. In den Medien wurde viel darüber berichtet – es gab unzählige falsche Spuren.« Er goss die Nudeln ab. »Ich frage mich, ob die Entdeckung heute die Polizei ein Stück weiterbringen wird.«

»Glaubst du, dass es Heather sein könnte?«

Eddie zuckte mit den Schultern. »Schwer zu sagen. Einerseits hoffe ich es – für ihre Familie wäre die Sache dann wenigstens abgeschlossen. Sie haben nie aufgehört, nach ihr zu suchen, weißt du.« Er wandte sich um und machte sich daran, das Essen zu servieren. Kate nahm das Knoblauchbrot aus dem Ofen und legte es auf ein Schneidebrett aus Holz. Inzwischen kannte sie Randalls Küche so gut wie ihre eigene, sie hatte hier schon oft mit Eddie gegessen.

Eddie stellte die Teller auf den Küchentresen aus Granit. Als Junggeselle aß er natürlich nicht am Tisch. *Immerhin isst er im Sitzen*, dachte Kate. Sie setzten sich vor die dampfenden Tellern mit Spaghetti bolognese und frisch geriebenem Parmesan.

»Andererseits hoffe ich, dass sie es nicht ist«, fuhr Eddie fort, als wären seit seinem letzten Satz nicht mindestens fünf Minuten vergangen. Er wickelte Spaghetti auf seine Gabel. »Besonders wenn sich herausstellen sollte, dass die Person, die da im Torfmoor gefunden wurde, gewaltsam ums Leben gekommen ist. Die Angehörigen wünschen sich zwar oft, einen Schlussstrich ziehen zu können, aber manchmal ist es besser, nicht Bescheid zu wissen.«

Wem sagst du das.

»Also«, nuschelte Eddie, den Mund voller Nudeln, »wohin in Europa soll es denn gehen?«

Kate nippte an ihrem Wasser. Bei Eddie kam zum Essen nie Wein auf den Tisch, und Kate bot auch nie an, welchen mitzubringen. »Na ja, Nat und ich haben beschlossen, dass jede von uns ein Land auswählt und die andere damit überrascht.«

Eddie hob eine Braue. »Die Idee ist entweder brillant oder aber …« Er nahm mit dem Löffel etwas geriebenen Parmesan aus der Schüssel und verteilte ihn über die Hackfleischsoße. »Lass mich raten. Italien war deine Wahl?«

Kate grinste. »Oh ja. Mir geht's immer nur um eins: Essen.«

»Und Nats Vorschlag?«

»England. Vermutlich werde ich durch eine Menge alter Schlösser stapfen müssen. Nat ist ganz verrückt nach englischer Geschichte. Und nach diesem ganzen Kram rund um die Royals. Sie möchte sich unbedingt Kate Middletons Hochzeitskleid ansehen.« Kate verdrehte die Augen. Sie hätte nie zugegeben, dass sie das Kleid auch gern sehen würde.

»Das klingt ganz so …« Eddie streute doch noch Salz auf seine Pasta. »… als wäre es wirklich eine geniale Idee gewesen, dass jede von euch ein Land auswählt. Ihr begeistert euch für ganz unterschiedliche Dinge. Das kann sehr lehrreich werden.«

»Bist du sicher, dass du nicht mitkommen willst?«

Eddie prustete. »Kate, ihr wollt bestimmt nicht mit einem dicken alten Sack im Schlepptau durch die italienischen Städte bummeln.«

Kate legte die Gabel hin und starrte Eddie an. »Was redest du denn da? Du bist doch kein alter Sack.«

Eddie schüttelte den Kopf. »Und ob ich das bin, Kate. Ich bin übergewichtig. Kettenraucher. Dreiundfünfzig Jahre alt. Und nicht nur das, ich bin ein trockener Alkoholiker …«

Kate versuchte, sich ihre Betroffenheit nicht anmerken zu lassen. Eigentlich war Eddie nicht der Typ, der um Mitgefühl warb, aber heute Abend wirkte er bedrückt.

»Der immer noch volles Kopfhaar hat …« *Mist, das hat ihm nicht einmal ein Lächeln entlockt.* Sie versuchte es erneut. »Der außerdem ein brillanter Strafverteidiger ist und ein toller Koch.« Sie biss von ihrem Knoblauchbrot ab und murmelte möglichst beiläufig: »Ist irgendwas passiert?«

Er stocherte mit der Gabel in seinen Spaghetti. »Nein.«

Kate zögerte. Sie waren gute Freunde, aber in Eddies Innenleben mischte sie sich normalerweise nicht ein. Andererseits war unter seinem zerknitterten Äußeren deutlich der Kummer zu spüren. Sie trank einen Schluck Wasser. »Was ist los?«

Er klopfte auf seine Brusttasche und ließ die Hand dann wieder sinken. Kate war nicht sicher, ob er die Zigaretten aus Höflichkeit ihr gegenüber stecken ließ oder weil ihm mit Verspätung Randalls striktes Rauchverbot im Haus eingefallen war. Die Stille zwischen ihnen erinnerte Kate daran, wie sie als kleines Kind manchmal draußen gesessen und mit angehaltenem Atem abgewartet hatte, ob die Grillen anfangen würden zu zirpen.

Eddie rückte vom Küchentresen weg. Die Stuhlbeine scharrten über den Boden. Er wollte aufstehen, sackte dann aber wieder in sich zusammen. »Heute ist unser Hochzeitstag.«

Oh …

Es traf Kate ins Herz. Eddie sprach nie von seiner Frau, aber nicht aus Hass, sondern weil er sie liebte.

»Es tut mir leid.« Kate legte ihm eine Hand auf den Arm.

Er lächelte traurig. »Mir auch.«

»Hast du in letzter Zeit mit ihr gesprochen?«

Er schüttelte den Kopf. »Sie hat gesagt, ich soll nicht anrufen.«

»Aber sie weiß doch wohl, dass du zu den Anonymen Alkoholikern gehst und so?«

Ich weiß, worauf du hinauswillst, aber dafür ist es zu spät, besagte sein Blick.

»Sie weiß, dass du wieder als Rechtsanwalt arbeitest, oder?«

Er zuckte mit den Schultern. »Ich sende ihr Schecks für Briannas Unterhalt. Sicher kann sie eins und eins zusammenzählen.«

»Vielleicht auch nicht …«

Er strich mit der Hand über die Brusttasche seines Hemdes und zog die Umrisse der Zigarettenschachtel nach. Dann fuhr er sich mit der Hand durch die Haare. »Das ist egal, Kate. Sie liebt mich nicht mehr.«

Er sagte es nüchtern. Sachlich. Ohne ein Quäntchen Selbstmitleid oder Wut.

Aber der Kummer in seinen klugen, unvoreingenommen dreinblickenden Augen war für Kate fast unerträglich.

»Es tut mir leid, Eddie.« Kate wusste nicht, was sie sonst sagen sollte.

»Das sollte es nicht, Kate. Es war mein Fehler.«

In Kate stieg eine ungeheure Wut auf die unbekannte Frau hoch, die diesem Mann, der sein Leben so hartnäckig in den Griff zu bekommen versuchte, derart wehtat. »Wie steht's mit Vergebung? Gehört die nicht zu Elaines Wortschatz?«

»Früher einmal schon«, sagte Eddie. »Aber ich habe zu oft darum bitten müssen, Kate. Jedes Mal, wenn man darum bittet, verliert sie an Elastizität. Irgendwann zerreißt sie dann wie ein altes Gummiband.«

Er griff in die Brusttasche und zog die Zigarettenschachtel

hervor. »Wenn du mich jetzt bitte entschuldigst, ich möchte meine Gedanken ein wenig vernebeln …«

Kate sah sehr ungern zu, wie ihr Freund sich mit Zigaretten umbrachte. Seit Kurzem keuchte er beim Treppensteigen. Eigentlich hatte sie sich fest vorgenommen, ihn in diesem Jahr dazu zu bringen, dass er mit dem Rauchen aufhörte. Aber im Moment war sie für alles dankbar, was ihm dabei half zu vergessen.

»Geh nur. Ich wasche ab.«

Es gab nicht viel zu tun. Für einen Mann, der so schlampig wirkte, war er als Koch überraschend ordentlich. Kate stellte das Geschirr in die Spülmaschine, verstaute die Reste im Kühlschrank und wischte die Arbeitsflächen ab.

Es kam ihr seltsam vor, dass sie vor acht Monaten mit einem anderen Mann in dieser Küche gestanden hatte. Einem Mann, der so am Ende war, dass er das Telefon durchs Fenster geworfen hatte. Der noch jetzt so sehr unter den Ereignissen litt, dass er mit seinen Kindern nach New York gegangen war.

Ob er angerufen hatte?

Sie hatte ihr Mobiltelefon zu Hause gelassen. Absichtlich. Damit sie nicht immer wieder zwanghaft nachschaute, ob sie eine Nachricht erhalten hatte.

Um Himmels willen, Kate, hör endlich auf, dich so zu benehmen, als wärst du noch auf der Highschool.

Sie hängte das Geschirrtuch auf und ging zur vorderen Veranda. Es wunderte sie, dass Eddie sich zum Rauchen nicht in den Garten hinter dem Haus setzte, aber vermutlich brauchte er den Blick auf die Welt.

Die Hunde lagen zu seinen Füßen. Als Kate sich in den zweiten Adirondack-Sessel setzte, wedelten beide mit dem Schwanz, was auf den Holzdielen ein träges Klopfen erzeugte.

»Ich habe dich gar nicht gefragt, wie es mit diesem Fall von

Trunkenheit am Steuer läuft«, sagte Eddie. Er kannte Kates Vorgeschichte und wusste, was für eine Herausforderung es für sie war, in einem solchen Fall objektiv zu bleiben.

»Es geht ganz gut voran. Ich hoffe, die Parteien kommen zu einem Vergleich. Aber heute hatte ich eine neue Mandantin bei mir, über die ich gern mit dir reden würde.«

»Ach ja?« Er wandte sich ihr zu. »Du siehst ja richtig besorgt aus.«

»›Verunsichert‹ trifft es wohl eher.«

»Dann schieß mal los.«

Kate wusste, dass Eddie trotz seiner Sorgen tatsächlich zuhören würde. Das tat er immer. »Randall hat eine Mandantin an mich verwiesen.«

»Frances Sloane?«

»Woher weißt du das?«

»Er hat mich kurz vor dem Abendessen angerufen. Er war deinetwegen besorgt.«

»Ach, wirklich?« Kate beugte sich vor und streichelte Alaska den Kopf, sodass Eddie ihr Gesicht nicht sehen konnte.

»Er hat gesagt, du kennst sie. Von früher.«

»Das stimmt.«

»Es war nett von dir, dass du mit ihr gesprochen hast, Kate.«

Kate schaute ihn an. Also hatte Randall ihm von ihrer alten Verbindung zu den Sloanes erzählt.

»Ich mag sie. Sie tut mir leid. Sie wird bald sterben. Und sie wollte unbedingt mit mir sprechen. Wie hätte ich da Nein sagen können?« Kate lächelte gequält. »Außerdem dachte ich, das Ganze wäre mit einem Termin erledigt.«

»Ist es das nicht?«

Kate zögerte. »Nein. Doch. Na ja, in juristischer Hinsicht schon. Aber ich soll ihr helfen, einen Abgeordneten dazu zu bringen, sich für eine Gesetzesänderung einzusetzen.« Die

Schweigepflicht verbot ihr, Genaueres zu sagen. Dabei hätte sie gern erfahren, wie Eddie die Angelegenheit sah.

Eddie drehte den Kopf etwas zur Seite und blies Rauch in die Luft. »Und, hast du zugesagt?«

»Nein.«

Eddie wandte sich ihr wieder zu. »Weshalb nicht?«

Kate fühlte, wie sie rot wurde. »Ich bin keine Lobbyistin, Eddie. Und ich will auch keine werden. In dem Job wäre ich eine Niete.«

Er schwieg.

»Und überhaupt bin ich gar nicht sicher, was ich von der Sache halte.«

»Du meinst, ob man jemandem helfen darf, sich das Leben zu nehmen?«

Kate biss sich auf die Innenseite der Wange. »Ich habe meine Schwester getötet, Eddie.«

Er warf ihr einen mahnenden Blick zu. »Das war ein Unfall …«

»Ich habe genug Tod und Unglück erlebt.«

»Aber bei der Sterbehilfe geht es doch darum, Menschen die Möglichkeit zu geben, in Würde zu sterben. Friedlich.« Es begann dunkel zu werden. Eddie klopfte glimmende Asche von seiner Zigarette, und Kate musste an einen erlöschenden Stern denken. »Du hast sehr viele Menschen gewaltsam sterben sehen. Dieser Fall könnte einen Ausgleich schaffen.«

»Ich möchte Frances Sloane nichts versauen, Eddie. Dafür ist die Angelegenheit zu wichtig. Ich habe keine Ahnung von Lobbyarbeit. Frances meint, ich könnte Erfolg haben, weil ich ›berühmt‹ bin, aber ich glaube, da irrt sie sich.« Kate sah zu, wie sich Dunstschleier um einen Ast wanden. An der Unterseite hingen Tröpfchen. Bald würden sie auf dem Boden zerplatzen. Oder verdunsten.

Was von beidem? Zerplatzen? Verdunsten?

»Und warum glaubst du das?«, fragte Eddie in die Dämmerung hinein.

»Die Leute würden sich doch nicht nur durch meine Berühmtheit beeinflussen lassen. Außerdem möchte ich das alles nicht noch einmal aufwärmen. Es war eine der schlimmsten Zeiten in meinem Leben.« Kate legte die Hunde an die Leine. Sie drängten sich an sie. Alaska stieß sie mit der Schnauze an. »Nietzsche drückt das sehr gut aus: ›Wer mit Ungeheuern kämpft, mag zusehn, dass er nicht dabei zum Ungeheuer wird …‹«

»Du glaubst also, wenn du dich für Sterbehilfe engagierst, wirst du zum Todesengel?«

»Natürlich nicht.« Kate strich sich eine feuchte Haarsträhne aus dem Gesicht. »Im Prinzip bin ich *für* Sterbehilfe. Ich möchte nur nicht selbst dafür kämpfen.«

Eddie erhob sich und stellte sich neben sie, breitbeinig, als befänden sie sich auf einem Schiffsdeck. Er blickte in den Dunst über Randalls Vorgarten. »Ich hätte dich nicht drängen sollen. Ich habe einfach den *Advocatus Diaboli* gespielt. Aber offenbar habe ich dabei einen wunden Punkt berührt.« Er fasste sie an der Schulter. Die Zigarette kam ihrem Ärmel bedrohlich nahe. »Vermutlich solltest du es wirklich lassen. Du hast schon zu viel durchgemacht. Deine Wunden müssen erst heilen.« Er sprach leiser. »Und … du musst lernen, dir zu vergeben.«

Was vergeben? Dass ich zwei Menschen getötet habe? Dass ich einen dritten nicht gerettet habe?

»Ich muss los«, sagte Kate. »Danke für das Abendessen. Nächstes Mal bin ich dran.«

Er nickte. »Ich kann es kaum erwarten, dass du die neue Nudelmaschine ausprobierst.«

»Erst muss ich die neue Bratpfanne einweihen.« Sie zog an den Leinen der beiden Hunde.

Der Dunst war zu dichtem Nebel geworden und würde bald in Nieselregen umschlagen. Die wohltuende Wirkung des Joggens war verflogen wie der Rauch von Eddies Zigaretten. Um ihr inneres Gleichgewicht wiederzugewinnen, sprintete Kate den Hügel hinauf. Mit vollem Magen und zwei müden Hunden würde es ein beschwerlicher Heimweg werden.

Ihre Füße hämmerten auf den feuchten Bürgersteig. Und ihr Gewissen gab keine Ruhe. Aber sie wollte nicht noch mehr dunkle Flecken auf ihrer Seele, egal zu welchem guten Zweck. Eddie schien zu glauben, dass es ihr Frieden bringen würde, aber sie war sich da nicht so sicher. Eher würde es ihr noch mehr Albträume bescheren. Und die Träume vom Halifax-Schlächter reichten ihr vollauf.

Nein, sie war kein Todesengel.

7

Die Scheinwerfer von Kenzie Sloanes Mietwagen erhellten die gewundene Zufahrt zu ihrem Elternhaus. Die Familie war schon vor Jahren auseinandergegangen und lange vorher zerbrochen. Jetzt wohnte nur noch ihre Mutter in diesem atemberaubenden Stück Architektur. Und niemand wusste, wie lange noch.

Schlanke, hohe Nadelbäume tauchten im Licht der Scheinwerfer auf und verschwanden wieder. Kenzie packte das Lenkrad fester. Ihr schwarzer Mops Fu war im dunklen Wageninneren kaum auszumachen. Sie war froh, dass er bei ihr war. Seit siebzehn Jahren war sie nicht mehr in ihrem Elternhaus gewesen. Eigentlich hatte sie nie zurückkehren wollen.

Sie wollte es immer noch nicht.

Trotzdem war sie hier.

Warum?

Lag es an der E-Mail von ihrem Bruder? Daran, dass sie im Lauf der Jahre vielen trauernden Kunden Erinnerungs-Tattoos gestochen hatte?

Nein. Es lag an der Art, wie sich ihre Mutter am Telefon angehört hatte. Es war ihre Stimme gewesen und doch wieder nicht. Vielleicht hatte genau das so entwaffnend gewirkt: dass Kenzie die Stimme kaum wiedererkannt hatte. Diese entsetzlich lallende, nasale Stimme. »Kenzie. Bitte komm nach Hause.« Stille. Hörbares Schlucken. Dann die Bitte: »Ich möchte dich noch einmal sehen, bevor ich sterbe.«

Aus dem Nirgendwo hatten sich übermächtige Schuldgefühle gemeldet.

Ihre Mutter hatte ihr geschrieben, nachdem Kenzie von zu Hause fortgegangen war. Kenzie war zu wütend und verletzt gewesen, um die Briefe auch nur zu öffnen. Aber statt sie in den Müll zu werfen, hatte sie »Annahme verweigert« daraufgekritzelt.

Ihre Mutter hatte die Botschaft verstanden. Siebzehn Jahre lang hatte Kenzie nichts mehr von ihr gehört.

Ihr Bruder hatte sich allerdings dreimal bei ihr gemeldet. Ein Mal, um sie über die Trennung ihrer Eltern zu informieren. Die Vorwürfe, die in seinen Worten mitschwangen, waren nicht zu überhören gewesen. Das zweite Mal hatte er sich gemeldet, um ihr mitzuteilen, dass ihr Vater wieder geheiratet hatte. Die Freude darüber war ebenfalls unverkennbar gewesen. Die letzte Nachricht war eine E-Mail gewesen. Er hatte sich über Kenzies Blog »KOI« an sie gewandt: »Mom ist an ALS erkrankt und hat nur noch ein Jahr zu leben hat. Sie weiß nicht, dass ich dir schreibe. Du bist weiß Gott nicht die Sorte Mensch, die meine Kinder kennenlernen sollen, aber der Respekt vor unserer Mutter gebietet, dass du nach Hause kommst, um Abschied zu nehmen.«

Die E-Mail hatte drei Monate lang in Kenzies Spamordner gelegen. Sie war damals von Gastauftritt zu Gastauftritt durch die USA gereist und hatte die Nachricht erst vor drei Wochen entdeckt. Daraufhin hatte sie ihre Mutter angerufen.

Und nun war sie hier.

An Amyotropher Lateralsklerose oder ALS zu sterben war ein schreckliches Ende, das sagte jeder. Wie Kenzie schnell herausfand, drückte einem die Krankheit den Atem ab, sodass man sich selbst beim Ersticken zusah.

Die Ironie, die darin lag, war Kenzie nicht entgangen. In dem preisgekrönten Haus, das ihre Mutter für die Familie entworfen hatte, hatte Kenzie sich auch so gefühlt, als müsste sie ersticken. Die einen hatten es als »avantgardistisch und visionär« gepriesen, die anderen als »lebensfern und unbewohnbar« kritisiert. Es stand nicht weit vom Chebucto Head auf den Klippen, mit Außenwänden aus Glas und einem Stahlskelett, das so geschwungen war, als wäre das Haus ebenfalls von Gletschern rund geschliffen worden. In den gläsernen Wänden spiegelte sich jede Stimmung des Meeres.

Die Behauptung, das Haus sei unbewohnbar, hatte ihre Mutter besonders wütend gemacht. »Was soll das denn heißen, ›unbewohnbar‹?«, hatte sie gefragt und die Zeitschrift auf den Tisch geworfen. Mit einer heftigen Armbewegung hatte sie um sich gedeutet, als wollte sie alles an sich drücken, was ihre Bewunderer in Erstaunen versetzte und ihre Kritiker provozierte. »Findest du es vielleicht unbewohnbar?«, hatte sie zu ihrem Sohn Cameron gesagt.

Kenzie hatte sie nicht gefragt. Sie hatte wohl Angst, was ihre unberechenbare Tochter antworten würde. Und damals mit siebzehn hätte Kenzie ihrer Mutter vermutlich nur zu gern die Worte der Kritiker ins Gesicht geschleudert und dann den Raum verlassen, zufrieden, weil sie ihre Mutter verletzt hatte.

»Benimm dich anständig, Fu«, sagte Kenzie, als sie vor dem Haus ihrer Mutter anhielt, und öffnete seinen Sicherheitsgurt. Der Kontrast zwischen dem Gurt aus blauem Polyester und dem Lederhalsband mit den silbernen Metallnieten gefiel Kenzie sehr. Die meisten Leute hätte es vermutlich überrascht, dass eine Tattoo-Künstlerin ihren Hund im Auto anschnallte – wahrscheinlich fänden sie es auch erstaunlich, dass sie einen Mops und keinen Rottweiler besaß –, aber Kenzie wollte auf keinen Fall, dass Fu etwas passierte.

Er sprang hinter ihr aus dem Wagen und lief munter neben ihr her, die Schnauze immer dicht an ihrer Wade. Das futuristische Haus beeindruckte ihn offenbar überhaupt nicht. Kenzie hatte es immer als widernatürlich empfunden, für sie war es das Gegenteil dessen, was sie sich als Heim gewünscht hätte. Sie hatte sich nach einem ganz traditionellen Haus gesehnt, so wie die, in denen ihre Freundinnen wohnten, mit Flickenteppichen auf den Fußböden und Sofas voller Kissen. Stattdessen hatte ihre Mutter ein unregelmäßiges Rechteck aus Glas und Stahl erschaffen. In diesem Haus gab es keinen Winkel, in den sich Kenzie hätte zurückziehen können. Alles war viel zu exponiert. Auch ihr Vater Gus passte nicht in das Haus. Er baute sich zum Hof hin eine überdachte Veranda, ganz traditionell, mit Holzpfeilern und Gartenmöbeln. Dorthin hatten Kenzie und er sich meist zurückgezogen, sie mit ihrem Skizzenblock, er mit einem Kreuzworträtsel.

Jetzt schien sich das Haus zu ducken. Als wartete es darauf, dass der Tod vorbeikam.

An den japanischen Ahornbäumen neben der Haustür zeigten sich gerade die ersten Blätter. Die spindeldürren Äste ließen Kenzie an ausgezehrte Gliedmaßen denken. Sie nahm Fu auf den Arm und drückte den Klingelknopf. Im Haus war ein helles Läuten zu hören.

Eine Frau kam zur Tür und schaute durch das Glas. Kenzie richtete sich zu ihrer vollen Größe auf, respektablen ein Meter siebenundsiebzig. Mit dem hochgesteckten Haar und den fünf Zentimeter hohen Absätzen ihrer weißen Doc-Martens-Lederboots kam sie locker auf über eins achtzig.

Die Frau öffnete. »Kenzie? Ich bin Phyllis. Die Pflegerin Ihrer Mutter.«

»Hi.«

Fu wand sich in Kenzies Arm. Sie setzte ihn auf den Boden, aber hielt die Leine fest, während sie sich umschaute. Dies war zwar ihr Zuhause, doch es fühlte sich nicht so an. Sie mochte nicht einfach ihren Hund laufen lassen oder ungebeten nach oben gehen, um ihre Mutter zu besuchen.

Phyllis musste bemerkt haben, wie Kenzie zum Obergeschoss schaute, denn sie sagte: »Die Zimmer im ersten Stock benutzt Ihre Mutter nicht mehr. Sie ist ins Wohnzimmer umgezogen.«

»Oh. Natürlich.« Es erschien vollkommen logisch, und das gab ihr einen Vorgeschmack darauf, wie radikal sich das Leben ihrer Mutter gewandelt haben musste. Vor siebzehn Jahren hätte ihre Mutter es nie zugelassen, dass ein Wohnzimmer zum Schlafen benutzt wurde.

Das wäre ein Sakrileg gewesen.

Kenzie folgte Phyllis tiefer ins Haus hinein. Das Geräusch ihrer Schritte verlor sich in der Weite. »Sie ist da drüben.« Phyllis wies auf den Wohnbereich.

Kenzie blieb auf der Schwelle stehen und machte sich auf einen Schwall von Erinnerungen gefasst. Doch dafür blieb gar kein Raum. Sie war viel zu sehr von dem erfüllt, was sie vor sich sah.

Ihre Mutter war nicht wiederzuerkennen. Bei einer Zufallsbegegnung auf der Straße wäre Kenzie einfach an ihr vorbeigegangen. Vermutlich hätte sie hingeschaut – ganz sicher sogar, denn es wäre schwer gewesen, den motorisierten Rollstuhl zu ignorieren, auch wenn sie wohl vor allem wegen der seltsamen Körperhaltung genauer hingeschaut hätte. In ihrem Beruf erschuf sie Bilder auf gewölbter Leinwand – der menschlichen Haut –, daher wusste sie, welche Form Rumpf und Glieder normalerweise bildeten. Jede Abweichung fiel ihr auf.

Ihre Mutter lehnte schräg im Rollstuhl, den Kopf an einer gewölbten Stütze, die Hände im Schoß.

»Kenzie. Du bist wirklich gekommen.« Sie sah Kenzie prüfend ins Gesicht. Kenzie hatte ihren Blick als hell und scharf in Erinnerung. Bewertend, abwägend, immer auf der Suche nach einem Makel. »Davon hängt das Leben anderer Menschen ab«, hatte sie der fünfjährigen Kenzie einmal erklärt, als diese gefragt hatte, weshalb sie auf ihren Entwürfen immer »Fehler« markierte.

Inzwischen hatte sich das Blatt für ihre Mutter auf höchst grausame Weise gewendet. Ihr vormals intakter Körper war nun auf die Hilfe und Pflege anderer angewiesen.

»Hi, Frances«, sagte Kenzie so beiläufig wie möglich. In den letzten drei Wochen hatte sie hin und her überlegt, wie sie ihre Mutter anreden sollte. »Mom« schien ihr angesichts der Distanz zwischen ihnen zu vertraut, »Mutter« war zu formell – sie kam sich idiotisch vor, wenn sie es in Gedanken aussprach. Also hatte sie sich entschlossen, sie mit ihrem Vornamen anzureden.

Ihre Mutter blinzelte. Kenzie wand sich innerlich. »Frances« hatte affig geklungen.

»Wie geht es dir?«, fragte sie. Das war nicht viel besser. Denn ganz offensichtlich ging es ihrer Mutter katastrophal schlecht.

»Ich werde bald sterben.«

Kenzie schluckte. »Das habe ich schon gehört.«

Der Blick ihrer Mutter glitt über ihr Gesicht, blieb kurz an den diversen Löchern in ihren Ohren hängen und schweifte dann abwärts zu der langärmeligen Vintage-Lederjacke und den tief auf den Hüften sitzenden hautengen Jeans. Draußen war es feucht und kühl, und da Kenzie letzte Woche noch in Texas gewesen war, kroch ihr die Kälte wirklich unter die Haut. Also war es nur natürlich, dass sie sich warm anzog. Doch ehrlicherweise musste sie auch zugeben, dass sie noch nicht bereit war, vor dieser sterbenden Frau ihre Tätowierungen und damit ihre Kunst und ihren Lebensweg vorzuzeigen.

Ihre Mutter blickte auf Kenzies Hände. Sie waren fast unverziert, nur auf den Daumenrücken befand sich je ein kleines Tattoo, ein asiatisches Schriftzeichen.

»Das ist Kanji-Schrift. Das hier bedeutet Stärke.« Kenzie

streckte ihre rechte Hand vor. »Und das Gelassenheit.« Sie streckte auch die andere Hand vor, sodass sie symmetrisch nebeneinanderlagen. Das Zeichen für Stärke bestand aus zwei kräftigen, fließenden, geschwungenen Strichen, die Bewegung andeuteten. Das für Gelassenheit war kleiner und bestand aus vielen Einzelstrichen, die sich gegenseitig ausbalancierten.

»Mit der Stärke kommt Gelassenheit«, sagte ihre Mutter. »Und aus der Gelassenheit erwächst Stärke.«

Hatte eine von ihnen das je erreicht? »Genau so ist es gemeint.«

Ihre Mutter brach plötzlich in lautes, unkontrolliertes Lachen aus. Dann begann sie zu husten, und schon nach wenigen Sekunden schien sie keine Luft mehr zu bekommen.

Kenzie drehte sich um und rannte zur Tür. »Hilfe!«

Die Pflegerin eilte ins Zimmer. Sie steckte Kenzies Mutter ein Saugrohr in den Hals und befreite so die Luftröhre. Frances lehnte den Kopf an die Stütze und schloss die Augen. Auf ihren Wangen sah man Tränenspuren, sie atmete hastig und keuchend.

»Mein Gott, Mom.« Kenzie hatte völlig vergessen, dass sie ihre Mutter mit Vornamen anreden wollte. Sie setzte sich neben dem Rollstuhl in einen Sessel. Ihre Beine zitterten, ihr Puls raste wie verrückt.

Dieses Geräusch, als würde sie gleich ersticken …

Seit Jahren verfolgte es sie in ihren Träumen. Sie hätte nie gedacht, dass sie es noch einmal hören würde.

Fu saß zu ihren Füßen, an ihr Schienbein gelehnt.

Ihre Mutter öffnete die Augen. Sie waren voller Tränen und drückten tiefe Müdigkeit aus. »Ich kann nicht fassen, dass du wirklich hier bist.« In den Worten lag ein solcher Schmerz, und sie auszusprechen kostete ihre Mutter so viel Mühe, dass Kenzie es kaum ertrug.

»Fu. Hierher, Freundchen.« Der Mops hatte das seltsame Verhalten der Menschen mit dem gewohnten *je ne sais quoi* beobachtet. Jetzt nahm Kenzie ihn auf den Arm. Sobald sie den kräftigen Körper und das samtige Fell berührte, entspannte sie sich ein wenig. Sie stand auf und trat näher an den Rollstuhl heran. »Möchtest du ihn mal halten?«

Frances schaute auf ihre Hände. »Bitte setz ihn mir auf den Schoß. Aber hilf mir erst, die Hände zu bewegen.«

Kenzie beugte sich vor und ergriff die Hand ihrer Mutter. Die Haut war so kalt und die Muskeln so schlaff, dass es Kenzie den Hals zuschnürte. Sie wich dem scharfen Blick ihrer Mutter aus. »Hierhin?« Sie legte die Hand auf die Armlehne.

»Ja.«

Kenzie umfasste die andere Hand so locker wie möglich und legte sie ebenfalls auf die Armlehne. Dann setzte sie Fu ihrer Mutter auf den Schoß. »Hier.« Der Mops schaute ihre Mutter an und schnüffelte an ihrem Gesicht.

»Hallo, Fu.« Ihre Mutter blickte Kenzie an. »Könntest du meine Hand auf seinen Rücken legen?«

Kenzie führte die Hand ihrer Mutter auf Fus Fell. »Er ist ganz weich«, sagte ihre Mutter.

Fu rollte sich zusammen und legte den Kopf in Frances' Schoß. »Er ist ein liebes Dickerchen«, sagte Kenzie. Fu stieß einen leisen, langen Seufzer aus und schloss die Augen.

»So etwas Friedliches«, sagte Kenzies Mutter.

Dann schwiegen sie beide.

Verdammt.

Kenzie wusste nicht, was sie sagen sollte. Die Kluft zwischen ihnen, durch viele Verletzungen entstanden, war über die Jahre nur tiefer geworden. Sie ließ sich nicht mit einem einzigen Besuch überwinden. Wenn überhaupt.

Trotzdem konnte sie nicht einfach gehen.

Sie war ja gerade erst gekommen.

»Bist du glücklich, Kenzie?«, fragte ihre Mutter.

Kenzie versteifte sich. Auf solches Terrain wollte sie sich nicht begeben, nicht jetzt, wo es ihrer Mutter derart schlecht ging. Doch der Blick ihrer Mutter war drängend. Offenbar war ihr die Frage äußerst wichtig.

»Ja.« Zum Teil stimmte das. Sie war so glücklich, wie sie es je für möglich gehalten hatte.

»Mehr habe ich mir nie für dich gewünscht.«

Kenzie seufzte unhörbar. Wirklich? *Wirklich?* Als sie ein Teenager war, hatte sich das nicht so angefühlt. Allerdings betrachtete ihre Mutter sie jetzt mit so offensichtlicher Sorge und Liebe, dass Kenzie es fast glauben mochte.

»Ich hinterlasse dir die Hälfte von allem.«

Kenzie sprang auf. »Das will ich nicht.« Fu hob den Kopf.

»Bitte.« Ihre Mutter begann wieder zu lachen. *Verdammt.* Sie regte ihre Mutter nur auf. »Es ist alles, was ich dir noch geben kann.«

Zu wenig. Zu spät.

Kenzie schüttelte den Kopf. Sie wollte nicht, dass dieser Besuch in einem Streit endete, aber sie mochte auch nicht klein beigeben. Heute brauchte sie das Geld ihrer Mutter nicht mehr.

Sie hätte es vor siebzehn Jahren gebraucht.

Damals war sie abgewiesen worden.

Phyllis kam ins Zimmer, in der Hand einen kleinen Becher mit Tabletten.

»Es ist Zeit für Ihre Medikamente, Frances«, sagte sie. Und an Kenzie gewandt: »Es kann ein wenig dauern. Das Schlucken fällt ihr schwer.«

»Ich gehe dann besser.« Kenzie versuchte sich nicht anmerken zu lassen, wie erleichtert sie war. »Komm, Fu.«

Der Mops sprang von Frances' Schoß und trottete zu Kenzie herüber. Sie legte ihm die Leine an. »Gute Nacht, Mom.«

»Kommst du wieder?«

Die Frage hing eine Weile in der Luft. Ihre Mutter sah Kenzie unverwandt an.

Kenzie spürte ein Ziehen in der Brust.

»Natürlich«, sagte sie. »Ich rufe an.«

»Ich bin sicher zu Hause.« Es war ein schwacher Versuch, witzig zu sein.

Vermutlich hätte sie ihre Mutter auf die Wange küssen sollen. Stattdessen hob sie eine Hand – die, auf der »Stärke« stand – und ging hinaus.

Die andere Hand vergrub sie in der Jackentasche.

8

Als Kate gerade aus voller Kehle in den Refrain von »What's Love Got to Do With It« einstimmen wollte, klingelte ihr Handy. Hastig streckte sie die Hand nach dem Küchenradio aus, drehte Tina Turners kehligen Weckruf leiser und nahm ihr Mobiltelefon von der Anrichte.

Sie wusste, wer da anrief. Es ärgerte sie, dass ihr Herz so heftig klopfte. Dabei befand er sich derzeit nicht einmal im selben Land.

»Hallo.« Sie blickte aus dem Fenster in den Garten hinter dem Haus. Es hatte zu regnen begonnen. Die Scheibe war mit unzähligen Wassertropfen benetzt. Kate hatte es gerade noch rechtzeitig nach Hause geschafft. Die Hunde lagen zufrieden auf ihren Matten.

In diesem Moment wünschte sich Kate, sie wäre auch ein Hund.

»Hallo, Kate«, sagte Randall Barrett mit warmer Stimme.

»Hallo.«

Es entstand eine verlegene Pause. Kate war daran schon gewöhnt. Sie gingen beide äußerst vorsichtig miteinander um. Vermutlich war das ein gutes Zeichen. Seit Kates erster Zeit in der Kanzlei *McGrath Woods* hatte es in ihrer Beziehung zu Randall schon so viele Wechselfälle gegeben. Erst war sie die Anfängerin auf Probezeit gewesen und er der Managing Partner, der nicht gut auf sie zu sprechen war; dann sie die Strafverteidigerin und er der verzweifelte Angeklagte, dessen ganze Hoffnung auf ihr ruhte. Entsprechend hatten auch die unterschwelligen Kräfte, die zwischen ihnen herrschten, immer wieder zwischen Anziehung und Abstoßung hin- und hergeschwankt.

Im letzten Sommer hatte sich dann noch einmal alles geändert. Gemeinsam waren sie in einem kleinen Motorboot aufs Meer hinausgefahren und hatten in einer verzweifelten Aktion Randalls Kinder vor einem brutalen Killer gerettet. Da war aus den unterschwelligen Kräften ein starker Sog geworden, der sie beide mit sich fortriss. Nur das Timing hätte nicht unpassender sein können.

Letztendlich waren sie beide wieder an die Oberfläche gekommen, um Atem zu holen.

Jeder für sich.

In den ersten Wochen nach den traumatischen Ereignissen hatte Kate ab und zu bei Randall vorbeigeschaut. Dabei hatte sie stets Alaska mitgenommen, angeblich um Randalls Tochter Lucy zu besuchen, die Hunde sehr mochte.

Aber sogar mit einem Husky als Begleiter war sie bei ihren Besuchen nie über das »Wie geht's denn so?«-Stadium hinausgekommen. Für Randalls Kinder war sie die Anwältin, frühere Kollegin und »Freundin« ihres Vaters, eine Frau, die ihnen in der schlimmsten Zeit ihres Lebens beigestanden hatte, die um ihre Geheimnisse, ihre Ängste und ihren Schmerz wusste – und sie dennoch nicht kannte. Das war keine besonders angenehme Rolle. Und weder Kate noch Randall wollten Vertrautheit erzwingen. Es hätte ohnehin nicht funktioniert.

Das war die eine Hürde. Die andere war noch schwieriger zu überwinden, denn sie lag in ihnen selbst.

Kate wusste genau, dass sich Trauer, Schuldgefühle und Schmerz am liebsten in dunklen Nischen und Winkeln versteckten. Sie konnte nachvollziehen, weshalb Randall weggegangen war und allein nach Frieden suchte.

Aber ein Teil von ihr wollte einfach nicht vergessen, welch große emotionale Nähe sie mit ihm erlebt hatte. Und dieser Teil von ihr war einsam.

Andererseits war sie erst seit einem Jahr halbwegs über ihre geplatzte Verlobung mit Ethan Drake hinweg. Deshalb drängte ein anderer Teil von ihr darauf, jetzt nach vorn zu schauen. Weil ihr Herz schon genug durchgemacht hatte.

»Ist euer Treffen gut verlaufen?«, fragte Randall.

Kate strich sich eine Haarsträhne hinters Ohr. »Kann man so sagen.«

»Mrs Sloane hat eingesehen, dass Sterbehilfe nicht erlaubt ist?«

»Ja. Aber sie hat sich etwas Neues überlegt.«

»Inwiefern?«

Als Anwältin unterlag Kate der Schweigepflicht. Andererseits brauchte sie Rat. Und da Randall die Mandantin selbst an sie verwiesen hatte, verstieß es sicher nicht gegen die Regeln ihres Berufs, wenn sie seine Meinung einholte. Junge Anwältin fragt älteren Mentor und so weiter.

»Sie möchte die Regelung im Strafgesetzbuch kippen, nach der Beihilfe zum Selbstmord strafbar ist«, antwortete Kate.

»Hat sie vor, das Gesetz anzufechten?«

»Nein. Sie geht davon aus, dass sie für ein Gerichtsverfahren nicht mehr lange genug lebt.«

»Na dann …« Er schien nachzudenken. »Will sie es über die Legislative versuchen?«

»Bingo.«

»Ich glaube, das könnte sogar klappen. Auf jeden Fall würde der Kampf auch nach ihrem Tod weitergehen. Wer ist ihr Abgeordneter?«

»Harry Owen«, sagte Kate resigniert.

»Ist das nicht dieser Hardliner in Sachen Kriminalität?«

In Gedanken sah Kate vor sich, wie Randall jetzt die Stirn runzelte und die Situation einzuschätzen versuchte.

»Ja, genau der.«

»Da wird sie aber eine verdammt gute PR-Kampagne brauchen.«

»Das sehe ich auch so.« Kate zögerte einen Moment. »Deshalb habe ich ihr auch gesagt, dass ich nicht die Lobbyistin für sie spielen werde.«

Frances' Bitte kam für ihn offenbar ebenso überraschend wie für Kate. »Warum bittet sie dich denn darum?«

»Weil ich den Kampf mit einem Serienmörder überlebt habe und deshalb nachvollziehen kann, dass sie selbstbestimmt sterben will …«

»Also meint sie, du würdest die Sache mit mehr persönlichem Engagement angehen als andere?«

»Ich denke schon. Sie hat auch gesagt, dass mein angeblicher Ruhm von Vorteil wäre.«

Draußen war es inzwischen ganz dunkel. In der regennassen Fensterscheibe sah Kate ihr eigenes Spiegelbild.

»Na ja, Kate, aus PR-Sicht wärst du wirklich ein Knüller. Frances und ihre Unterstützer könnten einiges daraus machen. Zumindest was die öffentliche Meinung angeht, wäre das sicher ein Pluspunkt.«

»Randall, ich bin keine Lobbyistin. Ich habe von so etwas nicht die geringste Ahnung. Mit jemandem, der weiß, wie das System funktioniert, wäre sie viel besser bedient.«

»Ich weiß nicht, ob ich dir da zustimmen würde, Kate«, erwiderte Randall nachdenklich. »Um bei Harry Owen trotz seiner Hardliner-Position etwas zu erreichen, muss man seine Wähler ansprechen. Der Mann appelliert an die Ängste der Menschen. Da bist du aber glaubwürdiger als er. Er redet nur. Du hast Gewalt am eigenen Leib erfahren, Kate. Du verkörperst geradezu den Kampf gegen das Verbrechen. Darum kannst du auch darauf hinweisen, dass Härte unmenschlich ist, wenn es um verletzliche, sterbende Menschen geht.«

Mein Gott. Das ergibt tatsächlich Sinn.

»Bei Lichte betrachtet hat Frances da einen ziemlich cleveren Vorschlag gemacht«, fügte Randall hinzu.

»Aber das ist genau der Grund, weshalb ich nicht will.«

»Weil du berühmt bist?«

»Ich bin nicht berühmt«, erwiderte Kate ein wenig scharf. »Was ich meine, ist, dass ich die Vergangenheit nicht wieder ausgraben möchte. Ich habe lange genug gebraucht, um das alles zu verarbeiten. Jetzt bin ich endlich so weit, dass ich wieder nach vorn schauen kann.« Sie schluckte. »Ich kann nachts endlich wieder schlafen.«

Sie hörte ihn seufzen. »Es tut mir leid, Kate.« Seine Stimme klang sanft. »Das war ziemlich anmaßend von mir. Du hast wirklich eine Menge durchgemacht.«

Am liebsten hätte sie sich ihm in die Arme geworfen. Sie sehnte sich danach, von ihm gestreichelt zu werden, bis die Anspannung in ihren Schultern nachließ. Sie wollte ihn flüstern hören, dass es ein Fehler war, ihr noch mehr aufbürden zu wollen.

Aber er hatte beschlossen, fast tausend Kilometer weitwegzuziehen und allein seine Wunden zu lecken.

»Ich weiß, wie du dich fühlst, Kate.« Er sprach plötzlich leiser. »Ich wünschte, ich wäre bei dir. Ich hätte nie von dir verlangen sollen, mit Frances Sloane zu sprechen. Es tut mir leid. Es ist nur … Ich vertraue dir. Ich wusste, dass du sie gut behandeln würdest.«

»Wie würdest du dich fühlen, wenn man dich bäte, deine Bekanntheit einzusetzen, um sie zu unterstützen?« Kate versuchte, es nicht so klingen zu lassen, als wollte sie sich verteidigen, doch es gelang ihr nicht.

Für einen Moment herrschte Schweigen. »Ich würde …« Er räusperte sich, und sie konnte spüren, dass er seine Worte sorgfältig wählte. »Kate, ich bin nicht wie du. Ich denke, ich würde zusagen, weil ich dann das Gefühl hätte, dass ich all das Schlimme nicht völlig umsonst durchgemacht habe. Ich könnte all dem etwas Positives abgewinnen. Der Mensch, der mir und meiner Familie das angetan hat, hätte letztlich doch nicht gewonnen.«

Kate umklammerte das Telefon. Würde der Halifax-Schlächter letztlich gewinnen? Würde sie an der Krankheit sterben, die ihn um den Verstand gebracht hatte?

»Oh Gott.« Kate hörte das Blut in ihren Ohren rauschen. Es pulsierte durch ihre Adern, hielt ihren Körper am Leben.

Aber es konnte infiziert sein.

Dann erwartete sie ein schrecklicher Tod.

Das Gegenteil von dem, was Frances bevorstand. Bei ihr würde sich das Gehirn in einen Schwamm verwandeln, ein Ding voller Löcher, in denen die Demenz lauerte.

Sie würde völlig hilflos sein. Unfähig, klar zu denken. Nicht in der Lage, ihre Wünsche mitzuteilen.

Oder jemanden zu bitten, sie von dieser Qual zu erlösen.

Weil sie nicht einmal merken würde, in welchem Zustand sie sich befand.

Letztes Jahr wäre sie fast gestorben. Allein. Im Kampf mit einem Serienmörder.

Wenn sie morgen starb, würde sich nur für ihren Hund Alaska wirklich etwas ändern.

Würde sie in die gleiche Situation geraten wie Frances? Um Hilfe bitten, bevor es zu spät war – aber niemanden finden, der ihr half? Nicht einmal die eine Person, die möglicherweise das gleiche Schicksal erwartete? Kate presste die Finger an ihre Schläfe. Unter den Fingerkuppen spürte sie ihren Puls.

»Ach, verdammt. Ich mache es.«

»Ich glaube, du wirst es nicht bereuen, Kate. Frances braucht deine Hilfe.« Randall hielt inne und fuhr dann nachdenklich fort: »Wenn Frances Erfolg hat und das Verbot der Sterbehilfe gekippt wird, könnten wir auch Don Clarkson freibekommen. Hast du daran schon gedacht?«

Kate holte tief Luft. »Nein …« Seit dem Gespräch mit Frances hatte sie überhaupt nicht mehr an Don Clarkson gedacht. Aber letztlich hatte Frances sie konsultiert, weil Randall mit dem Fall Don Clarkson zu tun hatte. Sein alter Freund saß schon seit fünf Jahren wegen Mordes im Gefängnis, weil er eine Patientin von ihren Leiden erlöst hatte. Das Gesetz bot in solchen Fällen wirklich wenig Halt. Und Don Clarkson war abgestürzt. »Das war aber keine Sterbehilfe.« Das Gericht hatte es als Euthanasie betrachtet.

»Trotzdem könnten sich für Don die Gefängnistore öffnen, wenn das Verbot der Sterbehilfe fällt.«

Kate schluckte. »Okay, das stimmt.«

»Ich war nur ein paar Tage eingesperrt, Kate. Bei ihm sind es jetzt fünf Jahre. So etwas macht einen seelisch kaputt. Du hast mich da rausgeholt. Ich werde nie vergessen, wie mutlos – und hilflos – ich mich gefühlt habe.«

Kate spürte wieder die Last auf der Brust. »Ich werde mein Bestes tun, Randall. Aber es wird sicher ein langer und schwerer Kampf.«

»Schon möglich. Doch er könnte andere Leute dazu ermuntern, auch aktiv zu werden.«

Kate setzte sich an den Küchentisch. Alaska lehnte sich an ihr Bein. Kate streichelte ihm den Kopf. Sein Fell fühlte sich wunderbar weich an. »Du hast recht. Es geht dabei nicht nur um Frances.« *Oder um mich.* Sie fühlte sich erleichtert. »Danke. Jetzt sehe ich etwas klarer.«

»Du fehlst mir«, sagte er leise. Kate erinnerte sich daran, wie er sie letzten Sommer im Boot an sich gedrückt hatte, nachdem sie Lucy und Nick gerettet hatten. Er hatte sie so fest im Arm gehalten, als würde er sie nie wieder loslassen.

Aber er hatte losgelassen.

Und sie ebenfalls.

So viel zum Thema Klarheit.

Die Stille am anderen Ende der Leitung wollte nicht enden. Randall wartete offensichtlich auf eine Antwort. »Du fehlst mir auch«, hätte Kate gern gesagt. Verdammt, noch lieber hätte sie gesagt: »Steig in den nächsten Flieger und komm her.« Wenn sie ganz ehrlich war, hätte sie am allerliebsten hinzugefügt: »Und bleib das ganze Wochenende bei mir.«

Aber die Worte blieben ihr im Hals stecken. Sie hatte keine Ahnung, was in Randalls Kopf – oder auch in seinem Herzen – vorging. Er war tausend Kilometer weit weggezogen, um ungestört seine Wunden zu lecken. Verdammt, wieso hatte er sie allein gelassen? Sie hing in der Schwebe, sie wurde älter, ihre biologische Uhr tickte.

Kate räusperte sich. »Wie geht es euch sonst so?«

»So lala. Nick hockt immer noch ständig in seinem Zimmer, aber das Jahr in der neuen Schule ist ganz gut gelaufen.« Er sprach leiser. »Lucy hat immer noch viele Albträume.«

»Das tut mir leid.« Sie zögerte. »Die hatte ich auch, nachdem … ich angegriffen wurde. Mit der Zeit lässt es nach.«

»Manchmal bin ich so wütend, dass ich mit der Faust gegen die Wand schlagen muss. Du solltest mal meine Fingerknöchel sehen.«

Die Wand sah vermutlich auch nicht besonders gut aus.

Randall räusperte sich. »Hör zu, Kate, die Kinder sind noch lange nicht über Elises Tod hinweg. Ich kann nicht …« Er holte tief Luft.

»Ich verstehe das schon, Randall.« Und sie verstand es wirklich.

Ja, tatsächlich, sie verstand es.

Es hatte aufgehört zu nieseln. Die Wolken gönnten sich eine Atempause. »Ich muss Schluss machen, Randall. Es gibt noch einiges zu erledigen. Ich habe nicht die geringste Ahnung, was eine Lobbyistin so tut.«

»Natürlich.« Er schaffte es ungeheuer gut, gelassen zu wirken. Vielleicht zu gut. »Gib mir Bescheid, wenn du Hilfe brauchst.«

»Mache ich«, log sie.

9

McNally schaltete den Rasierapparat an und summte leise vor sich hin.

Nachdem er jahrelang billige Einwegrasierer verwendet hatte, war diese banale Tätigkeit für ihn zum täglichen Vergnügen geworden. Es gab ihm einen Adrenalinschub, die Vibrationen des Elektrorasierers am Kinn zu fühlen. Er ließ sich mit dem Rasieren Zeit. Jetzt konnte er sich das leisten.

Er strich sich über die Wangen. Schön glatt. Mit dem Trimmer fuhr er an seinem Goatee-Bart entlang. Seine Hand war ruhig, die Konturen präzise und symmetrisch. Was in der Kinnmitte nachwuchs, entfernte er mit dem Drei-Klingen-Rasierer. Es war eine teure Anschaffung gewesen, doch er würde nie wieder eine billige Klinge verwenden.

Sehr gut, McNally. Er fragte sich, ob Kenzie ihn trotz Bart erkennen würde. Er hatte auch an Gewicht zugelegt. Sein Gesicht war breiter, sein Hals dicker, seine Schultern muskulöser als früher.

Er gab etwas Zitrus-Aftershave in seine Handfläche und verteilte das Gel auf der Haut. *Hm.*

Im Spiegel betrachtete er sein Gesicht von allen Seiten. Seit einer Woche ließ er die Haare wachsen. Die Tätowierung war inzwischen halbwegs verdeckt, aber die Form stimmte nicht: In dem drei-Millimeter-Haarschnitt gab es ungleichmäßige Stellen.

Und gerade heute wollte er möglichst gut aussehen.

Er nahm das Haarschneidegerät, schaltete es ein und führte

es über seinen Schädel. *Oh Mann.* Jetzt hatte er sich geschnitten.

Er atmete tief durch und beugte sich näher an den Spiegel heran. Der Schnitt war hinter dem Ohr und nicht zu sehen.

Ganz ruhig. Während er sich mit dem Haarschneider über den Hinterkopf fuhr, stellte er sich vor, wie das Gerät über die Fäden des Spinnennetz-Tattoos strich.

Die frisch geschnittenen Haare fühlten sich stoppelig, aber weich an. Als er auf Bewährung draußen war, hatte er entdeckt, dass Frauen ihm gern mit der Hand über den Bürstenschnitt strichen, und jedes Mal sagten sie, es fühle sich an wie eine Katzenzunge.

Kenzie mochte Katzen, das wusste er noch.

Kenzie massierte ihm die Schultern, leckte ihm den Hals und flüsterte ihm zu, dass er der einzig richtige Mann für sie war.

Er spürte wieder den vertrauten Druck auf der Brust.

Ruhig Blut.

Nachdem er die Haarstoppeln aus den Rasierern geschüttelt hatte, legte er die Geräte nebeneinander in eine Schublade des Waschtischs. Dann schaute er auf die Uhr. 8:40. Er nahm seine Jacke und setzte ein Basecap auf. Auch wenn es ihn ärgerte, dass Rick Lovett das von ihm verlangte, ihm blieb kaum eine andere Wahl. Dies war der beste Job, den er bekommen würde. Zumindest im Moment.

Für wen zum Teufel hältst du dich eigentlich, du Scheißkerl mit der hässlichen Fratze? Die Worte gingen ihm nicht zum ersten Mal durch den Kopf. Er hätte ganze Lieder darüber schreiben können. Vor seiner Inhaftierung hätte Lovett nie gewagt, ihm Vorschriften zu machen.

Jetzt hat er alles.

Und du hast nichts.

Aber das Blatt begann sich zu wenden. McNally schloss die

Wohnungstür ab, steckte die Hände in die Jackentaschen und schritt den Gang entlang. Als er sich der Nummer 114 näherte, wurde er langsamer. Ein schwaches Wummern drang durch die Wand – die Stereoanlage war zu laut aufgedreht. Er klopfte an die Tür.

Keine Antwort.

Die Musik war zu laut.

Er klopfte noch einmal. »Hier ist der Hausmeister«, rief er.

Da hörte er, wie die Türkette ausgehängt wurde. Das Blut pochte ihm in den Adern. Die Tür wurde geöffnet.

»Ja?« Eine süße Kleine Anfang zwanzig schaute durch einen schmalen Spalt zu ihm heraus. Ihr Haar war ziemlich zerzaust. Unter ihrem Tanktop trug sie keinen BH.

McNally unterdrückte den Wunsch, die Tür aufzustoßen.

Sie musterte ihn. In ihren Augen blitzte Angst auf, und er spürte einen Schauder der Befriedigung.

»Die Musik ist zu laut. Drehen Sie sie leiser«, sagte er.

Er verzog den Mund zu einem Lächeln und ging weiter. Dabei nahm er das Basecap ab und strich sich über das Totenkopf-Tattoo. Auf dem ganzen Weg hinunter zur Tiefgarage lächelte er.

Er hatte den Transporter – *seinen* Transporter, scheiß auf Lovett – direkt bei der Treppe geparkt. Es gefiel ihm, dass der Wagen Gangschaltung hatte. So ließ sich der Motor gut kontrollieren und tat genau, was man wollte. McNally setzte rückwärts aus der Parklücke, schaltete dann in den zweiten Gang hoch und donnerte aus der Tiefgarage. Lovett würde sich vor Schreck in die Hosen scheißen, wenn er das jemals sah. McNally stellte das Radio an, und die Musik ließ seinen Adrenalinspiegel weiter in die Höhe steigen. Er würde jetzt schnell seine Arbeit erledigen und dann vor Yoshis Studio *Yakusoku Tattoo* warten, bis Kenzie mit ihren Terminen fertig war.

Sie würde ganz schön überrascht sein, ihn zu sehen.

Er konnte sich ihre Reaktion lebhaft vorstellen.

Sie lächelte erfreut, die Lippen passend zu ihrem Haar tiefrot geschminkt. »John«, hauchte sie, umfasste sein Gesicht mit beiden Händen und küsste ihn auf den Mund. Erst voller Gier und Leidenschaft, dann sanft und weich. Und es wollte nicht enden.

»Du hast mir so gefehlt«, flüsterte sie ihm ins Ohr. »Ich hätte niemals fortgehen dürfen.«

Vor Schmerz krampfte sich ihm der Magen zusammen.

Nein. Du hättest niemals weggehen dürfen.

Er strich ihr mit beiden Händen über die Schultern. Sie fühlten sich warm und fest an. Er legte ihr die Hände um den Hals. »Warum hast du nie angerufen?«

»Es tut mir leid. Ich war schrecklich dumm.« In ihren wunderschönen, herzlosen Augen glitzerten Tränen. »John, ich liebe dich noch immer.«

Er schlang die Hände fester um ihren Hals und drückte zu.

Sie fügte sich der Bestrafung.

»Wie sehr liebst du mich?« Er drückte noch fester zu.

»Von ganzem Herzen«, keuchte sie.

10

»Hier ist ja Gott und die Welt versammelt«, sagte Ethan zu Lamond, als sie den Autopsieraum betraten.

Sämtliche Mitarbeiter des rechtsmedizinischen Instituts, die nicht anderweitig gebraucht wurden, standen um eine Rollbahre herum. Ethan erblickte den rotblonden Pferdeschwanz von Dr. Hughes, nahm einen letzten Schluck von seinem Kaffee und warf den Becher in den Mülleimer. Letzte Nacht hatte er erst kurz vor drei den Computer ausgeschaltet. Er wünschte, ihm bliebe noch Zeit, zu *Tim Hortons* hinaufzulaufen und sich einen weiteren Kaffee zu besorgen, aber anscheinend wollte Dr. Guthro gleich anfangen. Lamond reichte Ethan einen OP-Kittel, und er zog ihn an, während sie zu Detective Sergeant Deb Ferguson hinübergingen. Ethan war überrascht, sogar die Leiterin der Major Crime Unit hier anzutreffen. Normalerweise waren bei Obduktionen nur der leitende Ermittler und ein Detective von der Spurensicherung anwesend.

Aber wie alle Welt inzwischen wusste, war dies keine gewöhnliche Autopsie. Obwohl der Rechtsmediziner und sein Team sich nur leise unterhielten, spürte man ihre gedämpfte Erregung.

Ferguson hatte bereits einen Kittel angezogen und ihre widerspenstigen Haare zu einem Knoten hochgesteckt. Ihr breites Gesicht war von unzähligen Sommersprossen übersät. In dem blauen Kittel erinnerte sie an eine schottische Bäuerin, die auf ihren jährlichen Gesundheitscheck wartete. »Haben Sie heute früh Zeitung gelesen?«

»Oh ja.« Lamond verdrehte die Augen.

Ethan hatte noch keinen Blick auf die Zeitung geworfen, aber die Berichte im Radio gehört.

»Ich habe dreimal so viele Polizisten zum Fundort beordern müssen wie sonst. Einen Journalisten haben wir dabei erwischt, wie er sich vom Wald her einschleichen wollte.« Sie blickte angespannt drein. »Heute früh haben schon drei Reporter angerufen und gefragt, ob an der Stelle vielleicht noch weitere Opfer vergraben sind.«

Lamond warf Ethan einen Blick zu. Sie hatten auch beim letzten ähnlich sensationellen Mordfall in Halifax zusammengearbeitet. Sie wussten, wie schwer es war, die Medien unter Kontrolle zu halten, wenn sie erst einmal Blut geleckt hatten. »Das sind die Nachwehen der Geschichte mit dem Halifax-Schlächter«, sagte Ethan achselzuckend. Damals vor einem Jahr war ein Mörder gerade noch rechtzeitig unschädlich gemacht worden, bevor er sein nächstes Opfer auf schreckliche Art töten konnte, und ganz Halifax hatte sich plötzlich in der grausamen Welt der Serienmörder wiedergefunden. Seitdem tauchten jedes Mal, wenn ein Mordopfer entdeckt wurde, Befürchtungen auf, es könnte weitere Opfer geben, die man bloß noch nicht gefunden hatte. Diese Sorge beschäftigte nicht nur die Medien und die Öffentlichkeit, sondern auch die Leute vom Morddezernat.

»Haben Spusi und Suchtrupps am Fundort irgendwelche Knochen gefunden, die auf weitere Opfer hindeuten?«

Ferguson schüttelte den Kopf. »Bis jetzt sieht es ganz so aus, als ob nur die eine Leiche im Torfmoor vergraben war. Je schneller wir sie identifizieren können, desto besser. Nicht nur für die Angehörigen. Wir müssen verhindern, dass die Medien die Stimmung zu sehr anheizen.«

»Guten Morgen, Detectives.« Dr. Guthro gesellte sich zu

ihnen und lächelte breit. Er trug Handschuhe und hielt einen Fotoapparat in der Hand. »Es kann losgehen.«

Sie folgten ihm zu der Rollbahre. Mehrere Zuschauer traten zurück, damit die Detectives freien Blick hatten. Ethan nickte Dr. Hughes zu. Trotz der anstrengenden Arbeit am Vortag wirkte sie überraschend frisch.

Eine Sektionshelferin – eine junge Frau, deren völlig unbeeindruckte Miene in krassem Kontrast zu den erwartungsvollen Blicken der Rechtsmediziner stand – öffnete den Reißverschluss des Leichensacks. Obwohl jeder im Raum bereits wusste, dass die Leiche eine Halloweenmaske trug, hielten alle den Atem an, als der Kopf sichtbar wurde. Dr. Guthro umkreiste die Bahre, fotografierte die Leiche von allen Seiten und machte auch Aufnahmen von dem schmutzigen Strick, der zusammengerollt neben der Leiche lag.

Die Leiche wurde aus dem Sack gehoben und auf den Autopsietisch gelegt. Während Dr. Guthro weiter fotografierte, traten seine Mitarbeiter der Reihe nach ans Kopfende und begutachteten das mumifizierte Gewebe. Ethan hatte in seinem Berufsleben schon viele Tote in den unterschiedlichsten Stadien der Verwesung gesehen, aber noch nie eine mumifizierte Leiche. Er trat ebenfalls ein wenig näher, um sie genauer zu betrachten. Dass Hals und Oberkörper noch nicht verwest waren, konnte sich als echter Glücksfall erweisen. Möglicherweise konnte der Rechtsmediziner sogar die Todesursache feststellen. Für Ethan sah es ganz so aus, als hätte die Leiche Brüste. Vermutlich handelte es sich also um eine Frau.

Es muss Heather sein.

»Heute Abend sollte es bei mir eigentlich Hühnchen geben«, flüsterte Lamond. »Aber ich habe es mir gerade anders überlegt.«

»So sieht bei Ihnen gebratenes Hühnchen aus?«, fragte

Ethan leise. »Erinnern Sie mich daran, dass ich nie zu Ihnen zum Essen komme.« Allerdings musste Ethan zugeben, dass das mumifizierte Gewebe tatsächlich an zu lange gegarte Hühnerbrust erinnerte: gelblich braun und trocken.

Ferguson sah sie beide scharf an. »Dr. Guthro, können Sie etwas zum Geschlecht der Leiche sagen?«

Der Rechtsmediziner beugte sich über das Becken der Moorleiche. Anders als beim Torso war hier eigentlich nur noch das Skelett übrig. »Weiblich, würde ich sagen. Das Kreuzbein ist kurz und breit. Der Schambeinkörper ist viereckig.«

Ethan merkte erst jetzt, dass er den Atem angehalten hatte. Wäre es ein Mann gewesen, hätte er sich umsonst so intensiv mit dem Fall Rigby befasst. Sie hätten ganz bei Null beginnen müssen.

»Jetzt wird geröntgt«, sagte Dr. Guthro. »Bitte gehen Sie alle raus.« Der Röntgenassistent rollte das fahrbare Gerät neben den Autopsietisch. »Wir machen in einer halben Stunde weiter.«

»Perfekt«, flüsterte Ethan Lamond zu. »Zeit für mindestens einen Kaffee.«

Lamond hob die Augenbrauen. »Ist es bei den ungelösten Fällen so öde, dass Sie absichtlich Ihr Magengeschwür fördern?«

Ethan warf seinem früheren Partner einen finsteren Blick zu. »Meinem Magengeschwür geht es prima. Seit ich nicht mehr beim Morddezernat bin.« Das war halb Spaß, halb die Wahrheit. Das Morddezernat fehlte ihm zwar, aber zuletzt war es dort für ihn nur noch bergab gegangen. Zu viel Stress, zu viele Frustrationen. Eine Zeit lang hatte er auf Kaffee verzichtet, aber sobald sein Magengeschwür Ruhe gab, hatte er die Espresso-Maschine wieder angeworfen und so weitergemacht wie früher.

Sie besorgten sich Kaffee und Muffins, wobei Ethan es nicht lassen konnte und Lamond riet, nur Sachen zu essen, die keine Flecken auf der Kleidung hinterließen, für den Fall, dass er sich bei der Autopsie übergeben musste. Außerdem kaufte Ethan eine Zeitung, während Lamond zur Toilette ging. Erst beim Blick auf die Titelseite wurde Ethan wirklich bewusst, wie richtig er mit seiner Bemerkung über die Nachwirkungen des Halifax-Schlächters gelegen hatte. Der Bericht kreiste um die brennende Frage, ob die Moorleiche möglicherweise das allererste Opfer des Halifax-Schlächters war. Mit dem Artikel war ein Foto von Kate abgedruckt, das kurz nach ihrem Kampf mit dem Serienkiller aufgenommen worden war. Ihr Gesicht war voller Blutergüsse, und in ihrem Blick lag Angst. Ethans Magen krampfte sich zusammen. *Himmel.* Ein Jahr war seitdem vergangen, und immer noch fing sein Herz an zu hämmern, wenn er daran dachte, wie sie damals halb tot auf dem Parkplatz gelegen hatte.

Sie wäre fast gestorben. Und trotzdem hatte er zugelassen, dass sie einfach aus seinem Leben verschwand.

So durfte es nicht weitergehen.

Sie konnten beide jederzeit sterben – er im Dienst durch eine Kugel im Kopf, sie durch CJK. Das Leben war viel zu kurz. Er musste es noch einmal versuchen. Sonst würde er sich nie mehr in die Augen schauen können.

Aller guten Dinge sind drei.

Er faltete die Zeitung so zusammen, dass die Titelseite nach innen zeigte, und klemmte sie sich unter den Arm.

Gemeinsam mit Lamond kehrte er zum Autopsieraum zurück, wobei sie im Fahrstuhl noch rasch ihren Kaffee austranken. Die Röntgenbilder waren schon ins Sichtgerät eingespielt worden. Dr. Guthro stand ein wenig vorgebeugt da und betrachtete konzentriert die Bilder.

»Ausgezeichnet«, sagte er, als er eine Aufnahme des Brustbereichs vor sich hatte. »Wie es aussieht, steckt da eine Kugel drin.« Er deutete auf einen hellen weißen Fleck zwischen zwei unteren Rippen.

Ferguson grinste Ethan und Lamond an. »Damit sind wir im Geschäft, Dr. Guthro.«

»In der Tat.«

Auf den restlichen Röntgenbildern waren keine Anzeichen eines Traumas oder einer Verletzung zu sehen. »Keine Schädelfrakturen, keine größeren Knochenbrüche«, murmelte Dr. Guthro. »Dann nehmen wir doch mal die Maske ab und schauen nach, was sich darunter befindet. Dr. Hughes, würden Sie den Schädel festhalten?« Seine Bitte entsprang der Höflichkeit unter Kollegen, eine Gegenleistung dafür, dass die forensische Anthropologin ihn gestern tatkräftig unterstützt hatte. Dr. Hughes stellte sich ans Kopfende des Tischs und hielt den Schädel vorsichtig am oberen Ende fest. Dr. Guthro umfasste den unteren Rand der Maske. Als er die ersten Zentimeter abgezogen hatte, nickte er nachdenklich. »Eine Schlinge.« Das Seil, das um den Hals der Toten lag, bildete einen Henkersknoten. Offenbar war die Schlinge sehr eng zusammengezogen worden, denn sogar nachdem das Gewebe geschrumpft war, saß sie immer noch straff.

Das Gummi war spröde, und Dr. Guthro und Dr. Hughes brauchten einige Zeit, um die Maske abzunehmen. »Die Epidermis hat sich gelöst«, sagte Dr. Guthro, »deshalb fehlen Haare und Augenbrauen. Aber auf der Innenseite der Maske sind viele Haare.« Er legte die Maske auf ein Tablett, nahm eins der Haare mit einer Pinzette auf, tat es in einen Beutel und beschriftete ihn. Es würde dem Ermittlerteam als Muster dienen, mit dem alle Haare verglichen wurden, die man am Fundort sichergestellt hatte. Die Maske würde später ebenfalls eingetütet und etikettiert und zur Analyse ins Labor der Spurensicherung geschickt werden.

Alle Anwesenden schauten sich genau an, was vom Gesicht des Opfers übrig war. Die Augen waren nicht mehr vorhanden, die Lippen eingetrocknet und geschrumpft. Die Ohren waren noch intakt, ebenso die Nase. Die Maske hatte das Gesicht offenbar vor Nagetieren geschützt. In Gedanken verglich Ethan diesen verschrumpelten, blicklosen Kopf mit seiner Erinnerung an die lächelnde, vor Leben sprühende Studentin aus dem Kriminologie-Seminar. Sie könnte es sein.

Oder auch nicht.

Wer wusste das schon? Bisher hatten sie keinen Beweis dafür, dass die Tote Heather Rigby war. Das durfte er nicht vergessen. Er hatte schon einmal voreilig Schlüsse gezogen, und das hatte schlimme Folgen gehabt.

Im Moment wussten sie lediglich, dass die Leiche aller Wahrscheinlichkeit nach eine Frau war.

Es konnte jede beliebige Frau sein.

Und diese Erkenntnis beunruhigte ihn.

Kate hätte letztes Jahr auch im Leichenschauhaus enden können, genau wie die anderen Opfer des Halifax-Schlächters.

Sie hätte dann auch hier auf dem Autopsietisch gelegen. Man hätte ihre sterblichen Überreste untersucht, um festzustellen, wie sie gestorben war, ob sie sich gewehrt hatte.

Man hätte sie als »weiblich, zwischen fünfundzwanzig und fünfunddreißig, mit schulterlangem braunem Haar« beschrieben.

Doch was sie empfunden hatte und wem ihre letzten Gedanken gegolten hatten, das hätte man nie erfahren.

Er wollte, dass Kate die letzten Augenblicke ihres Lebens mit ihm verbrachte. In Liebe und in dem Wissen, dass sie zusammen glücklich gewesen waren.

Falls er seinem Schöpfer zuerst gegenübertrat, sollte es genauso sein.

Er wollte dann nichts bedauern müssen.

Er hatte genug Leichen auf dem Autopsietisch liegen sehen, um zu wissen, dass manche von ihnen sicherlich einiges zu bedauern hatten. Dinge, die sie getan hatten und die zu ihrem Tod geführt hatten; oder Dinge, die sie vor ihrem Tod unterlassen hatten.

Ihm sollte es nicht so ergehen.

Dieser vertrocknete Leichnam, diese ledrige Hülle, in der einmal eine quicklebendige junge Frau gesteckt hatte, bestärkte ihn in seinem Entschluss.

Warum sollte er Zeit verschwenden?

Das Leben war zu kurz.

Er musste es einfach ausprobieren.

Denk daran, aller guten Dinge sind drei, Drake.

Er würde Kate anrufen. Heute Abend.

Und sei es auch nur, damit ihm endlich nicht mehr solche Selbsthilfe-Sprüche durch den Kopf gingen.

»Die Haare auf der Innenseite der Maske sind braun«, sagte Lamond. Ethan fröstelte. Kate hatte auch braunes Haar. Das musste ein Zeichen sein.

Hör schon auf, Drake.

Dr. Guthro begann mit der äußerlichen Untersuchung der Leiche. Das Gewebe war bis kurz unter dem Zwerchfell mumifiziert. Der linke Arm ebenfalls, aber von den übrigen Gliedmaßen war nur das Skelett erhalten. Überraschenderweise war es intakt – auch das ein Zeichen, dass die Leiche nicht von Nagetieren aufgespürt worden war. Es fehlte nur der Ellenknochen, den Rebecca Chen bei ihrer eifrigen Suche nach Proben unabsichtlich entfernt hatte.

»Vereinzelt Spuren von Adipocire auf dem linken vorderen

Oberschenkelknochen«, sagte Dr. Guthro. Adipocire, das hatte Ethan im Laufe seines Berufslebens gelernt, war eine wachsartige weiße Substanz, die entstand, wenn im Fettgewebe einer Leiche nach dem Tod in kalter, feuchter Umgebung eine Enzymreaktion stattfand, die zur Verseifung führte. Die Substanz war auch als Leichenwachs bekannt.

Die Sektionshelferin drehte die Leiche um. Soweit man das auf den ersten Blick erkennen konnte, befand sich der Körper auf der Rückseite im gleichen Zustand. Bis zur Körpermitte war das Gewebe mumifiziert, ebenso der gesamte linke Arm. Alles andere war nur als Skelett erhalten und am Steißbein und dem oberen linken Oberschenkelknochen mit Adipocire überzogen. Jemand von der Spurensicherung machte Fotos, und Dr. Guthro ging langsam um die Leiche herum. Aber Dr. Hughes war diejenige, die das Zeichen zuerst entdeckte.

Sie deutete auf eine Stelle fast am Halsansatz der Leiche. »Da. Sehen Sie diesen Fleck, Dr. Guthro? Das ist kein Schmutz.«

Dr. Guthro nahm eine Lupe zur Hand. Er runzelte die Stirn. »Sieht aus wie eine sehr amateurhafte Tätowierung.«

Ferguson warf Ethan einen Blick zu, der besagte: *Hatte Rigby ein Tattoo?*

Ethan ging in Gedanken die Beschreibung in der schon ziemlich abgegriffenen Vermisstenakte durch und schüttelte den Kopf.

Nein, hatte sie nicht.

11

Kenzies alter Kumpel Yoshi, Inhaber des Studios *Yakusoku Tattoo*, hatte gesagt, sie könne hinter dem Haus parken. Leider hatte er nicht erwähnt, wie schwer die Zufahrt zu finden war. Die alten Gebäude waren allesamt aneinandergebaut. Kenzie fuhr langsamer und schaute suchend durch das Seitenfenster.

Da. Drei Häuser weiter sah sie die enge Einfahrt zum Parkplatz. Sie lenkte ihren Mietwagen durch die schmale Gasse zwischen den Backsteinhäusern und achtete dabei sorgsam auf die Außenspiegel. Die Gasse war kaum breit genug. Zu ihrer Überraschung stellte Kenzie jedoch fest, dass der Parkplatz hinter den Gebäuden ziemlich groß war – eine seltsame Grundstücksaufteilung, die sicher noch aus alten Zeiten stammte.

Sie blickte auf ihre Armbanduhr. Sie war früh dran. Letzte Nacht hatte sie kaum geschlafen, was sie nicht überraschte. Verdammt, sie fühlte sich einfach mies. Sie nahm ihren Americano, hängte sich die Tasche mit Tätowier-Utensilien über die Schulter und ging mit Fu an der Leine durch die schmale Einfahrt zum Vordereingang von *Yakusoku Tattoo*. Die hohen Gebäude hatten sie ein wenig vor dem Nieselregen geschützt, aber sobald sie auf den Bürgersteig hinaustrat, spürte sie Nässe auf der Haut.

Oh Mann. Diese feuchtkalte Luft war sie einfach nicht mehr gewöhnt. Sie sehnte sich nach Wärme und Sonne.

Noch ein Grund, weshalb es besser gewesen wäre, sofort wieder zurückzufliegen.

Ich hätte mich von Yoshi nicht zu dieser Aktion überreden lassen dürfen.

Eigentlich hatte dies nur ein Kurzaufenthalt werden sollen. Aber als Yoshi gehört hatte, dass sie nach Halifax kam, hatte er sie gebeten, ein paar Gasttermine anzubieten.

Eine Bitte von ihm mochte sie nicht ablehnen.

Yoshi war der Künstler, der ihre Arm-Tattoos und die Koi-Tätowierung auf ihrem Rücken entworfen hatte. Immer wenn er in ihrer Gegend war, hatte sie sich ein paar Tage freigenommen und ihn an ihrer Haut arbeiten lassen. Vor eineinhalb Jahren hatte er das Tattoo vollendet. Nein, Yoshi konnte sie nichts abschlagen.

Kenzie war noch nie in Yoshis Studio gewesen. Sie hatten sich vor acht Jahren kennengelernt, als Kenzie eine internationale Tattoo-Convention in Tokio besucht hatte. Yoshi hatte damals die *Tebori*-Technik vorgestellt, etwas, das sie schon lange hatte lernen wollen. Und er hatte nicht nur sein umfangreiches Wissen über traditionelle Holzschnitt-Designs und die Kunst des *Tebori* weitergegeben, sondern sie auch dem berühmten Horifuyu vorgestellt, einem der großen Meister der japanischen Tätowierkunst. Kenzie hatte ihm schon immer begegnen wollen. Und als er ihr dann auch noch am Fußgelenk einen zum Flug ansetzenden Kranich gestochen hatte, war sie vor Aufregung außer sich gewesen.

Vier Jahre später hatte Yoshi ein Tattoo-Studio gegründet, das inzwischen in ganz Nordamerika bekannt war. Die meisten seiner Kunden waren bereit, viel Zeit und Geld in die Kunst auf ihren Körpern zu investieren, und nahmen Urlaub, um nach Halifax zu kommen und sich tätowieren zu lassen.

Und jetzt war Kenzie hier. Schon in wenigen Minuten würde sie im guten alten Halifax in einem Tattoo-Studio sitzen, das von einem japanischen Künstler geführt wurde, und Kunden tätowieren. Hätte ihr das jemand vor siebzehn Jahren erzählt, sie hätte ihn ausgelacht. Ihr Leben hatte wirklich einige seltsame Wendungen genommen. Diese hier gehörte zum Glück zu den angenehmen.

Als Kenzie die Eingangstür mit der Schulter aufdrückte, saßen bereits einige Kunden im Wartebereich. Sie wandten sich zu ihr um und starrten sie an. Kenzie lächelte kurz und ließ den Blick rasch durch den Raum schweifen. Genau so hatte sie sich Yoshis Studio vorgestellt: kühl, eklektizistisch, makellos. Der Raum hatte Fabrikcharakter. An der hohen Decke liefen kreuz und quer Kabelschächte und Rohre entlang. Der leicht unebene Boden war aus rissigem Beton. Alles war grau. Aber es war ein helles, heiteres Grau. Ein Zen-Grau. An den Wänden hingen Fotos von Horifuyu-Designs in brillanten, atemberaubenden Farben. Anmutig gewundene Drachen, Kois und Schlangen. Über dem Tresen waren Entwürfe und Tattoo-Fotos der anderen Künstler des Studios zu sehen: Totenschädel, Herzen, Pin-up-Girls, keltische Motive, Tribals. Ein keltisches Kreuz sah sich Kenzie etwas genauer an. Ganz nett, aber ein bisschen fantasielos.

»*Yukoso*, Kenzie.« Yoshi kam hinter dem Tresen hervor und verneigte sich leicht. Sie tat es ihm gleich. Das war ihr kleines Ritual: Ein Tattoo-Künstler begrüßte den anderen. Dann streckte Kenzie ihm die Hände entgegen und umarmte ihn. Yoshi war kleiner als sie und stämmig gebaut. Er hatte einen weichen Goatee, der sich ganz anders anfühlte als die dichten Stoppeln auf seinem Kopf. »Wie geht es dir?«, fragte er und löste sich aus der Umarmung.

»Gut.« Sie warf die Haare zurück und reckte sich.

Er betrachtete sie besorgt durch seine John-Lennon-Sonnenbrille. »Du siehst ziemlich mitgenommen aus.«

Kenzie zuckte mit den Schultern. »Ich war gestern bei meiner Mutter.«

»Wie geht's ihr?«

»Sie wird bald sterben.« Kenzie nahm einen großen Schluck von ihrem Kaffee. »Also, wie sieht mein Terminplan aus?«

Yoshi verstand den Wink und setzte sich an den Computer hinter dem Tresen. »Schauen wir mal … Dein erster Kunde kommt in zehn Minuten. Du bist für den ganzen Tag ausgebucht.«

»Super.« Genau das brauchte sie. Es würde sie davon abhalten, an ihre Mutter zu denken. »Wo soll ich arbeiten?«

Yoshi führte sie zu einem Platz im hinteren Teil des Raums, gleich neben einer unverputzten Backsteinmauer. Auf einem Bord stand eine schlichte graue Schale mit einem kleinen Bonsai-Garten. Zufrieden registrierte Kenzie, dass der Tattoo-Stuhl Hydraulik hatte und komplett verstellbar war. Sie setzte die Tasche mit ihrer Ausrüstung neben dem Tisch aus Metall und Glas ab und überprüfte, was dort bereitlag. Thermokopierpapier, grüne Schmierseife, Farben, Ultraschall-Reinigungsgerät, Rasierer, Vaseline, Gummihandschuhe. Gut. In der Tasche hatte sie ihre eigenen Nadeln mitgebracht, außerdem ein Netzgerät, das Griffstück für die Tätowiermaschine und einen Skizzenblock. »Netter Laden, Yoshi.« Genau das Richtige, um abzuschalten und sich ganz darauf zu konzentrieren, den Kunden etwas Schönes zu stechen.

»*Gracias*.« Yoshi grinste. »Freut mich, dass es dir gefällt.«

»Was heißt *Yakusoku* noch mal?«

Yoshis Augen funkelten. »*Yakusoku* bezeichnet das Versprechen und das Vertrauen zwischen dem Kunden und dem Tätowierer.«

»Cool.« Das gefiel ihr. Der Kunde vertraute dem Tätowierer in so vieler Hinsicht: dass die Prozedur sicher verlief, dass das Motiv so wurde, wie der Kunde es wollte, und dass der Kunde nicht verletzt wurde. Aber der wichtigste Teil des Versprechens war, dass dabei etwas entstand, womit der Kunde bis ans Ende seiner Tage zufrieden sein würde.

Sie hatte gerade erst Fus Fleecedecke in einer Ecke ausgebreitet und ihre Arbeitsutensilien ausgepackt, als schon ihr erster Kunde kam, ein stämmiger Teddybär von einem Mann. Er wollte, dass sie ihm ein Porträt seines Katers auf die Brust tätowierte. »Er hat mich durch schlimme Zeiten begleitet«, erklärte der Mann und reichte ihr ein Foto von einem wuscheligen grauen Kater mit weißen Pfötchen und kristallklaren Augen.

Kenzie wies mit einer Kopfbewegung auf Fu, der auf seiner Decke lag und leise schnarchte. »Kann ich verstehen.«

Der Kater war niedlich. Kaum hatte Kenzie begonnen, die Umrisse des Motivs zu entwerfen, hellte sich ihre Stimmung auf.

Nach eineinhalb Stunden betrachtete sie zufrieden ihr Werk, einen zusammengerollten Kater. »Das ist einfach toll!«, sagte ihr Kunde.

Nachdem er gegangen war, räumte Kenzie ihren Arbeitsplatz auf, warf alle Einwegutensilien in den Müll und reinigte und sterilisierte die Ausrüstung. Ein Blick auf die Uhr sagte ihr, dass ihr nächster Kunde jede Minute kommen konnte. Hoffentlich verspätete er sich etwas – dann konnte sie sich einen Bissen von dem mitgebrachten Muffin genehmigen. Fu schaute bereits zu ihr herüber. Er wusste genau, dass die Chancen auf ein Leckerli am besten standen, wenn ein Kunde gerade gegangen war.

»Dein nächster Kunde ist da«, sagte die Frau am Empfangstresen. Die Zahl ihrer Piercings war beeindruckend.

Sobald Kenzie ihren neuen Kunden erblickte, war der Muffin vergessen. Der Mann war groß, gebräunt (wie wurde man bei dem Wetter bloß braun?), muskulös, hatte zotteliges blondes Haar und grinste entspannt. Definitiv ein akzeptabler Ersatz für den Muffin.

»Hallo, ich bin Kenzie.«

»Finn.« Er steckte die Hände in die Hosentaschen.

»Können Sie uns sagen, wie lange vor dem Mord die Tätowierung entstanden ist?«, fragte Ethan Dr. Guthro.

Dr. Guthro schüttelte den Kopf. »Nein. War Ihre Vermisste tätowiert?«

Dr. Hughes blickte Ethan an.

Er rieb sich das Kinn. »Unter ›Besondere Kennzeichen‹ ist keine Tätowierung aufgeführt.« Und aus ihrer Zeit an der Uni konnte er sich auch an kein Tattoo erinnern. In den Neunzigerjahren wäre eine Tätowierung bei einer Studentin der Halifax University noch sehr ungewöhnlich und damit auffällig gewesen. Allerdings hatte Heather lange Haare gehabt. Das Tattoo befand sich an ihrem Nacken, also hatten die Haare es möglicherweise verdeckt. »Ich werde bei der Familie nachfragen.«

»Wir können von Glück reden, dass die Zähne intakt sind. Wenn der Zahnstatus übereinstimmt, müssen wir uns um besondere Kennzeichen keine Sorgen mehr machen.«

»Kann ich mir die Tätowierung mal ansehen, Dr. Guthro?«, fragte Ferguson.

Dr. Guthro reichte ihr die Lupe. Ethan und Lamond schauten Sergeant Ferguson über die Schulter. Das Muster auf der Haut des Opfers war verschwommen und schwer zu erkennen.

»Sieht aus wie selbst gestochen«, sagte Lamond. »Es hat nicht mal Schattierungen.«

»Was stellt es Ihrer Meinung nach dar?«, fragte Ethan. »Eine Art Dreieck?«

Ferguson zuckte mit den Schultern. »Möglich.« Ethan wusste aus Erfahrung, dass »möglich« bei ihr gleichbedeutend war mit »glaub ich nicht«. Sie sah Dr. Guthro an. »Kann man das irgendwie deutlicher sichtbar machen?«

»Wir können es mit einer Infrarotkamera versuchen. Wenn das nicht klappt, hilft manchmal ein Gelbfilter auf der Linse.

Falls die Tinte schwarz war, erscheinen die Linien durch den Filter dunkler.«

»Wann können Sie das ausprobieren?«

»Ich muss zuerst sehen, wann unser Fototechniker im Haus ist.« Dr. Guthro notierte es auf dem Whiteboard, das neben dem Autopsietisch an der Wand hing.

Der Rest der äußerlichen Untersuchung erbrachte keine nennenswerten Befunde. Außer am Hals gab es keine Spuren von externen Traumata und keine weiteren ungewöhnlichen Male.

Die Leiche wurde wieder auf den Rücken gedreht. »Entfernen wir mal das Seil und schauen wir, was uns das sagt.« Dr. Guthro löste vorsichtig den Henkersknoten, wobei er sich bemühte, das Seil nicht zu beschädigen und mögliche Spuren nicht zu zerstören. Dass in einer so nassen Umgebung wie dem Torfmoor Fingerabdrücke erhalten geblieben waren, schien extrem unwahrscheinlich, aber die Polizisten hofften auf Blut oder Fasern am Seil.

Um den Hals des Opfers verlief eine tiefe Furche. Dr. Guthro beugte sich vor, um sie genauer zu inspizieren. »Angesichts der Kraft, die dafür notwendig war, dürften einige Halswirbel leichte Frakturen davongetragen haben. Das werden wir uns nachher noch anschauen.« Dr. Guthro sah die Umstehenden über seine Brille hinweg an. »Sollen wir eine Mittagspause einlegen? Oder weitermachen?«

»Ich bin dafür, dass Sie erst die Kugel herausholen, Dr. Guthro«, sagte Ferguson forsch.

»Ich auch.« Er grinste breit.

Die Sektionshelferin legte die Leiche zurecht, und Dr. Guthro begann mit dem Y-Schnitt. Die Haut war wie Leder, und als der Rechtsmediziner den Brustkorb schließlich geöffnet hatte, stand ihm feiner Schweiß auf der Stirn.

Die Organe waren noch erstaunlich gut identifizierbar. »Man soll nie nach dem Äußeren gehen, oder?«, sagte Dr. Guthro mit leisem Lachen. Er sah sich noch einmal das Röntgenbild an, das die Kugel zeigte, und widmete sich dann der Lunge. »Hm … Die Kugel muss ungefähr … hier eingetreten sein.« Er steckte den Zeigefinger in ein kleines Loch. »Sehen Sie?«

Er schaute in die offene Brusthöhle. »Anscheinend hat sie mehrere größere Blutgefäße getroffen …« Er betrachtete erneut das Röntgenbild. »… und ist dann dicht an der Wirbelsäule in den Rückenmuskeln stecken geblieben. Ich will mal sehen, ob wir den Weg des Geschosses nachvollziehen können.«

Die Sektionshelferin reichte ihm einen hellrosa Stab. Er steckte ein Ende vorsichtig in das Loch und schob den Stab sanft nach unten durch das Gewebe. »Schön langsam …«, murmelte er. »Ja, meine Vermutung war richtig.«

Er entfernte den Stab und schob seine Finger in die Lunge. Alle Augen waren auf ihn gerichtet. Niemand wagte zu atmen. »Ich spüre sie schon …« Er knurrte ein paar Mal. Der Schweiß stand ihm im Gesicht. »Einen Moment … Hier ist sie.«

Er zog die Kugel heraus und legte sie auf ein Tablett.

Ethan sah sich das Geschoss an. »Eine Smith & Wesson, Kaliber .38, tippe ich.«

»Das grenzt es natürlich ein«, sagte Lamond.

Ethan sah ihn an. »Und es sieht nach einem alten Geschoss aus, wollte ich gerade dazusagen. Wahrscheinlich aus dem Zweiten Weltkrieg.«

Dr. Guthro entfernte jetzt der Reihe nach sämtliche Organe. Nachdem er jedes gewogen und ausgemessen hatte, nahm er mit einer Subkutanspritze eine Probe von der Flüssigkeit, die sich in der Bauchhöhle angesammelt hatte. »Fäulnisflüssigkeit. Schauen wir mal, ob das Labor das für die toxikologische Untersuchung benutzen kann.«

Die Möglichkeiten, die die Wissenschaft eröffnete, beeindruckten Ethan jedes Mal aufs Neue. Diese Leiche hatte sicherlich jahrelang im Moor gelegen, und dennoch konnte man sie immer noch auf Drogen testen.

Die Sektionshelferin zog die Haut vom Schädel und entfernte die Schädelkappe. Dabei lief Flüssigkeit aus dem Schädel und tropfte auf das Handtuch unter dem Kopf. Lamond rümpfte die Nase. Dr. Guthro beantwortete die Frage, die unausgesprochen im Raum hing: »Das war das Gehirn.«

Hirnerweichung.

Jetzt reicht's aber, Drake.

Ethan riss sich zusammen und schaute kurz zu Lamond hinüber. Sein früherer Partner hatte die Augen weit aufgerissen und starrte auf das Gesicht des Opfers.

Der Rechtsmediziner untersuchte Schädel und Dura Mater. »Keine Frakturen, kein Hinweis auf Blutungen. Sieht nicht so aus, als hätte ihr jemand einen Schlag auf den Kopf versetzt.«

Ruhig beendete er die Untersuchung.

»Und jetzt der letzte Punkt.« Er durchschnitt die Haut über dem Nacken, zog sie auseinander und untersuchte die Knochen und das Knorpelgewebe. »Es sind keine auffälligen Brüche zu erkennen, aber ich werde den Hals abtrennen und Schnitte anfertigen. Unter dem Mikroskop sehen wir vielleicht mehr.«

»Haben Sie eine Vermutung, was die Todesursache war?«, fragte Ferguson.

Dr. Guthro schüttelte den Kopf. »Nein. Die Kugel hat eindeutig Blutungen ausgelöst, aber ob die Frau tot war, bevor sie gewürgt wurde, kann ich nicht sagen. Möglicherweise lässt sich die Todesursache gar nicht mehr sicher feststellen.« Er notierte etwas auf dem Whiteboard. »Der forensische Odontologe will sich heute noch ihre Zähne ansehen. Falls Sie das Zahnschema für Ihre Vermisste schnell beschaffen können, werden wir bald wissen, ob es passt.«

»Ich kümmere mich darum«, sagte Ethan.

»Ich bleibe noch hier, bis die Torfstücke untersucht sind«, sagte Ferguson. Das Ausgrabungsteam hatte auch aus den Schichten unter der Leiche Torfstücke mitgebracht. »Lamond, Sie bringen die Kugel zur Ballistik. Lassen Sie mich wissen, was die Leute dort sagen. Ethan, Sie beeilen sich am besten.«

Lamond schien erleichtert, dass er nicht bleiben und zusehen musste, wie der Hals der Leiche zerschnitten wurde.

Ethan hingegen hätte gern mehr über die Tätowierung erfahren.

Falls das Zahnschema der Leiche mit dem von Heather Rigby übereinstimmte, dann war sie erst kurz vor ihrem Verschwinden tätowiert worden.

Und wenn das zutraf …

Dann war dies der erste echte Hinweis seit siebzehn Jahren.

12

Nervös.

So etwas spürte Kenzie auf hundert Meter Entfernung. Entweder hatte sich dieser Finn noch nie tätowieren lassen, oder er war an einen schlechten Stecher geraten.

»Du bringst dein Motiv mit, ist mir gesagt worden.« Sie begleitete ihn zu ihrem Arbeitsplatz. »Woran denkst du denn so?«

»Ich will einen Fu-Hund.«

Kenzie unterdrückte ein Lächeln. Erst ein Katzentattoo, nun ein Hund. In Halifax war man wirklich tierlieb.

Wie auf Kommando sprang Fu auf, kam zu ihnen und beschnupperte den neuen Kunden.«

»Einen Fu-Hund also.« Kenzie grinste. »Na ja, meinen bekommst du nicht.«

Finn hockte sich hin und kraulte Fu hinter den Ohren. »Obwohl er dich wirklich zu mögen scheint«, sagte Kenzie. Fu wollte gar nicht mehr weg von diesem Typen. Die rosafarbene Zunge hing ihm aus dem Maul, und er grunzte vor Vergnügen über Finns fachmännische Ohrenmassage.

»Ich arbeite mit Hunden«, sagte Finn. »Ich bin Hundeausführer.«

»Wirklich?«

»Ja. Wie heißt dein Hund?«

Kenzie lächelte. »Fu.«

Er grinste auch. »Wirklich?«

»Ja.«

»Ein Fu-Hund wie aus dem Bilderbuch.«

»Auf jeden Fall führt er sich so auf.« Eigentlich waren Fu-Hunde nämlich gar keine Hunde, sondern »Löwen des Buddha«. Sowohl in China als auch in der japanischen Schinto-Mythologie symbolisierten sie Mut und Schutz.

Finn richtete sich auf und zog ein Bild aus der Tasche. »Ich habe an so etwas gedacht.« Es war nicht das übliche Tattoo-Motiv eines laufenden Fu-Hundes. Vielmehr zeigte das Foto eine steinerne Statue, einen Fu-Hund, der auf den Hinterläufen saß und eine der großen Vorderpfoten auf eine Kugel gelegt hatte.

»Sieht nett aus«, sagte Kenzie. »Wo willst du es hinhaben?«

Finn deutete nach hinten zu seiner Schulter. »Direkt aufs Schulterblatt. Sodass er mir den Rücken freihält.«

»Sehr gut.« Kenzie sah sich das Foto der Statue genauer an. Der steinerne Hund wirkte statisch, geradezu starr. Wenn dieses Motiv nicht genau richtig positioniert wurde, würde es aussehen, als hätte er eine Briefmarke auf dem Rücken. »Kannst du dich mal umdrehen und dein Hemd ausziehen?«

Finn wurde rot. »Klar.« Er zog sich das T-Shirt über den Kopf und drehte sich um, sodass Kenzie seinen breiten, glatten Rücken und die schmalen Hüften sah. Ausgezeichnetes Material.

»Der Fu-Hund wird auf deinem Schulterblatt super aussehen. Aber weißt du, was noch besser aussehen würde?«

»Nein.«

»Zwei Fu-Hunde. Der Tradition nach wird der Eingang zu Heiligtümern und Wohnhäusern immer von einem Hundepaar bewacht. Wenn du einen männlichen Fu-Hund auf der einen Seite hättest …« Sie strich mit der Handfläche über das eine Schulterblatt. »… und einen weiblichen auf der anderen, würden sie sozusagen deine Seele bewachen – und wir hätten etwas Symmetrisches.«

Sie fühlte, wie sich seine Schultern unter ihrer Hand anspannten. »Äh … Ich weiß nicht. Ich bin nicht sicher, ob ich das will.«

Er war noch völlig untätowiert. Darauf hätte Kenzie gewettet. »Du musst dir ganz sicher sein.« Sie hatte so ein Gefühl, dass er sich sofort noch einen zweiten Hund wünschen würde, wenn er erst ihren Entwurf sah, aber sie drängte ihre Kunden nie. »Es wird dich dein Leben lang begleiten.« Zu oft hatte sie schon erlebt, wie Kunden sich überstürzt zu einem Tattoo entschlossen, das sie garantiert später bereuen würden. »Ich stelle es mir ungefähr so groß vor.« Mit der Fingerspitze zog sie einen Kreis auf seiner Schulter.

»Vielleicht doch etwas kleiner?«

Er ist noch nicht so weit. »Bist du sicher, dass du es überhaupt willst?«

»Ja.« Sein Blick war fest. Gut. Nichts war schlimmer als ein Kunde, der auf halber Strecke zu schwitzen begann, weil er es sich anders überlegt hatte. War die Tinte erst mal drin, dann blieb sie auch drin. Tattoos konnte man nicht wegradieren.

»Dein Tattoo soll auch in zehn, zwanzig Jahren noch gut aussehen. Wenn es zu klein ist, bringen wir kaum Details unter. Und mit der Zeit verblassen die Linien, also darf das Tattoo nicht so klein sein, dass es dann nur noch wie ein Tintenklecks aussieht.« Er schien immer noch unsicher. »Warte mal, ich zeig es dir.« Sie zog den Saum ihres Tanktops hoch und schob den Bund der Cargohosen nach unten, sodass ihre linke Hüfte sichtbar wurde. Auf der Wölbung befand sich ein leuchtend blaugrüner Fu-Hund, der in Richtung ihres Herzens lief.

»Wow«, sagte Finn. »Echt cool.«

»Siehst du die vielen Details? Wenn man das Motiv verkleinert, geht das alles verloren.«

Sie zog ihr Top wieder herunter.

»Du meinst, dann sieht es so aus?« Er deutete auf ihren Oberkörper.

Was zum … Sie hatte ja durchaus ihre Selbstzweifel, aber nicht, was ihren Busen anging.

Dann musste sie grinsen. Er hatte den Aufdruck auf ihrem Tanktop gemeint. Es zeigte das Cover des *Talking-Heads*-Albums »Remain in Light«. Die Gesichter der vier Bandmitglieder waren mit großen roten Farbflecken übermalt, sodass die Gesichtszüge nicht zu erkennen waren. Tintenkleckse eben.

»Ja. Genau.« Sie zog ihr Skizzenbuch hervor. »Gib mir zwanzig Minuten. Ich zeichne dir mal was auf.«

Es dauerte fünfundzwanzig Minuten, aber Kenzie war mit dem Ergebnis zufrieden. »Das ist grandios«, sagte Finn. Sie hatte einen Fu-Hund mit wallender, wehender Mähne skizziert, der mit einer Pfote eine Kugel von sich wegschob, das Maul zu einem warnenden Knurren geöffnet. Dieser Hund saß nicht einfach still – was ihrer Meinung nach zu starr und unbeweglich ausgesehen hätte –, sondern schien gerade aufspringen zu wollen, während die Kugel kurz davor war wegzurollen.

»Glaub mir, das rockt!« Sie sprühte nur so vor Energie. Bei dem Entwurf hatte sie sich selbst übertroffen, und die perfekte Leinwand für ihre Arbeit hatte sie auch. Sie konnte es kaum erwarten anzufangen.

Sie übertrug das Motiv auf Transferpapier. »Okay, jetzt kommt das Motiv auf deine Schulter. Dazu musst du das T-Shirt wieder ausziehen.«

Vor Aufregung streifte er es so schwungvoll ab, dass die Nähte krachten. Sie mussten beide grinsen. Kenzie zog Handschuhe an, wischte mit grüner Schmierseife über Finns Schulterblatt und begann die Haut zu rasieren. »So werden die Linien wirklich gleichmäßig«, erklärte sie. Sie wischte die Haut sauber und trug eine großzügige Schicht Transferlösung auf. »Das sorgt dafür, dass die Vorlage hält.« Jetzt war der Moment der Wahrheit gekommen. Sie spürte jene fast krankhafte Erregung, die sich immer einstellte, wenn man wusste, dass man gleich etwas wirklich Umwerfendes erschaffen würde. Sie legte die Schablone auf Finns Schulterblatt, drückte sie an und zog sie ab.

»Sehr schön«, sagte sie zufrieden. »Sieh's dir an.« Sie fasste ihn am Arm und führte ihn zu dem hohen Wandspiegel. »Findest du nicht auch, dass die Größe hinhaut?« Sie reichte ihm einen Handspiegel, damit er seinen Rücken begutachten konnte.

Finn drehte den Handspiegel hin und her und betrachtete die Zeichnung auf seinem Schulterblatt. »Ja. Finde ich auch. Ich glaube, das wird echt super.« Er lächelte. »Na dann, ran ans Werk!«

In der Wartezeit, bis die Linien der Vorlage auf der Haut getrocknet waren, wählte Kenzie Nadeln und Farben aus. Grün, Blau, in den Augen ein wenig Gelb …

»Ich möchte es nur schwarz, mit Grauschattierung«, sagte Finn.

»Sicher?«

»Ja. Es soll ganz schlicht sein. Sozusagen puristisch.«

Sie versuchte sich ihren Entwurf so verändert vorzustellen. Ja, sie hatte es vor Augen. Das würde funktionieren. Und ihr Kunde würde sich damit wohler fühlen. Ihm stand nicht gerade »Sammler« auf die Stirn geschrieben.

»Okay, dann mal los.« Sie desinfizierte den Stuhl und breitete einen Plastikschutz darüber. »Setz dich. Und mach es dir möglichst bequem. Das wird jetzt ein, zwei Stunden dauern.«

Finn setzte sich rittlings auf den Stuhl und legte die Arme auf die Rückenlehne. Sie baute die Tätowiermaschine zusammen, packte die Nadel vor seinen Augen aus und befestigte sie am Hammer der Maschine. Dann steckte sie das Griffstück darüber und stellte es so ein, dass nur die Spitze der Nadel über den Rand des Röhrchens schaute. Sie zog einen Plastikbeutel über den Motor und befestigte ihn mit einem Gummiband.

»Wir fangen mit den Konturen an, Finn.« Sie tupfte sein Schulterblatt ab, um überschüssige Transferflüssigkeit zu entfernen, und trug Vaseline auf. Dann tauchte sie die Nadel in ein Töpfchen mit schwarzer Tinte und sog Farbe ins Röhrchen. Mit der rechten Hand dehnte sie die linke Seite des Tattoos und fing an.

»Du bist Linkshänderin.«

»Ja.«

»Ich auch.«

»Cool.« Sie wischte etwas überschüssige Tinte weg und nahm sich die nächste Linie vor. »Deine Haut liebt übrigens Tinte.«

»Was meinst du damit?«

»Bei manchen Leuten nimmt der Körper die Tinte nicht gern an. Aber bei dir geht sie problemlos unter die Haut. Bei mir auch.«

»Wann hast du dir dein erstes Tattoo stechen lassen?«

»Mit sechzehn.«

»Ernsthaft?«

»Oh ja. Meine Mutter hätte mich fast umgebracht.«

»Was war es?«

»Das Übliche. Ein Totenschädel.« Die Lüge kam Kenzie inzwischen ganz natürlich über die Lippen. Sie dachte kaum noch daran, dass es kein Totenschädel gewesen war.

»Kann ich es mal sehen?«

Sie wischte erneut Tinte weg und wandte sich ab, um frische Tinte aufzunehmen. »Nein. Ich habe es covern lassen. Es war schlecht gemacht.«

»Wer hat es gestochen?«

Neue Kunden fragten sie fast immer nach ihrer ersten Tätowierung. In der Anfangszeit hatte sie kaum darüber reden können, aber nach einer Weile lernte sie, munter ihren Spruch aufzusagen und das Thema zu wechseln. Heute fühlte sie sich jedoch angespannt. Vielleicht weil sie wieder in Halifax war. Sie war froh, dass Finn ihr Gesicht nicht sehen konnte. »Ein Exfreund von mir«, sagte sie betont gleichgültig. Auch wenn Finn ihr sympathisch war, auf dieses Thema wollte sie nicht weiter eingehen.

Das Gespräch wandte sich Finns Arbeit zu und den verrückten Possen der Hunde, die er ausführte. Er lachte laut, als sie ihm Geschichten von Fu erzählte. Sie redeten darüber, wie es sich anfühlte, Dinge mit den eigenen Händen zu erschaffen – über Finns Liebe zum Renovieren und Umgestalten von Häusern. »Das ist ein bisschen wie Tätowieren, oder?«, sagte er.

Kenzie war freudig überrascht. Dieser Typ *verstand*, worum es bei ihrer Arbeit ging. Bei ihrer Kunst. Er verstand *sie*. »Viele Kunden sehen im Tätowieren wirklich eine persönliche Transformation.« Am Ende der dreistündigen Sitzung wurde ihr bewusst, dass sie seit Langem kein Gespräch mit einem Typen mehr so genossen hatte. »Okay, wir sind fertig. Und es rockt.« Sie wischte die überschüssige Tinte ab und legte die Tätowiermaschine beiseite. »Willst du's dir ansehen?«

Finn stand auf und betrachtete das Tattoo im Spiegel. »Wow. Du bist eine echte Künstlerin.«

Kenzie spürte, wie sie errötete.

Sie schaute sich das Tattoo ebenfalls an. Finn hatte muskulöse Schultern, und der sprungbereite Hund auf seiner Haut drückte eine solche geballte Energie aus, dass es sie umhaute.

»Darf ich ein Foto davon machen?«, fragte sie. »Ich würde es gern in meine Sammlung von Favoriten aufnehmen.«

»Ja, klar.«

Während sie in ihrer Tasche nach der Kamera kramte, kam

Yoshi herüber, um ihr Werk zu bewundern. »Ausgezeichnete Arbeit, Kenzie. Das würde Horifuyu gefallen.«

»Danke.« Sie grinste. »Ich war echt inspiriert. Finns Idee war großartig …« *Und die Leinwand ebenfalls*. Aber das hätte sie vor Finn nie ausgesprochen. »… und die Tinte ist schön gleichmäßig reingegangen.« Sie machte ein paar Fotos.

»Komm, ich mach eins von euch beiden zusammen«, sagte Yoshi.

Kenzie stellte sich neben Finn. Er legte ihr den Arm um die Schultern – »Mein heiler Arm«, witzelte er –, und Yoshi fotografierte sie beide. »Gib mir deine E-Mail-Adresse, Finn, dann schick ich es dir.«

»Danke.«

»Vielleicht sollte ich Fu mal bei dir abliefern, damit er ein bisschen Bewegung bekommt. Hier drinnen wird er so leicht fett.« Die Worte purzelten einfach aus ihr heraus, doch noch während sie sprach, merkte sie, was für eine super Idee das war.

Finn schaute Fu an, der seinen Blick etwas phlegmatisch, aber interessiert erwiderte. »Ja, er müsste eigentlich gut mit den anderen Hunden klarkommen.«

»Wie wäre es morgen?« Sie strich etwas Lotion auf sein Tattoo und deckte es ab. »Du kannst dein Hemd jetzt wieder anziehen.

Er streifte es sich über. »Hört sich gut an. Wo soll ich ihn abholen?«

»Ich bin morgen ab zehn Uhr hier.«

»Also bis dann.«

Es fühlte sich an wie ein Date.

Es geht um Fu. Nicht um dich.

Vielleicht.

Vielleicht auch nicht.

13

Kate tippte mit ihrem Stift auf den Notizblock, der vor ihr auf dem Schreibtisch lag, und hielt das Telefon ans Ohr gepresst. Sie hing schon seit – etwas genervt blickte sie auf die Armbanduhr – sechs Minuten in der Warteschleife, und das war für ihren Geschmack eindeutig zu lange.

Na ja, Kate, was hast du vom verehrten Harry Owen denn erwartet?

Sie ermahnte sich, nicht gleich ärgerlich zu werden. Immerhin hatte Harry Owen ohne viel Vorlauf eingewilligt, am Telefon mit ihr zu sprechen. Doch je länger sie wartete, desto mehr bereute sie, dass sie diese unerfreuliche Aufgabe übernommen hatte. Denn unerfreulich würde es mit Sicherheit werden. Harry Owen war ein Panikmacher. Sie hatte jedoch genug mit ihren eigenen Ängsten zu kämpfen und konnte gut darauf verzichten, von diesem Volksvertreter daran erinnert zu werden.

Seine allseits bekannten Liebesaffären hatten Kates Achtung vor ihm auch nicht gerade erhöht. Vermutlich war er ein verkappter Sexist, vergnügte sich mit den hübschen jungen Praktikantinnen am Parliament Hill und verschaffte sämtlichen Kumpels gute Posten, solange sie nur ihren Vornamen richtig schreiben konnten.

Oh, das war jetzt aber ziemlich zynisch.

Denk dran, du machst das nicht zum Spaß, Kate. Du willst ihn für dein Anliegen gewinnen. Also hör auf zu spötteln. Frances Sloanes Schicksal liegt in deiner Hand, und – noch schlimmer – vielleicht auch das von Don Clarkson.

»Hallo, Ms Lange, hier ist Harry Owen.« Der jüngste Abgeordnete im kanadischen Parlament hatte eine dynamische, geschmeidige Stimme. Sie passte gut zu den Ergebnissen von Kates nächtlicher Google-Recherche: Junggeselle, Mitte dreißig, früher Anwalt für Körperschaftsrecht, Immigrantenkind, zielstrebig zu einem Ministerposten unterwegs.

Sie setzte sich auf. »Vielen Dank, dass Sie sich Zeit für ein Gespräch mit mir nehmen, Mr Owen.«

»Bitte entschuldigen Sie, dass ich Sie habe warten lassen. Ich hatte eine unglaublich stumpfsinnige Telefonkonferenz. Es ist mir ein Vergnügen, mit Ihnen zu sprechen.« In seiner Stimme schwang aufrichtige Bewunderung mit. »Ich bin ein großer Fan von Ihnen.«

Ach ja?

»Leider habe ich in zehn Minuten schon den nächsten Telefontermin, also lassen Sie uns am besten erst einmal klären, ob wir dieses Gespräch überhaupt führen dürfen.«

»Natürlich«, murmelte Kate. Sie wusste genau, was er fragen wollte. Und was sie antworten würde.

Vielleicht war diese Lobbyisten-Geschichte am Ende doch nicht so übel.

»Sind Sie als Lobbyistin registriert?«, fragte er. »Meine Assistentin hat heute Morgen nachgeschaut und Ihren Namen nicht gefunden.«

Dieser Schuss ging ganz klar daneben.

Kate warf einen Blick auf das Fax aus dem Büro des *Commissioner of Lobbying*, der die Liste aller Lobbyisten führte. »Ich habe meinen Bericht gestern Abend an die Registratur geschickt. Die Bestätigung ist vor mehreren Stunden eingegangen. Ich habe sie am frühen Nachmittag an Ihr Büro gefaxt.« Glücklicherweise hatte der zuständige Beamte Verständnis für ihre Situation aufgebracht und die Dringlichkeit der Sache erkannt. Ihre Angaben hatten sich schnell überprüfen lassen, und binnen zwei Stunden war sie zur landesweit registrierten Lobbyistin geworden.

»Verstehe. Bitte warten Sie einen Moment.«

Kate lehnte sich in ihrem Stuhl zurück, ein leises Lächeln auf den Lippen. Die Sache machte ihr Spaß. Vielleicht etwas zu viel.

Einen Moment später sagte er: »Ja, wir haben das Schreiben gerade erhalten.« Er räusperte sich. »Nun, was kann ich für Sie tun, Ms Lange?«

»Wie ich Ihrer Assistentin bereits gesagt habe, vertrete ich eine Mandantin, die an einer schrecklichen, unheilbaren Krankheit leidet, bei der die Motoneuronen geschädigt werden.«

»Amyotrophe Lateralsklerose«, sagte er. »Sehr tragisch.«

Sehr eindrucksvoll, Harry. Sie haben sich also vorbereitet.

»Wie Sie vielleicht wissen«, fuhr Kate fort, »hat vor fast zwanzig Jahren eine Frau namens Sue Rodriguez einen Prozess angestrengt, um die Strafbarkeit von Sterbehilfe anzufechten.«

»Und das Gericht hat zugunsten der bestehenden Regelung entschieden. In Kanada ist Beihilfe zum Selbstmord ein Verbrechen.«

Wie er dazu stand, brachte er bereits durch die leichte Betonung des Wortes »Verbrechen« zum Ausdruck. »Richtig. Aber meine Mandantin ist verzweifelt, Mr Owen. Sie will selbstbestimmt leben können. Und sterben.«

Am anderen Ende der Leitung herrschte erst einmal Schweigen.

»Ms Lange, die Regelung im Strafgesetzbuch existiert aus einem guten Grund. Sie schützt die Schwachen vor Euthanasie.«

Eine sehr pauschale, aber klangvolle und eindringliche Aussage, die sich gut im Fernsehen machen würde.

»Diese Bedenken hatte auch der Supreme Court«, sagte Kate. »Untersuchungen haben inzwischen jedoch ergeben, dass es zu dem befürchteten Dammbruch nicht kommt.«

»Ms Lange, wie Sie aus eigener Erfahrung wissen müssten …«

Diesen herablassenden Tonfall sollten Sie sich lieber schenken, Mr Owen.

»… haben wir es mit einer stetigen Zunahme von Gewaltverbrechen zu tun, von Cyberkriminalität, Kinderpornografie, Drogendelikten und Wirtschaftskriminalität.« Er musste ihre Gedanken gelesen haben, denn sein Tonfall war nicht mehr herablassend, sondern bestimmt. »Ich bin Mitglied eines Komitees, das sich für eine Verschärfung des Strafrechts einsetzt. Unser Ziel ist es, denjenigen eine klare Botschaft zu senden, die mit dem Gedanken an ein Verbrechen spielen – und nicht, möglichen Mördern eine neue Möglichkeit zu eröffnen.« Und nun wurde sein Tonfall leidenschaftlich. »Ich glaube fest an Abschreckung. Und wenn die nicht hilft, an Bestrafung. Wer einen Mord begeht, darf nicht ungeschoren davonkommen.«

Die Telefonleitung vibrierte förmlich unter der Kraft seines Charismas und der Festigkeit seiner Überzeugungen.

Mit einem politischen Gegenspieler wie Mr Owen würde Kates Aufgabe noch viel schwieriger werden.

Natürlich wusste Kate, warum er in dieser Sache so engagiert war. Alle Welt wusste das. Harry Owen hatte es oft genug erwähnt. Als er acht Jahre alt war, war sein Vater bei einem nächtlichen Raubüberfall von einer Kugel an der Wirbelsäule verletzt worden. Deshalb hatte Harry Jura studiert und war dann in die Politik gegangen.

»Ich sehe das ein wenig anders, Mr Owen. Beihilfe zum Selbstmord ist kein Mord. Es bedeutet, jemandem dabei zu helfen, sich das Leben zu nehmen. Und Selbstmord ist kein

Verbrechen.« Bevor er etwas einwenden konnte, fügte Kate hinzu: »Ich habe mir Ihr politisches Programm angesehen. Ich weiß, dass Sie großen Wert auf Abschreckung legen, und falls das nicht hilft, auf Bestrafung.«

Das dritte Ziel des Strafvollzugs unterschlug Harry Owen in seinem Programm: die Rehabilitation. »Aber ich weiß auch, dass Sie sich entschieden für Autonomie einsetzen. Deshalb haben Sie zum Beispiel die Meldepflicht für Schusswaffen nicht unterstützt.« Vor ein paar Jahren hatte die damalige Regierung ein Register für Langwaffen ins Leben gerufen. Jeder, der eine solche Waffe besaß, musste sie registrieren lassen. Vor Kurzem war die Regelung wieder abgeschafft worden.

Harry Owen hatte nie einen Hehl daraus gemacht, dass er von der Meldepflicht nichts hielt, und sogar vorgeschlagen, man solle die Waffengesetze in Kanada lockern und es allen Bürgern gestatten, Handfeuerwaffen zu führen.

»Hätte mein Vater eine Waffe gehabt, als er überfallen wurde, säße er jetzt nicht im Rollstuhl. Und dieser Dreckskerl – bitte entschuldigen Sie die Wortwahl – würde jetzt nicht auf Staatskosten leben und sogar das Kabelfernsehen vom Steuerzahler bezahlt bekommen. Also auch von meinem Vater.«

Autsch.

»Ich verstehe nicht, wie Sie sich als Lobbyistin für so etwas einsetzen können«, fuhr Harry Owen fort. »Das Strafrecht ist das Einzige, was verhindert, dass den Unschuldigen etwas zustößt. Es dient dem Schutz der Menschen, Ms Lange.« Er sprach etwas leiser. »Entschuldigen Sie, dass ich das so sage, aber ich hätte erwartet, dass jemand mit Ihren Erfahrungen sich eher für eine Verschärfung der Gesetze starkmacht. Immerhin wären Sie beinahe umgebracht worden.«

»Den Angriff habe ich überlebt …«, sagte Kate, während sie in Gedanken fieberhaft nach einem Weg suchte, diese undurchdringliche Mauer aus Selbstgerechtigkeit zu überwinden. *Scheiß drauf. Ich sage ihm den wahren Grund.* »Aber es ist gut möglich, dass ich seine Folgen nicht überlebe. Wussten Sie, dass ich mich dabei eventuell mit einer unheilbaren Krankheit angesteckt habe, durch die man sämtliche kognitiven Fähigkeiten verliert?«

Am anderen Ende der Leitung herrschte betroffenes Schweigen. Dann sagte Owen: »Mein Gott. Nein. Das wusste ich nicht. Es tut mir sehr leid.«

»Mir auch.« Kate schluckte. »Diese Information war übrigens vertraulich.«

»Ja, natürlich.«

Gab es im politischen Kampf überhaupt so etwas wie Vertraulichkeit?

Kate schloss die Augen. Inzwischen machte das Gespräch ganz und gar keinen Spaß mehr. Sie wollte es nur noch so schnell wie möglich hinter sich bringen. »Also, um Ihre Frage zu beantworten: Das ist der Grund, weshalb ich meine Mandantin unterstütze. Wie jeder von uns verdient sie es, in Würde zu sterben.«

»Was genau wollen Sie denn von mir?«

Kate versuchte, ihre Enttäuschung hinunterzuschlucken. Er machte es ihr nicht eben leicht. *Willkommen in der Welt der Politik, Kate.*

»Das Gesetz anzufechten würde Monate oder sogar Jahre dauern, und so viel Zeit bleibt meiner Mandantin nicht mehr. Seit dem Fall Rodriguez hat sich die öffentliche Meinung gewandelt, Mr Owen. Wir möchten erreichen, dass die Regelung im Strafgesetzbuch abgeschafft wird, nach der Sterbehilfe ein Verbrechen ist. Hier könnte sich der Staat von seiner menschlichen Seite zeigen.« Kate wartete.

Er seufzte schwer. »Kate, es tut mir leid. Aber dass der Supreme Court gegen Rodriguez entschieden hat und Beihilfe zum Selbstmord strafbar ist, hat doch seine Gründe. Sonst könnten die Leute einfach behaupten, ihre lieben Angehörigen hätten sie gebeten, ihnen beim Selbstmord zu helfen – und dann kassieren sie die Lebensversicherung. Vonseiten des Staates wird es da keine Änderung geben. Einen Moment bitte …« Er war kurz still. »Meine Assistentin teilt mir gerade mit, dass mein nächster Telefontermin ansteht.« Sein Tonfall wurde wieder formell. »Vielen Dank, dass Sie mir die Sorgen Ihrer Mandantin geschildert haben, Ms Lange.«

»Mr Owen, bitte denken Sie noch einmal darüber nach.« Kate legte große Dringlichkeit in ihre Worte, aber sie spürte, dass sie ihn nicht erreichte. »Eine Gesetzesänderung könnte sich als ausgesprochen klug erweisen. Und für meine Mandantin wäre es sehr wichtig …«

»Ich fürchte, Sie sind bei mir an der falschen Adresse.« In seiner Stimme lag nun eine gewisse Schärfe. »Beihilfe zum Selbstmord ist ein Verbrechen.«

»Und jemanden zu schrecklichem Leid zu zwingen – ist das etwa kein Verbrechen?« Sie ließ die Worte kurz nachwirken. »Bitte rufen Sie mich an, falls Sie Ihre Meinung ändern.«

Er legte auf.

Kate starrte auf ihr Telefon. »Idiot.«

Sie hatte ihm eines ihrer größten Geheimnisse offenbart – und er hatte gesagt, sie solle sich zum Teufel scheren.

Sie wählte die Nummer von Frances Sloane.

»Phyllis, hier ist Kate Lange. Kann Frances meinen Anruf entgegennehmen?«

»Oh ja, Ms Lange. Es geht ihr heute besser.« Phyllis klang aufgeregt. Sie und Frances wussten von dem Telefontermin mit dem Abgeordneten. »Ich nehme ihr nur rasch die Maske ab, dann kann sie mit Ihnen sprechen.«

Während Kate wartete, dachte sie sich noch ein paar Beschimpfungen für den Abgeordneten aus.

»Kate?« Genau wie Phyllis merkte man auch Frances die Aufregung an.

Kates Magen krampfte sich zusammen. »Hallo, Frances. Ich habe eben mit Harry Owen gesprochen. Um es kurz zu machen – ich hatte keinen Erfolg. Es tut mir leid.«

Ich hätte mich eben nicht dazu überreden lassen dürfen. Eine professionelle Lobbyistin hätte das besser hinbekommen.

Einen Moment herrschte Schweigen. Kate sah Frances im Geist vor sich, den geschwächten Körper und die so strahlend blauen Augen. Geballte Lebenskraft in einer sterbenden Hülle. »Ich wünschte, ich hätte mehr erreicht, Frances. Ich habe wirklich alles versucht.«

»Ich verstehe schon. Sie haben Ihr Bestes gegeben.« In Frances Worten schwangen Vergebung und Hinnahme mit.

Völlig unerwartet schnürte es Kate die Kehle zu, und ihr kamen die Tränen. »Es tut mir leid.«

»Ich habe noch nicht aufgegeben, Kate.« Frances fing an zu husten.

Phyllis kam an den Apparat. »Wir müssen Schluss machen.« Es klang hektisch. »Sie wird später zurückrufen. Ich muss sie absaugen.«

Frances Leben beschränkte sich inzwischen auf die grundlegendsten Funktionen. Atmen war wichtiger als Sprechen.

Kate legte auf und schaute aus dem Bürofenster. In einem stetigen Strom krochen die Autos durch die Straßen. Was sie hier oben in diesem Bürohochhaus tat, fühlte sich manchmal so lebensfern an. Und doch wusste sie, dass es wichtig war.

Eigentlich hätte sie erleichtert sein müssen, dass ihr Auftritt als Lobbyistin zu nichts geführt hatte. Schließlich hatte sie sich gar nicht darauf einlassen wollen. Sie hatte sich für diese Mandantin und ihr Anliegen nur sehr widerstrebend eingesetzt.

Aber jetzt wollte sie Harry Owen wachrütteln. Wie Randall völlig richtig bemerkt hatte: Dieser Abgeordnete konnte zwar Sprüche klopfen, aber es fehlte ihm ganz offensichtlich die persönliche Erfahrung.

Er sollte für seine Wähler sprechen. Dann müsste er ihnen doch auch zuhören.

Harry, ich kann Sie zu einem sehr populären Menschen machen.

Oder zur Zielscheibe einer öffentlichen Kontroverse.

Sie haben die Wahl.

Kate nahm ihr Mobiltelefon aus der Handtasche und drückte die Kurzwahl mit dem Buchstaben N.

Nat nahm beim zweiten Klingeln ab.

Der Feldzug gegen Harry Owen konnte beginnen.

14

Kenzie summte leise vor sich hin, während sie ihren Arbeitsplatz aufräumte. Bis ihr nächster Kunde kam, blieb ihr eine kleine Verschnaufpause. Zeit, kurz mit Fu Gassi zu gehen. Sie legte ihm die Leine an und ging zum Eingang des Studios hinüber. Dort wimmelte es nur so von Kunden – anscheinend wollte ein Grüppchen Studenten ihre Zulassung zur Uni mit neuen Tattoos feiern.

»In einer Viertelstunde bin ich zurück«, sagte sie zu der Frau an der Rezeption.

»Hast du von der Leiche gehört, die sie gefunden haben?«, sagte eine junge Frau direkt hinter ihr zu einer Freundin.

»Ja. Das war echt krass. Wie bei ›CSI‹.«

Die Rezeptionistin hatte das Gespräch der beiden gebannt verfolgt und klinkte sich nun ein. »Sie soll noch richtig gut erhalten sein. Von Kopf bis Fuß.«

»Wann ist mein nächster Termin?«, unterbrach Kenzie und versuchte, die Aufmerksamkeit der Rezeptionistin auf sich zu lenken.

»Da hat sich doch jemand einen Scherz erlaubt«, sagte ein Typ mit einem Augenbrauenpiercing.

Die Rezeptionistin schaute auf den Computerbildschirm. »Um vier«, antwortete sie, ohne überhaupt aufzusehen. Kenzie biss sich auf die Zunge. Die Rezeptionistin bemerkte ihren Ärger jedoch gar nicht, sondern blickte an ihr vorbei zu dem skeptischen jungen Mann. »Das ist kein Scherz.« Sie hielt eine Zeitung hoch. Auf der Titelseite war ein großes Foto von einer

Gegend, von der Kenzie gehofft hatte, sie nie wiederzusehen. Ein Bereich war mit gelbem Flatterband abgesperrt.

Alles in Kenzie löste sich auf.

»Die Leiche wurde in einem Torfmoor gefunden«, las die Rezeptionistin vor. Sie blickte den jungen Mann an. »Das enthält jede Menge Konservierungsstoffe und so.«

Kenzie warf der Frau Fus Leine hin. »Halt ihn mal kurz.« Sie eilte quer durchs Studio zur Damentoilette. Zehn Minuten später kam sie wieder heraus. Ihr war immer noch übel, und ihre Knie waren weich.

»Alles in Ordnung?«, rief Yoshi ihr von seinem Arbeitsplatz zu.

»Ja. Alles okay.« Sie atmete tief ein und lächelte etwas zittrig. »Ich muss im Flugzeug was Schlechtes gegessen haben.«

»Dein Kunde ist da.«

»Ja.« Sie streckte den Rücken.

»Schaffst du das auch?«

»Ja. Kein Problem.« Ihre Hand war ruhig. Sie war dem gewachsen.

Ihr nächster Kunde wollte einen Totenschädel auf die Wade tätowiert haben. Kenzie fragte sich unwillkürlich, ob das Universum ihr dadurch etwas mitteilen wollte.

Oder vielleicht eher Heather Rigby. Die McNally damals offenbar im Moor vergraben hatte.

Vermutlich gleich nachdem Kenzie ihr eine Kugel ins Herz gejagt hatte.

15

McNally erwachte mit einer Erektion. Sein Herz pochte, seine Hände waren zu Fäusten geballt. Laken und Bettwäsche waren nass geschwitzt. Er hatte wieder von Kenzie geträumt.

Der Wecker auf seinem Nachttisch zeigte an, dass es bereits Morgen war. Er sprang aus dem Bett und stolperte ins Badezimmer. Seine Augen waren noch ganz verklebt vom Schlaf. Er tastete nach der Duscharmatur. Das Wasser war kalt. Er ließ es sich über den Körper fließen und senkte den Kopf, damit es auch über den Totenkopf auf seinem stoppeligen Schädel strömte.

Zehn Minuten später drehte er das Wasser ab und stellte sich nackt vor den Spiegel.

Seine Haut war rot und taub.

Aber mehr hatte die Abkühlung nicht bewirkt.

Er zog sich rasch an. Inzwischen hatte er seine Garderobe um mehrere neue Kakihosen, drei T-Shirts und einen Kapuzenpullover für kühles Maiwetter erweitert. Er setzte Kaffee und einen Topf Haferbrei auf, ging dann schnell in den kleinen Minimarkt im Erdgeschoss des Gebäudes und kaufte jede Zeitung, in der die Moorleiche erwähnt wurde, einschließlich der übrig gebliebenen Ausgaben von gestern. Als er in seine Wohnung zurückkam, stieg ihm schon der Kaffeeduft in die Nase. Sein Magen grummelte.

Er warf die Zeitungen auf den Tisch und goss sich einen großen Becher Kaffee ein. Es war eine dunkle Röstung, Kaffee in seiner ursprünglichsten Form, sozusagen das Tribal unter den Kaffees: ungezähmt, kantig und dynamisch. Oh Mann, er liebte diese ungezähmte Energie. Sie machte ihn augenblicklich wach. Außerdem erinnerte sie ihn daran, dass er fast am Verhungern war. Er rührte den Haferbrei noch einmal um und kratzte über den Topfboden. Zerquetschter Hafer mit frischer Milch. Dick und sättigend. Er brauchte etwas, das lange vorhielt. Möglicherweise musste er stundenlang vor dem Tattoo-Studio auf Kenzie warten. Er stellte eine Schale mit Blaubeeren und Erdbeeren auf das Platzdeckchen und daneben ein Glas Saft. Seltsam, wie schnell sich all die alten Gewohnheiten wieder gemeldet hatten, seitdem er draußen war. Irgendwie tat das gut.

McNally goss den Inhalt des Topfes in eine tiefe Schüssel, streute dick braunen Zucker darüber und fügte Sahne hinzu. Dann setzte er sich, tauchte den Löffel in den dampfenden Haferbrei und nahm sich die erste Zeitung vor. Er wurde nicht enttäuscht. Die Berichte enthielten plastische Details zum Fundort und ein ausführliches Interview mit Rebecca Chen, die die Leiche gefunden hatte. Er betrachtete ihr Foto. Sie war etwa so alt wie Heather Rigby damals. Aber sie hatte schwarze Haare und dunkle Augen …

Er war enttäuscht. Süß war sie schon. Aber nicht sein Typ.

Offensichtlich genoss sie die Aufmerksamkeit der Medien. Jeder zweite Absatz enthielt ein langes Zitat darüber, wie schrecklich es für sie war, eine Leiche zu finden, während es ihr doch nur darum ging, in Biologie eine gute Note zu bekommen.

Aber als sie beschrieb, wie sie sich sämtliche Fingernägel eingerissen hatte, um diesen »Stein« auszugraben, erstarrte er innerlich.

Hinter dem Bunker lag ein Brett, und er hatte Lovett angewiesen, es runter zum Moor zu schleppen, während er unter dem Torfbuckel ein Loch grub. Der herbe Geruch von modri-

ger Erde stieg ihm in die Nase und überdeckte den schärferen, metallischen Geruch von Heathers Blut. Er atmete in tiefen Zügen. Durch die Wut und das Adrenalin und das Kokain hämmerte sein Herz so schnell und stark, als wollte es seinen Brustkorb sprengen.

Er riss eine Handvoll Wurzeln und Erde aus.

Das waren Kenzies Haare.

Noch eine Handvoll.

Kenzies Haut.

Er grub tiefer und wühlte einen Torfbrocken hervor. Er war feucht.

Kenzies Herz.

Er schob seine Hände immer tiefer unter den Torfbuckel und schuf einen Tunnel. Darin würde er die Leichtgläubigkeit vergraben, die ihm das alles eingebrockt hatte.

Kenzie hatte ihn im Stich gelassen.

Sie hatte sein Vertrauen missbraucht. Seine Liebe verraten. Seine Hoffnung auf eine gemeinsame Zukunft.

Nebel kroch unter McNallys Kleidung.

Je länger es dauerte, Heathers Leiche zu beseitigen, desto weiter konnte Kenzie fliehen.

Seine Muskeln zitterten.

Sie hatte alles verdorben. Er konnte es immer noch nicht fassen. Er wollte etwas zerstören. Jemanden verletzen. Nicht nur die Tote, die neben ihm lag. Noch jemanden.

Zum Beispiel Kenzie.

Er konzentrierte sich erneut auf das Zeitungsinterview mit dem Mädchen, das Heathers Leiche gefunden hatte.

»Die Leiche ist laut unseren Quellen vollständig erhalten.«

»Scheiße.«

Das Moor hatte ihm und Lovett einen Strich durch die Rechnung gemacht.

Er fragte sich, ob die Polizei die Tätowiermaschine gefunden hatte …

Der Haferbrei lag ihm schwer wie Blei im Magen.

Sie werden nichts finden, was dich belastet. Nichts. Das Wasser muss alle Fingerabdrücke und Blutspuren vernichtet haben.

Er legte die Zeitung beiseite und nahm die nächste vom Stapel. Es war die Lokalzeitung – die *Halifax Post*.

Die *Post* spekulierte, dass es sich bei der Moorleiche um die als »vermisst gemeldete Studentin Heather Rigby handeln könnte, die in der Nacht der letzten *Mardi-Gras*-Feier in Halifax auf mysteriöse Weise verschwunden« war.

Ja. Richtig geraten. Es ist Heather.

Er grinste. Diese ganzen Polizisten, Wissenschaftler und Journalisten hielten sich für so klug, und doch wusste keiner von ihnen, was der armen kleinen Heather wirklich zugestoßen war.

McNally begann leise zu summen.

Und sie würden es auch nie herausfinden.

Das Moor musste alle Blut- und Spermaspuren zerstört haben.

Also wie sollten sie ihn jemals mit der Sache in Verbindung bringen? Oder die anderen, die in der Nacht dabei waren?

Sie waren mit einem Mord davongekommen.

Er griff nach seinem Kaffeebecher und trank genussvoll, während er die übrigen Schlagzeilen auf der Titelseite las.

»Verbindung zum Halifax-Schlächter?«

Von dem Fall hatte er schon gehört. Die Jungs im Bau hatten darüber gesprochen, dass in Halifax ein Serienmörder umging. Er konnte sich vorstellen, wie das bei den alteingesessenen Bürgern im South End angekommen war. Zumal die Leichen praktisch vor ihrer Haustür gefunden worden waren.

Besser gesagt: die *zerstückelten* Leichen. Das hatte er ganz vergessen. Cool.

Und eine von ihnen war die Tochter einer Richterin gewesen? *Ach du Scheiße.*

Im Vergleich dazu kam ihm sein eigener Mord richtig lahm vor. Heather Rigby war ein Niemand gewesen.

Ob der Halifax-Schlächter all diese Frauen allein umgebracht hatte?

War der Typ wohl tätowiert gewesen? McNally stellte sich vor, was er ihm gestochen hätte: Eine Serie von Pin-ups, eins grausamer verstümmelt als das andere …

Dann las er weiter. »Der Killer wurde von einer Frau getötet, die beinahe sein nächstes Opfer geworden wäre.«

Das Beinahe-Opfer blickte ihm von einem Foto entgegen. Die Frau hatte blaue Flecken im Gesicht, und in ihrem Blick lag Angst. Braune Haare, braune Augen.

Verdammt. Oh Mann.

Er las die Bildunterschrift: »Anwältin Kate Lange aus Halifax wehrt die Wahnsinnsattacke des berüchtigten Halifax-Schlächters ab und tötet ihn in Notwehr.«

Da sandte ihm der Himmel doch ein weiteres Zeichen.

Kate Lange hatte einen Serienmörder umgebracht.

Und nun würde er *sie* töten.

Er stellte sich die Schlagzeilen vor: »Bezwingerin des Serienkillers ermordet aufgefunden«.

Das würde todsicher um die Welt gehen, nicht nur in der *Halifax Post* stehen.

Und wenn ihr Tod dann auch noch eine Kopie von Heather Rigbys Ermordung wäre …

Wozu würde ihn das machen?

Zum Champion.

Kenzie würde ein für alle Mal begreifen, was er draufhatte.

Sie würde erkennen, dass er allmächtig war.
Dass sie ihn nie wieder verlassen durfte.
Oder genauer gesagt: dass er sie nie wieder fortlassen würde.

16

Das Team war im Einsatzraum des Reviers versammelt. Ferguson stand am Whiteboard, das von schwarzer, roter und blauer Schrift sowie von Diagrammen und Pfeilen bedeckt war. Daneben hing eine große Karte vom Chebucto Head.

»Wir haben die Leiche identifiziert«, verkündete Ferguson mit breitem Lächeln. In der Hand hielt sie einen extragroßen Becher *Tim-Hortons*-Kaffee. Ethan konnte ihre Erleichterung spüren. Alte ungelöste Fälle zogen immer großes Medieninteresse auf sich, aber diesmal war es schlimmer denn je, weil es auch noch um eine Moorleiche ging. Reporter aus ganz Nordamerika und sogar aus Europa waren nach Halifax gekommen – und an den Fundort –, um über den Fall zu berichten.

Als Leiterin der Ermittlungen hatte Ferguson alle Hände voll damit zu tun, die Fundstelle zu sichern und zu gewährleisten, dass nichts über diejenigen Beweisstücke bekannt wurde, die die Polizei geheim hielt: die Kugel und die Tätowierung. Man merkte ihr den Stress an, so wie ihnen allen.

»Ethan, können Sie das Team über den Stand der Zahnanalyse informieren?«

»Die Zähne der Leiche sind glücklicherweise noch intakt. Der Abgleich des Zahnschemas war positiv. Wie wir alle vermutet haben, ist das Opfer Heather Rigby, zuletzt gesehen beim *Mardi Gras* 1995.«

Wenn das Opfer in einem bisher ungelösten Fall identifiziert werden konnte, löste das stets einen ganzen Mix von Gefühlen aus. Man empfand Freude, weil man endlich genügend Indizien gefunden und richtig ausgelegt hatte; Befriedigung, weil eine unbeantwortete Frage, die einem lange keine Ruhe gelassen hatte, endlich gelöst war; und Bedauern, weil für die Angehörigen nun keine Hoffnung mehr bestand.

Im Fall von Heather Rigby gingen diese Gefühle besonders tief. Der Fall hatte die Polizei und die ganze Stadt lange beschäftigt. Dass man nun wusste, wie sie ums Leben gekommen war, machte es noch schlimmer. »Wir haben die Angehörigen benachrichtigt, und ich werde sie gleich nach dieser Besprechung befragen«, fügte Ethan hinzu.

»Ich habe Detective Liscomb gebeten, uns so bald wie möglich über die Ergebnisse der Spusi zu informieren«, sagte Ferguson. »Jetzt suche ich Freiwillige, die in der Nachbarschaft von Haus zu Haus gehen und fragen, ob sich noch jemand an die Nacht erinnert.« Ferguson ließ den Blick über das Team schweifen.

»Freiwillige?«, fragte Lamond. »Was ist mit unseren Kollegen in Uniform?«

»Dank der Medien muss ich unser gesamtes Kontingent dafür einsetzen, den Fundort zu sichern. Wir werden uns selbst auf die Socken machen müssen.«

Lamond seufzte. »Ich bin dabei.«

»Wenn ich mit den Rigbys geredet habe, schließe ich mich an«, sagte Ethan. »Ich habe eine Liste der Leute, die damals befragt wurden, mit denen können Sie anfangen.«

»Und vergessen Sie nicht, danach zu fragen, wer sich damals bei dem Bunker herumgetrieben hat …« Ferguson wurde durch ein Klopfen an der Tür unterbrochen. Eine Frau kam herein, in den Händen einen Pappkarton, auf dem mehrere Aktenmappen lagen. »Detective Liscomb! Ich sehe schon, Sie bringen uns was Nettes mit.«

Detective »Lizzy« Liscomb grinste. Dabei zeigte sich ein

hübsches Grübchen, durch das sich viele Leute täuschen ließen. »Etwas sehr Nettes sogar«, sagte sie. »Zuallererst: Sie erinnern sich doch noch an den komischen Fleck am Nacken des Opfers?« Sie öffnete eine Aktenmappe und blätterte. »Das war definitiv eine Tätowierung.« Sie zog drei zwanzig mal fünfundzwanzig Zentimeter große Fotos hervor und pinnte sie neben einer Karte vom Fundort an das Korkbrett. »Wir haben eine Infrarotkamera verwendet, wodurch einige der schwächeren Linien deutlicher herauskommen.« Die Umrisse der Tätowierung waren jedoch weiterhin unvollständig, und die Linien wirkten unterschiedlich dick und intensiv. »Das liegt nicht an unserer Technik«, sagte Liscomb. »Das Tattoo war sehr amateurhaft, die Nadel ist unterschiedlich tief eingedrungen.«

Ethan schaute Lamond an. Wie üblich konnte er ihm an den Augen ablesen, was er dachte. In diesem Fall dachte Ethan das Gleiche: *Woher zum Teufel wollt ihr das wissen?* Aber dann fiel ihm ein, was sich in dem Karton befinden musste …

Liscomb hob den Deckel an, streifte Handschuhe über und nahm das selbst gebastelte Werkzeug heraus, das Dr. Hughes im Moor ausgegraben hatte. »Das, meine Herrschaften, ist eine selbst gebastelte Tätowiermaschine. Wir vermuten, dass das Tattoo am Nacken des Opfers damit angefertigt wurde.«

Liscomb hielt die Tätowiermaschine hoch, sodass alle sie sehen konnten. »Bei solchen Eigenbauten werden meist die Motoren von Rasierapparaten oder Videorekordern verwendet, und das Ganze wird dann an den Strom angeschlossen. Dieses Gerät ist aber besonders clever ausgedacht. Hier wurde ein akkubetriebener Elektrorasierer verwendet. Das heißt, das Gerät konnte überall eingesetzt werden.«

»Auch in dem Bunker«, sagte Ethan.

»Genau.« Sie deutete auf die Spitze des Geräts. »Als Nadel diente eine Gitarrensaite. Wir nehmen an, dass sie an dem Knopf befestigt war, den Dr. Hughes gefunden hat.«

»Wie funktioniert das genau?«

»Der Knopf sitzt oben auf dem Motor. Die Gitarrensaite wird durch ein Röhrchen geführt, in diesem Fall die Außenhülle eines Schreibstiftes. Das Ende, das aus dem Röhrchen hervorschaut, ist die Nadel. Das andere Ende wird am Knopf befestigt. Wenn man den Motor anstellt, dreht sich der Knopf, und dadurch bewegt sich die Gitarrensaite im Röhrchen auf und ab.« Sie lächelte. »*Et voilà*, eine einfache, aber voll funktionsfähige Tätowiermaschine. Am Knopf oder an der Gitarrensaite wird wohl keine DNA mehr vorhanden sein, aber wir haben das Isolierband entfernt, das um das Röhrchen gewickelt war, für den Fall, dass zwischen den Schichten irgendetwas erhalten geblieben ist.« Sie legte die Tätowiermaschine wieder in den Karton.

»Dann glauben Sie also, dass das Tattoo mit dieser Maschine gestochen wurde?«, fragte Ferguson.

Liscomb wandte sich den Fotos der Tätowierung zu. »Ja. Dass die Nadel so ungleichmäßig tief eingedrungen ist, deutet auf eine selbst gebaute Maschine hin. Interessanterweise ist das Tattoo selbst recht gut gezeichnet.«

»Woran machen Sie das fest?«, fragte Ethan.

»Wir sind gestern Abend damit zu einem hiesigen Tattoo-Studio gegangen. Einer der Tattoo-Künstler hat es nachgezeichnet und die fehlenden Details ergänzt. Das Ergebnis sieht ziemlich gut aus.« Sie nahm eine Skizze aus der Aktenmappe und pinnte sie an.

»Der Tätowierer hat also einen Vogel darin gesehen?«, fragte Ethan. So viel zu seiner Vermutung, es sei ein Dreieck.

Liscomb nickte. »Ja. Und er hält es für einen Raben.« Sie schlug einen Notizblock auf. »Ich habe schon ein wenig zu den möglichen Bedeutungen recherchiert. In vielen indianischen Kulturen steht der Rabe für Licht und für Transformation.«

Lamond schaute Ethan an. »Hatte Heather Rigby denn irgendetwas mit indianischen Überzeugungen zu tun?«

Lizzy hob eine Hand. »Nicht so schnell, meine Herren. Ich bin noch nicht fertig. Auch in anderen Kulturen hat der Rabe eine symbolische Bedeutung. In Europa wurde er früher oft als Bewahrer von Geheimnissen und als Symbol des Todes betrachtet, im Nahen Osten als schlechtes Omen und in der Bibel als Kreatur des Bösen.«

»Also kann dieses Tattoo ganz verschiedene Hintergründe haben«, meinte Ferguson.

»Ja. Vielleicht mochte Heather auch einfach nur Vögel«, sagte Lamond.

»Hat der Tattoo-Künstler den Stil der Tätowierung irgendwem zuordnen können?«

Liscomb schüttelte den Kopf. »Ihm ist niemand eingefallen. Aber es gibt viele Tattoo-Künstler in Halifax und Umgebung. Vielleicht erkennt jemand anders das Motiv wieder.«

»Soweit ich weiß, hatte Heather Rigby bis zu ihrem Verschwinden keine Tätowierung«, sagte Ethan. »Falls sie erst in der fraglichen Nacht tätowiert wurde – und zwar mit der Maschine, die man bei ihr gefunden hat –, dann ist das sicher in ihrer Gegend passiert. Damals waren Tätowierungen noch nicht sehr verbreitet. Also gab es wahrscheinlich auch noch nicht so viele Tätowierer …«

»Aber vermutlich viel mehr Amateure, die daheim in ihrem Keller tätowiert haben, was es wieder weniger wahrscheinlich macht, dass wir das Tattoo einer konkreten Person zuordnen können«, sagte Ferguson.

Ethan nickte. »Das stimmt. Ich denke, wir müssen die Skizze veröffentlichen. Vielleicht hat sich noch jemand in der *Mardi-*

Gras-Nacht tätowieren lassen und erinnert sich, dass Heather Rigby im selben Studio war.«

»Na, dann los«, sagte Ferguson. »Das ist bisher unsere beste Spur.«

Ethan nahm seinen Notizblock und verließ den Einsatzraum. Ganz oben auf seiner Liste stand das Treffen mit Heather Rigbys Angehörigen. Dabei würde er sich noch einmal vergewissern, dass Heather bei ihrem Verschwinden außer einem Muttermal keine besonderen Kennzeichnen – wie etwa eine Tätowierung – gehabt hatte. Danach würde er das Tattoo veröffentlichen, in der Hoffnung, dass ein paar Hinweise eingingen.

Er fühlte sich energiegeladen. Dieser Fall beschäftigte Halifax – und ihn – seit siebzehn Jahren. Heather war auf grausame Art gestorben.

Er wollte Heathers Eltern in die Augen sehen und sagen können, dass sie Heathers Mörder zur Strecke gebracht hatten.

Er wollte sich auch selbst wieder in die Augen sehen können. Und wenn er ehrlich war, wollte er Kate von dem Fall erzählen können. Er wollte ihr gegenüber etwas wiedergutmachen.

Und ihre Achtung zurückgewinnen.

17

»Kate, ich bin's«, sagte Nat. »Bist du schon im Büro?« Sie hatte Kate auf dem Handy angerufen.

»Ja, schon eine ganze Weile. Warum? Hast du das Interview arrangieren können?« Kate spürte einen Schauder der Erregung. Also war Nats Vorschlag bewilligt worden, Frances Sloane fürs Fernsehen zu interviewen. Mit der Aufregung meldete sich bei Kate jedoch auch Unbehagen. Frances hatte recht behalten, was Kates sogenannten Ruhm betraf. Nat hatte ihr sofort gesagt, dass der Sender sicher nur dann an einem Interview mit Frances interessiert wäre, wenn Kate mit ihr zusammen auftrat.

»Ja, es ist genehmigt.« Nat klang zufrieden. »Aber es muss heute Vormittag um elf Uhr sein.«

»Heute Vormittag?« Kate warf einen Blick auf die Uhr. Es war kurz nach neun.

»Tut mir leid, dass das so kurzfristig kommt, aber es war der einzig mögliche Termin.«

»Kein Problem. Eigentlich passt es mir sogar ganz gut.« Kate war froh, es schnell hinter sich bringen zu können. »Aber ich muss zuerst abklären, ob Frances das rechtzeitig schafft. Sie wohnt außerhalb und ist durch die Krankheit nicht mehr so mobil.«

»Wir wollen bei deiner Mandantin zu Hause drehen, Kate. So werden die Zuschauer viel besser verstehen, wie ihr Leben aussieht.«

»Natürlich.« Nat hatte recht. Sie sollten Frances unbedingt

in ihrem Zuhause zeigen, inmitten all der Schläuche, Maschinen und Geräte, die sie zum Überleben brauchte.

Trotzdem bekam Kate auf einmal Angst, und sie wusste auch weshalb. *Du musst da jetzt durch.* »Ich kläre das mit Frances und rufe dich zurück.«

Eine halbe Stunde später hatte ihre Mandantin zugesagt. Während Kate ihr Büro verließ, überlegte sie sich ein paar Standardantworten auf Fragen zum Halifax-Schlächter.

In ihrem Feldzug gegen Harry Owen würden sie alle verfügbare Munition brauchen. Nat war auf die geniale Idee gekommen, das Interview an dem Tag auszustrahlen, an dem sich der Tod des Halifax-Schlächters jährte.

Das bedeutete jedoch auch, dass Kate ihre Erinnerungen an den schrecklichen Tag ausgraben musste, an dem sie einen Menschen getötet hatte, um nicht selbst getötet zu werden.

Kate, hör auf, darüber nachzudenken. Du hast längst zugestimmt.

Mit einem Americano bewaffnet eilte sie zu ihrem Wagen, und während sie auf der Purcell's Cove Road in Richtung Chebucto Head und Frances fuhr, versuchte sie sich etwas zu entspannen. Der Northwest Arm, ein langer dunkelblauer Ausläufer des Atlantiks, glitzerte im Sonnenlicht.

Zwanzig Minuten später bog Kate in den Privatweg zum Haus ihrer Mandantin ein. Sie hatte immer geglaubt, dieser Weg wäre nur in ihrer Erinnerung derart lang, aber er führte tatsächlich ein gutes Stück vom Highway weg. Jeder Kiesel, der unter ihren Reifen knirschte, jeder Baum, an dem sie vorbeikam, versetzte sie in Alarmbereitschaft.

Für sie war dies kein neutrales Gebiet. Das war noch ein Grund, weshalb sie sich vor dem Interview fürchtete. Es war schlimm genug, den Angriff des Halifax-Schlächters vor Tausenden von Zuschauern noch einmal durchleben zu müssen, aber es an dem Ort zu tun, wo sie vor siebzehn Jahren den größten Fehler ihres Lebens begangen hatte …

Mit der Zeit waren viele Erinnerungen verblasst. Aber jetzt, während sie in der frühmorgendlichen Maisonne diesen Weg entlangfuhr, fiel ihr die dunkle Mainacht, als sie siebzehn war, in lebhaften Details wieder ein.

Ihre Schwester Imogen hatte neben ihr auf dem Beifahrersitz gesessen und sich mit ihrem Augen-Make-up beschäftigt. Sie war aufgeregt und ziemlich überdreht. Kate hingegen fühlte sich unwohl. In letzter Zeit hatte sich ihre Schwester seltsam verhalten, und Kate wusste genau, dass Kenzie Sloane dahintersteckte. Sie war sicher, dass man sie selbst nur deshalb zu dieser Party eingeladen hatte, weil ihre Schwester erst fünfzehn war und einen Chauffeur brauchte. Aber Kate wollte trotzdem dabei sein. All ihre Schulfreundinnen gingen hin – besonders die angesagten. Kate wollte auch einmal dazugehören.

Am Rand der Zufahrt standen schon unzählige schlecht eingeparkte Wagen, meist auf dem sorgfältig gepflegten Rasen. Das Armaturenbrett ihres Wagens vibrierte von der Musik, die durch die Glaswände des Hauses drang. Imogen war ungeduldig und trieb sie zur Eile, während Kate nach einem sicheren Parkplatz für das Auto ihrer Mutter suchte. Kaum dass Kate den Wagen in eine Lücke manövriert hatte, stieß Imogen die Tür auf und eilte zum Haus.

Drei Stunden später war sie tot.

Wie oft hatte Kate sich seitdem gewünscht, sie hätte ihre Schwester nicht zu Kenzies Party mitgenommen?

Unzählige Male.

Mit knirschenden Reifen bog sie um die letzte Kurve. Frances Sloanes Haus kam in Sicht. Kate zwang sich, ruhig zu atmen. *Es ist passiert, Kate. Du kannst es nicht ungeschehen machen.*

Vielleicht war es ihre Form von Vergebung, dass sie nun Frances juristisch vertrat und sich für einen friedlichen Tod ihrer Mandantin einsetzte. Vielleicht würde das ein wenig Licht in die dunklen Winkel ihres Herzens bringen.

Aber sie wurde das Gefühl nicht los, dass etwas Unheilvolles über ihr schwebte. Egal wo sie sich zu verstecken suchte, der dunkle Vogel des Todes schien sie überall zu finden.

Dass Frances Sloane sozusagen eine Spur aus Brotkrumen für den Vogel ausgestreut hatte, machte es auch nicht besser.

Hoffentlich kam der verdammte Vogel nicht auf die Idee, dass die Spur zu Kate führte.

Während Kate mit klopfendem Herzen zur Haustür ging, betrachtete sie das Heim ihrer Mandantin. Es schien eher dazu gedacht, intellektuelle Ehrfurcht hervorzurufen als Zuneigung. In der kühlen, klaren Maisonne wirkte es streng und abweisend.

Kate klingelte. Phyllis öffnete ihr mit einem freundlichen Lächeln. »Ms Lange, bitte kommen Sie herein. Ich habe das Wohnzimmer für das Interview ein wenig in Ordnung gebracht.«

»Es ist bestimmt gut so, wie es ist«, sagte Kate. »Wir wollen ja zeigen, wie Frances' Leben wirklich aussieht.«

»Gut. Dann müsste alles vorbereitet sein.« Phyllis begleitete Kate bis an die Wohnzimmertür. »Ich mache uns einen Tee.«

Das Wohnzimmer war genau so, wie Kate es in Erinnerung hatte, und doch vollkommen unvertraut. Bei ihrem letzten Besuch war der Raum voller aufgeregter, betrunkener und erhitzter junger Leute gewesen, die zum keltisch angehauchten Rock der *Cranberries* tanzten. Kate hatte das Stück erkannt: »Salvation«. Nach Imogens Tod hatte sie den Song in Gedanken immer und immer wieder gehört, aber ohne den Text je richtig zu verstehen. Vier Monate nach der Beerdigung ihrer Schwester, an einem Nachmittag voller Tränen und Selbstvorwürfe, hatte Kate die CD gekauft und sich den Liedtext im Booklet durchgelesen.

Sie hatte es kaum glauben können.

»Salvation« war ein Lied gegen Drogen.

Kate hatte sich gefragt, ob das Stück für Kenzie eine Art Trotzgeste gegen ihre Eltern war.

Als Kate jetzt Frances Sloanes Wohnzimmer betrat, kehrte die Erinnerung an das Lied zurück, das damals von den raumhohen Glasfenstern widerhallte und mit seinem wilden Tempo die Partygäste antrieb.

»Salvation«. Erlösung.

Und genau in dem Raum, in dem vor so langer Zeit diese Musik aus den Boxen dröhnte, saß nun Frances Sloane im Rollstuhl vor den riesigen Fenstern. Sie schaute ihren Gast eindringlich an – als könnte sie Kate allein mit der Kraft ihres Blickes zu sich heranholen.

Kate ging zu ihr hinüber, die Aktentasche in der Hand. Das Morgenlicht, das durch die Glaswände hereinfiel, milderte nicht gerade den Eindruck, den der viele Stahl und die eckigen Formen des Raumes hervorriefen. Und es täuschte auch nicht darüber hinweg, wie sehr Frances Sloanes Gesicht durch ihre Krankheit gezeichnet war.

»Hallo, Frances«, sagte Kate mit unnatürlich lauter Stimme.

»Hallo.«

Von der tapferen Entschlossenheit, die ihre Mandantin noch Anfang der Woche gezeigt hatte, war nichts mehr zu spüren. Kate hätte nicht genau sagen können, woran es lag, aber irgendetwas hatte sich verändert. Bereute Frances vielleicht ihre Entscheidung, diesen Kampf in der Öffentlichkeit auszutragen?

Oder hatte sie gespürt, dass Kate sich in ihrem Zuhause unwohl fühlte?

Als Kate näher kam, bemerkte sie, dass Frances' Augen feucht waren. »Gestern habe ich Kenzie wiedergesehen. Zum ersten Mal seit siebzehn Jahren.«

Uff. Kate setzte sich in einen Sessel.

Sie dachte an den halbvollen Kaffeebecher in ihrem Auto und wünschte, sie hätte ihn ausgetrunken.

In möglichst neutralem Tonfall fragte sie: »Wie geht es ihr?«

»Sie scheint glücklich zu sein. Sie ist jetzt Tattoo-Künstlerin.«

»Wirklich?«

Kate war überrascht – und doch wieder nicht.

Kenzie war mit all den Vorteilen aufgewachsen, die es mit sich brachte, so erfolgreiche Eltern zu haben. Und sie hatte das alles immer abgelehnt. Eine Tattoo-Künstlerin zu werden passte vollkommen zu dieser Einstellung.

An der Schule war sie stets ein schillernder Schmetterling gewesen.

War ihre Berufswahl nur einer flatterhaften Laune entsprungen oder einer echten Berufung?

»Sie ist sehr erfolgreich«, fügte Frances hinzu.

»Gut.« Bei Kate meldete sich leichte Übelkeit. Abgesehen von der Orange, die sie gerade zerteilt hatte, als Nat anrief, hatte sie in der Eile das Frühstück ausfallen lassen, und nun bereute sie es. Sie öffnete ihre Aktentasche und zog einen Notizblock hervor. »Ich würde gern ein paar Punkte mit Ihnen durchgehen. Schlüsselbotschaften für das Publikum.«

»Ich weiß, was ich sagen will.«

»Nur für den Fall …«

»Ich weiß, was ich sagen will.«

Kate lächelte. »Gut. Dann sehe ich noch einmal meine eigenen Notizen durch, bevor Nat kommt.«

Mit gesenktem Kopf blätterte sie in ihrem Block und starrte angestrengt auf die Worte, die sie heute früh nach dem Duschen eilig aufgeschrieben hatte. Was sie sagte, würde Gewicht haben. Es konnte das Leben vieler Menschen verändern.

Aber es hatte keinen Sinn.

Ihr Blick schweifte immer wieder zu der Veranda hinter dem Haus.

Verdammt.

All die Erinnerungen, die sich in ihrem Unterbewusstsein angestaut hatten, brachen hervor.

Sie langweilte sich. Alle anderen im Raum waren widerlich betrunken. Und Tim Roth wich einfach nicht von ihrer Seite. Er gehörte zum Eishockeyteam der Schule und war ziemlich beliebt, deshalb hatte sie seine Aufmerksamkeit zunächst genossen. Bis sie gemerkt hatte, dass er an etwas anderem interessiert war als an Gesprächen.

Sie drängte sich durch die Menge und suchte nach ihrer Schwester. Sie wollte weg. Jetzt gleich.

Hinter ihr hockte eine Gruppe von Jugendlichen auf der Veranda. Kate wusste, was sie da machten.

Dann bemerkte sie ihre Schwester inmitten der Gruppe.

Imogens braune Haare bildeten einen glänzenden Schleier vor ihrem Gesicht. Ein anderes Mädchen beugte sich zu ihr vor, mit Haaren wie geschmolzenes Kupfer. Die Art, wie die Mädchen sich um den Tisch drängten, erinnerte Kate daran, wie sie und ihre Schwester sich vor vielen Jahren auf den Bürgersteig gehockt hatten, um einen Marienkäfer anzuschauen. Aber diese Mädchen waren keine kleinen Kinder mehr. Sie gingen in die Highschool. Und was Kenzie Sloane und Imogen so gierig betrachteten, war auch kein Wunder der Natur.

Das Haar ihrer Schwester bewegte sich ein wenig im Wind. Sie beugte sich vor und legte eine Linie Kokain.

Die Späße der betrunkenen Partygäste ringsum wirkten plötzlich geradezu obszön.

Also deshalb war ihre Schwester so gereizt gewesen.

So unnahbar.

So anders als die Imogen, um die Kate sich seit Jahren kümmerte.

Imogens Schultern hoben sich, als sie durch einen zusammengerollten Fünf-Dollar-Schein scharf einatmete.

Sie war erst fünfzehn.

Und doch war das nicht das erste Mal. Das erkannte man an der Leichtigkeit, mit der Imogen die Linie gelegt hatte, und an ihrem gebannten Blick. Sie hatte keine Angst, sie war nicht nervös.

Sie war gierig.

Schrecklich gierig.

Sobald sie die Linie gezogen hatte, sackten ihre Schultern herab. Kenzie beugte sich zu ihr vor und murmelte ihr etwas ins Ohr. Imogen warf den Kopf in den Nacken und lachte. Schrill, wie durchgedreht. Kenzie krümmte sich, die Tränen liefen ihr übers Gesicht. Ein weiteres Mädchen stimmte in das Gelächter ein.

Das Lachen wurde immer lauter. Kates Schwester hob den zusammengerollten Geldschein triumphierend in die Luft. Dann beugte sie sich über den Tisch.

Nein. Nicht noch einmal.

Kate schob Tim beiseite und drängte sich zur Veranda durch.

»Imogen!« Sie fasste ihre Schwester an der Schulter. »Was machst du da?«

Imogen befreite sich und schaute Kate trotzig an. »Hau ab, Kate.«

»Du kommst jetzt mit.« Kate sah Kenzie wütend an. »Wie kannst du meiner Schwester dieses Zeug geben!«

»Wieso denn nicht? Sie wollte es doch.« Kenzie blickte gelas-

sen drein. »Höchste Zeit, dass die große Schwester verschwindet.« Sie warf das Haar zurück.

»Gennie, wir fahren nach Hause.« Der besessene Ausdruck in Imogens Augen machte Kate Angst.

Lass Gennie nicht merken, dass du Angst hast. Hol sie hier raus.

Gennie wurde knallrot im Gesicht. »Ich komme nicht mit.«

Kenzie klopfte mit der Hand auf den freien Platz neben sich. »Komm her, Immy.«

Immy. Kate konnte diesen Spitznamen nicht ausstehen.

Imogen grinste und versuchte sich zu Kenzie durchzudrängen.

Kate packte sie am Handgelenk. »Du kommst jetzt mit. Auf der Stelle.«

Vor lauter Wut rauschte ihr das Blut so laut in den Ohren, dass sie kaum hörte, was die anderen sagten, und die übrigen Jugendlichen fast nicht wahrnahm. Sie sah nur noch eins, nämlich dass Gennie, ihre beste Freundin, Vertraute und kleine Schwester, sie im Stich lassen wollte, für etwas so Verlockendes, so Zerstörerisches, dass es Kate mehr ängstigte als alles, was ihr je begegnet war.

Sie musste sie von diesem Zeug fernhalten.

Und von dem Mädchen, das es ihr gab.

Kate griff nach dem Telefon, das auf einem Beistelltisch stand, und wedelte vor der Gruppe mit dem Hörer herum. »Wenn du jetzt nicht sofort mitkommst, Gennie, rufe ich die Polizei.« Sie zeigte mit dem Hörer auf ihre Schwester. »Sofort, Gennie!«

Diese Drohung zeigte endlich Wirkung. Kenzie wurde rot. »Das tust du nicht.«

Kate schüttelte den Kopf. »Du wirst es gleich sehen.«

»Nein, Kate. Bitte.« Imogen schaute Kenzie erschrocken an.

Um Kenzies Lippen spielte ein Lächeln. »Sag mal, Kate, wie kommst du auf die Idee, dass die Polizei dem Balg eines Knackis glaubt?«

Balg eines Knackis. *Den Worten folgte Stille. Crystal Burton kicherte.*

Imogens Augen wurden ganz groß.

Aber sie wich nicht von Kenzies Seite.

Es wollte Kate das Herz zerreißen.

Sie hielt sich den Hörer ans Ohr und ließ den Zeigefinger über der Neun schweben. »Sag meiner Schwester, dass sie gehen soll, Kenzie.«

Imogen blickte erwartungsvoll drein, aber unter der toughen Oberfläche war auch Unsicherheit zu spüren.

Kenzie sah an Kate vorbei zu einer Gruppe von Jungen, die dicht gedrängt vor dem Eingang zur Veranda standen. Ihr Mund wurde hart. »Nein. Wir haben heute Abend noch was vor, nicht wahr, Immy? Und zwar ohne deine Schwester.«

Kate tippte 9-1-1.

Kenzie sah sie so wütend und hasserfüllt an, dass Kate alle Willenskraft aufbieten musste, um nicht klein beizugeben.

Sie behielt den Hörer am Ohr.

»Warte!« Kenzie erhob sich halb von der Bank.

»911. Was für einen Notfall möchten Sie melden?«, fragte die Frau in der Notrufzentrale.

Kate sah Kenzie in die himmelblauen Augen. Endlich – endlich – entdeckte sie eine Spur von Angst in ihrem furchterregenden Blick.

Kenzie schob Imogen von sich. Diese zuckte zusammen. »Geh nach Hause. Und sag deiner Schwester, sie soll auflegen.« Dann senkte sie die Stimme und flüsterte Imogen etwas ins Ohr. Was es war, konnte Kate nicht verstehen, denn in diesem Moment wiederholte die Frau aus der Notrufzentrale in drängendem Tonfall: »911. Was für einen Notfall möchten Sie melden?«

Kate räusperte sich. »Entschuldigung. Ich habe mich verwählt.« Sie legte auf. »Ich wette, die Polizei kommt trotzdem nachsehen, was los ist.«

Imogen sah sie gequält an. »Wie konntest du das nur tun!«

»Wir gehen jetzt. Und wir kommen nie wieder her.«

»Ich schon, Kenzie«, sagte Imogen. »Wir sehen uns morgen.«

»Nein, das werdet ihr nicht«, entgegnete Kate bestimmt.

Das betroffene Schweigen ringsum sprach Bände. Sie hatte eine Grenze überschritten und sich zur Außenseiterin gemacht. »Mom wird dir Hausarrest bis zum Sankt-Nimmerleins-Tag aufbrummen. Und Kenzie landet im Gefängnis, es sei denn, sie schaltet endlich mal ihr Hirn ein und wirft den ganzen Koks ins Klo.«

Kenzie war bleich vor Wut. »Du Miststück«, zischte sie. »Dafür wirst du in der Hölle schmoren.«

»Dann sehen wir uns ja da«, sagte Kate. »Los, komm, Gennie.«

Kenzies Beschimpfungen hatten sie schwer getroffen, doch sie setzte ein Lächeln auf. Die Geschichte von dem Anruf hatte sich bereits herumgesprochen, und die Leute wichen vor ihr zurück. Jemand spuckte ihr auf die Turnschuhe.

Mit knallroten Wangen, aber hocherhobenen Hauptes ging sie nach draußen, ohne auf die frustrierten Seufzer ihrer Schwester zu achten. Die Nachtluft kühlte ihr das glühende Gesicht. Sie eilte quer über die Wiese zu ihrem Wagen. Hinter ihr tröpfelten Gäste ins Freie, aus Angst, dass die Polizei tatsächlich kam.

Sobald Imogen auf dem Beifahrersitz saß, wendete Kate den Wagen und trat aufs Gaspedal.

Balg eines Knackis.

Sie umklammerte das Lenkrad und biss die Zähne zusammen.

»Das wird dir eine Menge Ärger einbringen, Gennie«, sagte sie, und ihre Stimme war heiser vor Wut. »Mom wird dir wochenlang Hausarrest geben.«

Als sie auf den Highway einbog, quietschten die Reifen. Alles war dunkel.

Pechschwarz.

Kate versuchte, trotz Dunkelheit etwas zu erkennen. Es gelang ihr nicht.

Sie hatte vergessen, die Scheinwerfer einzuschalten.

Jetzt holte sie es nach.

»Ich kann nicht fassen, dass du mich vor meinen Freundinnen so blamiert hast!«, rief Gennie mit wutverzerrtem Gesicht.

»Freundinnen! Was sind denn das für Freundinnen?«

»Auf jeden Fall bessere als du.«

»Weil sie dir umsonst Koks beschaffen?«

Imogen wurde rot. »Na und?«

»Du bist fünfzehn Jahre alt, Gennie! Fünfzehn! Du bist auf dem besten Weg, dein Leben zu ruinieren!«

»Aber es macht mich doch glücklich.«

Glücklich.

Wann waren sie je glücklich gewesen?

Vielleicht vor dem Sommer, in dem Kate zwölf wurde. Bevor ihr Vater wegen Betrugs angeklagt und zu einer Gefängnisstrafe verurteilt wurde.

Ja, damals waren sie glücklich gewesen.

»Diese Lügerei macht dich glücklich?«, fragte Kate grimmig. Ja, auch wenn es wehtat, jetzt im Nachhinein erkannte sie klar, dass ihre Schwester sie während der letzten Monate immer und immer wieder belogen hatte. Und Kate hatte ihr geglaubt. Weil sie das Offensichtliche nicht wahrhaben wollte.

»Kate, lass mich in Ruhe. Ich hätte dich nicht angelogen, wenn du mir nicht ständig im Nacken gesessen hättest.«

»Was? Das ist doch lächerlich.«

»Nein. Du bist lächerlich. Was glaubst du eigentlich, wer du bist? Immer tust du so, als wärst du für mich verantwortlich, dabei stimmt das überhaupt nicht. Du bist nicht Mom.«

»Ich wollte dir helfen …«

»Mir helfen? Montag in der Schule werden dich alle auslachen. Und mich auch. Deinetwegen!«

Imogen schien außer sich. Ihr Gesicht war wutverzerrt. So hatte Kate sie noch nie erlebt. Ihr Zorn loderte hell wie ein unkontrollierbares Feuer, das durch ihre Verzweiflung immer weiter angefacht wurde.

Ihre Schwester hatte jetzt Tränen in den Augen. »Ich hasse dich, Kate …«

Das Scheinwerferlicht traf auf die Reflektoren an der Leitplanke.

Kate riss mit aller Kraft das Lenkrad herum.

Der Wagen fuhr viel zu schnell in die Kurve, viel zu weit außen, vollkommen falsch.

Kate trat auf die Bremse.

Aber es war zu spät.

Kate schüttelte den Kopf, versuchte die Erinnerung daran abzuschütteln, wie Gennie sie direkt vor ihrem Tod angeschaut hatte.

Oh Gott. Halt!

Sie war den Tränen gefährlich nahe. Zugleich spürte sie, dass Frances sie scharf anschaute, und senkte den Kopf.

Phyllis brachte ein Tablett mit einer Kanne Tee und einer Tasse. Frances konnte nicht mehr ohne Probleme schlucken, aber Phyllis goss ein wenig Tee in ihre Magensonde. »Ah«, sagte Frances. »Koffein.« Phyllis stellte Frances' Kopflehne anders ein und wischte den Speichel ab, der sich auf ihrem Blusenkragen gesammelt hatte.

Es klingelte an der Tür.

Das war Nat.

Kate, reiß dich zusammen. Es ist vorbei, es gehört der Vergangenheit an. Du hast deinen Erinnerungen freien Lauf lassen können, nun schau nach vorn.

Sie seufzte kaum hörbar und erhob sich. Die Seidenbluse klebte ihr am Rücken, ihr war heiß und kalt zugleich. »Ich lasse sie rein.«

Auf dem Weg durch den riesigen Raum klackten ihre Absätze auf dem Holzfußboden. Sie öffnete die Haustür. Nat musterte Kate kurz und sagte: »Oh mein Gott, hast du letzte Nacht nicht geschlafen?«

»Offenbar nicht genug«. Sie schloss die Tür hinter Nat und dem Kameramann.

Nat wühlte in ihrer Handtasche und reichte Kate ein Döschen Kompaktpuder. »Hier, leg den auf. Im ganzen Gesicht. Sonst denken die Zuschauer noch, du wärst diejenige mit der unheilbaren Krankheit.« Dann sah sie Kate betroffen an. »Scheiße.«

»*Que sera, sera.*« Kate nahm das Döschen und öffnete es. Nat hatte recht. Sie sah schrecklich aus. Der Puder war ziemlich dunkel, und sie schaute Nat skeptisch an.

»Das passt schon, glaub mir«, sagte Nat. »Das Licht macht dich blasser.«

Schon nach wenigen Minuten hatte Nat ihnen Mikrofone angesteckt, und es ging los.

Kate hatte seit einem Jahr kein Fernsehinterview mehr gegeben. Nach Randall Barretts Freispruch hatte sie alle entsprechenden Anfragen abgelehnt, da sie nicht autorisiert sei, im Namen ihres Mandanten zu sprechen. Daher war sie zunächst sehr angespannt.

Nat spürte ihre Aufregung und flüsterte: »Ich garantiere

dir, der Respekt der Zuschauer ist dir sicher.« Dann richtete sich das Licht des Camcorders auf sie, und das Interview begann. Nat war entspannt, freundlich, lebendig. Kate war beeindruckt von den Fragen, die sie zu Frances' Krankheit, ihrem Wunsch, in Würde zu sterben, und zu Kates Rolle in der Sache stellte.

Das letzte Wort hatte Frances. Kate schnürte es fast den Hals zu, als ihre Mandantin direkt in die Kamera schaute und fragte: »Wie kann es ein Verbrechen sein, in Frieden und in Würde sterben zu wollen? Ist es nicht eher ein Verbrechen, jemanden zu einem schrecklichen Tod zu verurteilen? Wo bleibt da unsere Menschlichkeit?«

Nat ließ die Frage im Raum stehen. Dann sagte sie: »Wie sehen Ihre nächsten Schritte aus, Mrs Sloane?«

»Ich möchte eine öffentliche Diskussion über das Thema anstoßen. Bitte richten Sie Ihre Meinungsäußerungen an meine Anwältin Kate Lange oder meinen Abgeordneten Harry Owen. Jeder von uns muss sterben. Aber wir sollten wählen dürfen, wie das geschieht.«

Eine Sekunde später schaltete der Kameramann die Lampe auf dem Camcorder aus.

Nat nahm ihnen die Mikrofone ab und packte sie ein. Wenige Minuten später waren sie und der Kameramann schon auf dem Weg zur Tür. »Ich rufe dich später an und lasse dich wissen, wie die Aufnahme geworden ist.«

Kate nickte. »Danke, Nat.«

Nat legte ihr eine Hand auf die Schulter. »Das hast du gut gemacht.«

Kate schloss hinter ihr die Tür und seufzte schwer. Ihre Haut war schweißnass. Sie zwang sich zu lächeln und kehrte ins Wohnzimmer zurück. Frances hatte die Augen geschlossen, öffnete sie aber gleich, als sie Kate näher kommen hörte.

»Das lief doch gut.«

»Nat war jedenfalls zufrieden.« Kate steckte ihren Notizblock in die Aktentasche. Sie hatte ihn gar nicht gebraucht. Sie war so in das Interview vertieft gewesen – und Nat hatte sie geschickt befragt –, dass sie alles untergebracht hatte, was sie hatte sagen wollen. »Das Ganze wird heute Abend ausgestrahlt. Vermutlich werden eine Menge Leute darauf reagieren. Die Rückmeldungen lege ich Harry Owen vor. Und dann sehen wir weiter.«

»Danke, Kate«, sagte Frances. Ihre Augen waren feucht.

»Dafür haben Sie mich schließlich engagiert.«

Für einen kurzen Augenblick meinte sie Schmerz in den Augen ihrer Mandantin aufblitzen zu sehen. Aber sie war sich nicht sicher. Auf jeden Fall hatte sie es aussprechen müssen.

»Ich rufe Sie an, wenn das Interview ausgestrahlt worden ist.« Kate nahm ihre Aktentasche und wandte sich zum Gehen. Schon wollte sich Erleichterung einstellen, da rief ihr Frances quer durch den kahlen Raum mit lallender Stimme etwas nach.

»Noch einen letzten Gefallen.«

Verdammt. Diese Worte verhießen nie etwas Gutes, besonders wenn sie wie jetzt in letzter Minute vorgebracht wurden.

»Ja?«

»Schauen Sie unter die Zeitung.«

Auf einem Beistelltisch, den die Kamera nicht erfasst hatte, lag eine Zeitung. Kate näherte sich ihr, als wäre es eine giftige Schlange, und hob die Zeitung zögernd an.

Darunter lagen zwei Briefumschläge. Kate las die Namen, die darauf standen, und ihr Unbehagen wuchs.

»Der erste ist für Kenzie«, stieß Frances mühevoll hervor.

»Warum geben Sie ihr den nicht selbst?« Kate wollte nicht in die Spannungen zwischen Mutter und Tochter hineingezogen werden.

»Wenn ich sterbe. Bitte geben Sie ihr den Umschlag dann.«

Kate schüttelte den Kopf, aber Frances wiederholte flehend: »Bitte.«

»Was ist da drin?« Kate konnte Papier fühlen, aber auch etwas Hartes.

»Eine Schlüsselkarte. Für einen Lagerraum. Darin befinden sich die Sachen aus Kenzies Zimmer.«

»Das sollte Ihr Testamentsvollstrecker übernehmen.«

»Das ist mein Sohn.« Frances schluckte. »Kenzie und er kommen nicht miteinander aus. Es könnte sein, dass er ihr den Umschlag gar nicht gibt. Kate, Sie sind meine Anwältin.«

Kate seufzte. Seit sie dem ersten Treffen mit Frances Sloane zugestimmt hatte, geriet sie immer tiefer in deren Angelegenheiten hinein. Sie hätte Frances gern vorgeschlagen, jemand anders zum Testamentsvollstrecker zu ernennen, befürchtete aber, dass Frances dann sie darum bitten würde.

Wer A sagt, muss auch B sagen. Und verglichen mit der Lobbyisten-Geschichte waren das hier schließlich Peanuts. Sie konnte den Umschlag nach Frances' Tod einfach per Post an Kenzie schicken und damit ihre Pflicht erfüllen, ohne mit Kenzie sprechen zu müssen. »Okay.«

Mit fragendem Blick schaute sie auf den anderen Umschlag. Darauf stand ihr eigener Name. »Das ist ein kleines Geschenk für Sie«, sagte Frances. »Bitte öffnen Sie ihn erst nach meinem Tod.« Sie lächelte schwach. »Lange werden Sie sich nicht gedulden müssen.«

»Ich hoffe, es ist kein Geld, Frances. Mehr als mein Honorar darf ich nicht annehmen.«

»Nein. Es ist etwas von größerem Wert.« Sie suchte Kates Blick.

Bestimmt waren es Fotos. Von Imogen – mit Kenzie. Kate hatte sehr viele Fotos von ihrer Schwester, meist von ihnen beiden zusammen. Sie war keineswegs sicher, ob sie Bilder von ihrer Schwester und Kenzie haben wollte.

»Vielen Dank, Frances«, sagte sie.

Frances nickte. Offenbar war sie so erschöpft, dass sie ihren Kopf kaum noch bewegen konnte. Kate steckte die Umschläge in ihre Aktentasche und eilte ins Freie, als könnte sie all ihre schrecklichen Erinnerungen in dem Haus einsperren, wenn sie nur schnell genug war. Die Tür fiel mit einem dumpfen Knall hinter ihr ins Schloss.

Während sie den langen Privatweg entlangfuhr, schob sie energisch alle Bilder von früher beiseite und betrachtete stattdessen die Äste der Bäume, an denen sich eben die ersten Knospen öffneten.

Sie bog in den Highway ein. Jetzt hatte sie sich einen zweiten Becher Kaffee wirklich verdient.

Als sie an der Stelle vorbeikam, wo sie vor vielen Jahren verunglückt war, schaute sie aufs Wasser.

Es glänzte blau.

Der Nebel schimmerte weiß und geheimnisvoll, denn dahinter schien die Sonne.

Schon bald würde sie hervorbrechen.

18

Momente wie dieser sorgten dafür, dass Ethan seinen Job manchmal hasste. Er stand auf der Veranda vor dem Haus, das den Eltern des Opfers gehörte, Allan und Cathy Rigby. Neben der Eingangstür leuchteten die orange- und pinkfarbenen Blütenblätter einer Azalee im sanften Morgenlicht.

Er schlug den Jackenkragen hoch und ließ den Blick kurz über Haus und Grundstück schweifen. Es war ein bescheidenes Heim, mit einer Verkleidung aus hellgelbem Vinyl, einem kleinen Grundstück und einem kleinen Pudel, der zu bellen anfing, als Ethan auf die Klingel drückte.

Laut seinen Unterlagen war Heather in diesem Haus aufgewachsen und hatte auch noch zur Zeit ihres Verschwindens dort gelebt. Er erinnerte sich, dass sie auf ihn wie die typische junge Frau aus behüteten Verhältnissen gewirkt hatte. Sie hatte in einer sicheren Gegend gewohnt, in einer gepflegten Straße, wo die Menschen ihre Kinder in der festen Überzeugung großzogen, dass in der Welt alles in Ordnung war. Zumindest in ihrer Welt.

Ein Mann Ende fünfzig öffnete die Tür. Er trug ein blau und dunkelgrau kariertes Hemd mit offenem Kragen und sandfarbene Hosen. Früher einmal hatte er zu den Verdächtigen gehört. Jetzt war er nur noch ein trauernder Vater.

»Mr Rigby?« Ethan zeigte seine Dienstmarke vor. »Ich bin Detective Ethan Drake vom Halifax Police Department, Abteilung ›Ungelöste Fälle‹.«

»Bitte kommen Sie rein, Detective.«

Mr Rigby führte ihn in ein Wohnzimmer mit hellblauen Vorhängen, Polstermöbeln mit beigefarbenen Stoffbezügen und dunkelblauen Teppichen. Auf dem Sofa saß eine Frau, vermutlich Heathers Mutter. Auf dem gläsernen Couchtisch vor ihr stand ein Tablett mit Tee und Keksen. »Detective, das ist meine Frau«, sagte Allan Rigby.

Der Schmerz ließ auf Cathy Rigbys Gesicht keinen Platz für ein Begrüßungslächeln. »Sind Sie ganz sicher, dass es Heather ist?« Sie umklammerte ein großes gerahmtes Foto, auf dem ihre Tochter strahlend in die Kamera lächelte.

In Ethans Gedanken legte sich die Erinnerung an Heathers Leiche im Torfmoor darüber. Das schockierende Bild von der Hexenmaske aus Gummi auf ihrem Gesicht überfiel ihn immer wieder und brachte ihn stets aus dem Gleichgewicht.

Er schüttelte die Vorstellung ab und setzte sich den Eltern des Opfers gegenüber in einen Sessel. »Das Zahnschema stimmt überein.«

Cathy Rigby schaute zu ihrem Mann. Er runzelte die Stirn. »Meine Frau hat Angst, dass die Polizei nicht weiter nach Heather sucht, nachdem diese Leiche gefunden wurde.«

»Es tut mir sehr leid, Mr und Mrs Rigby«, sagte Ethan, »aber Ihre Tochter *ist* gefunden worden.« Er zögerte. Jetzt hätte er seine frühere Verbindung zu Heather erwähnen können, so entfernt sie auch gewesen war. Aber er konnte sich nicht dazu entschließen, die professionelle Ebene zu verlassen. Es war besser, Dienstliches und Privates zu trennen. »Von nun an geht es nicht mehr um die Suche nach Heather, sondern um die Suche nach ihrem Mörder.«

Mrs Rigby schluchzte auf, ein raues, krächzendes Geräusch. »Ich habe immer gehofft, dass sie noch lebt.«

Ihr Mann legte den Arm um sie. »Ich weiß, Cathy, ich weiß.« Er sah Ethan an. »Wir haben die Hoffnung nie aufgegeben.

Nie. Heather war eine Kämpfernatur. Irgendwann hätte sie wieder nach Hause gefunden.«

Ethan hörte so etwas nicht zum ersten Mal. Wenn er an ihrer Stelle wäre, würde er auch daran glauben wollen, sich daran festhalten, sich innerlich daran wärmen. In Wirklichkeit war Heather jedoch vermutlich schon wenige Stunden, nachdem sie die Bar verlassen hatte, umgebracht worden. Und wahrscheinlich hatte sie gar keine Chance gehabt, sich zu retten, keine Gelegenheit zur Flucht, nicht die geringste Ahnung, wo sie da hineingeraten war. Mörder handelten nach ihren eigenen Spielregeln. Die Opfer durchschauten nur selten, wie sie am besten darauf reagierten – oder erst, wenn es zu spät war.

»Es tut mir leid«, sagte Ethan. »Einiges deutet darauf hin, dass sie ermordet wurde.«

»In der Nacht, in der sie verschwunden ist?« Allan Rigbys Miene verriet Hoffnung und Schmerz. Hoffnung darauf, dass seine Tochter schnell gestorben war und nicht lange gelitten hatte. Schmerz, weil sie vielleicht *nicht* sofort gestorben war, es also die Möglichkeit gegeben hätte, sie zu retten – wenn sie schneller gewesen wären.

Ethan erwiderte seinen Blick. »Das können wir nicht mit Sicherheit sagen. Der Rechtsmediziner kann den genauen Todeszeitpunkt nicht mehr feststellen, es ist schon zu lange her …«

»Wir lesen auch Zeitung«, sagte Mrs Rigby erbittert. »Sie nennen es ›die Moorleiche‹. Als ob es irgendeine Kuriosität wäre.« Ihre Unterlippe zitterte. Sie schaute auf das Foto ihrer Tochter. »Niemand redet über *sie*. Darüber, dass die Moorleiche einmal ein Mensch aus Fleisch und Blut war. Eine junge Frau, die viel zu jung sterben musste …« Die Schluchzer, die sich während des Sprechens aufgestaut hatten, brachen nun mit voller Wucht hervor. »Sie war erst achtzehn! Achtzehn! Sie war so ein braves Mädchen. Sie hat studiert. Sie sprühte vor

Leben …« Mrs Rigby vergrub das Gesicht in den Händen. Ihr Mann beugte sich resigniert über sie, stumm angesichts dieser Trauer, die noch genau so heftig und brutal war wie damals, als Ethan die beiden vor siebzehn Jahren bei einem Fernsehinterview erlebt hatte.

Er fühlte, wie ihm der Schweiß über Nacken und Arme lief.

Cathy Rigby wischte sich mit dem Handrücken die Tränen ab. »Wir haben siebzehn Jahre ohne sie leben müssen. Siebzehn Jahre lang haben wir uns immer wieder gefragt, wo sie ist, was in der Nacht passiert ist, ob sie noch lebt, ob ihr jemand etwas angetan hat …«

Mr Rigby schloss die Augen und schlang den Arm noch fester um seine Frau.

»Und jetzt reden alle nur davon, dass in Kanada noch nie eine Moorleiche gefunden wurde!«

»Ich kann verstehen, wie kränkend das ist.« Ethan ertastete sich behutsam seinen Weg durch das Minenfeld ihrer Trauer. »Die Medien machen wirklich viel Theater darum. Allerdings ist es auch so, dass wir den Namen Ihrer Tochter noch nicht freigegeben haben, also können sie auch nicht viel über das Opfer berichten. Wir wollen den Namen jetzt veröffentlichen. Weitere Details werden wir aber nicht bekannt geben, da unsere Ermittlungen noch laufen.«

»Wie ist sie umgebracht worden?«, fragte Mr Rigby. In seinen Augen lag tiefes Leid. Ethan hatte diesen Blick schon oft gesehen und sich doch nie daran gewöhnt.

»Bis die Ermittlungen abgeschlossen sind, kann ich Ihnen keine Einzelheiten nennen. Es tut mir sehr leid.«

»Ist sie zerstückelt worden wie die anderen jungen Frauen?«, fragte Mrs Rigby und schaute entsetzt zu ihrem Mann.

Im Stillen verfluchte Ethan die Medien. Offensichtlich hatten Heather Rigbys Eltern die Spekulationen darüber gelesen, ob die Moorleiche das allererste Opfer des Halifax-Schlächters sein könnte.

»Nein. Derzeit gehen wir nicht davon aus, dass ihr Tod mit dem Halifax-Schlächter zu tun hat.«

Über Allan Rigbys Wange lief eine Träne. »Gott sei Dank.«

»Ich weiß, man hat Ihnen diese Fragen schon oft gestellt, aber ich würde gern die letzten Stunden vor Heathers Verschwinden rekonstruieren.«

Tee und Kekse blieben unangetastet – was Ethan vorausgesehen hatte. Er stellte seine Fragen, und etwa auf halbem Weg schob er ein: »Hatte Heather irgendwelche Piercings oder Tätowierungen? Oder eine Schönheitsoperation?«

»Eine Brustvergrößerung oder so?«, fragte Mrs Rigby. »Nein, so was hat sie nicht machen lassen. War das bei der Leiche der Fall?«

Sie hoffen immer noch, dass es nicht ihre Tochter ist.

»Was ist mit Piercings oder Tattoos?«

»Na ja, sie hat sich Ohrlöcher stechen lassen, wenn Sie das meinen. Sie hat Ohrhänger mit kleinen Skeletten getragen.«

»Ich glaube, sie hatte auch ein Piercing am Bauchnabel«, murmelte der Vater. Mrs Rigby sah ihn erstaunt an.

Oh, also wusste der Vater von den kleinen Trotzgesten der Tochter.

»Nein, das stimmt nicht«, sagte Cathy Rigby.

Allan Rigby sah Ethan traurig an. Er wollte seiner Frau nicht noch mehr wehtun, indem er ihr bewusst machte, dass ihre geliebte Tochter ihr etwas verheimlicht hatte.

»Und Tätowierungen? Junge Frauen in Heathers Alter haben oft welche am unteren Rücken, am Knöchel, manchmal auch auf der Schulter …«

»Ganz bestimmt nicht«, sagte Cathy Rigby. »Sie wusste, was wir davon halten.«

Ethan schaute zu Allan Rigby. Der schüttelte den Kopf. »Nicht dass ich wüsste.«

»Mochte sie Vögel besonders gern? Sie wissen schon, hat sie Bilder gesammelt oder einen Vogel als Haustier gehabt oder so?«, fragte Ethan. Cathy Rigby hatte das Nein schon auf den Lippen, bevor er zu Ende gesprochen hatte.

»Ich glaube nicht«, bestätigte Allan Rigby.

»Irgendwelche anderen Tiere oder Fabelwesen?« Möglicherweise lag der Tattoo-Künstler ja falsch. Es schadete jedenfalls nicht, das zu überprüfen.

»Sie mochte Kaninchen. Wir hatten eins, als sie klein war. Sie hat es Foufou genannt.« Cathy Rigby schaute auf das Foto auf ihrem Schoß. »Sie hat es wirklich geliebt.«

Ethan notierte »Kaninchen«. War der Rabe am Ende ein Kaninchen? Es schien unwahrscheinlich, dass man beides verwechseln konnte, aber dennoch …

Der Rest der Fragen brachte nichts Neues zutage. Ethan erhob sich, erleichtert, dass er es hinter sich hatte. Er hatte wirklich versucht, mitfühlend und respektvoll vorzugehen.

Als er das Haus verließ, hörte er den Hund hinter sich. »Komm her, Fou«, rief Cathy Rigby. Er warf einen Blick über die Schulter.

Sie nahm den Hund hoch und vergrub ihr Gesicht in seinem Fell.

19

Während Kate aufs Parkdeck fuhr, dachte sie noch einmal über das Interview nach, das sie und Frances gerade gegeben hatten. Hatten sie genug Menschen dazu motivieren können, in Harry Owens Büro anzurufen, sodass er seine Meinung doch änderte?

Ihr Handy klingelte. »Kate Lange.«

»Hier ist Enid.« Ihre ältere Nachbarin sprach atemlos und mit schwacher Stimme. Ganz anders als sonst.

Enid Richardson lebte zwei Häuser von Kate entfernt. Sie und ihre Schwester Muriel hatten sich mit Kate angefreundet, kurz nachdem diese vor eineinviertel Jahren ein Haus in ihrer früheren Wohngegend gekauft hatte. Obwohl sie nicht mit Kate verwandt waren, betrachteten sie sie offenbar als wichtigen Teil ihres Lebens: Wahlnichte, Patentochter, was auch immer.

»Geht es dir auch gut, Enid?« Es klang definitiv nicht danach.

»Mein Herz. Ich kann nicht aufstehen.«

Nicht aufstehen? Enid war so energiegeladen und unverwüstlich wie kein anderer Mensch, den Kate kannte. »Okay. Bleib, wo du bist. Ich komme zu euch.« Kate wendete den Wagen. Sobald sich die Schranke an der Ausfahrt hob, trat sie aufs Gaspedal.

Zehn Minuten später schloss Kate hastig die Tür zu dem alten viktorianischen Haus der Richardson-Schwestern auf.

»Enid?« Sie rannte in die Küche. Dort war niemand zu sehen.

Sie lief nach oben. Hier war sie bisher selten gewesen, obwohl sie die Richardson-Schwestern inzwischen ziemlich gut kannte. »Enid?«

Keine Antwort.

Die erste Tür links gehörte zu Enids Zimmer.

»Enid!«, rief Kate.

Enid lag auf dem Bett und atmete in raschen, kurzen Zügen. »Es ist das Herz. Ich habe schon das Nitrospray benutzt, aber es hat nicht geholfen.« Sie machte eine Pause, um zu Atem zu kommen.

»Ich rufe einen Krankenwagen.«

Dass Enid nicht protestierte, bewies, wie schlecht es ihr ging. Kate wählte 911.

Die Notrufzentrale meldete sich nach dem ersten Klingeln.

»Meine Nachbarin hat Herzprobleme.« Kate versuchte ruhig zu sprechen. »Wir brauchen einen Krankenwagen.«

»Was für Symptome hat sie?«

»Sie ist kurzatmig und schwitzt. Sie kann nicht aufstehen. Sie sagt, ihre Medikamente helfen nicht.«

»Wir sind in zehn Minuten da. Bleiben Sie bei ihr.«

Als ob sie jetzt von ihrer Seite weichen würde.

»Bitte geh zu Muriel«, flüsterte Enid. »Ich habe ihr gesagt, sie soll einen Mittagsschlaf machen. Aber der Krankenwagen wird sie erschrecken.«

Kate lief hinüber zu Muriels Zimmer. Die Tür war geschlossen. Kate blieb davor stehen und lauschte. Von drinnen kam vielsagendes Schnarchen. Am besten störte sie die alte Dame nicht, bevor der Krankenwagen da war.

Sie eilte in Enids Zimmer zurück und betrachtete sie besorgt. Waren ihre Lippen blau geworden? Atmete sie schwerer?

»Es tut mir leid«, flüsterte Enid. »Ich mache dir solche Umstände, Kate.«

Mir tut es leid. Das hier ist meine Schuld.

Seit Elise Vanderzells Mörder Enid und ihre Schwester Muriel letzten Sommer eingesperrt hatten, waren die beiden nicht mehr dieselben. Sie wirkten zerbrechlicher. Voller Angst und Schuldgefühle hatte Kate zuschauen müssen, wie es mit ihnen langsam bergab ging. Dass die einst so energiegeladene Enid nicht einmal mehr den Kopf vom Kissen heben konnte, erschreckte sie zutiefst.

»Kannst du bei Muriel bleiben, solange ich im Krankenhaus bin?«, fragte Enid. »Dich kennt sie.«

»Natürlich …«

Die schrille Sirene des Krankenwagens kündigte die Ankunft der Sanitäter an. Kate sprang auf und rannte nach unten zur Haustür, um die Rettungssanitäter hereinzulassen. Sie folgte ihnen die Treppe hinauf.

Erst da bemerkte sie Muriel. Sie stand an Enids Tür. Sie trug ihren langen schwarzen Mantel, und die Haare hingen ihr strähnig ins Gesicht. »Enid?«, fragte sie. »Enie? Was ist denn los?«

Kate nahm Muriel am Arm und zog sie von der Tür weg. »Es ist alles in Ordnung.«

Muriel befreite sich aus Kates Griff und kehrte zur Tür zurück. »Was ist mit Enid? Was ist passiert?« Ihr standen Tränen in den Augen. »Was haben sie ihr da aufs Gesicht gelegt?«

»Das ist eine Sauerstoffmaske«, antwortete Kate. »Ihr geht es nicht gut, Muriel. Sie helfen ihr.«

Die Sanitäter hatten Enid auf die Trage gelegt, befestigten die Sicherungsgurte und trugen sie die Treppe hinunter. Kate wurde es schwer ums Herz. Die alte Dame wirkte furchtbar zerbrechlich. Da sie mit der Maske auf dem Gesicht nicht sprechen konnte, hob sie nur den Daumen, als sie an ihrer Schwester vorbeikam. Dann schloss sie die Augen. Ihre Augenlider erinnerten an kleine Muschelschalen; bläulich und an den Rändern gerötet hoben sie sich von Enids bleichem Gesicht ab. Kate legte den Arm um Muriel.

»Muriel und ich kommen so bald wie möglich nach«, rief sie, ohne zu wissen, ob Enid sie überhaupt hören konnte.

Bitte stirb nicht.

»Wo bringen sie sie hin?« Muriel versuchte Kates Arm abzuschütteln. »Ich will mit.«

»Enid wird ins Krankenhaus gebracht. Wir fahren bald auch hin.«

»Ins Krankenhaus?« Muriel wirkte entsetzt. »Enid muss ins Krankenhaus?« Sie fing an zu weinen. »Nein, nicht ins Krankenhaus!«

Kate hatte keine Ahnung, weshalb die Vorstellung Muriel so aufregte. Sie hätte ihre Worte gern zurückgenommen. Es dauerte eine Viertelstunde, bis Muriel sich beruhigte, und am meisten trug dazu wohl Muriels Kater Brulée bei.

Schließlich saß Muriel am Küchentisch und verflocht ihre Finger mit Brulées Schwanz. Kate stellte den Wasserkocher an. »Möchtest du einen Tee?«

»Wann kommt Enid wieder?«

»Bald, Muriel.«

Muriel fing an, sich hin- und herzuwiegen. »Wo ist sie denn hin?«

»Sie ist beim Arzt«, sagte Kate in der Hoffnung, dass Muriel mit Ärzten bessere Erfahrungen gemacht hatte als mit Krankenhäusern. Muriel nickte und spielte weiter mit dem Schwanz ihres Katers. Kate atmete auf. Zumindest diese Mine hatte sie umschifft.

Das Wasser kochte. »Jetzt gibt es erst mal Tee.« Kate war froh, auf dieses tröstende Ritual zurückgreifen zu können.

Während Muriel ihren Tee trank, rief Kate Finn an, den

Hundeausführer und hilfreichen Geist mit dem zotteligen blonden Haar, der seine Freundschaft schon so oft unter Beweis gestellt hatte. Es meldete sich nur die Mailbox. *Verdammt.* »Finn, hier ist Kate. Bitte nimm ab.«

Keine Reaktion. Sie rief noch einmal an. Wieder die Mailbox.

Diesmal hinterließ sie ihm eine Nachricht. »Bitte ruf mich bei Enid zu Hause an. Es ist dringend.« Sie konnte Muriel nicht ins Krankenhaus mitnehmen, das wäre für sie zu verwirrend und beängstigend gewesen. Aber sie wollte unbedingt ins Krankenhaus, um nach Enid zu sehen.

In einer Küchenschublade fand sie Enids altes Adressbuch. Die Richardson-Schwestern hatten einige gute Freunde. Doch beim Blättern in dem Buch stieß Kate auch auf viele durchgestrichene Namen, was Kates Sorge um Enid noch erhöhte. Würde Enids Name in den Adressbüchern ihrer Freunde demnächst auch durchgestrichen werden?

Kate, hör auf, dir so morbide Gedanken zu machen. Um ihre Sorgen in eine produktive Richtung zu lenken, rief sie bei Enids Freundinnen an. Als eine von ihnen ans Telefon ging, fiel ihr ein Stein vom Herzen. Sie wusste, dass Mary eine der engsten und ältesten Freundinnen der Richardsons war. Trotzdem zögerte sie, als Mary anbot, bei Muriel zu übernachten. »Ich habe Enid versprochen, selbst bei ihr zu bleiben.«

»Hören Sie zu, Kate. Ich kann nur heute vorbeikommen«, sagte Mary. »Morgen kommt mich meine Enkelin besuchen. Keine Sorge, Muriel weiß noch, wer ich bin. Gönnen Sie sich die eine freie Nacht. Die Woche könnte für Sie noch sehr lang werden.«

»Vielen Dank«, erwiderte Kate. Jetzt würde sie Enid im Krankenhaus besuchen, ihre Wäsche erledigen und im Fall Sloane am Ball bleiben können.

»Ich bin in einer Stunde da.«

»Vielen Dank«, sagte Kate noch einmal. Sie legte auf und wandte sich an Muriel. »Möchtest du fernsehen, Muriel? Ich kann ›Das verrückte Hotel‹ für dich einschalten.«

»Ja, das wäre schön«, sagte Muriel. Sie gingen ins Wohnzimmer. Während Muriel die Sendung schaute, rief Kate im Krankenhaus an, um sich nach Enids Zustand zu erkundigen.

Als sie das Telefonat gerade beendet hatte, klingelte es an der Haustür.

Kate ging öffnen. Es war Finn. Vor Erleichterung bekam sie weiche Knie.

Finn trat ein und folgte ihr in die Küche. Er wirkte besorgt. »Ich habe eben deine Nachricht abgehört. Was ist denn los?«

Kate lehnte sich gegen die Arbeitsplatte. »Enid ist im Krankenhaus. Ihr Herz spielt verrückt.«

»Oh nein. Das ist ja schrecklich.«

»Ja. Ich mache mir große Sorgen um sie.« Kate fühlte, wie die Anspannung aus ihren Schultern wich. Es tat gut, ihre Befürchtungen mit jemandem teilen zu könnte, der Enid kannte und gernhatte.

»Wie geht es ihr denn?«

»Ihr Zustand ist stabil. Sie ist noch in der Notaufnahme und wartet auf ein Bett.«

»Tut mir leid, dass ich mich auf deinen Anruf hin nicht gleich gemeldet habe.«

»Ist schon okay.« Finns Privatleben war für sie immer noch unbekanntes Terrain. Obwohl er viel Zeit bei ihr zu Hause verbrachte, wusste sie nur sehr wenig über ihn, außer dass er von der Westküste stammte und dort auch zur Uni gegangen war, bis er das Studium hatte sausen lassen und an die Ostküste gezogen war. »Meine Eltern wollten, dass ich Zahnarzt werde«, hatte er einmal erzählt und dabei die Augen verdreht. »Was glaubst du, wie lange muss Enid im Krankenhaus bleiben?«

»Ein paar Tage, haben sie gesagt.«

»Was machen wir solange mit Muriel?«

»Ich werde ein paar Pflegedienste anrufen. Ich habe mir gedacht, wir engagieren tagsüber eine Hilfe, und bei den Nachtschichten wechseln du und ich uns ab morgen ab.« Sie hielt den Atem an. Finn war nicht im Geringsten dazu verpflichtet, dem Geschwisterpaar zu helfen. Andererseits mochte er die beiden. *Wer würde sie nicht mögen?*

»Klingt gut.«

Sie atmete erleichtert auf.

»Ich melde mich bei dir, sobald ich die Hunde ausgeführt habe«, fügte er hinzu. »Das erledige ich jetzt gleich.« Er ging zur Tür. Auf dem Rücken seines T-Shirts war ein Fleck, gleich unter der Schulter. Es sah aus wie Eiter.

»Finn, hast du dich geschnitten?« Kate deutete auf den Fleck.

Er schüttelte den Kopf und schaute seltsam verlegen drein. »Ich wollte … ähm … dich damit überraschen.«

Das klang nicht gut.

»Überraschen?«

»Ich habe mich tätowieren lassen.« Er grinste, und Stolz und Aufregung standen ihm ins Gesicht geschrieben. Wenn Finn so lächelte, konnte man ihm nur schwer widerstehen. Dennoch versetzte es Kate einen leisen Stich. *Er ist ein guter Freund, Kate. Mehr nicht. Er muss dir nicht alles verraten, was er tut.*

Finn wollte das T-Shirt ausziehen, zuckte aber leicht zusammen, weil der Stoff an der getrockneten Flüssigkeit auf seiner Haut klebte.

»Warte, ich helfe dir«. Kate löste den Stoff von seiner Haut. Finns Schultern waren immer glatt und braun gewesen – Kate hatte sie oft genug gesehen, als er ihr letzten Sommer beim Renovieren geholfen hatte. Nun prangte darauf ein großer Verband.

Die Mullbinde war mit verkrustetem Eiter befleckt. »Das sieht entzündet aus«, sagte Kate.

»Wo genau?«

»Das kann ich nicht erkennen. Der Verband ist im Weg.«

»Heb ihn an einer Seite an. Dann siehst du es.«

Sie hatte den Eindruck, dass er vor allem mit seiner Tätowierung angeben wollte. Vorsichtshalber wusch sie sich die Hände, bevor sie eine Ecke des Verbands anhob.

»Es ist nicht besonders stark entzündet«, sagte sie. »Nur am Rand.«

»Und? Gefällt es dir?«, fragte Finn. »Es ist ein Fu-Hund, der symbolische Hüter des Hauses.«

Kate sah sich das Tattoo genauer an. Der Fu-Hund sprang über Finns Schulter. Er war so kunstvoll gezeichnet, dass er zu atmen schien, und sein Körper wirkte angriffsbereit.

»Ja, sieht gut aus.« Sie bemühte sich, es begeistert klingen zu lassen. »Wirklich beeindruckend.« Beeindruckend war es auf jeden Fall.

Aber es passte so gar nicht zu Finn.

Jedenfalls nicht zu dem Finn, den sie kannte. Wann hatte er sich verändert? Warum hatte sie es nicht bemerkt? Obwohl sie mit der Renovierung ihres Erdgeschosses seit Herbst fertig waren, sah sie ihn fast jeden Sonntag, wenn er, die Richardson-Schwestern und Kate sich zu ihrem wöchentlichen Abendessen trafen.

Ein wenig defensiv fuhr er fort: »Yoshi hatte mir erzählt …« *Yoshi? Wer ist Yoshi?* Ihr wurde bewusst, dass sie keinen einzigen von Finns Freunden kannte. »… dass Kenzie Sloane einen Gastauftritt in seinem Studio hat. Da habe ich mich entschlossen, das hier machen zu lassen. Sie ist eine der besten Expertinnen für diesen japanischen Stil auf dem gesamten Kontinent.«

Oh Gott, das meinst du doch nicht ernst. »Kenzie?«

»Kenzie Sloane. Sie stammt von hier, aber inzwischen lebt sie in New York.« Finn zog sein Hemd wieder an. Als er mit dem Arm hineinfuhr, zuckte er zusammen. »Ich bin noch ein bisschen lädiert.«

Das geht den meisten so, wenn sie Kenzie begegnen. Kate atmete tief durch. Also stimmte das, was Frances ihr erzählt hatte. Ihre Tochter war eine berühmte Tattoo-Künstlerin.

»Hast du vor, dir noch mehr Tattoos machen zu lassen?«, fragte sie Finn.

Der schüttelte den Kopf. »Ich glaube nicht. Obwohl sie meinte, ich sollte mir auf die andere Schulter auch einen stechen lassen.«

Ja, jede Wette, dass sie das gesagt hat.

Kenzie drückte ihm ihren Stempel auf.

Und er würde nie wieder derselbe sein.

Sag jetzt nichts, was du später bereust, Kate.

»Behalt die Infektion besser im Auge, damit es nicht schlimmer wird.«

»Ich zeige es Kenzie«, sagte er. »Ich führe nämlich ihren Hund aus. Alaska mag Möpse.« Er sagte es betont gelassen, aber seine Wangen röteten sich ein wenig.

Oh Gott. Du nicht auch noch, Finn.

Kenzie Sloane hatte ihr Imogen weggenommen, und zwar auf die schlimmste denkbare Art: indem sie sie süchtig gemacht hatte. Und nun streckte sie ihre Finger nach diesem von Grund auf anständigen Mann aus.

»Fahr lieber nach Hause und tu Antibiotika-Salbe drauf«, sagte Kate. »Ich warte hier, bis Enids Freundin kommt.«

Er nickte. »Bist du sicher, dass du sonst nichts weiter brauchst?«

»Ja. Aber Enid würde sich bestimmt freuen, wenn du sie anrufst.«

»Ich fahre bei der Notaufnahme vorbei, bevor ich die Hunde ausführe. Nur um Hallo zu sagen.«

Guter alter Finn.

Er ging, die Hände in den Hosentaschen. Der Fleck auf seiner Schulter war kaum zu sehen.

Sie konnte nur hoffen, dass der Fu-Hund ihm den Rücken freihalten würde.

20

Man konnte sich tagelang, monatelang, *jahrelang* vorbereiten und im entscheidenden Moment doch unvorbereitet sein. Das war, wie wenn man sich zu einer Tätowierung entschloss – sich an dem Entwurf freute, sich das Kunstwerk auf der eigenen Haut, nein, *in* der eigenen Haut vorstellte – und dann doch vor Schmerz zusammenzuckte, wenn die Nadel zum ersten Mal zustach.

McNally hatte eben von seiner Pizza abgebissen, als sich die Eingangstür zu *Yakusoku Tattoo* öffnete. Er rutschte im Fahrersitz weiter nach unten und spähte unter dem Schirm seines Basecaps hervor.

Kenzie Sloane verließ das Studio, eine Tasche mit Ausrüstung über der Schulter. Sie führte einen kleinen schwarzen Hund an der Leine.

McNally spuckte den Bissen Pizza wieder auf den Pappteller und wischte sich den Mund am Ärmel ab. Und starrte Kenzie an.

Siebzehn Jahre waren vergangen.

Siebzehn Jahre, in denen er sich nach ihr gesehnt hatte. Auf sie gewartet hatte.

Sie gehasst hatte.

Ihr Haar war länger als auf dem Foto in der Zeitschrift. Es lockte sich an der feuchten Luft und wippte um ihr Gesicht wie eine Masse dunkelroter Tentakeln. Medusa in bester Bildqualität. Das Licht umschmeichelte ihren Nacken. Unter den Tattoos wirkte ihre Haut so rein wie Porzellan. Es schnürte ihm die Kehle zu.

Oh Gott.

Er hatte gedacht, er könnte das Wiedersehen mit ihr verkraften. Sein Verlangen in Schach halten.

Aber es hatte ihn voll und ganz gepackt. In seinem Inneren tobte und brodelte es, ein Magma aus Verrat und unerwiderter Liebe.

Als sie noch zusammen waren, hatten alle ständig Bemerkungen über Kenzies Augen gemacht. Über das außergewöhnliche Himmelblau, die schräge Form und dass sie einen mit einem einzigen Blick unter den zarten Lidern hervor einfach umhauen konnte.

Aber ihn hatte immer ihr Hals verrückt gemacht. Er hatte diesen Hals gestreichelt, geküsst, gebissen. Doch das reichte nicht. Es hatte ihm nie gereicht.

Sein Magen verkrampfte sich. Jetzt war ihr Hals mit Tattoos bedeckt. Sie hatte dafür gesorgt, dass er sie nie mehr dort tätowieren konnte.

Aber was war mit dem Raben?

War er immer noch da? An ihrem Nacken?

Als hätte sie seinen forschenden Blick gespürt, schlug sie den Kragen ihrer Jacke hoch und schaute sich um. Nervös wandte er den Blick ab. Kenzie verschwand in einer Einfahrt. Er atmete tief durch. *Ruhig, McNally. Es würde ihr bestimmt nicht gefallen, wenn du vor ihren Augen austickst.*

Er sprang aus dem Auto und fuhr sich übers Haar, eine unwillkürliche Geste noch aus der Zeit, als er sich nicht den Kopf rasierte. Schweiß sickerte in sein T-Shirt.

Was würde sie sagen?

Würde sie sich freuen, ihn zu sehen?

Würde sie ihm einen Begrüßungskuss geben?

Er erinnerte sich noch gut daran, wie ihre Lippen sich angefühlt hatten, wie sie an ihm geklebt hatten, wie sie ihn gereizt und geneckt hatten, ihm Schmerz- und Lustschreie entlockt hatten. Das war eine von Kenzies Spezialitäten gewesen. »Rothaarige fühlen keinen Schmerz«, hatte sie einmal zu ihm gesagt.

Er folgte ihr durch die Einfahrt zu einem Parkplatz hinter dem Haus und hielt nach ihrem roten Haarschopf Ausschau. Es dauerte einen Moment, bevor er sie entdeckte. Sie beugte sich gerade über den Beifahrersitz ihres Wagens und schnallte ihren Hund an.

Er merkte ganz genau, wann sie ihn bemerkte. Ihn *wiedererkannte*.

Erschrecken.

Fassungslosigkeit.

Er lächelte sie an. Angst war gut.

Mit Angst ließ sich eine Menge anfangen.

Sie lief um den Wagen herum zur Fahrerseite.

Sie hatte die Hand schon an der Tür, als er ihr den Weg abschnitt.

»Kenzie.«

Von Nahem sah sie älter aus als die Kenzie seiner Träume. Ihre Gesichtszüge wirkten reifer, ihr Make-up gekonnter.

»Hau ab«, sagte sie scharf.

Er zuckte zusammen. »Ich muss mit dir reden.«

»Du bist der Letzte, mit dem ich reden will.«

»Kenzie. Bitte.« Es ärgerte ihn, wie flehend das klang. Er räusperte sich. »Ich möchte nur mit dir sprechen.«

Seine Hand zitterte, so schwer fiel es ihm, sie nicht auszustrecken. Er hätte so gern Kenzies Haar berührt.

Es schimmerte im Sonnenlicht. Die unterschiedlichsten Rottöne, einer strahlender als der andere.

»Hörst du keine Nachrichten?«, zischte sie. »Man darf uns nicht zusammen sehen.«

»Wir können uns bei mir treffen …«

Kenzie schüttelte bereits den Kopf. »Ich will nicht mit dir reden. Nie mehr.«

Sie öffnete die Wagentür. Bevor er sie am Arm packen konnte, saß sie bereits auf dem Fahrersitz und knallte die Tür zu.

Um ein Haar hätte sie seine Finger eingeklemmt.

»He!« Er hämmerte gegen die Scheibe.

Sie ließ den Motor an, legte den Gang ein und trat aufs Gaspedal.

Sie blickte ihn an. Aus funkelnden Augen.

Diesen erbarmungslosen Augen.

Er sprang zurück und sah ihr nach. Das Herz klopfte ihm bis zum Hals.

Sie hatte ihn verlassen.

Schon wieder.

Wie zum Teufel hatte das passieren können?

Er war zu nett zu ihr gewesen, das war es. Er hatte den Kopf so voll von Erinnerungen an ihre Lippen gehabt, dass er überhaupt nicht auf die wirkliche Kenzie gefasst war.

Die herzlose Kenzie.

Das Miststück.

Zur Hölle, für wen hielt sie sich eigentlich?

Vor siebzehn Jahren war sie schon einmal weggerannt und hatte ihn mit einer Leiche sitzen lassen.

Sie dachte wohl, weil es ihr damals geglückt war, könnte sie es jetzt genauso machen.

Er eilte zu seinem Wagen zurück.

Sie hatte keine Ahnung, mit wem sie es zu tun hatte.

Als er Kenzie kennengelernt hatte, war er jung und naiv gewesen. Sie hatte ihn leicht um den Finger wickeln können. Sie war bereit gewesen, Dinge auszuprobieren, auf die sich sonst kein Mädchen eingelassen hätte.

Im Gegenzug hatte sie ihn angefeuert, ihr seine Liebe zu beweisen.

Und das hatte er getan, auf eine Weise, wie es kein anderer Mann gewagt hätte. Er hatte ihr gezeigt, wie weit er für sie zu gehen bereit war. Er hatte seine ganze Zukunft aufs Spiel gesetzt, um ihr zu gefallen.

Und was hatte sie getan?

Sie hatte ihn im Regen stehen lassen und war ohne ein Wort verschwunden.

Für sie hatte sich alles zum Besten entwickelt: Sie war ungeschoren davongekommen und hatte ihre Träume verwirklichen können.

Eins musste er ihr begreiflich machen: Auch wenn sie sich noch so sehr bemühte, ihre wahre Natur durch symbolträchtige japanische Kunst zu verschleiern, ihre Seele konnte sie nicht verstecken.

Tief im Innern war sie so kaltblütig wie er.

Eigentlich noch kaltblütiger.

Er musste grinsen. Sie mochte sich dessen nicht bewusst sein, doch als sie sich einen Koi auf die Brust hatte stechen lassen – das Symbol der Verwandlung –, hatte ihr Unterbewusstes ordentlich mitgewirkt.

Fische waren kalt, oder nicht?

21

Als Kenzie die Schlüsselkarte in das Türschloss von Zimmer 549 steckte, zitterte ihre Hand. Bei der Begegnung mit McNally und auch schon davor, während der Arbeit an ihrem letzten Kunden, hatte sie sich eisern beherrscht, aber jetzt konnte sie die Hände nicht mehr still halten. Gut, dass ihre Kunden sie jetzt nicht sehen konnten. Sie hätten sie nie mit der Nadel in der Hand an sich herangelassen.

Nach drei Versuchen leuchtete endlich das grüne Lämpchen am Schloss auf, und Kenzie öffnete die Tür.

Fu stürmte ins Zimmer. Er wusste, dass er jetzt etwas zu fressen bekam. Kenzie stellte die Tasche mit ihren Arbeitsutensilien auf den Boden, verriegelte die Tür und ging zu der kleinen weiß eingerichteten Küchenzeile ihrer Hotelsuite. Als Erstes bekam Fu sein Futter. Er verspeiste es innerhalb von wenigen Augenblicken. Danach leckte er ausgiebig in seiner Schüssel, vielleicht in der Hoffnung, dass wie von Zauberhand noch mehr Futter hineinfallen würde, vielleicht auch nur, damit ihm nicht das kleinste Krümelchen Trockenfutter entging.

Das Telefon auf dem Schreibtisch blinkte: Jemand hatte ihr eine Nachricht hinterlassen. Kenzie achtete nicht darauf.

In Gedanken war sie nach wie vor bei ihrer Begegnung mit McNally.

Eben war sie noch ganz damit beschäftigt gewesen, Fu anzuschnallen, und im nächsten Augenblick war sie plötzlich mit dem Mann konfrontiert, der sie dazu gezwungen hatte, Halifax zu verlassen. Damals. In einem anderen Leben.

Seitdem war tatsächlich ein halbes Leben vergangen, und das hatte man John McNally auch angesehen. Sie wusste, dass er im Gefängnis gewesen war, doch sie hätte es auch so erkannt. Nicht nur an seinem kräftigeren Körperbau und den Knasttattoos, sondern auch an seinen harten Gesichtszügen. Das war nicht mehr der Typ mit den glatten Wangen, der begeisterte Möchtegern-Rockmusiker aus ihrer Jugend. Dieser Mann verdankte seine beunruhigende Ausstrahlung nicht nur einem punkigen Haarschnitt, sondern der Tatsache, dass er viele Jahre in einer sechs Quadratmeter großen Zelle verbracht hatte. Vor ihr hatte ein körperlich einschüchternder Mann gestanden, mit Stoppelhaarschnitt, Goatee-Bart und Verzweiflung in den Augen.

Dieser Ausdruck von Verzweiflung hatte Kenzie mehr als alles andere davon überzeugt, dass es sich bei der Leiche im Torfmoor wirklich um Heather Rigby handelte.

Es konnte niemand anders sein.

Damals war Kenzie davongelaufen, bevor die anderen Heathers Leiche beseitigt hatten. Sie hatte immer geglaubt, Lovett und McNally hätten sie von den Klippen geworfen. Nicht in einem Torfmoor vergraben. Was zur Hölle hatten sie sich nur dabei gedacht?

Aber in jener Nacht hatten sie schließlich überhaupt nicht nachgedacht.

Kenzie schloss die Augen. Wäre sie doch nie nach Halifax zurückgekommen. Hätte sie doch ihr Apartment in Manhattan nie verlassen.

Wäre sie doch McNally nie begegnet.

Wie viele Tausend Male hatte sie sich das damals gewünscht. Bis ihr irgendwann bewusst geworden war, dass sie das nicht weiterbrachte.

Sie griff nach der Fernbedienung, schaltete den Fernseher

ein, stellte sich vor den kleinen Flachbildschirm und zappte durch die Kanäle, bis die Abendnachrichten kamen. Ungeduldig wartete sie auf Neuigkeiten zu Heathers Leiche. Endlich, inmitten anderer Nachrichten aus der Region, sagte der Sprecher auch etwas über die Moorleiche.

Kenzie ließ sich aufs Sofa sinken.

Auf einmal sah sie alles wieder ganz deutlich vor sich: die Halloweenmaske aus Gummi, die nackte junge Frau, das Seil …

Das Seil.

Das lockende, Vergnügen verheißende, schreckliche Seil.

Aber es hatte nicht mit einem Seil angefangen.

Sondern mit einer Schusswaffe.

Monate bevor sie Heather beim *Mardi Gras* aufgegabelt hatten.

Zum ersten Mal spielten sie um zwei Uhr nachts damit herum, nach einem Auftritt der Band. McNally holte den Dienstrevolver seines Großvaters unter dem Bett hervor.

»Ach du Scheiße, du hast eine Knarre?«, sagte Lovett lachend.

Kenzie starrte die Waffe an. Sie sah fast genauso aus wie der Spielzeugrevolver, mit dem ihr Bruder immer machohaft herumgewedelt hatte, wenn sie als kleine Kinder Cowboys und Indianer spielten.

Sie konnte den Blick nicht von der Waffe abwenden. Sie hatte noch nie einen echten Revolver gesehen.

McNally hielt ihn ins Licht. »Der hat meinem Großvater gehört. Ein Enfield No. 2, Mk I.«

»Du hast ein Glück«, sagte Lovett ganz begeistert. »Für so ein Ding würde ich sterben.«

McNally zielte mit der Waffe auf seinen Kopf. »Du kannst stattdessen eine Kugel haben.« Er grinste.

»He!« Lovett wich zurück.

»Was denn?«, spottete McNally. »Er ist nicht geladen.« Er fuhr mit dem Finger geradezu zärtlich über den Abzug.

»Du Idiot! Wenn er geladen wäre, hättest du jetzt ganz schnell jemand umgebracht. Der Hahn hat keinen Sporn.«

Kenzie hatte keinen blassen Schimmer, wovon Lovett da redete, aber er schien ziemlich sauer zu sein.

»Na und?«, sagte McNally gelassen, aber seine Augen verengten sich.

»Im Zweiten Weltkrieg hat man beim Enfield den Sporn am Hahn entfernt, weil er im Panzer ständig irgendwo hängen blieb.«

McNally grinste nicht mehr. »Und?«

»Das heißt, es ist ein Double-Action-Revolver.«

Auf Kenzies verständnislosen Blick hin fügte Lovett hinzu: »Du musst den Hahn nicht jedes Mal erst von Hand spannen, sondern kannst einfach abdrücken, bis die Trommel leer ist.«

McNally wollte offensichtlich zeigen, dass er hier der wahre Experte war, denn er entriegelte die Trommel und klappte den Lauf nach unten. Dadurch wurde die Trommel nach oben gedrückt, und man sah sechs leere Patronenlager. »Seht ihr? Da unten ist ein Gelenk. So geht das Laden einfacher.« Er holte eine Schachtel Patronen hervor. Sie sah aus wie eine Zigarettenschachtel, war aber aus brauner Pappe. Darauf stand eine Art Seriennummer, außerdem die Worte »12 Patronen – Revolver Kaliber .38« und ein aufgestempeltes Datum: 24. Juli 1942. »Das ist Militärmunition.«

Lovett verzog neidisch den Mund. »Mann, hast du ein Glück. So was ist schwer zu bekommen.«

McNally füllte fünf der Patronenlager. »Eins muss leer bleiben, sonst könnte sich versehentlich ein Schuss lösen, wenn man das Ding fallen lässt.« Er klappte den Lauf wieder nach oben, ließ die Trommel einrasten und zielte auf eine Blumenvase auf seiner Kommode, alles in einer geschmeidigen Bewegung.

Kenzie sah nicht einmal, wie er abdrückte. Sie hörte den Schuss, sah die Vase zerspringen und roch Rauch. »Tut mir echt leid, Oma«, sagte McNally und grinste.

Lovett kicherte.

McNally feuerte erneut. Die Patrone streifte die Lampe. Er blies den Rauch von der Mündung und lächelte. »Bingo.«

»Dabei kannst du dir das Gehirn rauspusten, McNally«, sagte Lovett. »Es sind noch Patronen drin.«

»Ach ja?« McNally entriegelte die Trommel. Aber anstatt den Revolver zu öffnen, drehte er die Trommel und ließ die Verriegelung wieder einrasten. Er hielt sich den Lauf an den Kopf. »Peng, peng, und weg bin ich.«

»John, nicht!«, schrie Kenzie.

Lovett starrte ihn an. In seinem Blick mischten sich Angst und Erregung.

McNally drückte ab.

Er fiel nach hinten und stöhnte.

»John!«

Dann wurde ihr klar, dass sie keinen Schuss gehört hatte.

Sie schüttelte McNally. »Verdammter Angeber.«

Er grinste. »Du bist dran.« Er warf ihr die Waffe zu.

»Ich?« Beim Blick in McNallys Augen blieb ihr vor Schreck fast das Herz stehen. »Nein, das kannst du vergessen.«

Er griff nach ihrer Hand, öffnete sie und legte den Revolver hinein.

Kenzie starrte auf die Waffe. Ein Symbol der Vernichtung. Oder der Wiedergeburt. Je nachdem, woran man glaubte.

Sie schloss die Finger um den Revolvergriff. Es kam ihr so natürlich vor, dass sich ihre Anspannung löste. Sie wog das kalte Metall in der Hand. Es fühlte sich gut an.

In ihren Händen lag die Macht, ein Leben zu beenden.

Sie hörte das Blut in ihren Adern rauschen.

McNally fasste sie am Handgelenk und bewegte die Waffe auf ihren Kopf zu.

»Hör auf, John.« Sie versuchte sich zu befreien, aber er ließ nicht los.

Er presste ihr den Lauf an die Schläfe.

»Drück ab.«

»Nein!«

»Hast du etwa Angst, Kenz?«, fragte er leise und neckend. »Du willst Tätowiererin werden und hast Angst vor einer kleinen Kugel? Zum Tätowieren brauchst du Eier in der Hose, Kenzie. Eier.«

Lovett verzog den Mund zu einem Lächeln.

Die Luft war schwer von ihrem Schweiß, von dem Alkohol, den McNally ausdünstete, von seiner und Lovetts Erregung. Kenzie konnte kaum atmen.

»Tu es, Kenz«, flüsterte ihr McNally ins Ohr. Ein kalter Schauder lief ihr über den Rücken. Sein Atem fühlte sich feucht, warm und sexy an. »Tu es für mich, Baby.«

Angst und Adrenalin durchströmten sie.

Tu es.

Ihr Finger legte sich fester um den Abzug.

Tu es.

Sie drückte ab.

Der Sex in dieser Nacht war besser als je zuvor.

Kenzie hatte ihre Erinnerungen an diese Zeit – und an die Nacht mit Heather Rigby – fein säuberlich in eine kleine Schachtel gepackt, zusammen mit ihrer Leidenschaft fürs Geigespielen und allen Tugenden, die sie vielleicht einmal besessen hatte, und die Schachtel im hintersten Winkel ihrer Erinnerung vergraben.

Und sie hatte alles dafür getan, dass die Erinnerungen begraben blieben. Sie hatte ihr Elternhaus verlassen, ihre Freunde aufgegeben und war ihren Weg allein gegangen. Sie hatte sich einen Ausbildungsplatz in einem Tattoo-Studio erschlafen und all ihre Fähigkeiten darangesetzt, die Marke *KOI* zu erschaffen.

Sie würde nicht zulassen, dass die Ereignisse von damals wieder ausgegraben wurden. Sie würde sich all die Jahre harter Arbeit nicht zunichtemachen lassen.

Sie würde sich nicht jetzt noch erwischen lassen.

Warum hatte McNally sie heute abgepasst? Was war so wichtig, dass er es riskiert hatte, in der Öffentlichkeit mit ihr gesehen zu werden, einen Tag nachdem man die Leiche von Heather Rigby entdeckt hatte?

Er war kein Dummkopf.

Ihr Handy klingelte. Hoffentlich war es nicht ihre Mutter. Nein, im Display erschien die Nummer von *Yakusoku Tattoo*.

»Kenzie?«

»Hallo.« Sie atmete tief durch. »Was gibt's, Yoshi?«

»Hör mal, hier rufen ständig Kunden an, die einen Termin bei dir buchen wollen. Könntest du dir vorstellen, ein paar Tage länger zu bleiben?«

Sie musste beinahe lachen. »Nein, tut mir leid, das geht nicht. Ich habe in New York zu tun.«

»Natürlich, das verstehe ich.« Er schwieg. Sie spürte, wie er zögerte. »Könntest du vielleicht morgen noch eine Kundin zusätzlich annehmen? Es ist eine besonders wichtige Kundin. Du würdest mir einen großen Gefallen tun.« Wenn man bedachte, welches Übermaß an Höflichkeit Yoshi gewöhnlich zeigte, musste ihm die Sache tatsächlich sehr wichtig sein.

Sie schloss die Augen. Alles in ihr verlangte danach, Halifax zu verlassen, bevor es zu spät war. Aber sie wusste, dass das ein großer Fehler wäre. Falls man sie irgendwann mit dem Mord an Heather Rigby in Verbindung brachte, würde eine überstürzte Abreise einen Tag nach Entdeckung der Leiche deutlich verraten, dass sie vor etwas davonlief.

Nein. Es war besser, zu bleiben und so zu tun, als wäre nichts passiert. Und erst am Montag wie geplant wieder nach New York zu fliegen.

»Ja, natürlich. Trag die Kundin in meinen Terminplan ein.«

»*Arigato*«, sagte er mit sanfter Stimme. »Bis morgen.«

»Bis morgen.« Sie seufzte leise.

Wie immer hatte es sie beruhigt, mit Yoshi zu reden. Bei der Begegnung mit McNally war sie in Panik geraten, vielleicht weil sie so daran gewöhnt war, die Dinge unter Kontrolle zu haben.

Sie zog sich aus und ließ Wasser in die Wanne.

Das warme Bad wirkte entspannend. Ebenso ihr Ritual, alle Tattoos sorgfältig zu waschen. Die auf ihrem Bein waren allesamt hart verdient, sie standen für etwas, das sie verloren oder auch gewonnen hatte.

Als sie sich entschlossen hatte, sich in *Tebori* ausbilden zu lassen und die Geheimnisse des japanischen *Horimono* bei den Meistern zu studieren, hatte sie Rumpf und Arme ganz den japanischen Motiven gewidmet. Besonders der Koi hatte sie sofort angesprochen. In der japanischen und chinesischen Mythologie war er ein Symbol der Verwandlung, er stand für Weisheit, Wissen und Loyalität. Das Bild eines Kois, der einen Wasserfall hinaufschwamm, entstammte einem alten Märchen und symbolisierte Mut und das Bestreben, Hindernisse zu überwinden. Wenn der Koi das Drachentor erreichte, verwandelte er sich in einen Drachen – ein äußerst machtvolles Symbol.

Kenzie ging es nicht darum, ein Drache zu werden. Für sie war das Leben ein ständiges Fließen und Sichwandeln. Den

Koi auf ihrem Oberkörper hatte Horifuyu tätowiert, einer der großen Meister. Das Tattoo begann unter der linken Brust und lief diagonal über ihren Busen. Der Kopf des Fisches wand sich rechts um ihren Hals.

Wann immer sie diese Tätowierung betrachtete, spürte sie, wie viel sie erreicht hatte. Als Anfängerin hatte sie viele Jahre lang schwer geschuftet, ihr Können verfeinert, immer wieder gegen die sexistische Haltung von Kollegen oder Kunden ankämpfen müssen und sich langsam nach oben gearbeitet. Sie hatte die Scherben ihres alten Lebens weggeräumt und etwas aus sich gemacht.

Sie hatte hart daran gearbeitet, alles zu beseitigen, was an das Mädchen von früher erinnerte. Bis hin zu der Tätowierung am Nacken, die McNally ihr gestochen hatte.

Yoshi hatte sie mit einer wunderschönen Pfingstrose überdeckt.

Als Kenzie aus der Badewanne stieg, war sie deutlich ruhiger.

Vier Tage lang musste sie noch den Wasserfall hinaufschwimmen.

Sie hatte schon Schlimmeres überstanden.

Kenzie, du bist ein schlauer Fisch.

22

McNally hatte ein Stück entfernt hinter einem großen Geländewagen geparkt. Seine Kamera lag auf dem Beifahrersitz.

Groß, schlank, brauner Pferdeschwanz: Kate Lange war einfach viel *besser*, als er sie in Erinnerung hatte. Vielleicht weil die Leute sich immer mehr zu Imogen hingezogen gefühlt hatten. Imogen mit den fröhlich dreinblickenden braunen Augen, dem schelmischen Lächeln. Sie hatte im Licht gestanden, Kate im Schatten.

Das war siebzehn Jahre her. Irgendwann in dieser Zeit musste Kate ihren Kokon der Unsicherheit abgestreift haben. Sie war als starke, mutige Frau daraus hervorgegangen. Als wahre Königin.

Ein Schmetterlingstattoo würde gut zu ihr passen. In leuchtendem Orange und Schwarz.

Obwohl er sich auch einen Tiger an ihr vorstellen konnte, in den gleichen Farben. Ein Tiger, der über ihren Rücken schlich und sich auf jeden Mann stürzte, der nicht zu ihr passte. Ja, das würde gut zu Ms Lange passen.

Komisch – das Gleiche hatte er auch bei Kenzie gedacht, als er sie das erste Mal gesehen hatte. Mit dem tiefroten Haar und den funkelnden Augen hatte sie ihn sofort an eine Raubkatze erinnert.

Kates Haarfarbe war weniger leuchtend. Dafür glänzten ihre Augen bernsteinfarben wie die einer Katze.

Doch es lag nicht nur an ihrem Aussehen oder der Art, wie sie sich bewegte.

Ihre ganze Ausstrahlung hatte etwas Raubtierhaftes. Geballte, aber streng kontrollierte Energie. Das Gefühl, dass sie jederzeit die schlanken Beine anspannen und über einen herfallen könnte.

Kraftvoll.

Aufregend.

Sie war viel zu selbstsicher, viel zu stolz.

Sie hielt sich wohl für eine heiße Braut, weil sie einen Serienmörder umgebracht hatte.

Höchste Zeit, dass sie einen Vorgeschmack davon bekam, was ihr bevorstand.

Er streifte ihr die Schlinge über den Kopf und schob sanft ihre braunen Locken aus dem Weg. Er zog die Schlinge fest, bis das Seil eng um ihren Hals lag. Sie blickte ihn trotzig an, mit böser Miene. Ihr Körper zuckte. Er hielt das eine Ende des Seils fest, bis in ihren Augen Wut aufschien. Und Angst.

»Braves Kätzchen«, sagte er.

John McNally war wieder da.

Ethan frottierte sich die Haare und warf das Handtuch aufs Bett. Nach dem Abendessen hatte er sich auf dem Laufband verausgabt und dann geduscht, nur für den Fall …

Er hatte Kate und ihre Mandantin Frances Sloane in den Abendnachrichten gesehen. Den meisten wäre es nicht aufgefallen, aber er hatte das Unbehagen hinter Kates gefasster Miene bemerkt, während sie erklärte, weshalb sie gerade wegen ihrer Begegnung mit dem Halifax-Schlächter jetzt für Sterbehilfe eintrat.

Er kehrte seinem Spiegelbild den Rücken.

Er musste mit ihr reden. Er hielt das alles nicht mehr aus. Die Enttäuschung. Die Sehnsucht. Den Schmerz.

Zumal er inzwischen sicher war, dass es nicht so bleiben musste.

Er griff nach dem Telefon.

Tu's einfach, Drake.

Seine Finger hatten Kates Nummer nie vergessen. Er wählte schnell, bevor er sich lange ausmalen konnte, dass sie womöglich einfach auflegen würde.

Beim dritten Klingeln ging sie ans Telefon. »Hallo?«

»Kate?«

Er spürte ihre Überraschung, als sie seine Stimme erkannte. »Hier ist Ethan.«

Kate ließ überrascht die Zeitung fallen, in der sie gerade gelesen hatte.

»Hallo.«

»Wie geht es dir?«, fragte Ethan. Es klang besorgt. »Ich habe das Interview im Fernsehen gesehen. Da wollte ich mich vergewissern, dass alles in Ordnung ist. Die Medien sind ja voll von Berichten über den Halifax-Schlächter.«

Kate schaute auf die Zeitungsbögen, die ringsum auf dem Boden verstreut lagen. Als hätten die Medien mit der Moorleiche nicht schon genug Stoff, jährte sich in dieser Woche auch noch der Todestag des Halifax-Schlächters – der Tag, an dem Kate ihn getötet hatte. Die Titelseite war ganz diesen beiden Themen gewidmet, und natürlich wurde versucht, Moorleiche und Halifax-Schlächter miteinander zu verknüpfen. Kate hatte die Artikel überflogen, war jedoch ins Stocken geraten, als darin die Angehörigen mit ihren Erinnerungen an die Opfer zur Sprache kamen. Darunter die immer noch trauernde Marian MacAdam, Kates frühere Mandantin, deren Enkelin Lisa das erste offensichtliche Opfer des Halifax-Schlächters gewesen war. Der Artikel enthielt ein Foto von Lisa. Kate war ihr nie begegnet, würde sie aber auch nie vergessen können. »Lisas Tod hat eine große Lücke in unserem Leben hinterlassen. Sie hatte es nicht verdient, so zu sterben«, hatte Marian der Zeitung gegenüber gesagt.

Nein. Bestimmt nicht.

»Es geht mir gut.« Kate lachte ein wenig unsicher. »Ich wusste, dass die Zeitungen darüber berichten würden, aber dass sie es auf der Titelseite bringen würden, war mir nicht klar.«

»Hör mal, Kate«, sagte Ethan, »hast du Lust, dich heute Abend mit mir auf einen Kaffee zu treffen?«

Puh. Das hatte sie nicht erwartet.

Als sie sich bewegte, geriet der Stapel Zeitungen zu ihren Füßen ins Rutschen.

Was soll's. Es war sicherlich besser, als darüber nachzugrübeln, wie sie Marian MacAdam vor einem Jahr im Stich gelassen hatte. Oder sich darum zu sorgen, ob sie nun Frances Sloane im Stich ließ. Und es würde sie auch von der Sache mit Enid ablenken. »In Ordnung.«

»Super.« Es klang überrascht. Aber Kate war selbst überrascht, wie bereitwillig sie die Einladung annahm. »Wie wäre es in einer halben Stunde bei *Starbucks*?«

»Okay, bis gleich.«

Kate legte auf und lief nach oben, ohne sich weiter um die Zeitungen auf dem Fußboden zu kümmern.

Sie wusste genau: Wenn sie sich Zeit zum Nachdenken ließ, würde sie sich wünschen, sie hätte Nein gesagt.

Also ließ sie sich keine Zeit.

23

Kenzie schrak hoch, als es an der Tür klopfte.

»Zimmerservice!«, rief ein Mann.

Fu begann zu bellen.

Zimmerservice?

Sie hatte keinen Zimmerservice bestellt.

Sie zwang sich, ruhig zu bleiben. So dumm würde McNally ja wohl nicht sein.

Oder doch?

Fu bellte lauter.

»He, Fu, beruhige dich«, sagte die Stimme jenseits der Tür. »Kenzie, ich bin's, Finn. Das war nur ein Scherz.«

Sie zog den Gürtel ihres Bademantels enger und eilte zur Tür. Ein Blick durch den Spion bewies, dass es tatsächlich ihr Kunde war. Er lächelte, weil er merkte, dass sie durch den Spion schaute.

Verdammt.

Sie war nicht in der Stimmung für lockeres Geplauder.

Andererseits, nach McNallys Überraschungsbesuch war es vielleicht ganz gut, wenn sie einen Mann bei sich hatte. Das würde ihn auf Distanz halten. Sie hatte genau gesehen, wie wütend er war, als sie davongefahren war.

Sie öffnete. »Hi, Finn.«

»Hallo. Ich habe dir vorhin auf die Mailbox gesprochen …« Er zuckte mit den Schultern. »Ich weiß, dass du nur ein paar Tage in der Stadt bist, deshalb dachte ich, vielleicht kann ich dich zum Abendessen einladen.«

»Oh.« Sie hielt den Bademantel am Hals zusammen. »Ja, warum nicht.«

»Du, wenn es gerade nicht passt …«

»Nein! Nein, alles in Ordnung.« Sie gab den Eingang frei. »Komm rein. Ich ziehe mir nur schnell was an.«

Während sie sich anzog, sprang Fu aufs Bett und beobachtete sie mit gefurchter Stirn. Kenzies Unbehagen wuchs. Und wenn McNally nun herausbekam, in welchem Zimmer sie wohnte, und bei ihr einbrach? Wenn er dabei auf Fu stieß?

Sie wusste genau, dass das unwahrscheinlich war – aber dass man die sterblichen Überreste von Heather Rigby finden würde, war auch unwahrscheinlich gewesen. Oder dass McNally gleich an ihrem zweiten Tag in Halifax auftauchen würde.

Sie nahm Fu hoch und kehrte in den Wohnbereich der Suite zurück. Finn saß auf dem Sofa und hatte die Hände locker zwischen den Knien verschränkt. Er trug Jeans und ein frisches T-Shirt. Als er sie sah, lächelte er. »Du siehst großartig aus.«

Unter seinen bewundernden Blicken fiel ein wenig innere Anspannung von ihr ab. »Ich frage mich gerade … Sollen wir vielleicht Essen aufs Zimmer bestellen? Ich bin total kaputt. Ich bin gestern erst angekommen, und heute hatte ich einen Termin nach dem anderen …«

»Na klar, kein Problem.« Er nahm die Speisekarte des Hotels vom Couchtisch. »Zimmerservice finde ich klasse.«

»Ich auch«. Sie grinste und setzte sich neben ihn auf die Couch.

In seiner Nähe ließ die Kälte in ihrem Innern nach.

Natürlich sprachen sie übers Tätowieren. Darüber, was für ein kraftvolles Medium das war. Aus welchen Gründen sich Menschen tätowieren ließen. Was für ungewöhnliche Kundenwünsche Kenzie schon erlebt hatte. Das Essen kam, und sie ließen es sich schmecken.

Dann fragte Finn plötzlich: »Wusstest du eigentlich, dass Tätowierungen sogar den Tod überdauern?«

Ihr lief ein kühler Schauder über den Rücken. »Was meinst du damit?«

»Ich habe in den Nachrichten gehört, dass die Tote im Moor ein Tattoo hatte. Die Polizei hat es rekonstruieren können.«

Kenzie beugte sich vor, um an ihrem Wasser zu nippen, und ließ dabei die Haare vor ihr Gesicht fallen.

Ihr war eiskalt vor Entsetzen.

Nein.

Himmel, nein.

»Was war es für ein Motiv?«, fragte sie schließlich.

»Ein Vogel. Eine Krähe oder so.« Er schüttelte den Kopf. »Es sah ziemlich unheimlich aus.«

»Das kann ich mir vorstellen. Nichts sieht gut auf dir aus, wenn du erst einmal tot bist.«

Oder im Knast. Sie konnte nicht fassen, dass die Polizei Heathers Tattoo hatte rekonstruieren können. Würde das zu ihr führen?

Die Angst verdarb ihr jede Freude an Finns Gesellschaft. Sie musste sich unbedingt die Online-Nachrichten anschauen und nachlesen, was dort über das Tattoo auf Heathers Leiche stand. Sie schaute auf die Uhr. »Oh Mann, Finn, ich bin todmüde. Und morgen muss ich ziemlich früh raus …«

Er nahm den Wink freundlich auf. »Ich auch.«

Als er ging, gab er ihr einen zärtlichen Kuss auf die Lippen.

Unter anderen Umständen hätte sie es nicht dabei belassen.

Jetzt schloss sie hinter ihm ab und verbrachte die nächste Stunde mit der Suche im Internet. Sie fand nicht mehr heraus, als Finn ihr schon erzählt hatte. Schließlich kroch sie ins Bett.

Gott sei Dank war das Tattoo, das McNally ihr gestochen hatte, inzwischen gecovert.

Es gibt nichts, was von Heather Rigby zu mir führen könnte.

Bis Montag kann ich mir McNally vom Leib halten.

Alles wird gut.

Nur noch vier Tage im Wasserfall, Kenzie.

Aber dann stahl sich ein neuer Gedanke in ihr Bewusstsein. Würde Imogen Langes Schwester – die sie nie hatte ausstehen können und die inzwischen die Anwältin ihrer Mutter war – in dem Tattoo das Motiv wiedererkennen, das sich ihre Schwester kurz vor dem Tod hatte stechen lassen?

Kate war auf dem Weg zum nächsten *Starbucks*. Sie hatte beschlossen, zu Fuß zu gehen, um an der kühlen Luft einen klaren Kopf zu bekommen. Aber es war neblig geworden. Die Luft war nicht mehr nur kühl, sondern geradezu eisig. Sie stellte den Kragen ihrer Fleecejacke auf und wünschte, sie hätte Ethans Einladung nicht angenommen.

Warum hatte er angerufen?

Und was noch wichtiger war: Warum hatte sie eingewilligt?

Schnellen Schrittes stieg sie die Stufen zum Eingang des Cafés hinauf. Drinnen war es warm. Trocken. Und Ethan wartete schon auf sie.

Er saß an einem Tisch beim Fenster. Sie ging hinüber, und dabei spürte sie seinen Blick auf sich.

Es machte sie befangen.

Als sie beim Tisch ankam, stand Ethan auf. »Kate.«

Aus blauen Augen sah er sie forschend an.

Sie spürte eine leichte Wärme im Nacken. *Himmel*. Jetzt war sie wirklich befangen.

Warum war sie seiner Einladung nur gefolgt?

»Hallo.« Sie blieb vor dem Tisch stehen.

Er rückte ihr einen Stuhl zurecht. Als sie sich setzte, spürte sie deutlich die Nähe seiner Hand. »Ich kann nicht lange bleiben«, sagte sie. »Enid ist im Krankenhaus.«

Als sie seinen betroffenen Gesichtsausdruck sah, wurde ihr warm ums Herz. »Was ist denn passiert?«, fragte er.

»Sie hat Herzprobleme. Die Ärzte denken, sie können sie stabilisieren. Aber es wird ein paar Tage dauern.«

»Na, Gott sei Dank.« Er wies auf die Getränkekarte über dem Tresen. »Was kann ich dir bringen?« Er lächelte.

Ethan hatte sie seit … ach, bestimmt seit anderthalb Jahren nicht mehr angelächelt. Es war ein seltsames Gefühl. Als wäre dies ihr erstes Date und nicht … was immer es war.

Sie lächelte zurück. »Ein koffeinfreier Caffè Latte wäre wunderbar.«

»Der Klassiker.« Er wusste, wie sie ihren Kaffee mochte.

Ethan stellte sich an. Kate zog die Jacke aus und betrachtete ihn von hinten. Er trug das Haar jetzt kürzer. Glatt und ordentlich geschnitten. Es stand ihm. Die Jacke, die er trug, kannte sie noch von früher. Sie wusste, wie sie sich anfühlte …

Er kam mit zwei Caffè Latte zurück. »Sie sind beide koffeinfrei. Obwohl ein wenig Koffein jetzt gar nicht so schlecht wäre.«

Sie nippte an dem Milchschaum auf ihrem Kaffee. »Ihr arbeitet wahrscheinlich rund um die Uhr an dem Moorleichen-Fall?«

Er nickte. »Ja. Wir hatten einen echten Durchbruch.« Seine Augen leuchteten vor Aufregung. »Nach siebzehn Jahren könnte es uns endlich gelingen, Heather Rigbys Mörder zur Strecke zu bringen.«

Heather Rigbys Mörder. Es klang fast so, als hätte er die junge Frau gekannt. »Das sind ja wirklich gute Neuigkeiten.« Sie freute sich für ihn. Ethan brauchte einen beruflichen Erfolg. Er hatte zu viele Enttäuschungen erlebt.

»Und was ist mit dir? Wie läuft die Kampagne für Sterbehilfe?«

Kate sah ihn prüfend an und versuchte herauszufinden, wie er zu dem Thema stand. Es konnte das reinste Minenfeld sein. Der Fall Don Clarkson war damals zu einer öffentlichen Schlacht zwischen Ethan und Randall Barrett geraten. »Bis jetzt ganz gut«. Das hoffte sie zumindest.

»Das freut mich für dich, Kate«, sagte er mit echter Herzlichkeit.

Sie nippte an ihrem Kaffee. »Warum sagst du das? Ich hätte nicht gedacht, dass du dafür bist.«

Er legte die Hände um seinen Becher und blickte auf den Milchschaum. »Ich möchte bestimmen können, wie mein Leben einmal endet. Vielleicht liegt es an meinem riskanten Beruf. Ich sehe so viele Menschen, die umgebracht wurden.« Er schaute Kate an. »Meine Großmutter war zum Ende hin schrecklich dement. Sie ist nackt auf die Straße gelaufen, ohne sich auch nur das Gebiss einzusetzen. Sie war immer sehr religiös – in ihrer Jugend wäre sie beinahe Nonne geworden – und extrem sittsam. Ich glaube, sie hätte ihr Leben lieber vorher beendet, wenn sie die Wahl gehabt hätte.«

»Wenn jemand nicht mehr bei klarem Verstand ist, wird alles gleich viel komplizierter. Man kann dann so schlecht sagen, wofür sich die Betroffenen entscheiden würden.« Kates Lippen verzogen sich zu einem schiefen Lächeln. »Merkst du, dass wir gerade völlig andere Positionen einnehmen, als wir sie von Berufs wegen vertreten?«

Ethan grinste. »Vermutlich ist es deshalb so ein heikles Terrain. Es ist nicht klar, wo man die Grenze ziehen sollte. Es gibt immer besondere Umstände.«

»Darum will Harry Owen auch nicht daran rühren. Aber er wäre vielleicht anderer Ansicht, wenn er wüsste, dass ihn ein schrecklicher Tod erwartet«, sagte sie mit einem bitteren Unterton.

Sie schaute auf ihren Caffè Latte. Der Fall Frances Sloane hatte ihre Angst vor CJK wieder geweckt. Jeden Tag starben Menschen an schrecklichen Krankheiten. Warum sollte ausgerechnet sie davonkommen?

»Es ist doch gar nicht gesagt, dass du CJK bekommst, Kate«, sagte Ethan sanft.

Kate schaute ihn erstaunt an. Woher wusste er, dass sie daran gedacht hatte?

Mit gespielter Nonchalance erwiderte sie: »Du hast recht. Ich darf mich davon nicht unterkriegen lassen. Wer weiß schon, was uns das Leben noch bringt.«

»Genau deshalb habe ich dich angerufen.« Ethan sah sie fest an.

Kate hatte ganz vergessen, wie blau seine Augen waren. Dunkelblau mit schwarzen Wimpern.

»Das verstehe ich nicht.«

»Wir wissen nicht, was uns das Leben noch bringt. Es ist so unvorhersehbar.« Er schwieg einen Moment. »Ich hätte dich schon zweimal beinahe verloren, Kate«, fügte er mit sanfter Stimme hinzu.

Dazu hätte ich dir erst einmal gehören müssen, schoss es Kate durch den Kopf.

Zugleich sah sie Randall vor sich, wie er sie angeschaut hatte, als sie gerade die Jagd auf Elises Mörder überlebt hatten. Sein Blick hatte Entsetzen darüber verraten, dass er sie fast verloren hätte, und Dankbarkeit, weil es nicht dazu gekommen war. Einen kurzen Moment hatte Kate auch Liebe darin erkannt.

Aber dann hatte er das Land verlassen …

Das hier ist ein Fehler, Kate.

Oder doch nicht?

So viel zum Thema »heikles Terrain«. Sie rückte vom Tisch ab. »Ich weiß nicht recht, wohin das führen soll, Ethan. Ich denke, ich gehe jetzt besser.«

Er legte seine Hand auf ihre. Sie fühlte sich warm, trocken, kräftig an. Kate musste daran denken, wie er mit diesen Händen Nudelteig geknetet oder Schokolade gerieben hatte – und dass sie manchmal nichts mehr gespürt hatte als seine Hände. »Ich weiß genau, wohin das führen soll.« Er strich mit dem Daumen über ihren. »Wir könnten verlorene Zeit wettmachen.«

Sie zog ihre Hand fort und schlüpfte in ihre Jacke. »Ethan, seit letztem Jahr ist eine Menge passiert.« Sie suchte nach den richtigen Worten, ohne eigentlich zu wissen, was sie sagen wollte. »Ich habe mich gefreut, dich wiederzusehen, aber …«

»Aber?« Er sah ihr forschend in die Augen.

»Aber ich weiß nicht, ob ich das hier möchte.« Sie lächelte ironisch. »Was immer ›das hier‹ ist. Ich dachte, du willst, dass wir Freunde bleiben.«

»Das will ich auch. Sehr gute Freunde. Vertraute Freunde.« Er sprach leiser. »Ich möchte, dass alles wieder so wird wie damals, als wir uns zum ersten Mal gesehen haben.

Sie band sich im Park den Schnürsenkel zu. Er lief an ihr vorbei. Ihre Blicke trafen sich. Die Anziehung war so stark, so überwältigend, dass Kate wegsehen musste. Sonst hätte er das Verlangen in ihren Augen bemerkt.

Oh Gott.

»Ich warte auf dich«, sagte er sanft. »Ich werde immer auf dich warten.«

Sie fröstelte und blickte sich um. Im Café herrschte ziemlich viel Betrieb, und sie legte keinen Wert darauf, gelangweilten Gästen eine Showeinlage zu bieten. Aber in der Nähe saß niemand. »Danke für den Kaffee.«

»Ich meine es ernst, Kate.«

»Ich weiß. Aber ich glaube, du solltest besser nicht warten.«

Er wirkte betroffen. »Und warum nicht?«

»Weil ich dich nicht noch einmal verletzen möchte.«

»Das ist meine Entscheidung.« *Lass mich nicht hängen,* besagte sein Blick. *Sperr mich nicht aus, bevor wir überhaupt angefangen haben.* »Ich gehe das Risiko ein.« Er streckte die Hand aus und strich ihr eine Haarsträhne hinters Ohr. »Und du?«

Sie fühlte sich überrumpelt.

Es kam zu unerwartet.

Und ihre eigene Reaktion hatte sie überrascht. Ein Teil von ihr wollte Ja sagen.

Und das machte ihr eine Heidenangst.

Sie hatte einmal versprochen, ihr Leben mit Ethan zu teilen. Dann, vor einem Jahr, hatte sie ihn aus ihrem Leben gestrichen. Seitdem hatte sie halbwegs ihren Frieden damit gemacht.

Wollte sie das alles jetzt wirklich beiseiteschieben und all die Gefühle wieder aufkommen lassen, die erst so berauschend und dann so quälend gewesen waren?

Waren diese Gefühle überhaupt noch vorhanden?

»Ich weiß es nicht. Das kommt alles so unerwartet.« Sie stand auf. »Hör zu, ich muss jetzt gehen. Ich muss im Krankenhaus anrufen und mich nach Enid erkundigen.«

»Ich rufe dich an.«

Seine Worte hallten in ihr nach, während sie das Café verließ.

Sie wusste, dass er wirklich anrufen würde.

Die Frage war nur: Wollte sie erreichbar sein?

24

»Mein Gott.« McNally blätterte die letzte Seite seines Skizzenblocks um. Er saß auf dem Synthetik-Teppichboden in seinem Schlafzimmer, noch im Overall – er hatte für einen der Mieter ein undichtes Fenster repariert – und lehnte den Kopf an den Türrahmen des Wandschranks.

Seit er den Karton mit alten Skizzenbüchern geöffnet hatte, kam er nicht mehr davon los. Er war gut. Brillant. Er hatte ganz vergessen, wie gut er war, bis er die Skizzenblöcke aus seiner Teenagerzeit durchgesehen hatte. Jeder Block war mit Datum versehen, weil er sich schon damals vorgestellt hatte, dass er sich die Blöcke irgendwann wieder vornehmen würde. Als eine Art Retrospektive, eine Chronik seiner Fortschritte in der Kunst des Tätowierens.

Jetzt wurde ihm klar, dass sie auch eine Chronik seiner Verbindung zu Kenzie darstellten.

Und ihrer Verbindung zu ihm.

Er sprang auf und schob den Karton mit dem Fuß in den Wandschrank. Dann nahm er die Jacke vom Bett, wo er sie vorhin hingeworfen hatte, und verließ die Wohnung. Kurze Zeit später saß er im Wagen und war auf dem Weg in die Innenstadt.

Es war mitten in der Woche und nach acht Uhr abends. Im Geschäftsviertel, wo sich auch ein paar der beliebtesten Bars und Pubs der Stadt befanden, herrschte nicht viel Verkehr. McNally bog in eine der Seitenstraßen ein und fluchte, als er merkte, dass es eine Einbahnstraße war.

Er fuhr trotzdem weiter, ohne auf die Huperei von zwei Autos zu achten, die ihm entgegenkamen. Dann bog er links in die Hollis Street ein.

Dort spürte er den fast unwiderstehlichen Drang, das Gaspedal durchzutreten und die lange leere Straße entlangzurasen, aber er musste die Ecke wiederfinden, an der sich die Bar *Last Man Standing* befand.

Da drüben. Er erkannte das Gebäude wieder, aber nicht das Schild. Die Bar war anscheinend umgestaltet worden und hieß nun *Due South*. Auf der Höhe des Eingangs fuhr er langsamer. Modisch gestylte Studenten und Mittzwanziger gingen ein und aus.

Vor seinem inneren Auge konnte er die Bühne sehen.

Trotz der Drohungen des Stadtrates, den Mardi-Gras-*Partys ein Ende zu setzen, war die Bar brechend voll. Die Leute trugen die unterschiedlichsten Kostüme, vom* Star-Wars-*Held bis zum Vampir, und waren aufgedreht und betrunken.*

Das perfekte Publikum, *dachte McNally. Er war aufgeregt, ungeduldig, zu allem bereit. Er griff nach dem Mikrofon, sprang auf der Bühne umher und rief: »Los geht's!«*

Sein Bruder Matt saß am Schlagzeug. Er hob die Arme und schlug die Drumsticks viermal gegeneinander. Lovett, ihr Bassist, stimmte den ersten Akkord einen halben Beat zu früh an, was Kenzie durcheinanderbrachte. McNally sah, wie sie böse zu Lovett hinschaute, aber dann ließ sie den Bogen über ihre elektrische Geige flitzen, bekam einen Riff hin und fand in den Rhythmus hinein. Oh Mann, sie war gut. Und scharf. Sie trug einen winzigen Minirock, der ihren Po kaum bedeckte, Netzstrümpfe an den langen, umwerfenden Beinen und ein schwarzes Kunstlederkorsett, das ihre sowieso schon vollen Brüste noch mehr hervorhob.

Das würde eine grandiose Nacht werden.

Wie grandios, ahnte Kenzie noch gar nicht. Er hatte eine Überraschung für sie. Etwas, das ihr zeigen würde, wie sehr er sie liebte. Ihr klarmachen, dass sie ihr ganzes Leben zusammenbleiben mussten.

Ein Typ, der als Polizist verkleidet war, ließ sich rückwärts auf einen Tisch fallen, und drei Freunde gossen ihm Alk in die Kehle. Das hier war nicht das gleiche Publikum wie die Leute, die samstagabends zum Tanzen herkamen. An Mardi Gras herrschte eine andere Stimmung. Wenn die Leute kostümiert waren, vergaßen sie alle Hemmungen. Alles an ihnen war überdreht: die Bewegungen, die Mimik, das Lachen. Es war der Wahnsinn.

Drei Leute in Vogelkostümen tanzten auf einem Tisch; immer wieder lösten sich Federn und wirbelten über der Menge dahin. Direkt vor der Bühne hüpften und tanzten junge Frauen, die schon vor vier Drinks jedes Rhythmusgefühl verloren hatten.

Der Schweiß lief McNally über den Rücken. Die Menge war echt in Stimmung, und ihre Band gab alles. Der kleine, stämmige Lovett spielte so konzentriert, dass er dabei die Stirn runzelte. Matt ließ es am Schlagzeug krachen. Und in der Mitte der Bühne rockte McNally ab. Eine Gruppe tanzender Mädels im Publikum fiel ihm besonders auf. Ihre Bewegungen waren herausfordernd. Er fuhr sich mit der Hand durch die neue Punk-Frisur und schaute sich die Frauen genauer an.

Sie wussten es zwar noch nicht, aber eine von ihnen würde ihm und Kenzie heute Nacht Gesellschaft leisten.

Er lächelte ihnen zu.

Da erblickte er sie. Sein Herz machte einen Sprung.

Ihre Augen waren groß und braun.

Wie die von Imogen.

Sogar der Gesichtsausdruck war der gleiche. Süß und voller Bewunderung.

Er trat an den Rand der Bühne und blickte ihr direkt in die Augen.

Sie war die Richtige.

Er wusste es.

Und der Ausdruck von Überraschung und Freude in ihrem Blick verriet ihm, dass sie es ebenfalls wusste.

Er beendete den Auftritt mit einem begeisterten Schrei. Die Menge tobte.

Kenzie kam zu ihm herüber und legte ihm den Arm um die Taille. Die Augen in ihrem schaurig geschminkten Hexengesicht funkelten. »Ich hab eine Flasche Wodka dabei«, sagte sie.

Bei ihrer Berührung und dem Gedanken, was heute Nacht noch passieren würde, spürte er ein erregtes Kribbeln. Er schaute die junge Frau an. Sie beobachtete ihn, und der benommene Ausdruck in ihren großen braunen Augen war eine einzige Einladung. Doch sie wirkte auch unsicher. Sie hatte bemerkt, wie besitzergreifend Kenzie ihn umarmt hatte.

Er murmelte Kenzie ins Ohr: »Komm, wir besaufen uns und spielen dann unser Lieblingsspiel.« Er lächelte der jungen Frau einladend zu. »Die da nehmen wir mit.«

Kenzie versteifte sich. Es gefiel ihm, dass sie eifersüchtig war. Seit einem Monat oder so hielt sie ziemlich viel Abstand und warf ihm vor, er sei zu besitzergreifend und zu aggressiv. Es machte ihn wütend.

»Warum?«, fragte sie jetzt.

»Darum.«

Ihre Miene veränderte sich. Sie hatte begriffen, was er meinte.

Ihr Blick sprang zu der jungen Frau. Verächtlich musterte sie deren Hexenkostüm – ihr eigenes Kostüm fand sie deutlich besser, das sah McNally ihr an – und die verrutschte Perücke. Am längsten verweilte ihr Blick bei den Augen.

Kenzie schmiegte sich an ihn. Er schlang den Arm enger um ihre Taille.

»Ich habe einen Plan.« Er griff nach der Darth-Vader-Maske, die er neben einem der Lautsprecher abgelegt hatte, und legte sich den Umhang um. »Wir treffen uns in einer Viertelstunde beim Seiteneingang.«

Kenzie grinste.

McNally biss die Zähne zusammen. Er hatte alles so gut für sie geplant.

Und sie war einfach abgehauen.

Diesmal würde es nicht dazu kommen.

Diesmal. Nicht. Verdammt. Noch. Mal.

Er legte den Gang ein. Ein Kerl mit Zottelhaaren, der am Eingang der Bar stand, warf ihm einen Blick zu.

McNally brauste mit seinem Transporter in die schmale Einbahnstraße und schaffte es gerade noch, nicht den Rückspiegel eines geparkten Autos mitzunehmen.

Na super. Kate schaute auf die Nummer auf dem Telefon-Display.

Natürlich rief Randall sie genau dann an, wenn sie gerade mit Ethan Kaffee getrunken hatte.

Das Telefon klingelte wieder.

»Kate.«

Es gefiel ihr, seine Stimme zu hören, aber es ärgerte sie auch. Letzteres war unvernünftig, doch das war Ärger häufig. Die ganze Situation war einfach frustrierend. Wenn er nicht weggegangen wäre … »Hallo, Randall.«

»Wie geht es dir?« Er sprach leise, mit zärtlicher Stimme. »Ich habe heute den ganzen Tag an dich denken müssen. Geht's dir gut?«

»Alles okay.« Sie verdrängte den Gedanken an das Kaffeetrinken mit Ethan. Es war schließlich nur ein Kaffee gewesen. Und sie hatte Ethan deutlich gesagt, dass sie sich auf nichts einlassen wollte. Das half allerdings nicht gegen ihr schlechtes Gewissen.

»Hast du das Interesse der Medien wecken können?«

»Äh … ja.«

»Kate, ist alles okay?«

»Tut mir leid. Ich hatte einen anstrengenden Tag.« Sie erzählte ihm von dem Fernsehinterview, das sie und Frances Sloane gegeben hatten, und von den Zeitungsberichten über den Tod des Halifax-Schlächters vor einem Jahr. Was Marian MacAdam in der Zeitung über den Mord an ihrer Enkelin gesagt hatte, erwähnte sie nicht.

»Da ist ja einiges los. Schade, dass ich so viel verpasse. Meine Mutter lässt dich übrigens bitten, die Damen Richardson von ihr zu grüßen.«

»Ach, Randall, Enid ist heute wegen Herzproblemen ins Krankenhaus gekommen. Ich hätte daran denken sollen, deine Mutter zu benachrichtigen.«

»Oh nein. Können die Ärzte ihr helfen?«

Kate sah Enids zarten Körper vor sich, zerbrechlich wie ein Vogel. Durch die Schmerzen hatten ihre sonst so leuchtenden Augen jeden Glanz verloren und tief in den Höhlen gelegen. »Ich weiß es nicht.« Kates Stimme zitterte leicht.

»Kann ich irgendetwas tun?«

Nicht solange du tausend Kilometer weit weg bist. »Hier ist alles unter Kontrolle. Finn und ich haben uns abgestimmt und kümmern uns abends um Muriel.«

»Na ja, es gibt auch gute Nachrichten«, sagte Randall. »Ich komme bald zurück. Die Verhandlungen gestern Abend sind gut gelaufen, und ich denke, wir sind in der letzten Runde. Möglicherweise sind wir Anfang Juli alle wieder zu Hause.«

Kate blickte zum Fenster. Alles, was sie sah, war ihr eigenes bleiches Gesicht. »Das ist ja wunderbar. Ich freue mich schon darauf, euch alle wiederzusehen.«

»Ich freue mich vor allem, dich wiederzusehen, Kate.«

»Ich mich auch.« Sie wandte sich von ihrem Spiegelbild ab. »Das ist ja gar nicht mehr lange hin. Dein Garten hat übrigens ganz gut durchgehalten.«

»Schön.«

Es entstand eine verlegene Pause, dann sprachen beide zugleich.

»Ich muss Schluss machen …«, sagte Kate.

»Du fehlst mir«, sagte Randall.

»Danke, dass du angerufen hast. Ich habe mich sehr darüber gefreut.«

»Du weißt, dass ich immer an dich denke.«

»Und ich an dich«, sagte sie, so leise, dass sie nicht sicher war, ob er es hörte. »Bis bald.«

»Bis bald.«

Nun mach schon, Kate. Erzähl ihm von dem Kaffeetrinken mit Ethan.

»Übrigens …«, fing sie hastig an. Aber Randall hatte schon aufgelegt.

Kate gab sich einen Ruck und stand auf.

Seit neun Monaten hing sie jetzt in der Luft und wartete ab, während Randall sein zerstörtes Leben wieder zusammenflickte. Einerseits konnte sie verstehen, dass er dafür hatte fortgehen müssen, schließlich hatte sie selbst ähnlich Schreckliches erlebt. Andererseits nahm sie ihm seine Abwesenheit übel. Und manchmal hatte sie das Gefühl, dass ihr das Leben davonlief, während sie auf einen Mann wartete, der am Ende vielleicht sagen würde, dass sie doch nicht in sein zusammengeflicktes Leben hineinpasste.

Eins hatte sie jedoch bis heute nicht erkannt: dass sie selbst im Begriff war, ihn aus ihrem Leben zu verdrängen.

Die Straßenlaternen leuchteten unter den immer noch kahlen Bäumen. Das Haus von Kate Lange schien schon etwas in die Jahre gekommen zu sein. Falls sie nicht neue Fenster und Türen eingebaut hatte, würde es leicht sein, bei ihr einzubrechen.

Aber nicht heute.

Im Haus brannte kein Licht mehr. Es war nach Mitternacht und mitten in der Woche, daher nahm McNally an, dass Kate schlief.

Er stellte sie sich dabei vor. Das Haar ausgebreitet auf dem Kissen, der schlanke Hals …

Er grinste und eilte zu ihrem Wagen hinüber.

In Sekundenschnelle hatte er den Umschlag unter den Scheibenwischer geklemmt.

Kurz darauf war er auf dem Weg nach Hause.

Er spürte die Erregung am ganzen Körper. Er wünschte, er könnte Kate Langes Gesicht sehen, wenn sie den Umschlag öffnete.

Eine halbe Stunde lang fuhr er in der Gegend umher, rastlos und aufgeregt.

Dann kehrte er in seine Wohnung zurück, warf die Jacke aufs Sofa und griff nach seinem Skizzenblock.

Er platzte fast vor kreativer Energie.

Er war wieder da.

Der alte McNally war endlich wieder da.

25

Kate drehte sich auf die andere Seite und tastete nach dem Ausschalter an ihrem Wecker. War es denn wirklich schon sechs Uhr?

Sie warf die Decke zurück. Alaska schnüffelte an ihrem Bein, Charlie gab ihr einen feuchten Kuss. »Guten Morgen, die Dame und der Herr«, murmelte Kate. »Ich hoffe, ihr seid bereit für eine schöne lange Joggingrunde.« Sie tätschelte den beiden die Köpfe. »Ich bin's nämlich nicht.«

Neun Minuten später schloss sie die Haustür auf und trat ins Freie, Alaska und Charlie im Schlepptau. Nebel strich ihr übers Gesicht. Es fühlte sich kalt und feucht an, aber auch erfrischend, und vertrieb die Müdigkeit nach der schlaflosen Nacht. »Los, ihr beiden.« Sie zog an den Hundeleinen und lief die Verandastufen hinunter.

Ihr Körper schaltete auf Autopilot, und ihre Schritte wurden größer, während sie im Kopf auflistete, was heute zu erledigen war: *auf der Nachrichtenseite nach Kommentaren zum Interview mit Frances schauen, noch mal bei Harry Owen anru…*

Sie blieb stehen, und die Hunde stießen gegen ihre Beine. Unter dem Scheibenwischer ihres Autos steckte ein feucht gewordener Briefumschlag.

Kate nahm ihn von der Windschutzscheibe.

»KATE LANG«.

In blauer Tinte und Druckbuchstaben stand dort ihr Name, nur dass beim Nachnamen das E fehlte. Durch die Nässe war die Tinte verwischt. Der Umschlag musste schon vor einiger

Zeit unter den Scheibenwischer geklemmt worden sein, denn im Laufe der Nacht hatte das Nebelnässen aufgehört.

Und das bedeutete …

Jemand war nachts zu ihrem Haus gekommen, während sie schlief. Bei ihrer Rückkehr vom Kaffeetrinken mit Ethan war der Umschlag noch nicht da gewesen, und solange die Hunde noch nicht schliefen, hätten sie auf jeden Fall gebellt, wenn sich jemand der Einfahrt genähert hätte.

Sie riss den Umschlag auf und zog ein gefaltetes Blatt Papier heraus.

Charlie winselte. Sie wollte weiter. »Einen Moment noch, Mädchen«, sagte Kate und faltete das Papier auseinander. Ein Zeitungsausschnitt fiel ihr vor die Füße. Sie bückte sich und hob ihn auf. Noch bevor sie hinschaute, wusste sie schon, was es war: Das Foto von der gestrigen Titelseite, das sie nach dem Kampf mit dem Halifax-Schlächter zeigte.

Nimm bloß nicht gleich das Schlimmste an. Der Brief kann von jemandem sein, der euer Anliegen unterstützt.

Der Text war ebenfalls in Druckbuchstaben.

Oh Gott.

»DEM HALIFAX-SCHLÄCHTER BIST DU ENTKOMMEN, MIR ENTKOMMST DU NICHT.«

Ihre Finger begannen zu zittern. Sie wollte das Blatt in kleine Stücke reißen, es wegwerfen und den Dreckskerl umbringen, der da versuchte, ihr Angst einzujagen.

Mit klopfendem Herzen lief sie die Verandastufen wieder hinauf und schloss die Tür auf. Die Hunde zogen an der Leine, weil sie nicht ohne Auslauf zurück ins Haus wollten. »Keine Sorge, wir machen noch unsere Runde.«

Sie legte den Brief auf die Ablage im Flur. Dann stellte sie die Alarmanlage an, schloss die Tür ab und vergewisserte sich, dass sie wirklich verschlossen war.

Alaska und Charlie liefen die Stufen hinunter und zogen Kate in Richtung Park hinter sich her. Kate versuchte nicht, sie zu einem langsameren Tempo zu bewegen.

Sie musste laufen und die Angst hinter sich lassen, die ihr schwer auf der Brust lag, ihr die Kehle zuschnürte und ihr Übelkeit verursachte.

Auf der Straße war es ruhig, der Nebel hüllte die bekannte Umgebung in tristes Grau.

Kate war diese Strecke schon Hunderte von Malen gelaufen, hatte den Park Tausende Male durchquert und sich dabei kaum jemals gefährdet gefühlt. Sie war schnell. Sie hatte zwei große Hunde. Wer erst einmal Alaskas Zähne gesehen hatte, würde nicht mehr versuchen, ihr etwas anzutun.

Aber heute war es anders.

Während sie durch den Point Pleasant Park lief, spähte sie in das neblige Halbdunkel zwischen den Bäumen. Als sie hinter sich plötzlich die Schritte eines Joggers hörte, setzte ihr Herz einen Schlag aus.

»DEM HALIFAX-SCHLÄCHTER BIST DU ENTKOMMEN, MIR ENTKOMMST DU NICHT.«

Soll das ein Witz sein?

Ist dir überhaupt klar, was passiert ist?

Ich habe den Dreckskerl umgebracht.

Ich. Habe. Den. Halifax-Schlächter. Umgebracht.

Trotzdem sah sie sich ständig um, bis sie wieder zu Hause war.

Sie duschte, bereitete sich wie üblich auf die Arbeit vor und versuchte, nicht an den Brief auf der Ablage im Flur zu denken.

Warum klemmte ihr jemand einen solchen Brief unter den Scheibenwischer?

Wollte ihr jemand einen Streich spielen?

Oder war es eine Drohung?

Da draußen gab es weiß Gott Verrückte genug.

War es nur jemand, der sie um ihre sogenannte »Heldenhaftigkeit« beneidete?

Oder wollte ihr jemand etwas antun?

Du solltest die Polizei anrufen.

Nein. Sie hatte die Polizei gründlich satt.

Dann ruf Ethan an. Er weiß mit Sicherheit, was zu tun ist.

Ja, aber er wird auch den Beschützer spielen wollen. Und er wird es als Zeichen auslegen, dass du für seinen gestrigen Vorschlag offen bist.

Der Brief war ein dummer Streich. Mehr nicht.

Sie schaute auf die Armbanduhr. Sie hatte gerade noch Zeit, vor der Arbeit kurz nach Muriel zu sehen. Sie stellte die Alarmanlage an, schloss die Haustür ab und eilte zwei Häuser weiter zu den Richardsons.

Enids Freundin öffnete. »Hallo?« Ihr dauergewelltes Haar stand wie eine Kumuluswolke um ihren Kopf.

»Hallo, Mary. Ich bin Kate Lange. Ich wollte nur mal schnell schauen, wie es Muriel geht.«

Mary hielt ihr die Tür auf. »Kommen Sie rein. Haben Sie Zeit für eine Tasse Kaffee?«

»Für eine halbe vielleicht.« Kate folgte ihr in die Küche. Muriel stand vor der Anrichte und hielt ein Messer in der Hand, an dem Butter klebte.

»Soll ich dir bei deinem Toast helfen, Muriel?« Mary führte Muriels Hand mit dem Messer behutsam über die Brotscheibe.

»Hallo, Muriel«, sagte Kate.

»Ich dachte, es wäre Enie«, sagte Muriel. »Wo ist Enie?«

»Sie ist … beim Arzt, Muriel«, antwortete Kate. »Sie kommt bald nach Hause.«

Muriel hatte Tränen in den Augen. »Sag ihr, sie soll bald kommen. Sie fehlt mir so.«

Kate spürte einen Kloß im Hals. »Das mache ich.« In ihrer Jackentasche vibrierte ihr Handy. Bestimmt ging es um den Fall Sloane. »Tut mir leid, aber ich kann leider doch nicht auf einen Kaffee bleiben. Die Arbeit ruft.« Sie sah Mary an. »Aber ich bin um sechs Uhr wieder hier und bleibe dann über Nacht bei Muriel.«

Mary wartete, bis sie an der Tür waren, dann sagte sie: »Die Frau vom Pflegedienst müsste in einer Viertelstunde da sein. Ich werde ihr alles zeigen und mich vergewissern, dass Muriel sich bei ihr wohlfühlt, bevor ich gehe.«

»Vielen, vielen Dank, Mary. Ich schaue nachher bei Enid vorbei. Wenn es irgendwelche Neuigkeiten gibt, sage ich Ihnen Bescheid.«

Sie eilte zu ihrem Haus zurück. Als sie ihr Auto aufschloss und den Innenraum überprüfte, meldete sich die Angst wieder. Aber es wies nichts darauf hin, dass jemand im Wagen gewesen war. Sie setzte sich hinters Steuer und ließ den Motor an. Ihr Blick fiel auf die Stelle, wo der Umschlag gesteckt hatte.

Er hatte keinerlei Spuren hinterlassen. Trotzdem sprühte sie Reiniger auf die Windschutzscheibe und stellte die Scheibenwischer an.

»Ich habe Sie gestern Abend im Fernsehen gesehen«, sagte ihre Assistentin Liz. »Und wie es ausschaut, war ich nicht die Einzige.« Sie reichte Kate einen Stapel ausgedruckter E-Mails und Telefonnotizen.

Kate nahm sie mit klopfendem Herzen entgegen. War vielleicht noch eine Nachricht von der Person darunter, die den Brief unter ihren Scheibenwischer geklemmt hatte?

»Dreihundertzweiundfünfzig E-Mails und sechsundsiebzig

Anrufe«, verkündete Liz. Sie warf einen Blick auf die Uhr. »Bis jetzt. Es ist gerade mal neun.«

»Tut mir leid, Liz«, sagte Kate schon halb im Gehen. »In ein paar Tagen dürfte das Ganze gestorben sein.«

Liz hob eine ihrer perfekt geformten Augenbrauen.

»Das bezieht sich hoffentlich nur auf das Interesse der Öffentlichkeit.«

Hinter Liz' kühlem, makellosem Äußeren verbarg sich ein ziemlich makabrer Sinn für Humor. Wenn man bedachte, womit Kate in letzter Zeit zu tun hatte, passten sie wirklich gut zusammen.

Der Stapel Nachrichten brannte Kate förmlich in den Händen. »Ausschließlich. Danke für Ihre Hilfe, Liz. Ich weiß, das geht weit über Ihre eigentlichen Aufgaben hinaus. Also nochmals vielen Dank.«

»In diesem Fall helfe ich gern.«

Kate eilte in ihr Büro und schloss die Tür, dann breitete sie die Nachrichten auf dem Schreibtisch aus. Schon nach einem ersten kurzen Blick war sie beruhigt. Keine der E-Mails war ganz in Großbuchstaben geschrieben. Und wenn der Halifax-Schlächter erwähnt wurde, dann nur im Zusammenhang mit Kates »Heldentat«.

Erleichtert nippte Kate an ihrem Kaffee. Das Interview war für ihre Mandantin ein voller Erfolg gewesen. Nach ihrer Zählung sprachen sich etwa siebzig Prozent der Rückmeldungen für Sterbehilfe aus.

Zeit für einen Anruf bei Mr Owen.

Sie verkniff sich ein Lächeln. Einen *Weckruf*.

Diesmal ließ er sie nicht in der Warteschleife hängen.

»Guten Tag, Mr Owen, hier ist Kate Lange.« Sie versuchte, ihren Tonfall neutral zu halten, damit sie angesichts ihres offensichtlichen Erfolgs nicht schadenfroh wirkte.

»Ms Lange, wie schön, von Ihnen zu hören.« Er wirkte beunruhigend gelassen.

»Ich nehme an, Sie haben gestern Abend das Interview mit meiner Mandantin gesehen?«

»Ja.«

»Und … was meinen Sie dazu?«

»Ich finde, sie ist eine ausgesprochen interessante Persönlichkeit.«

Kate hörte ein »Aber« mitschwingen. »Und?«

»Und sie leidet unglücklicherweise an einer tödlichen Krankheit, die jedoch eher die Ausnahme als die Norm ist.«

»Die Norm sollte sein, dass man Mitgefühl für die Schwachen aufbringt und nicht wegschaut.« Bevor er antworten konnte, fügte Kate hinzu: »Mr Owen, ich habe Hunderte, wenn nicht Tausende Nachrichten von Menschen bekommen, die das Anliegen meiner Mandantin unterstützen.« Das war eine klitzekleine Übertreibung, aber beim Lobbygeschäft gehörte das sicher dazu.

»Das überrascht mich nicht, Kate.« Sein Tonfall war der eines alten Hasen, der einem Grünschnabel die Spielregeln erklärte. »Sie sind ihre Anwältin. Ich habe eine ebenso große Zahl an Rückmeldungen von Wählern bekommen, die sich vehement gegen Sterbehilfe aussprechen.«

»Ich verstehe, Mr Owen. Ich möchte ein Gespräch zwischen Ihnen und meiner Mandantin vorschlagen. Sie sind es Ihren Wählern schuldig, sich die Argumente beider Seiten anzuhören.

»Ihre Mandantin hat ihre Argumente bereits gestern im Fernsehen dargelegt, Ms Lange. Ein Treffen ist nicht erforderlich.« Er schwieg einen Moment. »Es würde nur falsche Hoffnungen in ihr wecken. Das wäre nicht fair.«

»Unfair ist vor allem Ihre Annahme, Ihr Standpunkt wäre moralisch überlegen, Mr Owen.«

»Mag sein. Aber es ist nun mal mein Standpunkt, und ich habe den Gesetzgeber auf meiner Seite. Einen schönen Tag noch, Ms Lange.«

Er legte auf, bevor sie ihm zuvorkommen konnte.

Zum Teufel mit ihm.

26

Lamonds Klinkenputzen in der Nachbarschaft hatte sich gelohnt.

»Eine der Anwohnerinnen kann sich erinnern, dass sich früher ein paar Teenager beim Bunker getroffen und Drogen genommen haben«, berichtete Lamond Ethan während der Fahrt zum Chebucto Head.

»Und das war 1995?« Ethan biss in sein Sandwich. Die andere Hand hatte er am Lenkrad. Die Verpackung lag zerknüllt auf seinem Schoß.

»Das hat sie jedenfalls gesagt. Sie konnte es zeitlich einordnen, weil sie eine der Jugendlichen kannte.« Lamond schaute auf seinen Notizblock. »Ein Mädchen namens Kenzie Sloane.«

Als Ethan den Namen hörte, schluckte er schnell den Bissen hinunter. »Gibt es da irgendeine Verbindung zu Frances Sloane? Sie wissen schon, die Frau, die diesen Kreuzzug für die Legalisierung der Sterbehilfe führt?«

»Oh ja. Frances Sloane ist Kenzie Sloanes Mutter.« Lamond warf Ethan einen prüfenden Blick zu. Er wusste, dass die Kampagne für Sterbehilfe bei Ethan einen empfindlichen Punkt traf. Der Fall Clarkson war eine Schlammschlacht gewesen, und obwohl das Gericht zugunsten der Anklage entschieden hatte, war einiger Dreck an Ethan hängen geblieben.

Ethan nahm einen großen Schluck von seinem grünen Tee. »Das ist ja interessant.« Vor allem wenn man bedachte, dass Kate die Interessen von Frances Sloane vertrat …

Plötzlich tauchte direkt vor ihnen die Abzweigung zu Frances Sloanes Privatweg auf. »Verdammt.« Ethan riss das Lenkrad kräftig nach links herum. Lamond warf ihm einen erstaunten Blick zu. Sie folgten der Zufahrt. *Hör auf, dir wegen Kates Reaktion den Kopf zu zerbrechen.*

Kate ist ein Profi. Sie weiß, dass dieser Fall nichts mit der Kampagne ihrer Mandantin zu tun hat. Allerdings dürfte sie auch wissen, welche Auswirkungen negative Publicity für Frances Sloane hätte.

Der Feldzug für Sterbehilfe war ein Kampf um die Herzen der Menschen. Eine Frau, deren Tochter unter Mordverdacht stand, würde da keine gute Figur machen.

Hinter einer Kurve tauchte Frances Sloanes Heim auf.

»Das ist ja ein abgefahrenes Haus«, sagte Lamond und spähte neugierig durch die Windschutzscheibe.

Ethan parkte neben dem Haupteingang, nicht weit von einem knospenden japanischen Fächerahorn.

»Moderne Architektur nennt man das.«

»Sieht aus wie ein Glaskasten. So was könnte ich auch entwerfen.«

Ethan hob die Augenbrauen. »Wenn Sie eine gerade Linie zeichnen könnten …«

»Nicht schlecht, Drake«, grinste Lamond. »Sie sehen heute sowieso überraschend munter aus. Endlich mal vor der Tür gewesen?«

Manchmal traf Lamond geradezu unheimlich genau ins Schwarze. Ethan biss von seinem Sandwich ab. »Nur gut und ausgiebig geschlafen.« Das stimmte nicht. Nach seinem Treffen mit Kate hatte er lange nicht einschlafen können.

Siehst du? Man muss es einfach ausprobieren, Drake.

Genug mit diesem Selbsthilfe-Quatsch.

Aber Kate hatte wirklich umwerfend ausgesehen. Er hatte mit sich kämpfen müssen, sie nicht an sich zu ziehen und mit der Hand durch ihr Haar zu fahren. Er wusste noch genau, wie seidig es sich angefühlt hatte …

»Verraten Sie mir wenigstens, wie sie heißt«, sagte Lamond mit einem amüsierten Funkeln in den Augen.

Ethan ignorierte die Bemerkung und betrachtete stattdessen das Haus aus Glas und Stahl. »Hat sonst noch jemand bestätigt, dass sich Mrs Sloanes Tochter 1995 bei den Bunkern herumgetrieben hat?«

Lamond schüttelte den Kopf. »Ich habe es bei acht Häusern in der Gegend probiert. Vier Nachbarn haben aufgemacht. Zwei haben damals noch nicht in der Gegend gewohnt. Einer konnte sich an nichts erinnern. Die vierte wusste noch, dass damals häufig Jugendliche beim Bunker waren.«

»Hat sie Heather Rigby wiedererkannt?« Sie besaßen ein Foto von Heather, das kurz vor ihrem Verschwinden aufgenommen worden war.

Lamond schüttelte den Kopf. »Sie sagt, sie hätte sie noch nie gesehen.«

»Aber Frances' Tochter Kennedy Sloane hat sie definitiv erkannt?«

»Kenzie Sloane«, korrigierte Lamond und biss in einen Apfel. »Sie sagt, Kenzie hätte lange rote Haare gehabt. Die könnte man gar nicht übersehen.«

»Weiß sie, ob Kenzie Sloane noch in der Gegend wohnt?«

»Angeblich ist sie weggezogen. Aber ihre Mutter lebt ja offensichtlich noch hier.« Sie stiegen aus dem Wagen und gingen zum Haus. Ethan konnte im Innern keine Bewegungen ausmachen.

Sie klingelten. Der Ton hallte lange nach. Sie wollten gerade wieder gehen, als die Tür geöffnet wurde.

»Ja bitte?« Eine Frau in der Kleidung einer Pflegerin musterte sie.

»Ich bin Detective Drake, und das ist mein Kollege Detective Lamond«, sagte Ethan. Sie zeigten ihre Dienstmarken vor. »Wir untersuchen den Tod von Heather Rigby. Ihre sterblichen Überreste sind ungefähr fünf Kilometer von hier gefunden worden. Wir möchten mit der Hauseigentümerin sprechen.«

Die Pflegerin schaute zuerst auf die Dienstmarken, dann in die Gesichter der Detectives. »Mrs Sloane geht es nicht gut.«

»Es ist wichtig«, sagte Ethan mit fester Stimme. »Es wird nicht viel Zeit in Anspruch nehmen.«

Die Pflegerin schaute sich noch einmal die Dienstmarken an und hielt ihnen dann die Tür auf. Sie traten in den großen Eingangsbereich. »Bitte warten Sie hier. Ich muss Mrs Sloane erst vorbereiten.« Sie schloss die Haustür hinter ihnen. »Das wird ein paar Minuten dauern. Es geht ihr sehr schlecht, müssen Sie wissen. Sie kann nicht deutlich sprechen und ist schnell erschöpft, also stellen Sie Ihre Fragen bitte mit Bedacht.«

Ethan fühlte sich, als wäre er gerade von einem Lehrer zurechtgewiesen worden. Aber er hatte Verständnis für die Haltung der Pflegerin. Sie tat nur ihre Arbeit.

Die Frau ließ sie im Foyer allein. Ethan schaute aus den Fenstern. »Ich wette, man kann von hier aus an der Küste entlang zu den Bunkern kommen, ohne den Highway zu benutzen.«

Er nahm sich vor, die Strecke am Wochenende abzulaufen.

Sie warteten und prägten sich dabei die Lage des Hauses und der Nebeneingänge ein sowie den Blick über das Grundstück, den man vom Haus aus hatte. Schließlich sagte Lamond: »Dass es ein paar Minuten dauern kann, hat sie wohl wörtlich gemeint. Es sind schon mindestens zehn.«

Drei Minuten später bat die Pflegerin sie in den Wohnbereich.

Es war, als würde man direkt über dem Meer schweben. Der

Ausblick von den hinteren Fenstern war spektakulär. Man hatte nur noch offenen Raum vor sich: Himmel und Meer, so weit das Auge reichte. Die Eigentümerin dieses architektonischen Meisterwerks blickte ihnen wachsam entgegen.

Ethan bemerkte die Gurte, die Frances Sloane in ihrem Rollstuhl aufrecht hielten, und fragte sich, ob ihr die enorme Weite vor den Fenstern Frieden schenkte oder sie eher an den Verlust ihrer Freiheit erinnerte.

Sie setzten sich auf das Sofa. Mrs Sloanes verschlossener Gesichtsausdruck ließ Ethan vermuten, dass sie einiges wusste. »Mrs Sloane, wie Sie vielleicht gehört haben, ist die Leiche von Heather Rigby etwa fünf Kilometer von hier gefunden worden, im Torfmoor bei den alten Bunkern.« Er beobachtete ihr Gesicht.

»Ja.« Ihre Stimme klang undeutlich und nasal. Er hoffte, dass sie nicht unter dem Einfluss von Medikamenten stand. »Davon habe ich gehört.«

»Wir glauben, dass Heather 1995 in der *Mardi-Gras*-Nacht umgebracht wurde.«

»Ich habe in der Zeitung gelesen, dass sie eine Maske trug.«

Lamond beugte sich vor. Sie war schwer zu verstehen.

»Das stimmt. Das letzte Mal wurde sie bei einer *Mardi-Gras*-Party in der Innenstadt gesehen.« Er hielt ihr das Foto von Heather hin. »Haben Sie sie an jenem Abend gesehen?«

Frances Sloane sah sich das Bild an. »Nein.«

»Kannten Sie sie?«

»Nein.«

»Haben Sie sie jemals hier in der Gegend gesehen? Vielleicht als Babysitterin oder Spaziergängerin …«

»Nein.«

Es war schwer, an ihrer Körpersprache oder dem Klang ihrer Stimme irgendetwas abzulesen. Nur ihren Augen merkte man nichts von ihrer Krankheit an. Sie waren von einem atemberaubenden Himmelblau, und ihr Blick war scharf und durchdringend. Aber Ethan meinte zu spüren, dass sich in ihren Tiefen Angst verbarg.

»Mrs Sloane, haben Sie Kinder?«

Wenn sie hätte erstarren können, wäre es in diesem Moment geschehen.

»Ja. Zwei.«

»Wie alt waren die beiden 1995?«

»Mein Sohn war vierzehn, meine Tochter siebzehn.«

Lamond notierte das. Frances Sloane blickte von Ethan zu Lamond und wieder zurück.

»Ihre Tochter soll sich gerne bei den Bunkern aufgehalten haben.«

Sie schluckte und musste sich offenbar anstrengen, den nächsten Satz herauszubekommen. »Wer hat Ihnen das erzählt?«

»Eine Frau, die in der Nähe der Bunker wohnt. Sie sagt, dass dort immer eine Gruppe von Teenagern herumhing. Und Ihre Tochter war auch dabei.«

Sie blinzelte. »Ja.«

»Wie heißt sie?«

»Kenzie.«

»Hat Kenzie Ihnen gegenüber jemals Heather Rigby erwähnt?«

»Nein.«

Ethan hatte den Eindruck, dass Kenzie ihrer Mutter generell nicht viel erzählt hatte. »Mit wem ist Kenzie zu den Bunkern gegangen?«

»Mit Freunden.«

Ethan nahm an, dass Frances Sloane nicht absichtlich schroff war. Verbale und auch nonverbale Kommunikation fielen ihr offenbar sehr schwer. »Kannten Sie jemand davon?«

Sie holte tief Luft. »Ein paar von den Mädchen. Crystal Burton. Imogen Lange …«

»Haben Sie Imogen Lange gesagt?« Es war schwer zu verstehen gewesen. Andererseits war der Name auch ungewöhnlich.

»Ja. Warum fragen Sie?« Sie blickte ihm prüfend ins Gesicht.

Ethan gab sein Bestes, unbeteiligt zu wirken. Kates jüngere Schwester hatte sich also mit Frances Sloanes Tochter beim Bunker herumgetrieben?

Setzte sich Kate etwa deshalb als Lobbyistin für Frances Sloane ein?

Andererseits, hatte sie ihm nicht erzählt, dass Imogen kurz vor ihrem Tod in schlechte Gesellschaft geraten war?

Hatte Kenzie dazugehört?

Er notierte sich, dass er Kate anrufen musste.

Dann strich er es wieder durch. Sie durfte mit ihm nicht über ihre Mandantin sprechen.

»Ich kenne Verwandte von Imogen«, sagte er.

»Ihr Tod war sehr tragisch.« Frances sah ihn forschend an.

»Mit wem war Kenzie nach Imogen Langes Tod beim Bunker?«

Frances Sloane schloss die Augen. Ein Gesichtsmuskel zuckte. Ethan hätte nicht sagen können, ob das auf böse Erinnerungen hinwies oder ein Symptom der Krankheit war. Schließlich öffnete Frances Sloane die Augen wieder und sagte: »Mit niemand. Nach Imogens Tod ist sie nicht mehr hingegangen.«

»Kenzie war 1995 in der zwölften Klasse, richtig?«

»Ja.«

»Hat Kenzie zu der Zeit Drogen genommen?«

»Das weiß ich nicht.«

Oder Sie wollen es nicht wissen.

»Haben ihre Freunde Drogen genommen?«

»Ich weiß es nicht.« Sie schluckte. »Was hat das mit Heather Rigby zu tun?«

»Waren Sie am *Mardi-Gras*-Abend 1995 zu Hause?«

»Das ist lange her. Aber ich denke schon.«

»Wo war Kenzie?«

Sie seufzte. »In der Stadt. In irgendwelchen Bars. Aber später ist sie nach Hause gekommen.«

»Um wie viel Uhr?«

»Vor Mitternacht.«

Lamond, der sich Notizen gemacht hatte, schaute Ethan an. Heather Rigby war noch um 1:09 Uhr nachts von den Sicherheitskameras der Bar aufgenommen worden.

»Sind Sie sicher?«

»Ja.«

»Wieso können Sie das so bestimmt sagen?«

»Weil sie um Mitternacht zu Hause sein musste. Ich würde mich daran erinnern, wenn sie das nicht eingehalten hätte.«

Lamond notierte auch diese nicht eben überzeugende Begründung.

Frances Sloanes Kopf kippte plötzlich zur Seite. Die Pflegerin sprang auf. »Detectives, Mrs Sloane wird müde.«

»Nur noch eine Frage bitte, Mrs Sloane«, sagte Ethan.

Sie blickte ihn an. Ihr Gesicht zeigte keinerlei Regung, aber er hatte das Gefühl, dass sie sich innerlich wappnete.

»Hatte Kenzie irgendwelche Tätowierungen?«

Die Augen der Pflegerin wurden groß, und sie blickte zu Frances Sloane hinüber.

Eine ziemlich heftige Reaktion.

»Sie hatte mehrere.« Mrs Sloanes Miene blieb ruhig.

»Was für welche?«

»Das weiß ich nicht mehr.«

In dem Punkt log sie, da war Ethan sicher. Wahrscheinlich

kannte sie die Skizze von Heather Rigbys Tätowierung, die die Polizei hatte anfertigen lassen. Aber aus welchem Grund sollte sie lügen? Doch höchstens, weil … ja, weil ihre Tochter dieselbe Tätowierung hatte.

»Haben Sie eine Telefonnummer, unter der wir Ihre Tochter erreichen können?«

»Sie ist gerade aus New York zu einem Besuch hier. Sie wohnt in einem Hotel im Zentrum.«

Kenzie Sloane war in Halifax? Ethan gelang es, sich seine Überraschung nicht anmerken zu lassen, aber er warf Lamond einen Blick zu.

Sie wussten beide, wohin sie als Nächstes fahren würden.

»Sie ist nur für ein paar Tage hier«, fügte Frances hinzu.

»Haben Sie ihre Telefonnummer in Halifax?«

Phyllis öffnete eine Dokumentenmappe. »Sie hat mir die Nummer von dem Studio gegeben, in dem sie arbeitet.«

»Sie arbeitet in Halifax?«

»Nur gastweise. Der Name des Studios ist …« Die Pflegerin bemühte sich, die Schrift zu entziffern. »… *Yaku… Yaku… Yakusoku Tattoo Shop*.«

Das muss ein Scherz sein. Ethan versuchte seine Aufregung zu verbergen. »Sie ist Tätowiererin?«

Phyllis warf Frances Sloane einen erschrockenen Blick zu.

»Ja«, sagte Frances mit fester Stimme. »Genau.«

Ethan stand auf. Lamond klappte seinen Notizblock zu. »Vielen Dank, Mrs Sloane, dass Sie sich die Zeit genommen haben.«

»Alles Gute.« Ihr Tonfall hatte etwas Endgültiges. Ihr fielen die Augen zu. Offenbar war sie von dem Gespräch erschöpft.

Phyllis führte sie rasch hinaus. Aber Ethan kehrte nicht gleich zum Wagen zurück, sondern machte erst einen Abstecher hinter das Haus. Das Grundstück erstreckte sich bis zu den Klippen am Rand des Meeres.

Konnte man von hier aus am Ufer entlang bis zu den Bunkern laufen?

Er ging zum Wagen. Wenig später fuhren Lamond und er den langen Privatweg entlang Richtung Highway.

»Also …« Ethan sah Lamond von der Seite an. »Was denken Sie? Haben wir endlich unsere erste Verdächtige?«

Lamond grinste. »Schauen wir doch mal. Die Tochter ist ungefähr so alt wie Heather, sie hat nicht weit vom Fundort der Leiche entfernt gewohnt und sich häufig beim Bunker aufgehalten. Und um das alles zu toppen, arbeitet sie auch noch in einem Tattoo-Studio.« Er nahm einen Schluck aus der fast leeren Limonadendose, die er noch vom Mittagessen übrig hatte. »Ja, ich glaube, Kenzie Sloane ist definitiv interessant.«

»Wir sollten direkt zu *Yakusoku Tattoo* fahren. Vielleicht hat sie gerade einen Kunden und ihre Mutter kann sie nicht vorwarnen. Außerdem sieht Frances Sloane ziemlich fertig aus. Je schneller wir der Spur zu Kenzie Sloane nachgehen, desto besser.« Ethan nahm einen Schluck von dem inzwischen kalten grünen Tee. »Waren Sie schon mal bei *Yakusoku Tattoo*?«

»Nein. Aber ich glaube, genau dieses Studio hat Liscomb wegen der Tätowierung konsultiert«, sagte Lamond.

Ethan schaute ihn ungläubig an. »Ernsthaft?«

»Und ob.«

27

Kenzie dehnte ihre Schultern. »Wie kommst du zurecht?«, fragte sie Mikey, der auf dem Bauch lag.

Er atmete zischend ein, als die Nadel erneut in seine Haut eindrang. »Nicht mehr lange, und ich drehe durch.«

»Wir sind fast fertig.«

Man konnte nie voraussehen, wer es aushielt und wer nicht. Sie hatte schon spindeldürre junge Frauen ohne jeden Speck auf den Rippen gehabt, die lange Sitzungen für große Rückentattoos durchhielten. Und dann hatte sie Kunden wie diesen Mikey mit seinen hundertdreißig Kilo und der Bikerjacke, die schon nach einer Stunde zu stöhnen anfingen.

Sie fügte den Flammen, die aus den Augenhöhlen des Totenschädels schlugen, noch ein paar letzte rote Akzente hinzu. »Fertig.«

Er sprang geradezu vom Tisch.

»Ist doch ziemlich gut geworden. Oder was meinst du?«, fragte sie ihn, als er seine tätowierte Wade im Spiegel bewunderte.

»Es rockt. Kenzie, du bist einfach super.«

Er umarmte sie. Über seine Schulter hinweg bemerkte sie zwei Männer vorn im Studio. An ihrer Haltung und dem verschlossenen Gesichtsausdruck erkannte sie sofort, was das für Typen waren.

Polizisten.

Ihr Kunde ließ sie los und schaute sie von der Seite an. »Steckt Yoshi etwa in Schwierigkeiten?«

Sie rang sich ein Lächeln ab. »Bestimmt nicht.«

Er klopfte ihr auf die Schulter. »Also, schön brav bleiben.«

Sie begann ihren Arbeitsplatz aufzuräumen und die Geräte einzupacken. Es kribbelte ihr auf der Haut.

Yoshi kam zu ihr herüber. »Kenzie, da sind zwei Polizisten, die mit dir reden möchten. Ihr könnt in mein Büro gehen.« Seine Stimme war ruhig, aber sie konnte die Besorgnis in seinen Augen sehen.

Sie nickte. »Danke.« Sie ließ sich mit dem Saubermachen Zeit. Schließlich ging sie zum Eingangsbereich hinüber. Dabei spürte sie die Blicke der Polizisten auf sich.

»Kenzie Sloane?«, fragte der Größere der beiden. »Ich bin Detective Drake, und das ist Detective Lamond.« Sie zeigten ihre Dienstmarken vor. Die Frau an der Rezeption schaute zwischen Kenzie und den Männern hin und her und verfolgte aufmerksam das Geschehen.

Wieso schreibst du nicht einfach mit?, dachte Kenzie und versuchte die aufdringlichen Blicke der Frau zu ignorieren.

»Ich habe gehört, Sie wollen mich sprechen?«

»Ja, wir haben ein paar Fragen an Sie.«

Kenzie wollte nicht, dass die beiden Männer Heather Rigby vor der Frau am Empfang und den neugierigen Kunden erwähnten, deshalb sagte sie: »Kommen Sie. Wir können uns im Büro unterhalten.«

Sie setzte sich hinter Yoshis Schreibtisch, einen einfachen Zeichentisch, der sie auf beunruhigende Weise an den ihrer Mutter erinnerte. Die Detectives setzten sich ihr gegenüber. Die ganze Situation fühlte sich falsch an. Völlig absurd. Als wäre sie die Chefin und die beiden müssten ihr Bericht erstatten.

Sie merkte, wie die Männer systematisch ihre Glieder musterten und sämtliche Tattoos registrierten. Suchten sie etwa nach einem eintätowierten Schuldbekenntnis? »Ich, Kenzie Sloane, habe Heather Rigby erschossen«, in altenglischer Schrift auf ihrem Arm?

Verschränk nicht die Arme. Verschränk bloß nicht die Arme. Es würde so aussehen, als wollte sie etwas verbergen. Und sie wollte ja auch etwas verbergen. Aber nicht ihre Tätowierungen.

»Ms Sloane«, sagte Detective Drake, »wir ermitteln im Fall Heather Rigby. Ihre Leiche wurde nicht weit von Ihrem Elternhaus entfernt gefunden.«

Als Heathers Name fiel, fing Kenzies Herz laut an zu klopfen. Sie hob höflich die Augenbrauen. »Das tut mir sehr leid. Das wusste ich nicht. Ich wohne nicht mehr hier.« Dann kam ihr ein Gedanke. »Woher wissen Sie, dass ich hier aufgewachsen bin? Haben Sie mit meiner Mutter geredet?« Weiß Gott, was ihre Mutter ihnen erzählt haben mochte.

»Was hat Sie wieder nach Halifax geführt, Ms Sloane?«, fragte Detective Drake, ohne auf ihre Frage zu antworten. Aber sie würde ihnen nichts verraten, bis sie wusste, ob ihre Mutter schon mit der Polizei gesprochen hatte.

»Meine Mutter ist krank. Ich bin hier, um sie zu besuchen. Haben Sie denn nun mit ihr geredet?« Sie wandte sich mit der Frage an den Größeren der beiden, Detective Drake.

»Ja. Wir waren heute Nachmittag bei ihr. Sie ist sehr krank, nicht wahr?«

Tun Sie nicht so, als würde Sie das kümmern, Detective. »Ja. Sie wird bald sterben.«

»Und nebenbei arbeiten Sie hier?«, fragte Detective Lamond. »Um die Rechnungen zu bezahlen?« Er war der Jüngere von beiden und hatte unglaublich große braune Augen. *Muss ganz schön schwer sein, mit solchen Augen als Cop ernst genommen zu werden*, dachte Kenzie.

»Mein Freund Yoshi hat mich gefragt, ob ich bei ihm Gasttermine anbieten mag, während ich in der Stadt bin.« Offenbar hatten sie nicht die geringste Ahnung, wer sie war.

Noch nicht.

Detective Drake hielt ihr ein Foto hin. Kenzie bekam weiche Knie.

Oh Gott, er will, dass ich mir ihr Gesicht ansehe.

Sie fühlte den Schweiß an ihrem Körper entlangrinnen. Sie konnte ihn riechen. Ihr Deo kam nicht dagegen an.

»Haben Sie diese junge Frau schon einmal gesehen?«

Sie warf einen Blick auf das Foto, ohne wirklich hinzuschauen. Das hätte sie nicht ertragen. »Ist das die Tote?«

»Richtig.«

»Und wann ist sie verschwunden?«

»1995.«

»Da war ich … so ungefähr siebzehn. Ich muss in der zwölften Klasse gewesen sein.«

»Und auf welche Schule sind Sie gegangen?«

»Die *Queen Elizabeth Highschool*. Ich glaube nicht, dass sie auch auf der Schule war. Oder?« Sie erwiderte Detective Drakes Blick.

»Nein. Sie war Studentin.«

»Wieso sollte ich sie dann kennen?«

»Das möchten wir gerne von Ihnen hören. Haben Sie sie gekannt?«

Sie zuckte mit den Achseln. »Nicht von der Schule her. Und ich habe über die Jahre so viele Leute tätowiert. Ich kann es Ihnen nicht sagen.«

»Könnte es denn sein, dass Sie sie tätowiert haben?«

Sie verfluchte sich für ihre Dummheit. Die Falle hatte sie sich selbst gestellt.

Sie schüttelte den Kopf. »Nein. Und überhaupt, ich war ja

gerade mal siebzehn. Mit dem Tätowieren habe ich erst nach der Highschool begonnen.«

»Davor haben Sie nie tätowiert? Nur so aus Spaß?«

»Nein.«

»Also, wenn ich Sie richtig verstehe, haben Sie bis zum Abschluss der Highschool nie jemanden tätowiert, nicht einmal sich selbst?«

»Mensch, Leute.« Sie schlug einen lockeren Tonfall an. »Soll das hier ein Verhör sein, oder wie?«

»Wir wollen nur sichergehen, dass wir Sie richtig verstanden haben.« Detective Drake verzog den Mund zu einem nicht besonders überzeugenden Lächeln.

Unter normalen Umständen wäre er einen genaueren Blick wert gewesen. Er sah ziemlich gut aus, wirkte aber verklemmt.

Sie stöhnte genervt. »Nein. Vor dem Abschluss habe ich nie jemanden tätowiert.

»Und den Abschluss haben Sie im Juni 1995 gemacht, nicht wahr?«

»Richtig.«

»Heather Rigby ist im Oktober 1995 verschwunden. Also könnten Sie sie doch tätowiert haben, oder nicht?«

»Nein!« Sie schüttelte den Kopf. Und in etwas ruhigerem Tonfall fügte sie hinzu: »Nein. Ich habe sie nie tätowiert. Ich bin ihr überhaupt nie begegnet. Ich weiß nicht, wer sie ist.« Sie stand auf. »Jetzt muss ich gehen.«

»Wo waren Sie am *Mardi-Gras*-Abend?«, fragte Detective Drake. Er sah ihr fest in die Augen. Sein Blick war hart und verriet nichts.

»Es tut mir leid, ich muss jetzt wirklich los.« Sie ging zur Tür.

»Wo wohnen Sie, Ms Sloane? Für den Fall, dass wir noch weitere Fragen haben.«

»Sie können mich hier erreichen.«

Sie eilte aus dem Büro und zu ihrem Arbeitsplatz. Während die beiden Männer das Studio verließen, packte sie ihre Ausrüstung ein. Oh Gott, sie stank ja nach Schweiß. Sie nahm die Tasche mit ihren Utensilien und stürmte ins Freie.

Toll, Kenzie. Du hast dich gerade selbst zur Hauptverdächtigen gemacht.

Aber was wäre ihr sonst übrig geblieben? Bis sie herausgefunden hatte, was ihre Mutter der Polizei erzählt hatte, wollte sie keine Fragen mehr beantworten.

McNally parkte Lovetts Transporter vor einem Haus in Kate Langes Straße, vor dem ein Schild mit der Aufschrift »Zu vermieten« im Wind schaukelte. Falls irgendjemand seinen Wagen bemerkte, würde er denken, dass die Immobilienfirma Lovett in dem Haus zu tun hatte.

Er nahm ein Klemmbrett vom Rücksitz und schaute darauf. Zwischendurch warf er scheinbar beiläufige Blicke auf die Straße. Kate würde sicher bald heimkommen. Es war Zeit fürs Abendessen.

Er fragte sich, wie sie wohl auf den Brief reagiert hatte, den er ihr an die Windschutzscheibe geklemmt hatte.

Hatte sie Angst bekommen?

Oder war sie wütend geworden?

Er wünschte, er hätte ihr Gesicht sehen können.

Fünfundzwanzig Minuten später wurde er für seine Geduld belohnt. Kate bog in die Einfahrt zu ihrem Haus ein. Bevor er sie richtig anschauen konnte, war sie schon im Innern verschwunden.

Verdammt.

Würde sie wieder herauskommen?

Er zog sich den Schirm seiner Mütze tiefer in die Stirn und

gab vor, auf seinem Klemmbrett zu schreiben, wobei er immer wieder nachdenklich auf das zu vermietende Haus blickte.

Kate öffnete die Haustür. Sie trug eine Reisetasche. Ihre beiden großen Hunde folgten ihr die Verandastufen hinab.

War sie auf dem Weg ins Fitnessstudio?

Nein. Nicht mit den Hunden.

Er rechnete damit, dass sie die Reisetasche in den Kofferraum ihres Wagens legen und wegfahren würde. Stattdessen kam sie den Gehweg entlang.

Auf ihn zu.

Er hielt den Atem an.

Sie würde an ihm vorbeigehen, ganz in Gedanken, ohne ihn aus ihren bernsteinfarbenen Augen anzusehen. Der Wind würde ihr durchs Haar wehen. Sie hatte keine Ahnung, was er ihr alles antun konnte. Dass er überhaupt hier saß. Und auf sie wartete.

Die Hunde blieben stehen und schnupperten an einem Hydranten. Die Verzögerung machte es noch erregender. Gleich würde sie direkt an ihm vorbeikommen.

Aber sie bog zu einem anderen alten Haus ab, einem mit prachtvollem Tulpengarten. Sie schloss die Tür auf und trat ein.

Er warf das Klemmbrett auf den Sitz neben sich.

Warum zum Teufel hatte sie einen Schlüssel zum Haus ihrer Nachbarn?

Als Kate die Tür zu Muriels Haus aufschloss, stieg ihr der Duft von gebratenen Schweinekoteletts in die Nase. Alaska stürmte nach drinnen und leckte sich das Maul. Charlie folgte direkt hinterher. Kate knurrte der Magen. Nach diesem miesen Arbeitstag waren die frischen Kochgerüche das beste Heilmittel, das sie sich denken konnte. Kate folgte den Düften in die Küche. Eine Frau Mitte fünfzig stand am Herd und wendete Koteletts in der Pfanne. Sie hatte lockiges dunkles Haar, das zu einem Knoten hochgesteckt war. Durch die große Schürze wirkte ihre ohnehin zierliche Gestalt noch kleiner.

Kate ging auf sie zu. »Hallo. Sie müssen Corazon sein. Ich bin Kate Lange. Ich bin diejenige, die in Ihrem Büro angerufen hat.«

Die Frau stellte schnell die Herdplatte aus und wandte sich Kate zu. »Freut mich, Sie kennenzulernen, Ms Lange.« Ihr Lächeln war sanft und ihre Stimme klang beruhigend.

»Bitte nennen Sie mich Kate.« Sie wandte sich Muriel zu, die vor der Anrichte stand und Mayonnaise in den Kartoffelsalat rührte. »Das sieht ja köstlich aus, Muriel.«

Muriel lächelte. »Danke. Es ist das Rezept meiner Mutter.«

»Das Essen ist fertig«, sagte Corazon. »Eins der Lieblingsgerichte meiner Familie.«

»Sie müssen es auch für Enid kochen, wenn sie nach Hause kommt«, sagte Muriel. Dann schaute sie Kate verwirrt an. »Wann kommt sie denn wieder nach Hause?«

»Bald, Muriel.« Kate machte sich schon auf eine heftige Reaktion gefasst, aber Muriel nickte nur und stellte die Schüssel mit Kartoffelsalat auf den Tisch.

»Wir haben Schnittlauch aus dem Garten für den Salat verwendet.« Muriel strahlte.

»Beim Kartoffelsalat kann dir niemand das Wasser reichen, Muriel.«

Nach dem Essen – von dem Kate jeden Bissen genoss – holte Corazon ihre Autoschlüssel hervor und umarmte Muriel kurz. »Wir sehen uns morgen. Denken Sie daran, Sie wollen mir zeigen, wie man Rosen beschneidet.«

Muriel nickte. »Aber ziehen Sie lange Hosen an. Sie wollen ja nicht völlig zerkratzt werden.«

Kate brachte Corazon zur Haustür. »Vielen Dank.«

Corazon lächelte. »Sie ist eine nette Dame. Einen schönen Abend noch.«

Kate schloss sorgfältig hinter ihr ab.

»Enid! Enid! Komm schnell«, rief Muriel. »›Fawlty Towers‹ fängt an.«

Kate ging ins Wohnzimmer.

Brulée hatte sich auf Muriels Schoß zusammengerollt. »Hier ist ein Leckerli für dich.« Muriel hielt dem Kater ein Stück Keks vor die Schnauze. Er nahm es vorsichtig entgegen und fraß, wobei er voller Überlegenheit die beiden Hunde anschaute, die in Habachtstellung zu Muriels Füßen saßen.

»Keine Sorge, ihr beiden, für euch habe ich auch etwas.« Muriel biss in den Keks und brach zwei Stücke ab. »Hier, Charlie. Und hier ist deins …« Sie schwieg einen Moment und suchte offensichtlich nach dem Namen des Huskys. »… mein Lieber.«

Als Kate den Raum betrat, schaute Muriel auf. »Ich dachte, du wärst Enid. Wo ist sie denn?«, fragte sie ängstlich.

»Sie ist beim Arzt.«

Muriel sah aus dem Fenster. »Aber es ist schon spät.«

»Sie ist bald wieder zu Hause. Ich verspreche es dir.«

»Aber wann?«

»Sobald der Arzt sagt, dass es ihr besser geht.«

Eine Lachsalve aus dem Fernseher lenkte Muriels Aufmerksamkeit auf die Sendung.

Während Muriel fernsah, beobachtete Kate die alte Dame. Alle paar Minuten griff Muriel nach unten und kraulte die Hunde an den Ohren, wobei sie gewissenhaft abwechselte, damit beide gleich viel Aufmerksamkeit bekamen.

Angenommen, Muriel hätte keine Schwester, die sie liebte? Angenommen, sie hätte eine Schwester oder einen Neffen oder einen Enkel, der dieses große alte Haus haben wollte und was immer es sonst noch zu erben gab?

Und angenommen, das Gesetz ließe Sterbehilfe zu – und jemand würde das gegen Muriel wenden?

Zu viele Annahmen.

Kate stand auf. »Komm, Muriel. Es ist Zeit, schlafen zu gehen.«

28

»Netter Abend, nicht wahr, Kenzie?«, sagte McNally gedehnt und beobachtete mit Vergnügen, wie Kenzie zusammenschrak. Er stand unter einem der wenigen Bäume in dem kleinen Park neben dem Hotel, in dem Kenzie wohnte. Da er schon mehrere Hunde dabei beobachtet hatte, wie sie an den Baum pinkelten, hatte er sich gedacht, dass Kenzies Hund beim abendlichen Gassigehen auch diese Richtung einschlagen würde.

Er machte sich auf eine von Kenzies bissigen Antworten gefasst, aber sie schaute ihn nur an und kehrte auf dem Absatz um.

»He!« Er fasste sie am Ellbogen. »Ich rede mit dir.«

Sie wollte ihn abschütteln, aber er packte nur härter zu.

Sein Herz klopfte.

Das fühlte sich richtig gut an.

Ihr verdammter Köter witterte offenbar Gefahr. Er drückte sich eng an Kenzies Beine und knurrte.

McNally bezwang den Wunsch, dem Vieh einen Tritt zu geben. Das hatte Zeit bis später.

»Lass mich los, McNally«, sagte sie leise. »Oder ich rufe die Polizei.«

Er musterte sie von oben bis unten. »Ja, richtig. Die gleichen Polizisten, die den Mord an dem Mädchen untersuchen, das du umgebracht hast?«

Ihre Augen wurden groß. Sie blickte sich hektisch um, aber es war niemand in Hörweite. »Halt den Mund, um Himmels willen.«

»Sprich nicht in diesem Ton mit mir, Kenzie.« Er zog sie näher an sich heran und lockerte seinen Griff ein wenig. »Ich möchte nur mit dir reden.«

»Es gibt nichts zu bereden.«

Obwohl er fest entschlossen war, sie nicht die Oberhand gewinnen zu lassen, machte ihm ihre Gelassenheit zu schaffen. Sie musste doch noch etwas für ihn empfinden. Nach all dem, was sie miteinander erlebt hatten …

»Das stimmt nicht.« Er lächelte, um die Sache etwas sanfter anzugehen.

Sie riss sich los. »Man darf uns nicht zusammen sehen.« Verstohlen schaute sie sich um.

»Wir hatten es doch schön miteinander, nicht wahr, Kenz?« Sein Tonfall wurde vertraulich. »Ich habe dir gegeben, was du wolltest. Ich habe dir jeden Wunsch erfüllt.« Er hielt ihr einen Finger an die Schläfe. »Peng, peng, und du bist tot.«

»Himmel noch mal, das liegt doch Jahre zurück.«

»Nicht für mich.«

»Pass auf«, zischte sie. »Hör auf, mich zu belästigen. Wenn die Polizei uns zusammen sieht, stecken wir beide in der Tinte. Es ist schlimm genug, dass sie die Tätowierung an Heathers Leiche entdeckt haben.«

Er lachte ungläubig. »Sie haben die Tätowierung entdeckt? Wie zur Hölle haben sie das denn geschafft?«

»Du hast sie im Torfmoor begraben, verdammt noch mal. Das konserviert Leichen.«

Er fühlte sich, als hätte sie ihm einen Schlag in die Magengrube versetzt. Nicht nur wegen der Dinge, die sie sagte, sondern auch wegen ihres verächtlichen Blicks.

Er konnte machen, was er wollte, sie hielt sich immer noch für was Besseres.

»Na und, dann haben sie das Tattoo halt gefunden. Was

macht das schon?« Er kniff die Augen leicht zusammen. »Es wäre nur wichtig, wenn du deins noch hast.«

»Das habe ich schon lange nicht mehr.« Ihr Tonfall ärgerte ihn. »Aber ich war nicht die Einzige mit einem Raben-Tattoo.«

»Imogen ist tot. Also weshalb machst du dir Sorgen?«

»Ihre Schwester ist gesund und munter. Sie war gerade erst auf der Titelseite der Zeitungen. Und sie vertritt meine Mutter bei deren Kampagne für Sterbehilfe.«

Ein Schauder lief ihm über den Rücken. »Dann bringen wir sie eben um.« Er grinste. »Sie ist das perfekte Opfer, Kenz. Sie kann an Imogens Stelle treten.«

Kenzie warf ihm einen verächtlichen Blick zu. Aber es lag auch ein Funken Angst darin. Das war gut. Sie musste begreifen, dass *er* die Dinge in der Hand hatte. Nicht sie.

»Himmel, McNally, warum richten wir nicht gleich einen Scheinwerfer auf uns, wenn wir schon dabei sind, damit die Polizei auch ja auf uns aufmerksam wird. Wir müssen subtiler vorgehen. Ich muss erst darüber nachdenken.« Sie zog an der Hundeleine. »Und lass mich in Ruhe. Was damals passiert ist, ist vorbei. Ich habe es längst hinter mir gelassen.«

»Nein, es ist nicht vorbei. Für uns fängt es gerade erst an, Kenzie.«

Sie drehte sich in Richtung Hotel, aber er hielt sie am Arm fest. *Du lässt mich nicht noch einmal stehen, Baby.*

»Du denkst, du kannst dich hinter deinen Tätowierungen verstecken, aber die ändern nichts daran, wer du bist. Was du willst.« Er fuhr ihr mit dem Finger über die Wange. »Was du brauchst, um glücklich zu sein.«

Sie zuckte vor seiner Berührung zurück. »Lass mich in Ruhe.«

Seine Lippen verzogen sich zu einem Lächeln. Oder einem

Zähnefletschen? Er wusste es selbst nicht genau. Kenzie hatte die Macht, ihn gleichzeitig zu erregen und wütend zu machen. »Das kann ich nicht. Das ist es ja. Du hast mich so verrückt gemacht, dass mich keine andere mehr interessiert. Nur du, Kenzie.«

»Von mir bekommst du nichts.«

Ihre Worte waren so kalt, so absolut.

Es war zum Verzweifeln. »Wir haben die Sache damals nie zu Ende gebracht, Kenzie.«

»Und dabei wird es auch bleiben.«

Sie befreite sich aus seinem Griff und eilte zum Hotel. Ihr blöder Hund warf ihm noch einen warnenden Blick zu.

»Nein, wird es nicht!«, rief McNally. »Denk an Heather!«

Er sah, wie sie zusammenfuhr, als er den Namen des Mordopfers quer durch den Park rief.

Aber es war niemand in Hörweite.

Und Kenzie war weg.

Es begann zu regnen. Er streckte die Zunge heraus, um einen Regentropfen aufzufangen.

Sie dachte wohl, sie könnte einfach weglaufen.

Sie hielt ihn für dumm. Sie glaubte, sie wäre klüger als er. »Ich muss erst darüber nachdenken.« Wie herablassend sie das gesagt hatte.

Sie ahnte ja nicht, dass er längst einen Plan hatte.

Er würde ihr ein für alle Mal beweisen, dass er ein ganzes Stück cleverer war als sie.

Und dass sie nie wieder von ihm loskommen würde.

Er kehrte zu seinem Auto zurück.

Dort nahm er das Telefon vom Sitz und öffnete den Webbrowser. Die Verbindung war langsam, und es dauerte eine Weile, bis er auf Kenzies Website war.

Aber das Warten zahlte sich aus.

Kenzie hatte bei ihren Kontaktdaten auch eine Handynummer angegeben, weil sie so viel unterwegs war.

Er tippte die Nummer in sein Telefonbuch.

Dann schrieb er ihr eine SMS: »Du verlässt mich nicht noch mal.«

Er schaute auf das Display seines Handys. Dabei umklammerte er das Gerät so fest, dass die Fingerknöchel weiß hervortraten.

Nichts.

Er sah zum Hotel hinüber. Vielleicht war die Übertragung langsam.

»Du hast immer mir gehört«, schrieb er.

Er wartete, den Blick fest aufs Hotel gerichtet, als könnte er Kenzie dadurch zwingen, ihm zu antworten. Scheiß drauf. Er würde halt warten, bis sie wieder herauskam. Und wenn es die ganze Nacht dauerte. Aber schon nach einer halben Stunde öffnete sich die Hoteltür, und Kenzie trat mit ihrem Hund ins Freie.

Er beugte sich vor.

Sie kommt wieder her. Sein Herz begann zu hämmern.

Aber dann sah er, dass Kenzie einen Mann bei sich hatte. Einen gut aussehenden blonden Typ. Er trug ihr die Koffer.

Sie hatte ausgecheckt. McNally geriet in Panik. Hoffentlich flog sie nicht nach New York zurück.

Sie stiegen in einen Lieferwagen, und der blonde Typ fuhr mit ihr davon.

McNally ließ den Motor an und folgte ihnen.

Kenzie durfte die Stadt nicht verlassen.

Nicht schon wieder.

Nach zwei Minuten entspannte er sich etwas. Der blonde Typ fuhr nicht zum Flughafen, sondern in die entgegengesetzte Richtung. Ein paar Minuten später war klar, dass er Kenzie und ihren Hund mit zu sich nach Hause nahm.

McNally lenkte seinen Transporter auf den Parkplatz des Wohnblocks und hielt bei den Müllcontainern. Er würde Kenzie nicht mehr aus den Augen lassen.

29

Kenzie setzte sich auf Finns Sofa bequemer hin. Seine Wohnung war hell und geräumig, sie hatte eine unverputzte Ziegelwand, große Fenster und ein skandinavisches Flair. Kenzie mochte den hellen Dielenboden und die Einrichtung in Grau, Weiß und kräftigem Blau.

Ihr fiel auf, dass Finn sie über sein Bier hinweg ansah. »Alles okay mit dir?«

Sie rieb sich die Oberarme. »Ja. Danke, dass ich zu dir kommen durfte.«

»Keine Ursache.« Er legte ihr einen Arm um die Schultern und drückte sie. »Es tut mir leid, dass dieser Typ dich belästigt hat.«

Sie zuckte mit den Schultern. »Das kommt vor.«

Nachdem sie McNally in dem kleinen Park beim Hotel begegnet war, hatte sie sich in ihrem Zimmer eingeschlossen. Aber dass er nun wusste, wo sie sich aufhielt, hatte ihr keine Ruhe gelassen. Sie hatte sich einfach nicht mehr sicher gefühlt.

Es gab nur einen Menschen, den sie anrufen konnte.

Finn ging gleich beim ersten Klingeln an den Apparat. »Ich habe gerade an dich gedacht.«

Sie rang sich ein Lachen ab. »Ich muss dich um einen Gefallen bitten …« Sie erzählte ihm, irgendein verrückter Fan habe sie vor dem Hotel abgepasst. Finn bot ihr sofort an, bei ihm zu übernachten.

Erleichtert hatte sie im Hotel ausgecheckt. *Es ist ja nur für ein paar Tage.* Bei Finn hatte sie sich sofort wie zu Hause gefühlt. Und Fu ebenfalls. Nachdem er ausgiebig herumgeschnuppert hatte – Finn hatte oft Hunde zu Gast –, hatte er es sich auf Finns Sofa bequem gemacht.

Kenzie stellte ihr Weinglas auf den grob behauenen Holztisch. »Soll ich mir dein Tattoo mal ansehen?«

»Ja, gern.« Flink und geschmeidig wie der Fu-Hund, den sie ihm in die Haut gestochen hatte, sprang Finn auf und zog sich das T-Shirt über den Kopf. Sie trat hinter ihn, nur wenige Zentimeter von seinem Rücken entfernt. Als sie sich noch etwas zu ihm vorbeugte, konnte sie spüren, wie er plötzlich ganz still wurde.

Vorsichtig nahm sie den Verband ab und betrachtete die Tätowierung. Der Hund war perfekt auf die Formen des Körpers abgestimmt, den er beschützen sollte. Es war eine ihrer besten Arbeiten, außer dass … Sie runzelte die Stirn. Der untere Rand wirkte entzündet. »Da muss Antibiotika-Salbe drauf, Finn«, sagte sie. »Hast du welche?«

»Im Schlafzimmer. Ich hole sie.« Er stieg die Treppe zu seinem Schlafloft hinauf.

Auf halbem Wege warf er Kenzie einen Blick zu.

Als sie am oberen Ende der Treppe ankam, nahm er ihre Hand, hob sie an die Lippen und küsste das Nautilus-Tattoo auf ihrem Handgelenk. Sein Mund folgte den Wellen, die ihren Arm hinaufliefen. Sie spürte die Berührung am ganzen Körper. Finn fasste sie an den Hüften. Es fühlte sich an, als würde er sie aus einem Stück Holz wieder in etwas Lebendiges verwandeln.

Sie legte ihre Hand um sein Kinn und strich ihm mit dem Zeigefinger über die Lippen. »Wo ist die Antibiotika-Salbe noch mal?«

»Unter dem Kopfkissen«, sagte er grinsend und zog sie aufs Bett.

Die Laken waren kühl. Die Nachtluft ebenso.

Das wurde ihr aber erst viel, viel später bewusst.

Wer zum Teufel war dieser Typ? Kenzie war so nett zu ihm – viel zu nett.

McNally saß jetzt seit mindestens dreißig Minuten vor der Wohnung des Blonden im Auto, und der hatte noch immer nicht die Jalousien heruntergezogen. Das war arrogant. Oder dumm? McNally konnte sich nicht recht entscheiden. Dachte der Typ etwa, man könnte sie nicht sehen?

Jetzt erhob er sich vom Sofa und zog das T-Shirt aus. Kenzie stellte sich hinter ihn und sah sich eine Tätowierung an. Sie stand viel zu nah bei ihm.

Der Typ ging nach oben. Kurz darauf folgte sie ihm.

McNally kannte diesen Gesichtsausdruck an ihr.

Und er kannte auch diesen schwingenden Gang.

Sie betrat den Keller im Haus von Lovetts Großmutter, einen Geigenkasten in der Hand. Sie trug einen kurzen Faltenrock, ein enges weißes T-Shirt und Overknee-Strümpfe. Sie schaute sich um. »Ich habe gehört, ihr sucht eine Geigerin.«

Matt ging auf sie zu und legte ihr den Arm um die Schultern. »Danke, dass du hergekommen bist, Kenzie. Du bringst bestimmt einen coolen Vibe in unsere Truppe.«

»Ich bin schon ganz aufgeregt.« Sie warf das dichte, unglaublich rote Haar zurück und hockte sich hin, um ihr Instrument auszupacken. Ihr Rock reichte kaum bis zu den Oberschenkeln.

Sie trug einen roten Tanga.

Als sie aufstand, den Bogen in der einen Hand, die Geige in der anderen, schaute sie McNally an.

Am nächsten Wochenende nahm sie ihn zum Bunker mit. Es war spät, ungefähr zwei Uhr in der Nacht. Sie drehte sich zu ihm um, die Lippen geöffnet, die Lider halb geschlossen.

Seitdem hatte er sie Hunderte Male mit genau diesem Gesichtsausdruck gezeichnet. Nie für einen Kunden, immer nur für sich selbst.

In der Wohnung des Typen ging das Licht aus.

McNally schlug mit der Faust auf das Armaturenbrett.

Kein Wunder, dass sie ihn nicht in der Nähe haben wollte.

»Ich melde mich«, hatte sie erst vor ein paar Stunden im Park zu ihm gesagt.

Alles Quatsch. Sie würde ihn nie anrufen. Das wusste er jetzt. Sie hatte eine Affäre mit einem anderen Mann.

Verflucht.

Er konnte nicht länger warten. Wenn er jetzt nichts unternahm, verlor er sie noch ganz.

Er ließ den Motor an. Es wurde Zeit, dass er seinen Plan umsetzte.

Wenn sie erst gemeinsam mit ihm in einen spektakulären Mord verstrickt war, würde sie schon Treue lernen.

Finn schlief. Er hatte das Gesicht Kenzie zugewandt, seine Hand lag auf dem Fu-Hund an ihrer Hüfte. Sie fühlte sich sicher. Beschützt. Als wären ihr Fu-Hund und seiner durch seinen Arm miteinander verbunden und würden gemeinsam über sie wachen.

Doch konnten sie sie wirklich beschützen?

Im Dunkeln betrachtete sie Finns Gesichtszüge. Mit demselben Finger, mit dem sie vor siebzehn Jahren abgedrückt hatte, strich sie ihm eine Haarsträhne aus dem Gesicht. Sie hatte Tränen in den Augen, und ihr Hals war wie zugeschnürt.

Mr Right.

Er war einer von den Guten.

Und deshalb für sie nicht der Richtige.

McNally schlich in den Garten hinter Kate Langes Haus. Dies war die erste Erkundungstour. Er suchte nach dem besten Zugang.

Er trat auf ein paar Äste, um zu testen, ob die Hunde dann anschlugen.

Und wartete.

Alles war still. Nirgendwo im Haus brannte Licht.

Er blieb im Schatten eines Strauches stehen.

Vielleicht war sie nicht zu Hause. Vielleicht hatte sie die Reisetasche und ihre Hunde zur Nachbarin mitgenommen, weil sie dort übernachten wollte.

Er betrachtete die Rückseite des Hauses. Kates Schlafzimmer war vermutlich das zweite Fenster von rechts. Diese alten viktorianischen Häuser mit den vielen Verzierungen boten reichlich Halt für die Füße. Und dann noch die überdachte rückwärtige Veranda. Er könnte aufs Dach steigen …

Er kletterte in einen alten Ahornbaum gleich neben der Veranda und sprang von dort auf das schmale Verandadach, sodass er auf den Fußballen landete. Dann schlich er zur Rückwand. An dem Fenster gleich rechts waren die Jalousien nur halb heruntergelassen.

Der Träger ihres Seidennachthemds rutschte ihr über die Schulter. Sie hatte den Kopf zur Seite gedreht, ihr Haar lag ausgebreitet auf dem Kopfkissen. Man sah ihren langen Hals.

Sie wusste nicht, dass er da war. Er konnte sehen, wie sie sich unter der Decke bewegte, wie sie langsam und tief atmete, während er sich vorstellte, wie er ihren Körper streichelte.

Er bückte sich und spähte durchs Fenster.

Das große Bett war ordentlich gemacht. Kate lag nicht darin. Aber er hatte recht gehabt: Es war ihr Schlafzimmer. Auf einem Stuhl lag zusammengefaltete Kleidung. Neben Kates Bett standen zwei Hundebetten, ebenfalls leer.

Er sah erneut vor sich, wie Kate mit einer Reisetasche in der Hand das Haus verlassen hatte. Kurz nachdem sie das Haus der Nachbarn betreten hatte, war eine Frau vom Pflegedienst herausgekommen. Sein Bauchgefühl sagte ihm, dass Kate bei den Nachbarn übernachtete.

Er schluckte die Enttäuschung hinunter. *McNally, du hast einen Plan B.*

Und glücklicherweise war er gut vorbereitet. Er zog den Körner aus der Tasche und zerschlug damit die Fensterscheibe.

Die Alarmanlage heulte auf.

Als er über das Fensterbrett in Kate Langes Schlafzimmer stieg, fielen ein paar Glasscherben auf ihn herab. Er lief zur Kommode und riss die Schubladen auf.

Dort lag der Lohn für seine Mühen.

Er nahm ein paar Höschen und steckte sie in die Tasche seines Kapuzenpullovers. Die Sirene schrillte ihm in den Ohren.

Die Polizei würde frühestens in fünf Minuten hier sein.

Mehr Zeit benötigte er nicht.

Er legte ein gefaltetes Blatt Papier auf Kates Bett, schwang sich aus dem Fenster und sprang von der Überdachung der Veranda auf den Dielenboden darunter. Das viele Fitnesstraining machte sich bezahlt.

Rasch stieg er über den Zaun und lief durch den Garten hinter Kates Grundstück.

Eine Viertelstunde später saß er im Bus und schaute aus dem Fenster, bereit für den langen Heimweg.

Mit Kate Langes Höschen in der Tasche.

30

Das laute Heulen einer Sirene weckte Kate aus dem Tiefschlaf.

Sie setzte sich im Bett auf. Ihr Herz begann zu pochen.

Das war ihre Alarmanlage.

Alaska hob den Kopf. Charlie öffnete die Augen.

Sie warf die Decke zurück. Da klingelte schon ihr Mobiltelefon. Sie griff danach. »Kate Lange.«

»Hier ist *Secure For Life Alarm Systems*«, sagte eine Frauenstimme. »Unser System zeigt einen Einbruch in Ihrem Haus an.«

»Ja, ich kann die Sirene hören. Haben Sie schon die Polizei alarmiert?«

»Ich musste mich erst vergewissern, dass es sich um unrechtmäßiges Eindringen handelt. Soll ich es über Notruf melden?«

»Ja, bitte.«

Kate zog sich an. Sie wies die Hunde an, im Flur zu warten, und eilte zu Muriels Zimmer. Die alte Dame war nicht aufgewacht.

Kate hastete zur Haustür. Durchs Fenster entdeckte sie das Blaulicht von zwei Streifenwagen.

Erst der Brief an ihrer Windschutzscheibe. Jetzt ein Einbruch.

Das war doch bestimmt kein Zufall.

Sobald Ethan von dem Einbruch erfuhr, würde er anrufen. Also rief sie ihn besser zuerst an.

Er nahm beim zweiten Klingeln ab. »Drake.« Wenn man bedachte, dass es drei Uhr nachts war, wirkte er überraschend wach.

»Hier ist Kate.«

»Was ist los?«

»Bei mir ist gerade jemand eingebrochen.«

»Wo bist du?« In seiner Stimme lag Angst.

»Keine Sorge. Ich bin nicht zu Hause. Ich bin bei Muriel.«

»Gott sei Dank. Hast du die Streife alarmiert?«

»Das hat die Sicherheitsfirma getan.«

»Kate, versprich mir, dass du dich nicht vom Fleck rührst. Geh nicht rüber. Die Polizisten werden sich um alles kümmern.«

Sie wollte unbedingt wissen, was in ihrem Haus passiert war. Dennoch willigte sie ein. »Okay. Aber du kommst doch auch?« Ihr Tonfall hatte etwas Flehendes, und sie kämpfte nicht dagegen an.

»Ich mache mich sofort auf den Weg.«

Als sie auflegte, fühlte sie sich plötzlich allein. Sie schlang die Arme um sich.

Hatte der Einbrecher gewusst, dass sie nicht zu Hause war? Oder hatte er ihr etwas antun wollen?

Ein Streifenpolizist kam zu den Richardsons herüber. »Ms Lange? Detective Drake hat mir gesagt, dass ich Sie hier finde.«

Sie nickte.

»Haben Sie einen Schlüssel, damit wir uns im Haus umsehen können?«

Sie kramte in ihrer Handtasche und fand den Schlüssel. Während der Polizist zu ihrem Haus zurückkehrte, blieb sie an der Haustür der Richardsons stehen und sah zu, wie die Männer ihr Heim durchsuchten.

Die beiden Hunde lagen vor ihr auf dem Fußabtreter.

Ethan kam sechs Minuten später, das Haar noch ganz zerzaust vom Schlaf, das T-Shirt linksherum übergestreift.

»Sie suchen gerade Haus und Grundstück ab«, sagte er.

Kate nickte.

»Mein Gott, Kate.« Er nahm sie in die Arme, und sie lehnte sich an ihn.

»Danke, dass du gekommen bist.«

»Erzähl mir, was passiert ist.« Er strich ihr übers Haar.

Sie trat einen Schritt zurück. »Ich weiß es nicht. Ich habe geschlafen. Die Alarmanlage hat mich aufgeweckt.« Sie fröstelte plötzlich. »Haben dir die Streifenpolizisten schon etwas gesagt?«

Er presste die Lippen aufeinander.

Oh, oh.

»Jemand hat dein Schlafzimmerfenster eingeschlagen …«

»Aber das ist im ersten Stock!«

»Er ist aufs Verandadach geklettert und hat einen Körner verwendet. Es ist ziemlich seltsam, Kate, es sei denn …«

»Es sei denn, er wollte zu mir.«

»Oder er wollte etwas aus deinem Schlafzimmer stehlen. Hebst du dort irgendetwas Wertvolles auf?«

Sie lachte, obwohl ihr nicht danach zumute war. »Nein. Das einzig Wertvolle hat hier bei mir geschlafen.« Ihr war schlecht. Wenn die Hunde nun drüben geblieben wären und jemand ihnen etwas getan hätte?

Sie schwankte. Ethan legte die Arme um sie. »Komm, wir setzen uns«, sagte er. »Ich mache uns einen Tee.«

Er führte sie in die Küche. Kate war vor Müdigkeit wie benommen – und vor Angst. Sie setzte sich auf einen Küchenstuhl und schaute zu, wie Ethan den Wasserkocher füllte.

»Ich muss dir etwas erzählen«, sagte sie leise. »Heute Morgen steckte eine Nachricht an meinem Auto.«

Er drehte sich blitzschnell zu ihr um. »Was für eine Nachricht?«

»›Dem Halifax-Schlächter bist du entkommen, mir entkommst du nicht.‹« Ihre Stimme zitterte leicht, als sie die Worte wiederholte.

»Himmelherrgott, Kate! Warum hast du mich nicht angerufen?«

»Als ich die Nachricht gefunden habe, kam es mir noch nicht wichtig vor.« Sie hörte ihn entnervt aufseufzen. »Ich dachte, es wäre ein Streich. Du weißt schon, von jemandem, der die Berichte im Fernsehen gesehen hat und mir Angst machen will. In dem Umschlag war ein Zeitungsfoto von mir.«

Ethan schaute sie an. »Und du hast keine Anzeige erstattet?«

»Nein.«

Oh Gott. Wie dumm sie gewesen war. Sie las es ihm an den Augen ab, aber eigentlich wusste sie es auch so. Der Eindringling hätte ihr etwas antun können. »Es tut mir leid, Ethan. Ich wollte es nicht aufbauschen.«

»Du kannst von Glück reden …«

Es klopfte an der Tür. Kate sprang auf und öffnete. Ein Streifenpolizist nickte Ethan zu und sagte: »Ms Lange, wir haben das gesamte Haus, den Garten und auch die angrenzenden Grundstücke durchsucht. In einem Ihrer Blumenbeete ist ein Fußabdruck, aber das ist alles. Wir haben einen Spürhund angefordert.«

»Ist etwas gestohlen worden?«

Der Polizist schüttelte den Kopf. »Das können Sie uns hoffentlich sagen. Von den üblichen schnell verkäuflichen Gegenständen fehlt nichts.«

»Natürlich. Ich komme gleich rüber.« Sie schaute die Treppe hinauf. Und wenn Muriel in der Zwischenzeit aufwachte?

Ethan erriet, weshalb sie sich sorgte, und wandte sich an den Streifenpolizisten. »Kann einer Ihrer Leute hier warten, falls Ms Richardson aufwacht? Sie ist oft verwirrt.«

Es fand sich jemand, der das übernahm, und fünf Minuten

später ging Kate zu ihrem Haus hinüber. Die Szene hatte etwas Surreales: flackerndes Blaulicht und überall auf dem Grundstück Uniformierte mit Taschenlampen.

Einer der Streifenpolizisten begleitete sie zum Eingang, und Ethan stieß die Tür vor ihr auf.

»Wir gehen das besser systematisch an«, sagte er.

»Erst wenn ich im Schlafzimmer war.« Kate eilte die Treppe hinauf und blieb in der offenen Schlafzimmertür stehen. Ethan war direkt hinter ihr.

»Verdammt«, sagte sie leise.

Die Scheibe des großen Fensters, das auf den Garten hinausging, war zerbrochen. Die Jalousie hing schief, einige Lamellen waren verbogen. Bei der Kommode in der Ecke waren die Schubladen halb herausgezogen, Kleidung schaute hervor. Kate ging hinüber.

»Sieh zuerst in der obersten Schublade nach«, sagte Ethan. »Die war durchwühlt, sagen die Kollegen von der Streife.«

»Woher wollen sie das wissen?«

»Der Inhalt lag auf dem Fußboden.«

Er trat ans Fenster und tat so, als würde er das Verandadach inspizieren, während Kate die Schublade öffnete. Drinnen herrschte Unordnung. Ihre BHs waren ganz zur einen Seite geschoben worden, die Höschen zur anderen.

Es sah ganz so aus, als hätte jeder im Haus schon in ihrer Wäsche gewühlt.

Sie ordnete die Stücke und zählte dabei nach. Ihre BHs waren allesamt noch da.

Wo war das schwarze Spitzenhöschen?

Und das rosafarbene?

»Alles okay?«, fragte Ethan.

»Nein. Es fehlen ein paar Teile Unterwäsche.« Sie schüttelte den Kopf. »Was für ein Perversling.«

Es schnürte ihr die Kehle zu.

Sie fühlte sich so … beschmutzt.

Sie schloss die Schublade und durchsuchte den Rest der Kommode in der Hoffnung, dass die fehlende Unterwäsche versehentlich in eine andere Schublade geraten war, als die Polizisten sich hier umgesehen hatten.

Aber nein. Die Unterwäsche war weg.

Sie konnte es nicht fassen.

Sie ging zum Kleiderschrank und öffnete die Türen.

Hier war nichts angerührt worden. Es sah alles noch so aus wie gestern.

»Kate.« Ethan sprach sanft, aber sie zuckte dennoch zusammen. »Die Kollegen von der Streife haben noch etwas gefunden. Auf deinem Bett.«

Es kribbelte ihr auf der Haut. »Was meinst du denn?« Sie ging hastig zum Bett. »Ich sehe nichts.«

Ethan reichte ihr eine Plastiktüte. Darin befand sich ein Blatt Papier. »Das hier lag auf dem Bett.«

Kate hielt es ins Licht.

Es war eine Zeichnung.

»Oh mein Gott.« Die Zeichnung stellte sie selbst dar. Als Pin-up-Girl. Nackt und in verführerischer Pose. Eine Männerfantasie.

Sie hatte das Gefühl, sich gleich übergeben zu müssen.

»Warum macht jemand so etwas Krankes?«, flüsterte sie. Sie drückte das Blatt an ihre Brust. Die frivole Nacktheit der Skizze hatte etwas Beschämendes. »Bitte zeig es niemandem.«

»Es tut mir leid, Kate.« Ethan berührte sie am Arm. »Das ist Beweismaterial.«

»Es ist demütigend. Jeder wird mich so sehen.«

Er nahm ihr die Tüte aus der Hand und umfasste ihr Gesicht. »Es tut mir so leid, Kate.«

»Wer mich auch ansieht, wird jetzt dieses nackte Pin-up vor Augen haben.« Die Tränen standen ihr in den Augen.

Ethan nahm sie in den Arm. »Es tut mir leid. Wir werden den Dreckskerl finden. Das verspreche ich dir. Aber bis dahin kannst du hier nicht übernachten. Und in Muriels Haus auch nicht.«

»Das muss ich aber. Muriel braucht mich.«

»Dann schlafe ich auf der Couch.« Den Dienstrevolver griffbereit vermutlich.

Der Gedanke hatte etwas sehr Tröstliches.

31

Kenzie stieg aus dem Bett und ließ die Decke hinter sich auf den Boden gleiten. Gestern Abend hatten sie vergessen, die Jalousien in Finns Schlafzimmer herunterzulassen, und nun schien die Morgensonne auf die hellen Eichendielen. Finn döste noch, das Gesicht im Kissen vergraben. Kenzie widerstand dem Drang, mit den Fingern über die glatten, muskulösen Glieder zu streichen, die unter der Decke hervorschauten.

Fu hatte die Nacht auf dem Rattansessel beim Fenster zugebracht. Jetzt hob er den Kopf. Kenzie legte den Zeigefinger an die Lippen. Fu winselte; er mochte nicht aufs Frühstück verzichten, nur weil Finn noch schlief.

»He.« Finn öffnete ein Auge. »Komm wieder ins Bett. Mir ist kalt.«

Kenzie warf ihm eine Kusshand zu. »Ich kann nicht. Tut mir leid. In einer Stunde habe ich den ersten Kunden.«

Er setzte sich auf. »Der Glückliche.«

Sie grinste. »Genau. Du hast es erfasst.«

Er ließ den Blick über ihren nackten Körper schweifen und freute sich offensichtlich an den natürlichen Formen wie an den Verschönerungen.

»Wo ist die Dusche?«, fragte sie und räkelte sich.

Seine Augen funkelten. »Komm, ich zeig sie dir.«

Vierzig Minuten später wartete Kenzie im Auto vor einer roten Ampel in der Robie Street. Ihr Haar war noch feucht, ihre Haut glühte und ihr Herz raste. Sie klappte ihr Smartphone auf und schaute nach neuen Nachrichten.

Sie hatte eine SMS bekommen.

Verdammt. Sie hatte alle SMS ignoriert, die er ihr gestern Abend gesendet hatte, aber anscheinend hatte er es immer noch nicht begriffen.

Sie warf das Telefon auf den Beifahrersitz. Sie würde ihm nicht den Gefallen tun, die Nachricht zu lesen.

Fu schaute sie an.

Sie blickte wieder zum Telefon. »Scheiße!«

Sie durfte McNally nicht einfach ignorieren. Dazu war er zu gefährlich. Sie griff nach dem Telefon, öffnete die SMS und machte sich auf obszöne Tiraden gefasst.

Aber es war ein Bild.

Ein Bild, das mehr sagte als tausend Worte. Und das eine unmissverständliche Botschaft enthielt.

Es war eine Zeichnung von Kate Lange in McNallys geliebtem Pin-up-Stil.

Ein Auto hupte. Sie schrak hoch, das Telefon rutschte ihr aus der Hand und fiel auf den Wagenboden. »Verdammt!« Die Ampel war grün. Sie trat aufs Gaspedal, und das Auto setzte sich so ruckartig in Bewegung, dass Fu auf dem Sitz nach hinten rutschte.

»Tut mir leid, mein Kleiner.«

Auf der restlichen Fahrt zu *Yakusoku Tattoo* beschäftigte sie nur ein Gedanke: McNally war durchgedreht.

Er wird dich niemals in Frieden lassen, Kenzie.

Und als Tattoo-Künstlerin kannst du dich nicht vor ihm verstecken.

Ihr schwirrte der Kopf. Sie saß in der Falle. Wenn die Polizei sie nicht schnappte, dann McNally.

So oder so: lebenslänglich.

Nein. Sie würde nicht zulassen, dass McNally ihr Leben ruinierte.

Und was war mit Kate Lange? Selbst wenn McNally ihr mit seinen idiotischen Abstechern zu ihrem Hotel nicht die Polizei auf den Hals hetzte, musste sie immer noch mit Kate rechnen. Was, wenn ihr die Ähnlichkeit zwischen Heather Rigbys Tattoo und dem ihrer Schwester auffiel?

Kenzie hob die Hand zu ihrem Hals. Sie strich sich über die Haut und stellte sich vor, wie ihr Koi aufwärts schwamm, unablässig weiter aufwärts.

Wie immer beruhigte sie der Gedanke.

Ich schaffe es den Wasserfall hinauf.

Sie würde sich weder von McNally noch von Kate Lange unterkriegen lassen.

Beide waren eine Bedrohung.

Aber wie konnte sie die Gefahr abwenden, ohne dass die Polizei etwas herausfand? Man war ihr auf der Spur. Sie stand schon unter Verdacht.

Denk nach, Kenzie.

Du bist schon einmal mit einem Mord davongekommen.

Das schaffst du auch ein zweites Mal.

Hell und gnadenlos drang das Morgenlicht durch die schweren Samtvorhänge im Hause Richardson. Kate lag im Bett und ließ ihren Augen Zeit, sich an das Licht zu gewöhnen. Irgendwer klapperte mit Geschirr.

Alaska trottete zu ihr und schnüffelte an ihrem Arm. »Hallo, mein Junge«, murmelte sie. Charlie wollte nicht zurückstehen, kam ebenfalls herüber und leckte Kate die Hand. »Hallo, Charlie.«

Und wieder war Geschirrklappern zu hören.

Machte Muriel vielleicht Frühstück?

Dann fiel ihr alles wieder ein: das Heulen der Alarmanlage, der Einbruch, die verschwundenen Höschen.

Die Zeichnung.

Die Geräusche in der Küche stammten höchstwahrscheinlich von Ethan. Kate zog sich eine Jeans und einen weiten Pullover über und band ihre Haare zu einem Pferdeschwanz zusammen. Ihrem Spiegelbild sah man an, dass sie nur drei Stunden geschlafen hatte.

Bäh. Sie musste unbedingt duschen.

Kate tupfte sich Concealer unter die Augen und ging schnell nach unten in die Küche.

»Guten Morgen«, sagte Ethan. »Das Frühstück ist fertig.«

Als sie verlobt waren, hatte sie diese Worte viele Male gehört. »Wow. Danke schön.«

Ethan verteilte Rührei auf die Teller, auf denen schon frisch aufgeschnittene Orangen lagen. »Der Toast ist gleich fertig.«

Die Cafetiere verströmte einen köstlichen Duft. Kate goss ihnen heißen Kaffee ein, während Ethan den Toast mit Butter bestrich. Sie setzten sich an den Tisch.

Ethan nahm einen großen Schluck Kaffee. »Das habe ich jetzt wirklich gebraucht.«

Er hatte letzte Nacht wahrscheinlich überhaupt nicht geschlafen. Sie kannte ihn, wenn er an einem Fall arbeitete. Außerdem beschäftigte ihn sicher die Frage, was die Geschehnisse der letzten Nacht zu bedeuten hatten … »Danke, dass du hergekommen bist«, sagte Kate. »Ich weiß das sehr zu schätzen.«

»Kate, ich möchte immer für dich da sein. Aber eins musst du wissen. Ich würde auch kommen, wenn wir nicht zusammen sind. Du bist mir wichtig. Und wirst es immer bleiben.«

Sie wurde rot. »Danke.«

Sie zwang sich, etwas von dem Rührei zu essen, obwohl sie keinen Appetit hatte. »Was meinst du: Was hatte der Eindringling letzte Nacht vor?«

Ethan seufzte. »Das war ein Stalker, Kate. Morgens steckt er dir eine Nachricht an die Windschutzscheibe. Dann geht er einen Schritt weiter, bricht in dein Haus ein und hinterlässt eine Zeichnung. Sein Verhalten steigert sich, das ist keine Frage.«

»Also … glaubst du, es ist nur ein Verrückter, der mein Foto in der Zeitung gesehen hat? Oder jemand, der mich wegen der Kampagne für Sterbehilfe ins Visier genommen hat?« Kate nippte an ihrem Kaffee.

Ethan zuckte mit den Schultern. »Schwer zu sagen. Hast du vor diesem Umschlag gestern schon irgendwelche seltsamen Nachrichten, Fotos oder Anrufe bekommen?«

Kate schüttelte den Kopf. »Ich habe mir jede Nachricht angesehen, die nach dem Fernsehinterview mit Frances Sloane bei mir in der Kanzlei eingegangen ist. Keine enthielt irgendwelche Drohungen.«

»Die müssen wir uns genauer ansehen. Ebenso die Online-Foren, in denen über Mrs Sloanes Fall diskutiert worden ist. Wir werden bei den Moderatoren nachfragen, ob irgendjemand Drohungen gegen dich gepostet hat.« Ethans Handy vibrierte. Er schaute nach der Nummer des Anrufers. »Ich muss los.«

Kate brachte ihn zur Tür. »Danke, Ethan.«

Er sah sie ernst an. »Du kannst mir danken, indem du mich anrufst, falls du weitere Nachrichten bekommst.«

»Das mache ich. Versprochen.«

»Kate, damit ist nicht zu spaßen. Ich weiß, du hast eine Menge durchgemacht, und du bist ganz klar eine toughe Frau, aber Stalker sind unberechenbar. Sie leben in einer Fantasiewelt. Man weiß nie, was sie als Nächstes tun. Also mach niemandem auf, der nicht ein enger Freund von dir ist.«

»Verstanden.« Seltsamerweise tat seine Warnung ihr wohl. Sie war mit dieser Sache nicht allein.

»Ich komme heute Abend wieder her. Gleich nach der Arbeit. Es sei denn, wir nehmen im Fall Rigby einen Verdächtigen fest …« Er schwieg einen Moment. »Weißt du jemanden, den du anrufen kannst, falls ich es nicht schaffe?«

»Ich rufe Finn an. Er ist sowieso an der Reihe, sich um Muriel zu kümmern. Wir werden alle zusammen hier übernachten.«

»Gut.« Er beugte sich vor und küsste sie auf die Wange. »Ich rufe nachher mal an.«

»Danke.« Die Worte klangen beruhigend vertraut.

»Und schließ hinter mir ab.«

Kate lächelte. »Mache ich.«

Im Gehen nahm er das Telefon aus der Gesäßtasche. Kate sah zu, wie er bei seinem Wagen stehen blieb und ihr Haus, ihr Grundstück und die angrenzenden Häuser betrachtete. Sicher fragte er sich das Gleiche wie sie: Wer war dieser Einbrecher?

Und was würde er als Nächstes unternehmen?

Ethan stieg ins Auto und winkte ihr ein letztes Mal zu, bevor er die Straße hinunterfuhr und verschwand.

Kate schloss sorgfältig ab. Im hellen Morgenlicht schien es ihr albern. Aber sie hatte es versprochen.

Muriel war offenbar Langschläferin. Kate ging auf Zehenspitzen ins Bad.

Nach einer ausgiebigen, erfrischenden warmen Dusche zog sie sich fürs Büro an. In zehn Minuten sollte Corazon da sein. Als Kate sich eben noch etwas Concealer unter die Augen tupfte, klingelte ihr Handy.

Sie schaute nach der Nummer. Es war Nat. »Rufst du wegen letzter Nacht an?«, fragte Kate. Die Medien würden sich wie die Geier auf die Geschichte stürzen.

»Nein. Was ist denn passiert?«

Kate erzählte ihr von dem Einbruch. Eigentlich hätte sie ihr gern auch von dem Brief und der Zeichnung berichtet, aber Nat war nicht nur ihre Freundin, sondern auch Reporterin.

Kate wollte sie gar nicht erst in die Situation bringen, eine potenzielle Topmeldung für sich behalten zu müssen.

Also erwähnte sie es nicht.

»War es ein zufälliger Einbruch?«, fragte Nat. »Ist etwas gestohlen worden?«

»Nicht viel.« Das stimmte ja. Nur zwei Spitzenhöschen. Kate wünschte, sie könnte Nat davon erzählen. »Die Alarmanlage ging los, und er ist weggerannt.«

»Na, du hältst die Polizei ja ganz schön in Atem. Jetzt der Einbruch, und vorher schon deine Mandantin.«

Kate horchte auf. »Was meinst du damit?«

»Deswegen rufe ich ja an. Gestern früh war die Polizei bei deiner Mandantin. Genauer gesagt, Ethan war dort.«

Natürlich, Mrs Sloane wohnte nicht weit von dem Ort, wo man Heather Rigby gefunden hatte. Da lag es nahe, dass die Polizei sie aufsuchte. »War es die übliche Rundfrage in der Nachbarschaft?«

»Das weiß ich nicht. Aber ich denke, eher nicht. Die Polizei hält sich außergewöhnlich bedeckt.«

So wie Ethan ihr gegenüber.

Und so muss es auch sein, Kate. Du bist Frances' Anwältin. Ethan ist Polizist und ermittelt im Fall Rigby.

Sie hatten beide ihre beruflichen Pflichten.

»Weißt du, wen sie dort befragt haben?«

»Frances Sloane.« Nat schien überrascht. »Sie wohnt doch als Einzige da, oder nicht?«

»Schon, aber ihre Tochter ist zu Besuch in der Stadt …«

Und Kate konnte sich vorstellen, für welches Mitglied der Familie Sloane sich die Polizei interessierte.

Für Kenzie.

Die damals ungefähr so alt gewesen sein musste wie das Mordopfer.

Die durchaus fähig war, das Leben eines jungen Mädchens zu ruinieren, wie Kate aus eigener Erfahrung wusste.

War Heather Rigby etwas Ähnliches zugestoßen?

»Kommt das heute in den Abendnachrichten?«

»Jede Wette. Die Leute haben geradezu Schlange gestanden, um Aufnahmen von der Zufahrt zu Frances Sloanes Haus zu machen.«

Verdammt.

Kate hatte die Hoffnung noch nicht aufgegeben, dass Harry Owen seine Meinung ändern würde, wenn sie ihn zu einem Treffen mit ihrer Mandantin überreden konnte.

Aber wenn Frances' Tochter in einem so aufsehenerregenden Fall wie diesem zu den Tatverdächtigen zählte, würde er nichts mit ihr zu tun haben wollen.

Oh Gott. Was für ein Desaster. »Danke, Nat. Ich muss jetzt los.«

»Kein Problem. Aber denk dran, wenn deine Mandantin wegen des Mordes an Heather Rigby eingelocht wird, darf ich exklusiv darüber berichten. Du weißt schon, eine Hand wäscht die andere.«

Kate lachte. »Nat, sie hat niemanden umgebracht. Sie ist dazu gar nicht in der Lage.«

»Und warum war dann die Polizei bei ihr?«

»Das weiß ich nicht.« Kate durfte nicht einfach Kenzie ins Spiel bringen. Das könnte die Ermittlungen der Polizei behindern, und beim Fall Lisa MacAdam hatte sie auf schmerzliche Weise erfahren müssen, wie wichtig es war, sich da herauszuhalten.

Aber ihre eigene Mandantin durfte sie schützen.

Wenn das dazu führte, dass die Medien sich demnächst auf jemand anders mit Namen Sloane konzentrierten, dann ließ sich das nicht ändern.

32

Kenzie lockerte ihre Schultern und sog neue Tinte in die Maschine. Sie ertappte sich dabei, wie sie zu ihrer Handtasche hinüberschaute. Obwohl sie die SMS von McNally gelöscht hatte, kam ihr das Handy nun wie eine tickende Zeitbombe vor.

Ihr Kunde lag mit geschlossenen Augen auf dem Rücken. Je weiter das Tattoo voranschritt, desto wortkarger war er geworden. Die Rippengegend war sehr empfindlich, deshalb arbeitete Kenzie so schnell wie möglich. Bei den Konturen der *Hannya*-Maske hatte ihr Kunde noch gut durchgehalten. Aber die Schattierungen zermürbten ihn. Jetzt, nach drei Stunden, war die Arbeit fast beendet. Und Kenzie war mit den Nerven fertig.

Über die Jahre hatte sie viele *Hannya*-Masken tätowiert. Es war eine traditionelle japanische Theatermaske, die bis ins vierzehnte Jahrhundert zurückreichte, und galt als Symbol für Glück, obwohl sie eigentlich den dämonischen Zorn einer betrogenen Frau darstellte. Die Hörner, die hervortretenden Augen, der finstere Gesichtsausdruck – das alles hatte Kenzie nie gestört.

Bis heute.

»Die Polizei hat herausgefunden, dass das Mordopfer Heather Rigby eine Hexenmaske aus Gummi trug, als man ihre Leiche im Moor am Chebucto Head versteckt hat.« In der Zeitung, im Radio, im Fernsehen, überall wurde ständig über diesen letzten grausamen Akt des Mörders berichtet.

Als Kenzie abgedrückt hatte, hatte Heather keine Maske getragen.

Kenzie wäre es lieber gewesen. Dann hätte sie nicht das Entsetzen in ihren Augen gesehen, das schmerzverzerrte Gesicht, das Blut, das ihr aus dem Mund quoll und den Hals hinunterrann.

Kenzies Hand zitterte. Etwas rote Tinte lief über den Brustkorb ihres Kunden.

Blut strömte aus der Wunde in Heathers Brust und formte mehrere Rinnsale entlang ihrer Rippen.

Der beißende Geruch von Verbranntem stieg Kenzie in die Nase. Erst da wurde ihr klar, dass sie eine Kugel abgefeuert hatte.

»Scheiße!«, rief Lovett.

Aus Heathers Kehle drang ein Stöhnen. Voller Furcht sah sie Kenzie in die Augen. Hilf mir, *flehte ihr Blick.*

Hilf mir.

McNally schaute Kenzie triumphierend an. »Scheinst Glück gehabt zu haben«, sagte er.

Heather keuchte und hustete, versuchte, trotz des Bluts in ihrer Kehle zu atmen.

Sie würde gleich sterben.

Sie wusste es, Kenzie wusste es, Lovett und McNally wussten es.

Kenzie taumelte zur Seite und tastete sich durch die niedrige Tür ins Freie.

»Wo gehst du hin, Kenz?«, fragte McNally atemlos. »Du verpasst noch das große Finale!«

Und dann rief er hinter ihr her: »Kenzie, ich mach das für dich! Komm zurück!«

Als sie den Hang hinunterstolperte, wehte ihr warme feuchte Luft entgegen. Vor ihr lag das Moor. Still. Wachsam.

Darüber Nebel, der sie lockte, aber auch abschreckte.

Weit hinter ihr rief McNally: »Hol sie zurück, Lovett!«

Sie lief weiter, auf die Torfbuckel hinaus, und ihre Füße ver-

sanken in schwammigem Boden. Der Nebel kroch ihr über die Haut, unter die wenige Kleidung, die sie noch trug. Durch die Nässe wurde ihr kalt, sie begann zu zittern und mit den Zähnen zu klappern.

Sie spürte nichts mehr von der Erregung, die das Kokain in ihr ausgelöst hatte – sodass jede ihrer Zellen pulsierte und der tätowierte Rabe in ihrem Nacken mit den Flügeln schlug, im Einklang mit dem Pochen ihres Herzens. Der Nebel schloss sich um sie, vertrieb auch den letzten Rest Adrenalin aus ihrem Körper und ließ eine feuchte Kälte zurück, die ihr bis in die Knochen drang.

Ihr würde nie wieder warm werden.

Sie war der Verzweiflung nahe. Sie kam zu langsam vorwärts. Das Moor hatte sie hereingelegt, es hatte versprochen, ihre Fußspuren zu verbergen, aber saugte nun an ihren Stiefeln und hielt sie fest.

Lovett. Wo war Lovett?

Sie schaute zurück.

Hinter ihr war er nicht.

Sie atmete ein wenig leichter. Er hatte den Pfad an den Klippen entlang genommen.

Sie stolperte durch das Moor Richtung Wald. Der Nebel dämpfte alle Geräusche: das Platschen, wenn sie durch Wasserlöcher watete, den dumpfen Aufschlag, wenn sie hinfiel, ihre panischen, keuchenden Atemzüge.

Erst als sie den Wald erreicht hatte, hörte sie Wasser spritzen.

Lovett hatte seinen Fehler erkannt. Er war umgekehrt.

Er war ins Moor gelaufen.

Hatte der Nebel sie bisher geschützt, so verbarg er nun ihren Verfolger.

Sie durfte nicht stehen bleiben, auch wenn sie ganz außer Atem war.

Die Äste der Büsche schlugen ihr ins Gesicht und verfingen sich in ihren Haaren.

An einem Ast hätte sie sich beinahe ein Auge ausgestochen.

Aber sie ließ den Wald hinter sich und fand den Weg zur Straße.

Erst da fiel ihr auf, dass sie immer noch die Waffe in der Hand hielt.

Kenzie bekam kaum noch Luft. Sie beugte sich über ihren Arbeitsplatz und versuchte sich zu sammeln. Nach einigen tiefen Atemzügen wischte sie ihrem Kunden die überschüssige Tinte ab.

Die *Hannya*-Maske war beinahe fertig. *Kenzie, bring es hinter dich. Und dann tätowierst du nie wieder eine* Hannya-*Maske.*

Sie musste nur noch die Augen der Maske bearbeiten. Kenzie tauchte die Nadel in schwarze Tinte und betätigte das Pedal der Tätowiermaschine. Zuerst würde sie die Umrisse der Iris zeichnen. Ihre Hand bewegte sich rasch und ohne zu zittern. Sie konzentrierte sich auf kleine Details und betrachtete die Tätowierung nie als Ganzes. So hatte die Maske keine Macht über sie.

Jetzt fehlten nur noch die gelben Akzente. Auf ihrer Oberlippe stand feiner Schweiß. Sie tauchte die Nadel in die Tinte und füllte die Spitze.

Sie dehnte die tätowierte Haut und bewegte die Nadel auf die Iris zu. Die hervorquellenden Augen blickten anklagend. Wütend. Rachsüchtig.

Es waren McNallys Augen.

Heathers Augen.

Imogens Augen.

Die Augen von Detective Drake.

Oh Gott. Ich werde verrückt.

Ihre Hand zitterte so stark, dass sie die Tätowiermaschine sinken ließ.

»Ich brauche nur schnell einen Schluck Wasser«, sagte sie zu ihrem Kunden und eilte zur Toilette.

Sie schloss hinter sich ab und drückte ein nasses Papierhandtuch an ihre Wangen. Zugleich betrachtete sie sich im Spiegel. Der Koi, der sich beschützend um ihren Hals wand, sah genauso aus wie immer.

Doch ihr Leben hatte sich verändert. Die Polizei ermittelte. Die Medien schlachteten die Geschichte voll aus.

Die Tätowierung war entdeckt worden.

Aber nicht das war der Grund, weshalb sie vor Angst Bauchschmerzen hatte.

Sondern die Zeichnung, die ihr McNally heute früh geschickt hatte.

Damit gab er ihr zu verstehen, dass er wieder zuschlagen wollte.

Ihr kam ein Gedanke. Sie hielt den Atem an, und ihr Herz begann zu rasen.

McNally wollte Kate Lange umbringen.

Da könnte sie doch zwei Fliegen mit einer Klappe schlagen.

Sie würde einfach so tun, als wollte sie bei seinem Plan mitmachen, dieser lächerlichen Fantasievorstellung, Imogen Langes Tod nachzustellen.

Sie würde ihn Kate Lange umbringen lassen.

Danach würde sie ihn töten.

Mord mit anschließendem Selbstmord. Die Polizei würde denken, McNally hätte erst Kate und dann sich selbst umgebracht.

Oh Gott.

Das wäre die perfekte Lösung.

Ihr Koi kam gegen jeden Wasserfall an.

33

Als Ethan den Einsatzraum betrat, standen Ferguson, Liscomb und Lamond schon dort und sichteten Fotos. Ferguson blickte auf. Ihre Augen leuchteten. »Ethan, die Spurensicherung hat einen Volltreffer gelandet.«

Liscomb grinste. »Wir haben ein Haar gefunden.«

»Wo?«

»Auf der Innenseite der Halloweenmaske. Sie erinnern sich doch sicherlich: Weil die Oberhaut sich abgelöst hatte, saßen die Haare nicht mehr fest. Viele hingen aber noch in der Maske. Rigby hatte schulterlanges mittelbraunes Haar. Wir haben jedoch auch ein Haar gefunden, das acht Zentimeter länger ist, und unter dem Mikroskop waren darin Phäomelanin-Pigmente zu erkennen. Die findet man bei *rotem* Haar.«

Ethans Puls schnellte in die Höhe. »Können Sie DNA isolieren?« Das wäre die Trumpfkarte unter den Beweismitteln.

Liscomb schüttelte den Kopf. »Leider nicht. Der Haarfollikel war offenbar in der Telogenphase.« Das bedeutete, dass das Haar die Wachstumsphase schon hinter sich hatte und sich auf natürliche Weise von der Kopfhaut gelöst hatte. »DNA bekommt man nur, wenn noch Gewebe am Follikel haftet. Aber selbst wenn das Haar ausgerissen worden wäre, hätten wir in diesem Fall vermutlich keinen Erfolg gehabt.«

Ohne DNA konnte man anhand von Haarfunden zwar Personen unterscheiden oder jemand mit dem Leichenfund in Verbindung bringen, aber für eine Verurteilung reichten sie allein nicht. Durch das unterschiedliche Können der Experten, das Alter des Beweisstücks und die Umweltfaktoren kamen zu viele Variablen ins Spiel, als dass man auf die mikroskopische Untersuchung eines einzigen Haars ein Urteil gründen könnte.

»Aber immerhin haben wir mit diesem Haar nun ein Indiz, dass Kenzie Sloane an der Tat beteiligt war.«

Ferguson nickte. »Sie hat letzte Nacht aus ihrem Hotel ausgecheckt. Im Moment arbeitet sie bei *Yakusoku Tattoo*.«

»Und wo wohnt sie?«

Ferguson schaute ihn an. »Bei einem Hundeausführer namens Finn Scott.«

Soll das ein Witz sein? »Was haben die beiden miteinander zu tun?«

»Sie hat ihn tätowiert. Und er führt ihren Hund aus.«

»Und jetzt ist sie bei ihm eingezogen? Mannomann, ganz schön dienstleistungsorientiert, der Typ«, murmelte Lamond.

Ethan fragte sich, was Kate wohl von dieser Wendung halten würde. Er wusste, dass ihr Hundeausführer Finn ziemlich viel Zeit bei ihr zu Hause verbrachte. Sie würde bestimmt nicht begeistert sein, dass die Frau, die ihre Schwester zum Drogenkonsum verleitet hatte, nun bei ihm wohnte, wenn auch nur für kurze Zeit.

»Ich finde, wir sollten sie herholen«, sagte Lamond.

Ethan fing Fergusons Blick auf. Sie konnten Kenzie ohne richterlichen Beschluss vorläufig festnehmen und vierundzwanzig Stunden lang zur Vernehmung festhalten. Danach mussten sie entweder das Belastungsmaterial einem Richter vorlegen oder sie ziehen lassen. Wenn sie sie zu früh festnahmen, konnte es sein, dass die Beweise nicht für eine Anklage reichten.

Aber sie wusste etwas. Das spürte Ethan. Wenn sie Halifax erst einmal verlassen hatte, würden sie Heathers Mörder vielleicht niemals fassen.

Vor allem dann, wenn Kenzie die Mörderin war.

»Ich stimme Lamond zu«, sagte Ferguson. »Holen wir sie her, bevor sie sich aus dem Staub macht.«

Ethan nickte. »Am besten schicken Sie Redding zu Finn Scotts Wohnung, damit er sie festnimmt.«

Redding gehörte nicht zum Ermittlerteam. Auf diese Art schützten sie sich gegen den Vorwurf, die Angeklagte sei gleich an Ort und Stelle befragt worden, was dazu führen konnte, dass spätere Aussagen für unzulässig erklärt wurden. Außerdem wollte Ethan wegen Finns Verbindung zu Kate die Festnahme nicht selbst durchführen.

»Vermutlich haben wir Ms Sloane gegen Abend hier«, sagte er. »Ich übernehme die Befragung. Lamond, Sie beobachten.« Lamond würde über Video zuschauen und Ethan mit seinen Hinweisen bei der Gesprächsführung unterstützen.

Ethan stand auf. »Leute, besorgt euch was zu essen. Das wird eine lange Nacht.« Er verließ den Raum. Er musste Kate anrufen und ihr mitteilen, dass er heute Abend nicht vorbeikommen konnte.

Kenzie räumte ihren Arbeitsplatz auf, ihre Handgriffe waren geübt und routiniert. Sie hatte McNallys SMS gelöscht, aber sicher würde er sie heute Abend abpassen.

Und dann …

Ein Schauder lief ihr über den Rücken.

Du schaffst das.

Du hast es schon einmal geschafft.

Sie rollte Fus Decke zusammen und stopfte sie in ihre Tasche. Fu kratzte an ihrem Bein. Sie hob ihn hoch.

»Ab morgen sieht uns diese verdammte Stadt nie wieder«, flüsterte sie ihrem Mops ins Ohr. Er gab ein langes, zufriedenes Grunzen von sich. Seine Wärme, sein kleiner, fester Körper, sein Herzschlag – all das beruhigte sie jedes Mal.

Sie klopfte an die Tür zu Yoshis Büro.

Er schaute von seinem Zeichentisch auf. »Hallo.«

»Hallo.« Sie schloss die Tür hinter sich. »Ich muss heute abreisen.«

»Was ist los?« Er wirkte besorgt, aber nicht überrascht.

Er hatte schon damit gerechnet.

»Ich will nach Hause. Tut mir leid, dass ich deine Kunden hängen lasse.« Sie lächelte entschuldigend. »Aber dieser Besuch war die reine Hölle.«

Er legte seinen Stift beiseite. »Was ist passiert, Kenzie?«

Sie konnte sich ihm nicht anvertrauen, so gern sie es sich auch von der Seele geredet hätte. »Tut mir leid, es ist was Persönliches.«

»Ich habe mitbekommen, wie die Polizei dich gestern befragt hat. Und vor ein paar Tagen waren sie schon einmal wegen einer Zeichnung hier.«

Sie erstarrte. »Einer Zeichnung?« Sie räusperte sich. »Was für eine Zeichnung?« Aber sie wusste es. Sie wusste, was das für eine Zeichnung war.

Sie hatte das Motiv schon einmal frisch tätowiert und blutend an Heathers Nacken gesehen.

Sie hatte jede Linie und jeden Winkel mitverfolgt. Hatte frohlockt, weil das Warten vorbei war.

Weil Heather nun das Zeichen trug.

Das Spiel konnte beginnen.

»Es war ein Rabe«, sagte Yoshi leise.

Er sah ihr in die Augen. Bestimmt erinnerte er sich an das Raben-Tattoo an Kenzies Nacken. Sie hatte ihn vor Jahren gebeten, es mit einer Pfingstrose zu überdecken. Er musste bemerkt haben, dass Heathers Rabe genauso aussah.

»Hast du ihnen das gesagt?«

Er fuhr sich mit der Hand über die kurzen Haare. »Es tut mir leid, Kenzie. In dem Moment habe ich die Verbindung noch nicht erkannt …«

Sie sprang auf. »Es gibt keine Verbindung. Überhaupt keine. Solche Tattoos haben viele Leute.«

»Das werde ich der Polizei auch sagen, wenn man mich danach fragt«, sagte er ruhig. »Ich habe nichts davon erwähnt, dass ich das Motiv schon einmal gesehen hatte.« Er ließ die Worte nachwirken. »Kenzie, steckst du in Schwierigkeiten? Kann ich dir irgendwie helfen?«

Sie schüttelte den Kopf. »Nein. Ich muss nur zurück nach Hause. Es kommt schon alles wieder in Ordnung.«

»Gute Reise.« Yoshi kam um den Tisch herum und umarmte sie.

»Danke, Yoshi«, flüsterte Kenzie. »Du bist ein echter Freund.«

Sie nahm Fu auf den Arm und verließ das Büro.

Es dauerte einen Moment, bis ihr Verstand begriff, was ihr Unterbewusstsein sofort registriert hatte: Nacheinander hörten alle Tätowiermaschinen auf zu summen. Im Raum herrschte völlige Stille. Bis auf die Schritte von zwei Männern, die auf sie zukamen. Einer war ein uniformierter Polizist. Der andere war auffallend groß und trug einen Anzug.

Fu wand sich in Kenzies Griff und fing an zu bellen.

Sie setzte ihn auf den Boden. »Ruhig, Fu.«

Der große Mann blieb vor ihr stehen und versperrte ihr damit den Weg. Der Uniformierte näherte sich ihr von der Seite. Fu schob sich zwischen Kenzies Fuß und die Männer und Hund schaute sie von unten herauf finster an, mit tiefen Furchen in der Stirn. In jedem anderen Moment hätte Kenzie darüber gelächelt.

»Kenzie Sloane?«

Sie schluckte. »Ja.«

»Ich bin Detective Constable Redding vom Halifax Police Department.« Er zeigte seine Dienstmarke vor. »Ich verhafte Sie wegen des Mordes an Heather Catherine Rigby.«

Man hörte, wie vorne im Laden ein Kunde nach Luft schnappte.

Oh, leck mich am Arsch.

Der Rest von dem, was der Detective sagte, klang derart bekannt – Kenzie hatte es schon x-mal im Fernsehen gehört –, dass sie gar nicht merkte, dass die Worte ihr galten, bis der Detective sie bat, das Gesagte zu wiederholen.

»Ich?«, fragte sie. Warum sollte sie das nachsprechen?

Sie konnte es nicht.

Er sagte alles noch einmal auf und forderte sie erneut auf, es zu wiederholen. Erst da gelang es ihr, die Belehrung in eigenen Worten wiederzugeben.

Der Streifenpolizist legte ihr Handschellen an und ließ sie zuschnappen. Da begriff Kenzie endlich, was vorging.

»Fu! Was wird aus meinem Hund?«, fragte sie den Detective.

Er schaute sich im Studio um. »Kann sich jemand für vierundzwanzig Stunden um Ms Sloanes Hund kümmern?«

Kenzie suchte zwischen all den Gaffern nach Yoshi. Er stand etwas am Rand und sah sie durch seine John-Lennon-Brille bestürzt an. Vor Scham stieg ihr die Röte ins Gesicht.

»Yoshi, kannst du Finn anrufen und ihn bitten, auf Fu aufzupassen?« Ihre Stimme zitterte leicht. Sie hielt ihm Fus Leine hin.

Ihr guter, treuer Freund eilte herbei. Dabei schaute er sie so traurig an, dass ihr schwer ums Herz wurde.

Aber das war nichts im Vergleich dazu, wie sie sich fühlte, als die Polizisten sie abführten und sie die Panik in Fus Augen sah.

Er zerrte so stark an der Leine, dass es ihm den Hals abschnürte. Sie schaute besorgt zurück. »Alles in Ordnung, Baby«, rief sie.

Sein Blick war ein einziges Flehen.

Komm zurück.

Es zerriss ihr das Herz.

34

Kate beugte sich vornüber und umfasste ihren Oberschenkel. Das Bein machte ihr wieder Probleme. Während der Joggingrunde und auf dem Rückweg zu Enids und Muriels Haus hatte sie durchgehalten, aber nun bekam sie die Rechnung dafür. Von der Stelle, an der sie im vergangenen Jahr durch ein Skalpell verwundet worden war, zog sich ein starker, brennender Schmerz durch den ganzen Oberschenkel.

Finns Transporter bog in die Einfahrt ein. Finn sprang heraus und lief zum Haus. »Kate! Kate!«

Kate richtete sich auf, und er blieb vor ihr stehen. Er war rot im Gesicht, seine Haare waren zerzaust, und er wirkte völlig aufgelöst. Ganz anders als sonst.

Kates Herz fing an zu klopfen. So aufgeregt hatte sie Finn noch nie erlebt.

»Ist alles in Ordnung?«

»Nein. Nein, überhaupt nicht.« Er fuhr sich mit der Hand durch die Haare. »Es geht um Kenzie.«

»Was ist mit ihr?«

»Sie ist heute Abend festgenommen worden.«

Kate war überrascht. Nicht weil Kenzie festgenommen worden war, sondern weil es so schnell gegangen war.

Vermutlich hatte die Polizei Kenzie von Anfang an auf dem Radar gehabt. »Weswegen?«

Er holte tief Luft. »Wegen des Mordes an dieser Frau, die im Moor gefunden wurde. Heather Rigby.« Er schaute Kate ungläubig an. »Ich kann es einfach nicht fassen.«

Kate wusste nicht, was sie antworten sollte.

»Wo hat die Polizei sie festgenommen?«

»In dem Tattoo-Studio, wo sie gearbeitet hat«, antwortete er ein wenig trotzig.

Kate überlegte. »Also ist sie jetzt auf dem Polizeirevier?«

»Ja. Kate, du musst ihr helfen.«

»Puh.« Kate schüttelte den Kopf. »Das kann ich nicht machen, Finn.«

»Warum nicht?«

»Ich vertrete ihre Mutter.«

Finn fuhr sich erneut durchs Haar und starrte sie an. »Warum kannst du Kenzie denn nicht auch vertreten?«

In seiner Ahnungslosigkeit schien er sicher, dass Kenzie ihr Schicksal Kate anvertrauen würde. Kate bezweifelte das – aber selbst wenn es so wäre, wollte sie Kenzie nicht als Mandantin annehmen, auch wenn bisher noch kein Widerspruch zwischen Frances' und Kenzies Anliegen erkennbar war. »Weil das schnell unübersichtlich werden könnte«, sagte sie.

»Was meinst du damit?« Seine offenkundige Skepsis kränkte sie. Er dachte offenbar, dass sie aus persönlichen Gründen ablehnte. Und das stimmte nicht, obwohl es wahrlich genug Gründe gegeben hätte.

Sie antwortete bewusst sachlich. »Was ist, wenn Frances auch zu den Verdächtigen zählt? Dann entsteht ein Interessenkonflikt. Oder angenommen, Kenzies Mutter ist eine Zeugin?«

Was durchaus möglich schien.

Finn stöhnte auf. »Oh, Scheiße.«

»Es gibt Hunderte von Anwälten in Halifax.« Kate räusperte sich. »Und die meisten haben mehr Erfahrung im Strafrecht als ich.«

»Sie hat es nicht getan, Kate.« Die Verzweiflung in Finns Blick versetzte ihr einen Stich. »Ich weiß, dass sie unschuldig ist. Ich will nicht, dass sie das Gleiche durchmacht wie Randall Barrett!«

Es ist nicht *das Gleiche.* »Hat sie überhaupt schon nach einem Anwalt gefragt?«

»Nein. Sie sagt, sie will keinen.«

»Wenn sie keinen will, kannst du sie nicht dazu zwingen.«

»Ich kann es aber versuchen«, sagte Finn. »Bitte, Kate.« Finn hatte sie noch nie so flehend um etwas gebeten. *Verflucht.* Er war ihr Freund. Er hatte ihr schon so oft und auf so viele Arten geholfen, dass sie es ihm nie vergelten konnte. Und er hatte dafür nie eine Gegenleistung verlangt.

Bis heute.

»Hör zu, ich kann sie wirklich nicht vertreten. Bitte glaub mir, wenn ich könnte, würde ich dir helfen.« Das meinte sie ernst. »Aber ich kann dir den besten Anwalt für Strafrecht in der ganzen Stadt empfehlen.«

»Eddie?«

»Genau, Eddie.« Sie holte ihr Handy hervor. Normalerweise trug sie es nicht ständig bei sich, aber seit dem Einbruch letzte Nacht tat sie keinen Schritt mehr ohne das Telefon. »Ich rufe ihn an.«

In Finns blauen Augen leuchtete ein wenig Hoffnung auf. Kate wählte Eddies Nummer. Dabei schaute sie in ihren Vorgarten und bemerkte zerstreut, dass die Tulpen schon Knospen trugen.

Eddies knurrige Stimme meldete sich nach dem dritten Klingeln. »Bent.«

»Hier ist Kate.« Sie sah kurz zu Finn hinüber. Immer noch dieser besorgte und zugleich hoffnungsvolle Blick. Sie schaute wieder die Tulpen an. »Hör zu, Finn ist hier. Er hat mir erzählt, dass Frances Sloanes Tochter Kenzie gerade wegen des Mordes an Heather Rigby festgenommen wurde.«

»Und?«

Die Antwort war typisch für Eddie. Er nahm Informationen sofort auf, gab aber nie preis, was er davon hielt.

»Finn möchte, dass du sie vertrittst.«

»Wo ist sie jetzt?«

»Auf dem Polizeirevier.«

»Sag Finn, ich bin in einer halben Stunde da. Und bitte ihn, Ms Sloane meine Telefonnummer zu geben.«

»Danke, Eddie«, sagte Kate. »Wenn du mit ihr geredet hast, magst du dann zum Abendessen rüberkommen? Ich bin bei Muriel und Enid.«

»Das könnte aber eine Weile dauern.«

»Es gibt einfach ein paar Neuigkeiten.« Sie hatte ihm noch nichts von dem Einbruch und dem Stalker erzählt. Sie schaute Finn an. Ihm hatte sie es auch noch nicht gesagt. Aber dies war definitiv nicht der richtige Zeitpunkt.

»Okay, ich komme vorbei, wenn ich mit Kenzie Sloane alles geklärt habe.«

»Bis dann.« Sie legte auf und wandte sich an Finn.

»Eddie ist dabei.« Finn wirkte erleichtert. »Er will sich im Polizeirevier mit dir treffen. Und du sollst Kenzie seine Telefonnummer geben. Hast du einen Stift?«

Er zog einen aus der Gesäßtasche seiner Jeans. »Ich schreib sie mir auf die Hand.«

Kate gab ihm die Nummer.

Er lächelte. »Danke, Kate. Ich weiß das wirklich zu schätzen.«

Dass er so dankbar war, machte sie traurig. *Er hat keine Ahnung, was hier vor sich geht.*

Sie rang sich ebenfalls ein Lächeln ab. »Du kriegst den besten Anwalt von allen.« Sie begleitete ihn zu seinem Wagen. »Halt mich auf dem Laufenden. Wenn ich irgendetwas für dich erledigen soll, sag Bescheid.«

»Danke, Kate.« Er umarmte sie hastig.

Sie erwiderte die Umarmung. »Übrigens, war Kenzie gestern Nacht bei dir?«

»Ja.«

»Die ganze Nacht?«

Er errötete. »Ja. Weshalb?«

»Ich bin nur neugierig.« Sie lächelte ihm zu. »Mach dir keine Sorgen. Kenzie ist in den allerbesten Händen.«

Sie umarmte ihn schnell noch einmal, und dabei streiften ihre Finger den Verband auf seinem Schulterblatt. Sie hatte gehofft, das würde die einzige Wunde bleiben, die Kenzie ihrem Freund beibrachte.

Aber vermutlich war es nichts verglichen mit dem, was noch auf ihn zukam.

35

Finn saß auf einer lackierten Holzbank im Eingangsbereich des Polizeireviers. Er hatte den Kopf gegen die Wand gelehnt und trommelte mit den Fingern auf seinem Knie herum. Eddie kannte Finn nicht besonders gut, aber er hatte den Hundeausführer noch nie so angespannt erlebt. Als Eddie die schwere Eingangstür aus Holz öffnete, sprang Finn sofort auf.

»Kenzie hat mich gerade angerufen …«

Eddie fiel auf, dass Kenzie Sloane lieber Finn anrief als ihre todkranke Mutter.

»Ich habe ihr gesagt, dass Sie herkommen.«

»Und?« Er wischte sich ein wenig Zigarettenasche vom Hemd.

»Sie sagt, sie will mit Ihnen reden.«

»Okay, dann gebe ich am Empfang Bescheid, dass ich mit ihr sprechen will.«

Man merkte Finn die Erleichterung deutlich an. »Sie hat nichts Unrechtes getan. Sie müssen der Polizei klarmachen, dass sie die Falsche verhaftet haben.«

»Wissen Sie, im Moment können wir beide nicht viel für Kenzie tun, Finn. Ich kann ihr den Rat geben, nicht auszusagen, aber das ist auch alles. Jedenfalls bis formell Anklage erhoben wird.«

Er ging zum Empfang. Der Constable dort hatte sie bereits die ganze Zeit beobachtet und ganz offen versucht, ihre Unterhaltung mit anzuhören. Sie redeten schließlich in aller Öffentlichkeit miteinander, und in der Liebe und im Krieg war alles erlaubt. Jedermann wollte, dass Heather Rigbys Mörder gefasst und bestraft wurde. Noch ein Grund mehr für Kenzie Sloane, sich einen guten Anwalt zuzulegen. Eddie lächelte den Constable freundlich an. »Mein Name ist Eddie Bent. Ich möchte mit meiner Mandantin Kenzie Sloane sprechen.«

Der Constable wählte eine Nummer und gab Eddies Anliegen weiter. Dann legte er auf und nickte Eddie zu. »Es kommt gleich jemand runter und bringt Sie zu ihr.«

Eddie zupfte an seinen Hosenbeinen und setzte sich neben Finn auf die Bank. »Erzählen Sie mir doch mal, was Kenzie Ihnen gesagt hat«, schlug er vor. »Wann hat die Polizei sie festgenommen?«

»Vor etwa einer Stunde. Im Tattoo-Studio.«

Eddie warf Finn einen Blick zu. »Sie lebt nicht in Halifax, richtig?«

Finn schüttelte den Kopf. »Nein, in Manhattan. Sie ist hergekommen, um ihre Mutter zu besuchen. Außerdem hat sie ein paar Gasttermine als Tätowiererin übernommen.«

Die Sicherheitstür wurde geöffnet.

»Mr Bent«, sagte Detective Ethan Drake. Seine Miene war verschlossen. Wie Eddie es erwartet hatte. Dieser Fall hatte große Aufmerksamkeit erregt, und die Festnahme würde es auch tun. Kenzie Sloane war prominent genug und ihr Beruf so außergewöhnlich und schillernd, dass die Öffentlichkeit jedes Detail des Falls aufmerksam verfolgen würde. Daher würde die Polizei alles daransetzen, regelkonform zu verfahren. »Bitte folgen Sie mir.«

Eddie hatte Ethan Drake zuletzt bei der Verhandlung gesehen, in der es um die Kaution für Randall Barrett ging. Er fragte sich, ob Drake Gewissensbisse hatte, weil Randall Barrett seinetwegen so viel durchgemacht hatte. Und seine Kinder ebenfalls.

Vermutlich ja. Ethan wirkte auf ihn wie ein anständiger Polizist. Was zwischen ihm und Kate passiert war, wusste Eddie nicht genau, aber er nahm an, dass die Schuld nicht nur bei dem Detective lag.

Und niemand war vollkommen. Das hatte Eddie im Laufe seines wechselvollen Lebens gelernt.

Er war es ganz gewiss nicht.

Sie betraten einen Gang, der genauso nichtssagend war wie Ethan Drakes Miene. Der Detective öffnete eine Tür. »Hier ist Ihre Mandantin.«

»Im Zimmer befinden sich weder Mikrofone noch eine Kamera?« Eddie war sicher, dass das nicht der Fall war – damit hätte die Polizei jede Chance auf eine Verurteilung zunichtegemacht, und so dumm waren die Leute nicht – aber er musste fragen.

Ethan warf ihm einen genervten Blick zu, aber sein Tonfall blieb neutral. »Das Gespräch wird völlig vertraulich sein. Wie es Ihrer Mandantin zusteht.«

Eddie betrat den Raum und schloss die Tür hinter sich.

Seine Mandantin saß an einem Tisch und zog mit den Fingern die Linien einer Tätowierung nach, die ihren gesamten Arm bedeckte. Sie trug Cargohosen und ein Tanktop. Auf der Rückenlehne ihres Stuhls hing eine Bikerjacke aus Antikleder. Die Jacke sah teuer aus. Wie eigentlich ihre ganze urban-lässige Aufmachung. Offenbar war Kenzie Sloane in ihrem Beruf erfolgreich.

Das bedeutete, dass sie ein gewisses Maß an Selbstdisziplin besaß.

Sie schaute hoch. Ihre Augen waren atemberaubend. Himmelblau in einem Gesicht mit porzellanweißer Haut, dazu raffiniert mit Schminke betont. Diese Augen konnten ein Pfund sein, mit dem sich auf der Anklagebank wuchern ließ.

Allerdings konnten sie auch ihr schlimmster Feind sein. So wie jetzt. Mit offenkundiger Verachtung musterte sie sein zerknittertes kariertes Hemd und die verbeulten Jeans, die an den Knien noch Schmutzflecken von der Arbeit in Randalls Garten trugen. »Sind Sie mein Anwalt?«

Er setzte sich auf den Stuhl ihr gegenüber. »Mein Name ist Eddie Bent. Ich bin Anwalt für Strafrecht. Ihr Freund Finn hat mir gesagt, dass Sie mich gern als Rechtsbeistand engagieren möchten.«

Sie betrachtete sein Gesicht. Ihm fiel auf, dass sie mit den Fingern immer noch die Linien ihrer Tätowierung nachzog, einem japanischen Muster von Wellen, deren Auf und Ab sie mit großer Genauigkeit folgte, als wüssten nur ihre Finger, wohin die Reise gehen sollte. »Stimmt, ja.«

»Dann fangen wir mal damit an. Mein Honorar setzt sich wie folgt zusammen.« Er erläuterte ihr, wann welche Gebühren anfielen. Ihre Miene blieb ausdruckslos. »Sehen Sie da Probleme?«

»Nein.«

»Als Nächstes: Für alles, was Sie zu mir sagen – bis auf ganz wenige Ausnahmefälle – gilt die anwaltliche Schweigepflicht. Ich gebe es an niemanden weiter. Also, je offener Sie sind, desto besser kann ich Sie verteidigen.«

In ihren Augen blitzte etwas auf.

Die Sache ging ihr näher, als sie zeigen wollte. Bei äußerlich toughen jungen Frauen war das oft so.

Außer bei Psychopathen.

War sie eine Psychopathin?

Er musterte sie ebenso genau wie sie ihn.

Ihre Finger hielten in der Bewegung inne. Sie richtete sich auf. »Was wollen Sie wissen?«

»Alles.« Er lächelte. »Aber fangen wir bei der Festnahme an.

Die Polizei muss sich dabei an bestimmte Vorschriften halten, damit Ihre verfassungsmäßigen Rechte gewahrt bleiben. Erzählen Sie mir, was passiert ist.«

»Ich war in einem Tattoo-Studio. Ich war gerade mit der Arbeit fertig. Ich bin Tattoo-Künstlerin«, fügte sie hinzu und schaute mit trotzigem Stolz auf ihre komplett tätowierten Arme. Er wusste es schon, er hatte es aus den Nachrichten erfahren, nachdem die Polizei Frances Sloane einen Besuch abgestattet hatte. Die Medien hatten sich förmlich darauf gestürzt, dass ihre Tochter eine bekannte Tätowiererin war. »Ich hatte gerade meine Utensilien eingepackt.«

»Hatten Sie etwas Bestimmtes vor?«

Sie schaute ihn trotzig an. »Ich hatte meine Gasttermine erledigt. Ich wollte nach Manhattan zurück.«

»Hatten Sie schon länger vor, heute zurückzufliegen?« Auf ihn wirkte das sehr wie ein verzweifeltes »Bloß weg hier«.

»Mehr oder weniger.«

»Was heißt das?«

Sie wandte den Blick ab, und ihre Augen glänzten. Endlich sagte sie: »Ich habe umgebucht. Ursprünglich wollte ich erst in drei Tagen zurückfliegen.« Ihre Stimme war seltsam ausdruckslos.

»Warum haben Sie es sich anders überlegt?«

»Zwei Polizisten hatten mich befragt.«

»Und?«

»Es hat mich beunruhigt. Was ich in Halifax zu tun hatte, war schon erledigt. Ich fand es unnötig, noch länger zu bleiben.«

Eddie beschloss, erst einmal nicht nachzuhaken. Dafür war später noch Zeit. »Und was ist dann passiert?«

»Wie gesagt, ich war gerade mit Einpacken fertig. Ich habe mich von dem Eigentümer des Studios verabschiedet. Und dann kam die Polizei.«

»Wie sind sie vorgegangen? Haben sie geklopft? Sich gewaltsam Zugang zum Studio verschafft?«, fragte Eddie möglichst beiläufig.

»Sie sind einfach reingekommen.« Ihre Stimme war ein wenig heiser. Sie nahm einen Schluck Wasser aus einem Styroporbecher. »Sie haben mich gefragt, ob ich Kenzie Sloane bin. Ich habe Ja gesagt. Sie haben mich über meine Rechte aufgeklärt, einer der Cops hat mir Handschellen angelegt, und sie haben mich hergebracht.«

»Haben sie Ihnen gesagt, dass Sie das Recht haben zu schweigen?«

»Ja.«

»Und, haben Sie geschwiegen?«

»Ja. Mit einer Ausnahme. Ich habe jemand gebeten, meinen … äh … Freund Finn anzurufen, damit er sich um Fu kümmert. Meinen Hund.« Sie blinzelte. »Danach sind sie mit mir hierhergefahren.«

»Haben Sie sonst noch etwas gesagt?«

»Nein.«

»Und Sie sind direkt hierhergefahren?«

»Ja.«

»Wohin hat man Sie gebracht?«

»In irgendein Zimmer. Sie haben gesagt, sie würden meine Aussage auf Video aufnehmen. Und dann haben sie gesagt, dass ich Anspruch auf einen Anwalt habe.«

In diesem Zimmer hatten schon viele seiner Mandanten gesessen. Wände aus Beton, in einem schmutzigen Weiß gestrichen. Spartanisches Mobiliar. Neonlicht.

»Ich habe ihnen gesagt, dass ich Finn anrufen möchte, weil er ein paar Anwälte kennt.«

»Und hat man Ihnen danach irgendwelche Fragen gestellt?«

»Nein.«

Das verriet ihm endgültig, wie vorsichtig Drake und sein Team vorgingen. Entweder sie hatten bereits genug Beweismaterial und wollten nichts riskieren, was die Anklage schwächen könnte, oder sie hatten nur sehr wenige Beweise und wollten unbedingt verhindern, dass Kenzies Aussage als nicht verwertbar eingestuft wurde. Auf jeden Fall meinten sie es ernst.

»Okay, wiederholen Sie alles, was die Polizisten zu Ihnen gesagt haben.«

Es war nicht viel. Die Polizei ließ sich nicht in die Karten schauen.

Eddie machte sich ein paar Notizen. »Kenzie, vorerst einmal sagen Sie gar nichts. Sie haben das Recht zu schweigen. Verstehen Sie?«

»Ja.«

»Die Polizisten werden Ihnen unaufhörlich Fragen stellen.« Er sah sie über den Rand seiner Brille hinweg warnend an. »Sie können dabei so nah an Sie heranrücken, dass Sie sich bedrängt fühlen. Sie können Sie auch belügen. Vielleicht behaupten sie, man hätte Sie in der fraglichen Nacht am Tatort gesehen …« Spannte sie da kaum merklich die Schultern an? »Vielleicht sagen sie auch, Ihre Mutter hätte ihnen schon alles erzählt und sie könnten beweisen, dass Sie Heather getötet haben.« Er schaute ihr weiter fest in die Augen. »Aber was sie auch sagen, gehen Sie nicht darauf ein. Seien Sie höflich, aber beantworten Sie keine Fragen.«

»Keine Sorge, das tue ich nicht.«

»Jetzt sagt sich das noch leicht, aber wenn Sie erst siebzehn Stunden hier gesessen haben und erschöpft sind, könnten Sie in Versuchung geraten, doch etwas zu sagen. Besonders wenn sie verständnisvoll wirken.« Er beugte sich vor. »Wenden Sie den Blick ab und halten Sie den Mund. Wann immer sie eine Frage stellen, seien Sie still. Oder wenn Sie unbedingt etwas sagen wollen, dann sagen Sie: ›Ich habe das Recht zu schweigen. Bitte hören Sie auf, mir Fragen zu stellen.‹ Das wird sie zwar nicht vom Weiterfragen abhalten, aber es wird auf dem Video zu sehen sein, das der Richter sich später anschaut.«

Sie nickte und dehnte ihre Finger.

Sie hatte wunderschöne Hände mit langen, eleganten Fingern. Eddie betrachtete die Tätowierungen darauf. »Das ist Kanji-Schrift, oder? Was bedeutet es?«

Sie lächelte schief und hob die linke Hand. »Gelassenheit.« Sie hob die rechte. »Stärke.« Mit der rechten Hand bedeckte sie die Tätowierung auf dem linken Daumen. Dann begannen ihre Finger wieder mit ihrer Irrfahrt den Arm hinauf. »Seit ich in Halifax bin, ist es mit der Gelassenheit nicht weit her.«

»Heute Nacht wird es nicht besser werden«, sagte Eddie. »Aber wenn Sie vierundzwanzig Stunden durchhalten, ohne ein Wort zu sagen, haben Sie eine deutlich größere Chance, dass die Gelassenheit zurückkehrt.« Er erhob sich. »Sie können mich jederzeit anrufen. Wenn Sie mich nicht erreichen, sagen Sie der Polizei, dass ich Ihr Anwalt bin und Sie keinen Pflichtverteidiger wollen.« Er legte eine Visitenkarte auf den Tisch und lächelte seiner Mandantin verständnisvoll zu. »Halten Sie durch.«

»Haben Sie Finn gesehen?« Sie sah ihn aus ihren atemberaubenden Augen forschend an. Zum ersten Mal merkte man ihr Gefühle an.

»Ja. Er marschiert unten im Foyer auf und ab.«

»Ist Fu bei ihm zu Hause?«

»Ja. Finn kann außergewöhnlich gut mit Hunden umgehen. Fu ist bei ihm in besten Händen.«

In ihren Augen glitzerten Tränen.

Oh, oh. Kein gutes Zeichen. Wenn die Polizei lange genug auf ihrer Besorgnis um den Hund herumritt, brach ihr Widerstand am Ende doch zusammen.

Er legte seine Hand auf ihre. »Fu wird es an nichts fehlen. Denken Sie daran: Sie sagen gar nichts. Dann sind Sie morgen wieder bei ihm. Sonst …«

Sie seufzte. Dann nickte sie. »Verstanden.«

Als er ging, saß sie da und starrte auf die Wand, während ihre Finger den Linien der Tätowierung folgten, den Wellen eines stürmischen Ozeans.

36

In dem Raum mit den Betonwänden gab es keinen Tisch, sondern nur zwei Stühle. Einen für Kenzie und einen für den verkrampften Typ, Detective Drake. Er stellte seinen Stuhl dicht neben ihren. Dadurch kam er ihr so nah, dass sie die Wärme seines Armes fühlen konnte. Sie rückte ein wenig von ihm ab. *Netter Versuch, Detective*.

»Wir haben mit Ihrer Mutter gesprochen, Kenzie.«

Sie starrte die Wand an.

»Sie sagt, sie vergibt Ihnen.«

Kenzie hatte damit gerechnet, dass sie versuchen würden, sie emotional aus dem Gleichgewicht zu bringen. Sie hatte sich darauf eingestellt. Doch trotz ihrer Entschlossenheit, sich durch nichts anrühren zu lassen, trafen sie die Worte des Detectives wie ein Messerstich. Sie schaute vor sich auf den Boden. »Ich habe das Recht zu schweigen.«

Der Detective senkte die Stimme. »Hören Sie zu, Kenzie, Sie waren erst siebzehn, als Sie Heather umgebracht haben. Das wissen wir. Sie waren noch jung. Es war *Mardi Gras*. Sie waren betrunken. Sie sind wütend geworden.«

Sie schaute hoch. Und bereute es.

Detective Drake ließ ihren Blick nicht mehr los. Er schien voller Verständnis. Aber sie hatte über die Jahre mit sehr, sehr vielen Kunden zu tun gehabt. Sie merkte, wann jemand aufrichtig war. Und wann nicht. »Sie konnten sich einfach nicht beherrschen«, fuhr er fort. »Sie haben sie umgebracht. Danach sind Sie in Panik geraten. Aber inzwischen haben Sie siebzehn

Jahre lang damit leben müssen. Siebzehn Jahre, in denen sich die Angehörigen der jungen Frau unaufhörlich gefragt haben, wo ihre geliebte Tochter ist …«

Im Gegensatz zu ihrer eigenen Mutter.

»… siebzehn Jahre der Ungewissheit. Des Wartens.«

Ich habe siebzehn Jahre lang dichtgehalten. Glauben Sie wirklich, ich schaffe es nicht auch noch – sie sah auf die Uhr – *zwanzig Stunden und neununddreißig Minuten länger?*

»Ich habe das Recht zu schweigen, Detective.«

Sie schloss die Augen.

37

»Komm rein.« Kate hielt Eddie die Tür auf. »Ich schiebe gleich den Lachs in den Ofen. Wir waren bei Enid im Krankenhaus und sind auch eben erst zurückgekommen.«

»Wie geht es ihr?«, fragte Eddie, während sie in die Küche gingen.

»Besser.« Kate lächelte Muriel zu, die grüne Bohnen putzte. »Nicht wahr, Muriel?«

Die alte Dame nickte. »Ja, sie kommt bald wieder nach Hause.«

»Das sind ja wundervolle Neuigkeiten, Muriel.« Eddie setzte sich auf einen Stuhl und stieß einen wohligen Seufzer aus. »Ich begreife einfach nicht, wie Sie die ganze Gartenarbeit schaffen. Meine Knie macht das fertig.«

Wie Kate mit einem Lächeln bemerkte, trug Eddie noch seine Gärtnerkleidung. Sie fragte sich, wie das wohl auf die Polizei gewirkt hatte.

»Ziehen Sie Knieschoner an«, riet Muriel ihm. »Ich kann Ihnen welche leihen.«

»Gute Idee«, sagte Eddie. »Meine Knie werden es Ihnen danken.«

Muriel legte das Schälmesser weg und zog ein Paar große grüne Gummistiefel an. »Ich gehe sie holen. Sie sind draußen im Schuppen.« Sie eilte zur Tür. Ihre Katze folgte ihr.

»Sie scheint ganz gut zurechtzukommen.« Eddie schaute Muriel nach, während sie zum Gartenschuppen hinüberging.

Kate schüttete Reis in den Dampfgarer. »Es geht gerade mal so. Corazon hat sich als Geschenk des Himmels erwiesen. Und

Gott sei Dank wird Enid bald entlassen.« Sie setzte den Deckel auf den Topf. »Wie ist es auf dem Revier gelaufen?«

Eddie lehnte sich zurück, scheinbar ganz entspannt. Aber seinem Blick entging nichts. »Wie üblich, Kate.«

»Glaubst du, sie war es?« Kate nahm eine Dose Kokosmilch aus dem Schrank.

Eddie schaute sie vorwurfsvoll an. »Du weißt doch, dass ich über meine Mandanten nicht sprechen darf.«

»Natürlich.« Kate öffnete den Kühlschrank und inspizierte ein Stück Ingwer. Es war noch nicht allzu schrumpelig. Sie fing an, es zu schälen. »Aber du hast mir selbst erzählt, wie Heather Rigbys Verschwinden dich damals beschäftigt hat. Da frage ich mich halt, wie du das Ganze jetzt siehst.«

»Darüber will ich nicht nachdenken, Kate.«

»Und warum nicht?« Kate kramte in einer Schublade und nahm ein altes Messer heraus. Sie fing an, den Ingwer in kleine Würfel zu schneiden.

»Weil es nichts bringt.«

»Wem bringt es nichts? Den Angehörigen des Mordopfers?«

»Die vertrete ich nicht, Kate. Ich vertrete Kenzie.« Sein Tonfall war geduldig, doch unter der scheinbar so ruhigen Oberfläche spürte Kate einen Anflug von Erregung.

Vielleicht ging ihm dieser Fall doch unter die Haut, auch wenn ihr Mentor normalerweise durch nichts aus der Fassung zu bringen war. Ihr ging die Sache auf jeden Fall nahe. Sie legte das Messer auf die Arbeitsplatte. »Wusstest du, dass Kenzie bei Finn übernachtet hat?« Diese Entdeckung tat immer noch weh.

Eddie sah ihr in die Augen. »Ja.«

»Hat sie dir gesagt, weshalb?«

»Ich vermute mal, aus dem Grund, aus dem Männer und Frauen so etwas seit Jahrhunderten tun.«

»Finn ist viel zu vertrauensselig. Sie wird sein Leben ruinieren.«

Eddie schaute sie an. Kate fuhr fort, den Ingwer zu schneiden. »Du hast Kenzie siebzehn Jahre lang nicht gesehen«, sagte er. »Als deine Schwester gestorben ist, war sie ein Teenager. Vielleicht hat sie sich geändert. Im Zweifel für den Angeklagten.«

Kate schüttelte den Kopf. Der Ingwer war faserig und ließ sich schlecht schneiden. Sie hätte ein schärferes Messer verwenden sollen. Aber seit letztem Jahr hatte sie eine Abneigung gegen scharfe Messer … »Meine Zweifel sind da nicht sehr groß.«

»Aber meine. Ich bin ihr Anwalt, Kate. Und auch wenn du nicht bereit bist, im Zweifel zu ihren Gunsten zu entscheiden, möchte ich dich doch daran erinnern, dass juristisch gesehen die Unschuldsvermutung gilt. Und daran halte ich mich.« Alaska gab es auf, an der Anrichte darauf zu warten, dass etwas Fressbares herunterfiel, und tappte zu Eddie hinüber. Er beugte sich vor, um den Husky zu streicheln. »Du überraschst mich, Kate. Ich dachte, du glaubst an diese Prinzipien.«

»Bisher habe ich auch daran geglaubt.«

»Und jetzt nicht mehr?«

Sie schüttelte den Kopf. »Nicht, wenn es um Kenzie geht.«

»Ich glaube, dein Zorn macht dich blind«, sagte Eddie sanft.

»Eddie, du hast mir doch selbst erzählt, wie sehr dich der Fall Heather Rigby damals mitgenommen hat. Sie ist mit einer Halloweenmaske auf dem Gesicht in einem Moor aufgefunden worden. Sie wurde ermordet. Sie hatte keine Gelegenheit, sich von irgendjemandem zu verabschieden. Vielleicht hatte sie Streit mit ihren Eltern oder war gemein zu einer Freundin gewesen. Nichts davon konnte sie noch bereinigen, Eddie. Kenzie hat ihr alles genommen.«

»Kate …« Eddie seufzte. »Ich weiß, du hast guten Grund, schlecht von Kenzie zu denken. Aber damals war sie noch ein Teenager. Woher willst du wissen, dass sie wegen deiner Schwester nicht längst Gewissensbisse hat?«

»Du hast den Ausdruck in ihren Augen nicht gesehen, als sie bei Gennies Beerdigung war.«

»Kate, siebzehn Jahre sind eine lange Zeit. Heute denkt sie vielleicht ganz anders darüber.«

»Oder sie ist ganz einfach böse, Eddie. Ein böser Teenager, aus dem eine böse Frau geworden ist.«

»Darüber hat das Gericht zu entscheiden. Aber weißt du, Kate, nur weil sie einmal ein Suchtproblem hatte, muss sie noch lange keine Mörderin sein.«

Kate wurde rot. Eddie kämpfte seit vielen Jahren gegen seinen Alkoholismus an.

»Ich weiß. Aber du kennst sie nicht, Eddie. Sie ist einfach … ein schlechter Mensch. Außerdem sprechen eine Menge Fakten dafür, dass sie Heather umgebracht hat – die Tätowierung, die kurze Entfernung zwischen dem Tatort und ihrem Elternhaus, der Umstand, dass sie Halifax am Tag nach Heather Rigbys Tod verlassen hat …«

»Es sprach auch eine überwältigende Menge von Fakten dafür, dass Randall Elise umgebracht hat.« Kate presste die Lippen zusammen. Sie hatte gewusst, dass Eddie Randalls Fall ins Feld führen würde. *Aber das hier ist etwas anderes.*

Eddies Blick war etwas zu durchdringend für ihren Geschmack. »Du weißt besser als jeder andere, wie leicht sich Fakten einseitig interpretieren lassen«, fuhr er fort. »Wer sagt dir, dass Kenzie nicht Tatzeugin war?«

Kate hob die Augenbrauen. »Wer sagt dir, dass sie nicht die Mörderin ist?«

Eddie schüttelte den Kopf. »Niemand. Aber ich kann nicht

einfach annehmen, dass sie schuldig ist, nur weil sie deiner Schwester vor siebzehn Jahren Kokain beschafft hat. Verstehst du das nicht?«

Kate kämpfte sich mit dem Messer durch ein besonders widerspenstiges Stück Ingwer und hätte sich dabei fast in den Finger geschnitten. »Sie ist gefährlich. Schön wie ein Pin-up-Girl, verdorben wie Dorian Gray.« Zu ihrer Beschämung zitterte ihre Stimme.

Eddies Blick wurde sanft. »Was redest du denn da, Kate? Warum bist du so wütend? Machst du dir etwas aus Finn? Ist es das?«

Kate tat die Ingwerwürfel in eine Schüssel. »Ja. Ich mache mir etwas aus ihm. Er ist für mich wie ein Bruder. Ich habe Angst um ihn, Eddie.«

»Kate, er ist ein erwachsener Mann.«

Dagegen ließ sich wenig einwenden. Kate wusste selbst, dass sie sich unvernünftig benahm. Aber es war ihr egal. Kenzie Sloane war von ganz anderem Schlag als die Kriminellen, mit denen Eddie es sonst zu tun hatte.

Sie konnte nur hoffen, dass die Polizei genug gegen sie in der Hand hatte.

Ethan stand auf und verließ das Vernehmungszimmer, wobei er sich bewusst abrupt bewegte. Kenzie rührte sich nicht.

Er schloss die Tür hinter sich und ging in den Raum, von dem aus die Vernehmung per Video beobachtet wurde. Ferguson saß vor dem Mikrofon, das mit dem Knopf in seinem Ohr verbunden war. Während der letzten drei Stunden hatte sie ihm immer wieder Tipps und Hinweise zugeflüstert, aber Kenzie hatte nie angebissen. Jetzt nahm Ferguson die Kopfhörer ab und deutete auf den Bildschirm. »Schauen Sie sich das an. Dornröschen ist aufgewacht.« Kenzie war von dem Stuhl im

Vernehmungszimmer aufgestanden und hatte mit Yogaübungen begonnen.

Ethan wandte sich angewidert vom Bildschirm ab.

»Sie muss etwas zu verbergen haben. Seit ihr Anwalt weg ist, hat sie kein Wort mehr gesagt.«

Ethan nickte. »Ich weiß. Aber bei ihr verfängt einfach gar nichts.« Die mitfühlende Masche zog nicht. Sie von zwei Seiten in die Mangel zu nehmen – gemeinsam mit Lamond – hatte ebenfalls nicht funktioniert. Ethan rieb sich das Kinn. »Ich möchte ihr die Zeichnung zeigen, die letzte Nacht in Kate Langes Haus gefunden wurde.«

Ferguson schaute ihn skeptisch an. »Wir wissen nicht, ob es da eine Verbindung gibt.«

»Stimmt. Aber die Zeichnung ist sehr gut. Professionell. Und Pin-up-Girls sind ein beliebtes Tattoo-Motiv.«

»Sie glauben, die Zeichnung für Kate ist von der gleichen Person hinterlegt worden, die auch Heather tätowiert hat?«

Oh Gott. Hoffentlich nicht.

Er zuckte mit den Schultern. »Wie die Verbindung genau aussieht, weiß ich auch nicht. Aber ich denke, es gibt eine. Vielleicht ist Kenzie ja selbst in Kates Haus eingebrochen und hat das Bild dagelassen. Vielleicht gefällt es ihr nicht, dass ihre Mutter sich umbringen möchte.« Das schien zwar etwas weit hergeholt, aber möglich war alles. »Vielleicht erkennt Kenzie auch den Zeichenstil wieder und lässt mit sich verhandeln.«

Ferguson setzte die Kopfhörer wieder auf. »Dann los.«

Nach zehn Minuten hatte Ethan sich die Skizze aus der Akte über den Einbruch beschafft. Als er die Zeichnung in die Hand nahm, musste er daran denken, wie verletzt Kate ausgeschaut hatte, als sie sich in dieser Pose dargestellt sah. Zu wissen, dass sie Gegenstand derart perverser Fantasien war, ging ihm sehr nahe. Ihm wurde heiß.

Ganz ruhig, Drake.

Dennoch knallte er demonstrativ die Tür hinter sich zu, als er das Vernehmungszimmer wieder betrat. Kenzie zuckte zusammen. Dann streckte sie die Arme über den Kopf, sah ihn verächtlich an und lehnte sich zurück.

Sie schloss die Augen.

»Gute Arbeit, Kenzie.« Ethan setzte sich ihr gegenüber.

Sie beachtete ihn nicht.

Ethan raschelte mit der Tüte, in der das Beweisstück steckte. »Trotzdem, es wundert mich, dass Sie sich zu so etwas herablassen.«

Sie hielt die Augen weiter geschlossen. Aber er spürte ihre Neugier. »Ich meine, um so etwas zu zeichnen, muss man doch ziemlich am Ende sein. Und ich hätte nie gedacht, dass es mit Ihnen schon so weit gekommen ist.«

Die Muskeln rings um ihre Augen spannten sich. Sie wollte hinsehen – und zwang sich, die Augen geschlossen zu halten. »Aber wir sind Ihnen natürlich dankbar, dass Sie das hier bei Kate Lange hinterlegt haben. So können wir dem Richter morgen ein weiteres Beweisstück präsentieren.«

Langsam öffnete sie die Augen. »Warum sollte ich irgendetwas bei Kate Lange hinterlegen? Ich habe sie seit siebzehn Jahren nicht gesehen.«

Das war die längste zusammenhängende Äußerung, die Kenzie seit ihrer Festnahme über die Lippen gekommen war. Ethan schaffte es, sich seine Aufregung nicht anmerken zu lassen. »Das würde ich gerne von Ihnen hören.« Er hielt die Skizze hoch. »Das Ding geht ziemlich unter die Gürtellinie. So etwas ist doch eigentlich unter Ihrer Würde, Kenzie.«

Kenzie betrachtete die Skizze abschätzig. »Sie müssen sich schon ein bisschen mehr anstrengen, wenn Sie Ihre Fälle lösen wollen. Ich mache keine Pin-ups.«

Ethan beugte sich vor. »Wer dann?«

»Wenn ich Detektiv sein wollte, wäre ich zur Polizei gegangen. Ich nehme Ihnen nicht Ihre Arbeit ab.« Kenzie schloss die Augen.

Ethan fühlte, wie Zorn in ihm hochstieg. Er wollte Kenzie Sloane schütteln, sie zwingen, die Augen zu öffnen und ihm zu verraten, wer zum Teufel Kate das angetan hatte.

»Auszeit, Drake«, sagte ihm Ferguson leise ins Ohr. »Lassen Sie sie darüber nachdenken.«

Sie müssen sich erst mal beruhigen, wollte sie damit zum Ausdruck bringen. Offenbar sah man ihm seinen Zorn an.

Und Zorn konnte nur ins Unglück führen.

Er ging zur Tür, wobei er sich möglichst locker bewegte. Sobald er das Zimmer verlassen hatte, schaute er auf die Armbanduhr. Er musste Kate anrufen und fragen, ob alles in Ordnung war. Sich vergewissern, dass Finn bei ihr war.

Da schoss ihm ein Gedanke durch den Kopf. Angenommen, Kenzie hatte die Zeichnung angefertigt und ihren neuen Freund gebeten, sie bei Kate zu hinterlegen?

Nein. Zu so etwas war Finn gar nicht fähig.

Oder doch?

Nein. Finn würde Kate nie etwas tun. Da war Ethan sicher.

Kenzie hielt die Augen geschlossen. Sie konnte ihre Erregung kaum unterdrücken. Am liebsten wäre sie vom Stuhl aufgesprungen und durch den Raum getanzt.

Sie konnte nicht fassen, dass McNally so dumm gewesen war, Kate Lange als Pin-up-Girl zu zeichnen, um sie zu verhöhnen.

Damit hatte er den letzten Nagel in seinen eigenen Sarg geschlagen.

Wenn man ihn und Kate tot auffand, würde die Polizei zweifellos seine Wohnung durchsuchen. Und mit Sicherheit war diese Wohnung voller Pin-up-Zeichnungen. Das würde die Theorie erhärten, dass McNally Kates Stalker und Mörder war.

Nun ja, damit hätte die Polizei sogar recht.

Nur nicht ganz.

Einen Mörder würde sie übersehen.

38

Es war zu schnell gegangen.

McNallys Finger zitterten, als er noch einmal die Schlagzeile las: »›Bekannte Tätowiererin im Mordfall Heather Rigby verhaftet‹«.

Die Polizei hielt Kenzie fest. Seit irgendwann gestern Abend.

Würde man sie nach vierundzwanzig Stunden wieder freilassen oder Anklage erheben?

Er fuhr sich mit der Hand über den stoppeligen Schädel und marschierte in dem kleinen Wohnzimmer hin und her. Nach einer Weile stellte er den Fernseher an. Aber der Nachrichtensprecher schwatzte nur über irgendwelche Ereignisse am andern Ende dieser gottverdammten Welt. Es nervte.

McNally ging ins Badezimmer und schaute in den Spiegel. In seinem Gesicht sprossen die Bartstoppeln, und die Konturen seines Goatees waren unscharf geworden. Alles war so perfekt gelaufen. Und nun hatte die Polizei Kenzie festgenommen.

Du bist so blöd.

Du hast dich jedes Mal von Kenzie plattmachen lassen, wenn du ihr begegnet bist.

Du hast zugelassen, dass sie den Ton angibt.

Und jetzt schau dir an, wohin das geführt hat.

Er legte seine Rasierutensilien zurecht. Elektrorasierer, Nassrasierer, Trimmer.

Er stellte die Rasiermaschine an und fuhr sich damit über die eine Wange. Immer und immer wieder, bis seine Haut brannte, und dabei überschlugen sich die Fragen in seinem Kopf.

Hatte Kate Lange der Polizei von Imogens Tätowierung erzählt?

Hatte Kenzie ihn verraten?

Hatte sie der Polizei die Waffe ausgehändigt?

Aber am Ende kam er doch stets auf die eine Frage zurück, die ihm am meisten Angst machte: Würde die Polizei sie wieder gehen lassen?

Sie hatten ihm Kenzie weggeschnappt. Sie zum Polizeirevier gebracht und dort festgesetzt. Und wenn sie nun nicht freigelassen wurde? Wenn sie nie wieder aus dem Gefängnis herauskam?

Und wenn sie nach meiner letzten SMS in Panik geraten ist und die Polizei selbst angerufen hat?

Er hatte siebzehn Jahre lang darauf gewartet, etwas zu Ende bringen zu können, was sie damals in der nebligen, warmen Halloweennacht begonnen hatten.

Kenzie gehörte ihm.

Sie hatte immer ihm gehört.

Ganz egal, was sie tat.

Und er hatte schon angefangen, den perfekten Plan in die Tat umzusetzen. In Kate Langes Haus.

Er setzte sich den Elektrorasierer an die Schläfe und fuhr sich damit über den Schädel bis zum anderen Ohr. Das Spinnennetz auf seinem Hinterkopf prickelte.

Er rasierte sich den gesamten Kopf. Die Haut glänzte.

Jetzt war er bereit.

Das Telefon klingelte. Kate fuhr im Bett hoch.

Ihre ersten Gedanken waren wirr und voller Angst. War das die Sicherheitsfirma? War etwa schon wieder in ihr Haus eingebrochen worden?

Kate schaute auf die Uhr: 6:55. Sie tastete nach dem Telefon.

»Kate?«, fragte Frances mit ihrer unverkennbaren Stimme.

Kate schlug die Decke zurück. Der Anruf verhieß nichts Gutes. Sie räusperte sich. »Guten Morgen, Frances. Wie geht es Ihnen?«

»Haben Sie heute schon Zeitung gelesen?«

»Nein.«

»Die Polizei hat Kenzie verhaftet. Wegen des Mordes an der jungen Frau.«

Kate atmete tief durch. »Aha.«

»Sie hat es nicht getan, Kate.«

Kate schloss die Augen. »Die Justiz wird im Zweifel zu ihren Gunsten entscheiden, Mrs Sloane.«

»So wie bei Randall Barrett?«

Touché.

»Kenzies Anwalt ist Eddie Bent. Glauben Sie mir, er wird dafür sorgen, dass die Unschuldsvermutung auch in diesem Fall zur Geltung kommt.«

»Nun, die Mühe kann er sich sparen.«

Kate blinzelte. »Wie bitte?«

»Meine Tochter hat diese junge Frau nicht umgebracht.«

Sie sagte es mit voller Überzeugung. In Kates Ohren klang es nicht so, als wollte sie nur ausdrücken, dass ihre Tochter zu einem solchen Verbrechen nicht fähig war.

»Warum sagen Sie das?«

Einen Moment lang herrschte Schweigen.

»Weil ich sie umgebracht habe.«

Und dann begann Frances Sloane zu lachen.

39

»Ich habe eine Idee«, sagte Ethan. Er trank seinen Kaffee aus. Seine Geschmacksnerven waren schon so an den bitteren Geschmack der wieder aufgewärmten Brühe gewöhnt, dass er ihn kaum noch wahrnahm.

»Die könnten wir jetzt gut gebrauchen«, sagte Ferguson. Sie sah genauso zerknautscht aus, wie er sich fühlte.

Sie hatten Kenzie im Vernehmungsraum allein gelassen, damit sie »nachdenken« konnte. Die Nacht war lang gewesen. Und frustrierend.

Kenzie hatte kein Wort mehr gesagt.

Im Lauf der Jahre hatte Ethan schon viele Verdächtige vernommen, und die Zahl derer, die nicht irgendwann geredet hatten, konnte er an einer Hand abzählen.

Jetzt gehörte Kenzie auch dazu.

Diese Tattoos sind das reinste Kraftfeld, dachte er. Kenzie widerstand jeder Taktik. Entweder Eddie Bent hatte sie extrem gut vorbereitet, oder sie schwieg aus Angst vor Heather Rigbys Mörder.

Oder … sie hatte es selbst getan und war klug genug, sich nicht zu verraten.

Ethan glaubte, dass die dritte Möglichkeit zutraf – doch wie er im Fall Barrett aus bitterer Erfahrung gelernt hatte, durfte man keine voreiligen Schlüsse ziehen.

Es sah ganz so aus, als würden sie in der Zeit, die sie Kenzie noch festhalten durften, keine Aussage mehr von ihr bekommen. Doch während Ethan mit ihr im Vernehmungszimmer saß und ihre Tattoos betrachtete, war ihm eingefallen, dass Frances Sloane gesagt hatte, Kenzie habe damals bereits mehrere Tätowierungen gehabt. War eins davon ein Rabe gewesen?

Jetzt war jedenfalls nichts von einem Raben zu sehen.

Entweder das Tattoo befand sich unter ihrer Kleidung, oder sie hatte es später mit einer anderen Tätowierung überdecken lassen.

Ethan verließ den Raum und suchte Liscomb. »Machen Sie doch bitte mit der Infrarotkamera ein paar Fotos von Sloanes Tätowierungen. Stellen Sie sich einfach hinter die verspiegelte Scheibe und schauen Sie, was Sie aufs Bild bekommen.«

Wenn der Rabe von einer anderen Tätowierung verdeckt wurde, müsste man ihn auf den Infrarotaufnahmen erkennen können. Und wenn das Motiv mit Heather Rigbys Raben identisch war, hatten sie ein weiteres Indiz in der Hand, das sie benutzen konnten, um Kenzie Sloanes Schweigen zu brechen.

»Mrs Sloane, beginnen wir doch einmal ganz am Anfang.« Kate hatte ihren Sessel so gedreht, dass sie ihre Mandantin direkt anschaute. Die notorisch unzuverlässige Maisonne hatte gerade beschlossen, ein Gastspiel zu geben.

»Ich habe Heather Rigby umgebracht«, sagte Frances Sloane mit ruhigem und entschlossenem Blick.

Aha. »Erzählen Sie mir, was passiert ist.« Kate schlug einen Notizblock auf.

»Ich war draußen bei den Bunkern. Es war Halloween und spät am Abend.«

»Wie spät?«

»Das weiß ich nicht mehr.«

Natürlich nicht. »Warum waren Sie draußen am Chebucto Head? An Halloween?«

Frances Sloane schluckte. »Ich bin dort oft spazieren gegangen. Dabei konnte ich gut nachdenken.«

Das mag durchaus stimmen. »Was ist passiert?«

»Aus einem der Bunker kam eine junge Frau gelaufen. Sie hat geweint.«

»Und diese Frau war …?«

»Heather Rigby. Sie hat mich gebeten, ihr zu helfen. Sie hat gesagt, ihre Freundin habe sich verletzt und liege im Bunker.«

Frances' Krankheit bewirkte, dass man ihrem Gesicht nicht anmerken konnte, ob sie log. Aber mit Frances' Augen war alles in Ordnung, und in ihnen las Kate kein Unbehagen, sondern nur Entschlossenheit.

Kate konnte nicht erkennen, ob Frances die Wahrheit sagte oder nicht. »Was haben Sie getan?«

»Ich bin der jungen Frau in den Bunker gefolgt. Aber sie hatte mich belogen. Da war keine Freundin. Stattdessen …« Frances begann zu husten. Nach einer Weile war ihre Luftröhre wieder frei. »Stattdessen ist sie auf mich losgegangen.«

»Warum?«

»Sie wollte Geld. Aber ich hatte keins dabei. Da ist sie wütend geworden. Sie hatte eine Schusswaffe …«

Kate ließ den Stift sinken. Bei den strengen Waffengesetzen in Kanada war es ungewöhnlich, dass eine junge Frau eine Waffe besaß. Höchstens ein Jagdgewehr. »Eine Schrotflinte?«

»Nein, einen Revolver. Sie hat auf mich gezielt. Aber ich habe ihr einen Schlag gegen die Schulter versetzt, und sie hat die Waffe fallen lassen.«

»Und dann?«

»Ich habe sie aufgehoben. Heather ist auf mich losgestürmt und ich … ich habe sie erschossen.«

Hatte die Polizei die Mordwaffe sichergestellt?

»Sie war nicht sehr groß, Frances. Warum mussten Sie sie erschießen?«

Frances blinzelte und schluckte. »Sie war stark. Und sie war sehr wütend. Ich fürchtete um mein Leben.« Kate entging nicht, welche Ironie in diesen Worten lag, wenn man die jetzige Lage ihrer Mandantin bedachte.

»Was ist passiert, nachdem Sie geschossen haben?«

»Sie ist zusammengebrochen. Mir wurde klar, dass ich sie umgebracht hatte.«

Die nächste Frage war entscheidend. Falls Frances sie richtig beantworten konnte, war sie entweder auf irgendeinem Weg an Informationen gelangt, die die Polizei bisher zurückhielt, oder sie war Zeugin des Mordes an Heather Rigby gewesen – oder sie hatte sie selbst erschossen, wie sie behauptete. »Wo hat die Kugel sie getroffen?«

War da ein winziges Zögern zu spüren? Bei Frances ließ sich das schwer entscheiden. »Ins Herz.«

»Ins Herz?«

»In die Brust«, sagte Frances. »Jedenfalls irgendwo in den Oberkörper. So genau konnte ich das nicht sehen. Es war dunkel.«

Gut rausgeredet, Frances. »Und was ist dann passiert?«

»Sie ist gestorben.« Frances wandte den Blick ab. »Im Bunker lag eine Hexenmaske aus Gummi …«

»Hat sie jemand dort liegen lassen?«

»Ich denke, sie gehörte Heather.« Sie musste eine Pause einlegen. Man sah ihr an, wie sehr sie das Ganze anstrengte. »… ein Hexenkostüm getragen.«

»Heather hat also ein Hexenkostüm getragen«, wiederholte Kate, um sich zu vergewissern, dass sie ihre Mandantin richtig verstanden hatte. Frances' Sprachfähigkeit hatte sich seit letzter Woche deutlich verschlechtert.

»Ja. Ich habe ihr die Maske aufgesetzt.«

»Warum?«

»Ich war wütend.« Frances betrachtete ihre kaum noch bewegungsfähigen Hände, als würde sie daran zurückdenken, wie stark sie einmal waren. »Ich habe sie ins Moor geschleift.«

»Und wie haben Sie sie vergraben?«

»Ich habe ein Loch gegraben. Und sie dann hineingewälzt.« Sie blinzelte mehrmals.

»Mrs Sloane, ist Ihnen bewusst, welche Konsequenzen sich aus dem ergeben, was Sie mir eben erzählt haben?«

»Ja. Ich werde für den Rest meines Lebens ins Gefängnis gehen. Diese Strafe habe ich verdient.«

»Ihr Vorhaben, das Gesetz zur Sterbehilfe zu ändern, hat damit keinerlei Chancen mehr.« Kate musste sich so anstrengen, es nicht anklagend klingen zu lassen, dass ihre Stimme völlig ausdruckslos war.

Trotz all der Details, die Frances in ihrem Geständnis erwähnt hatte, glaubte Kate nicht, dass sie die Wahrheit sagte. Die Beweise gegen Kenzie waren überzeugend. Und dass Frances so plötzlich ein Geständnis ablegte, gleich nachdem sie erfahren hatte, dass Kenzie verdächtigt wurde, sah nur zu sehr nach einer Verzweiflungstat aus.

Der typische Fall einer Mutter, die ihr Kind schützen wollte.

Aber dadurch vergab Frances auch die Chance, mit dem Ende ihres Lebens noch etwas Gutes zu bewirken. Und sie schützte die Person, die Heather Rigby wahrscheinlich ermordet hatte – und dafür bestraft werden sollte.

Kate schaute auf ihre Notizen. Ihr schwirrte der Kopf. Doch egal aus welchem Blickwinkel sie die Sache betrachtete, sie kam stets zu dem gleichen Schluss. Sie war rechtlich verpflichtet, die Anweisungen ihrer Mandantin zu befolgen. Sie konnte nicht beweisen, dass Frances log oder dass jemand anders das

Verbrechen begangen hatte. Nach den Regeln ihres Berufs gab es für sie damit nur einen Weg. Sie schaute von ihrem Block auf. »Was erwarten Sie von mir, Mrs Sloane?«

»Sie sollen der Polizei sagen, dass sie die Falsche verdächtigen. Wie im Fall Barrett.«

Es ist überhaupt nicht wie bei Randall Barrett, dachte Kate genervt. »Okay, wir machen das mit einer eidesstattlichen Erklärung. Ich setze sie auf, und Sie unterschreiben. Danach wende ich mich an den ermittelnden Detective …« Also an Ethan. Bei dem Gedanken krampfte sich ihr der Magen zusammen. »… und teile ihm mit, dass Sie den Mord an Heather Rigby gestanden haben.«

»Zu schade, dass es die Todesstrafe nicht mehr gibt«, lallte Frances.

Dadurch hätte sie zwei Fliegen mit einer Klappe geschlagen.

Wenn sie die Mörderin wäre.

»Noch etwas«, sagte Frances.

Kate sah sie an. Sie ahnte nichts Gutes.

»Sobald Sie meine eidesstattliche Erklärung der Polizei übergeben haben, machen Sie bitte öffentlich bekannt, dass ich den Mord an Heather Rigby gestanden habe.«

Das würde der Polizei erst recht die Arbeit erschweren. Kate schlug den Notizblock zu.

Toll gemacht, Frances.

Frances fand es nicht überraschend, dass ihre Krankheit ihr oft wie eine Treppe vorkam. ALS zerstörte ihren Körper in Schüben. An einem Tag konnte sie noch gut schlucken, am nächsten erforderte es übermenschliche Anstrengung. Als hätte sie sich auf einer Rolltreppe eine Stufe weiterbewegt. Und die vorherige Stufe, die frühere Fähigkeit, war von der Maschine verschluckt worden und würde nie wieder zum Vorschein kommen.

In den ALS-Selbsthilfegruppen, an denen sie in der ersten Zeit nach ihrer Diagnose teilgenommen hatte, waren ihr Patienten begegnet, die ihre Krankheit als letztes Stadium einer Reise zu einem besseren Ort betrachteten, als eine »Rolltreppe« hinauf ins Paradies.

Sie hingegen befand sich auf einer Rolltreppe nach unten. Mit jedem Fortschreiten ihrer Krankheit fühlte sie sich stärker isoliert, noch mehr in ihrem eigenen Körper gefangen. Ihr Sohn Cameron, der vor drei Jahren ihren Anteil am Architekturbüro übernommen hatte, kam sie möglichst oft besuchen, doch er und seine Frau Karen hatten mit den dreijährigen Zwillingen und der neun Monate alten Tochter Lily Frances alle Hände voll zu tun. Die Kinder waren noch zu klein, um zu verstehen, weshalb Frances so langsam sprach und sich nicht bewegen konnte. Der Rollstuhl, die Schläuche, die sie mit Sauerstoff versorgten, die Hustenanfälle, bei denen sie gurgelnde Geräusche von sich gab und kaum Luft bekam – all das machte ihnen Angst. »Oma ist gruselig«, hatte sie den kleinen Joshua eines Nachmittags sagen hören, als Karen und Cameron zu Besuch kamen, die Arme voller Windelpakete, *Cheerios* zum Zwischendurch-Essen und Spielzeug für die Kinder.

Allmählich wurden die Besuche seltener, und schließlich blieb nur ein einstündiges Teetrinken am Sonntagnachmittag übrig.

Die restlichen hundertsiebenundsechzig Stunden der Woche verbrachte Frances größtenteils damit, sich baden, anziehen und füttern zu lassen. Simple Tätigkeiten, die sie früher einmal für selbstverständlich gehalten und eher ungeduldig erledigt hatte – damals, als sie zwei Kinder großzog und zugleich als einzige Frau auf weiter Flur ein erfolgreiches Architekturbüro leitete, während ihr Ehemann es sich in der wenig fordernden, realitätsfernen akademischen Welt der Geschichte Asiens im siebzehnten Jahrhundert bequem machte.

Gus hatte sie vor zehn Jahren wegen einer Doktorandin verlassen. Im Grunde hatte er sie jedoch schon vor siebzehn Jahren im Stich gelassen, als Kenzie sich nach ihrem Verschwinden bei ihnen gemeldet und um Geld gebeten hatte. Damals war es zwischen ihnen zu einem erbitterten Streit gekommen. Frances hatte Kenzie ein Ticket für den Flug nach Hause schicken wollen; er war dafür gewesen, ihr Geld zu geben.

»Du lässt dich von ihr ausnutzen«, warf sie ihm vor. Kenzie war ein echtes Papakind und sonnte sich in seiner Aufmerksamkeit. Er machte es sich leicht und gab ihr, was immer sie wollte. Disziplin war für ihn ein Fremdwort.

Und wohin führte das alles? Ihre Tochter kam nach Hause, wann es ihr passte, gab wilde Partys und nahm Drogen. Frances war überzeugt, dass Kenzie für Imogen Langes Schicksal mitverantwortlich war.

Als Kenzie dann von zu Hause wegrannte – in der gleichen *Mardi-Gras*-Nacht, in der eine junge Frau verschwand – hatte Frances den schrecklichen Verdacht, dass Kenzie etwas mit diesem Verschwinden zu tun hatte. Gus jedoch wurde wütend, als Frances das Thema anschnitt. Er beschuldigte sie, von ihrer schönen, begabten Tochter immer nur das Schlimmste zu denken.

Eine Woche nachdem Kenzie fortgegangen war, rief sie zu Hause an. Frances bot ihr an, ihr ein Flugticket zu schicken. Kenzie bat stattdessen um Geld.

Frances lehnte ab. »Du müsstest doch eine Menge Geld haben. Von der silbernen Teekanne, die du mir gestohlen hast.«

»Die war nicht viel wert«, entgegnete Kenzie. Frances legte wütend und erbittert auf. Was hatte sie bloß getan, dass sie mit solch einem Kind gestraft wurde?

»Sie kommt schon heim, wenn sie keine andere Wahl mehr hat«, sagte sie zu Gus.

»Sie hat es dir doch selbst gesagt: Sie weiß nicht mal, wo sie schlafen soll. Sie lebt auf der Straße, Frances! Sie könnte misshandelt werden, oder sogar ermordet!«

Er schickte ihr Geld.

Und sie kam nie nach Hause.

Das brach ihrem Ehemann fast das Herz. Frances dagegen war wütend. Dann bekam sie Angst. Allerdings nicht um Kenzie. Je länger sich die Suche nach Heather Rigby hinzog und je öfter die trauernden Eltern darum flehten, ihr Kind möge zurückkommen, desto sicherer war Frances, dass Kenzie etwas mit ihrem Verschwinden zu tun hatte.

Besonders als der bisher so gesunde japanische Blauregen einging. Und Frances ihn entfernte. Was sie unter der Pflanze vergraben fand, versetzte ihr einen Schock. Und überzeugte sie davon, dass ihre Tochter ein schreckliches Verbrechen begangen hatte.

Aber Kenzie kam nicht zurück. Und Heather Rigby blieb verschwunden. Weder Gus noch Frances mussten der furchtbaren Wahrheit ins Auge sehen.

Sie mussten sich nur gegenseitig in die Augen sehen.

Cameron zuliebe blieben sie noch zusammen. Als er mit dem Studium begann, heiratete Gus seine Doktorandin.

Wie erbärmlich, sagte Frances sich.

Und dann, eines Morgens, fand sie sich auf einer Rolltreppe wieder. Ihr linkes Bein fühlte sich plötzlich schwach an. Sie konnte es nicht über den Rand der Badewanne heben. Und ihr Standbein zuckte heftig.

Vier Monate später, nachdem man sie auf viele furchtbare Krankheiten hin untersucht hatte, bekam sie die Diagnose ALS. Die schlimmste Diagnose von allen.

Nach dem ersten Schock versank sie in Depressionen. Sie spielte mit dem Gedanken an Selbstmord – ohne sich jedoch klarzumachen, dass sie die Fähigkeit dazu eines Tages ohne Vorwarnung verlieren würde –, doch zu dem Zeitpunkt hatte Camerons Frau gerade die Zwillinge zur Welt gebracht.

Für kurze Zeit – bis ihr Körper ein weiteres Stück die Rolltreppe hinabfuhr – gab es wieder etwas, für das es sich zu leben lohnte. Dann wurde Lily Frances geboren und hatte die gleichen roten Haaren wie ihre Großmutter und die Tante, über die niemand sprach, und Frances wurde bewusst, dass sie sich danach sehnte, Kenzie wiederzusehen.

Sie hatte Kenzies Laufbahn verfolgt und war erstaunt darüber, wie viel Erfolg ihre Tochter hatte. Sie las regelmäßig in Kenzies Blog und sah sich die Motive an, die ihre Tochter erschuf. Erst da begann sie zu würdigen, dass Tätowieren eine Kunst sein konnte. Sie hatte Achtung davor, mit welcher Leidenschaft ihre Tochter ihren eigenen Weg ging. Sie bewunderte sie für ihren Erfolg und war erleichtert, dass sie etwas aus ihrem Leben gemacht hatte. Die furchtbaren Ereignisse aus der Zeit, als Kenzie siebzehn war, wurden als böses Familiengeheimnis in einer Gruft beerdigt.

Eines Tages ertappte Cameron sie dabei, wie sie in Kenzies *KOI*-Blog las. Ihr Sohn war nie darüber hinweggekommen, dass seine Schwester die Familie verlassen hatte. Schon vorher hatte er sich jahrelang für das freche, wilde Verhalten seiner älteren Schwester geschämt; nun war sie für ihn gestorben. »Die wären wir los«, hatte er einmal zu Frances gesagt.

Aber nun hatte er die Tränen in den Augen seiner Mutter gesehen.

Und als er Kenzie daraufhin aufgefordert hatte, ihre Mutter zu besuchen, war sie gekommen.

Diesen Moment hätte Frances gern für immer festgehalten. Auch wenn sie sonst schon längst nichts mehr festhalten konnte.

Aber dann war Heather Rigbys Leiche gefunden worden. Und mit ihren sterblichen Überresten waren auch die alten Zweifel und Ängste wieder an die Oberfläche gekommen.

Frances trug seit jeher die geheime Furcht mit sich herum, dass Kenzie nur deshalb Heathers Tod mit verschuldet hatte, weil sie als Mutter versagt hatte. Waren die Spannungen innerhalb der Familie der Grund dafür gewesen, dass Kenzie auf die schiefe Bahn geriet, Drogen nahm – und sich an einem Mord beteiligte?

Oder war Kenzies Verhalten genetisch bedingt? Vorherbestimmt seit dem Moment, als Spermium und Eizelle sich begegnet waren?

Frances würde nie erfahren, ob Erbgut oder Erziehung dazu geführt hatten, dass Kenzie Heather Rigbys Tod mit verschuldet hatte – auch nicht, wie tief sie in den Mord verstrickt war. Aber sie wollte wenigstens dafür sorgen, dass Heathers Eltern endlich einen Schlussstrich ziehen konnten. Sie wollte Buße tun, bevor sie starb.

Zugleich war dies ihre einzige Möglichkeit, ihrer entfremdeten Tochter zu zeigen, dass sie sie liebte, wie eine Mutter ihr Kind nur lieben konnte.

Sie würde ihre Tochter bis zu ihrem Tod beschützen.

Schon bald würde sie am Ende der Rolltreppe angelangt sein. Sie fuhr zunehmend schneller.

Frances konnte nur hoffen, dass ihr noch genug Tage blieben, um alles zu erledigen.

40

Kate blätterte durch die fertige Version der eidesstattlichen Erklärung, die noch warm war vom Laserdrucker. Die letzten eineinhalb Stunden hatte sie in ihrem Büro gesessen und den Text verfasst. Jedes einzelne Wort war ihr gegen den Strich gegangen.

An dem Geständnis war etwas faul. Frances Sloane wollte für ihre Tochter ins Gefängnis gehen. Und wenn Kate je den leisesten Zweifel daran gehabt hätte, wie viel Schuld Kenzie auf sich geladen hatte, der Umstand, dass ihretwegen die Leiden ihrer Mutter so kurz vor deren Tod noch verschlimmert wurden, wäre der endgültige Beweis gewesen.

Die Sonne knallte ihr auf den Rücken. Die Klimaanlage war wegen des Wochenendes abgestellt, und die warme Luft im Büro war abgestanden und drückend. Kate fühlte Schweiß in den Achselhöhlen. Sie brauchte einen Rat. An Eddie konnte sie sich nicht wenden, da er nun Kenzie vertrat.

Kate wählte Randalls Handynummer.

Geh ran, Randall. Bitte.

Er nahm nach dem vierten Klingeln ab.

Kate lehnte sich auf dem Stuhl zurück. »Randall, hier ist Kate.«

»Wie geht es dir? Ist alles in Ordnung?« Nach diesem schrecklichen Tag war sein fürsorglicher Tonfall der reine Balsam. Aber dann meldeten sich Gewissensbisse. Sie hatte ihm nichts von dem Einbruch und dem Stalker erzählt. Und auch nichts von dem Kaffeetrinken mit Ethan – oder dass Ethan die Nacht nach dem Einbruch auf Muriels Sofa verbracht hatte.

Sie strich sich eine Haarsträhne aus der schweißbedeckten Stirn.

»Ich brauche einen Rat. Hast du einen Moment Zeit?«

»Eine Sekunde.« Sie hörte, wie eine Tür geschlossen wurde. Dann ging Randall wieder ans Telefon. »Die Kinder sind nebenan. Ich muss bald los – wir haben für heute Nachmittag einen Ausflug geplant. Eine neue Ausstellung im *MOMA*.«

»Wie schön.« Es klang wirklich schön. Und sehr weit von ihrer eigenen Situation entfernt.

Sie hätte ihn nicht anrufen sollen.

»Also, was ist los?«, fragte Randall. »Geht es um Frances?«

Kate seufzte. »Ja. Und um Finn. Und um Frances' Tochter Kenzie. Ach ja, und um Eddie.«

»Verstehe. Es scheint etwas kompliziert zu sein. Fang mal ganz von vorne an.«

Sie erzählte ihm, dass Harry Owen sich geweigert hatte, Frances zu helfen, dass die Polizei Frances und Kenzie befragt hatte, dass man Kenzie festgenommen hatte, dass Finn ihr von seiner Liebschaft mit Kenzie erzählt hatte und dass er Eddie gebeten hatte, Kenzie zu vertreten. Dann ließ sie die letzte Bombe platzen: dass Frances den Mord an Heather gestanden hatte.

»Das ist ja verrückt«, murmelte Randall. »Ich kann gar nicht fassen, dass das alles mit einer ganz normalen juristischen Beratung begonnen hat. Es tut mir leid, dass ich Frances Sloane überhaupt zu dir geschickt habe, Kate.«

»Es ist nicht deine Schuld. Ich hätte auch Nein sagen können. Aber ich wollte ihr helfen.« Sie blickte auf ihr Abschlusszeugnis an der Wand gegenüber. »Was mache ich denn jetzt?«

»Wie meinst du das?«

»Mit Frances Geständnis! Sie war es nicht, Randall!«

»Du glaubst, dass sie ihre Tochter schützt?«

»Ja!«

»Und du denkst, dass Kenzie die Täterin ist?«

»Da habe ich keinen Zweifel.«

»Kate, bist du Richterin oder Anwältin?«

Er ließ seine Worte nachwirken.

Er hatte recht.

Aber vielleicht war er ja wegen seiner eigenen Erlebnisse selbst parteiisch und für Kenzie eingenommen?

»Kate, ich weiß nur zu genau, wie zerstörerisch solche Spekulationen sein können.« Sein Tonfall wurde weicher. »Im Zweifelsfall musst du zu ihren Gunsten entscheiden.«

Kate blickte auf die Aktenmappe mit Frances' eidesstattlicher Erklärung. *Tu mir das nicht an, Randall.* »Ich muss gar nichts. Ich bin nicht ihre Anwältin.«

»Kate, du überraschst mich. Ich dachte, du glaubst an das Prinzip der Unschuldsvermutung. Wenn du es nicht tätest, säße ich immer noch im Gefängnis.«

Auch wenn er es nicht aussprach, hingen die Worte zwischen ihnen in der Luft: *Du misst mit zweierlei Maß.*

Kate holte tief Luft. »Ich habe immer daran geglaubt. Und das tue ich auch jetzt noch.«

»Bloß nicht in diesem Fall?«

Sie schüttelte den Kopf. »Nicht wenn es um Kenzie geht.«

»Ich denke, deine Wut macht dich blind, Kate.«

»Dich ja vielleicht auch, Randall.«

»Was willst du damit sagen?«

»Vielleicht willst du einfach deshalb nicht glauben, dass Kenzie eine unschuldige junge Frau ermordet hat und ihre Mutter sich ein falsches Geständnis ausgedacht hat, um sie zu decken, weil du immer noch wütend darüber bist, wie die Polizei sich damals auf dich eingeschossen hat. Aber vielleicht macht die Polizei diesmal ja keinen Fehler.«

Am anderen Ende der Leitung war es still.

»Mein Gott«, sagte er dann. »Es ist immer noch ein einziges Durcheinander, oder?«

Damit meinte er nicht den Fall Frances Sloane.

»Ich weiß es nicht«, antwortete Kate. »Ich weiß nicht, was ich davon halten soll.«

Sag es ihm, Kate. Erzähl ihm alles.

»Ich will bloß nicht, dass du einen Fehler machst, den du später bereust, Kate«, sagte er leise. »Es hat lange gedauert, bis du über den Tod deiner Schwester hinweggekommen bist.«

»Ich weiß. Und jetzt soll diejenige, die das alles verursacht hat, ungestraft mit einem Mord davonkommen.«

»Nicht zwangsläufig, Kate. Möglicherweise wird die Polizei auch vermuten, dass Frances lügt. Und sie auf die Probe stellen, mithilfe von Fakten, die nicht öffentlich bekannt sind.«

»Das stimmt.« Die Spannung in ihrer Brust ließ etwas nach.

»Aber, Kate …« Er schwieg einen Moment. »Hast du schon einmal daran gedacht, dass Frances tatsächlich schuldig sein könnte? Du bist – zu Recht – nicht gut auf Kenzie zu sprechen. Aber das heißt nicht, dass sie eine Mörderin ist.«

»Dass Frances eine Mörderin ist, ist noch weniger wahrscheinlich.«

»Woher willst du das wissen, Kate? Die wenigsten Leute laufen mit der Aufschrift ›Mörder‹ auf der Stirn herum.«

»Du meinst also, ich soll der Polizei das Geständnis übergeben, obwohl ich glaube, dass meine Mandantin lügt.«

»Du hast keine Beweise dafür, dass sie lügt, nicht wahr?«

»Nein.«

Die Aktenmappe vor ihr auf dem Tisch sah so unverfänglich, so harmlos aus.

»Dann ist es deine Pflicht, ihren Anweisungen Folge zu leisten.«

Kate atmete tief durch. »Okay.«

»Das wusstest du aber schon. Du hättest niemanden gebraucht, der dir das sagt.«

»Da hast du wohl recht. Es ist nur … Du kennst diese Leute nicht, Randall. Es widerstrebt mir zutiefst, das Geständnis der Polizei zu übergeben. Es kommt mir so ungerecht vor.«

»Frances hat sich nun mal so entschieden. Jetzt wird sie die Konsequenzen tragen müssen.«

Kate holte tief Luft. Sie musste es ihm sagen. Sie konnte das Thema nicht länger umgehen. Wie Frances musste sie sich den Konsequenzen stellen. »Da ist noch etwas.«

»An deinem Tonfall hört man schon, dass es nichts Gutes ist.«

»Stimmt.« Sie schluckte. »Ich werde gestalkt.«

»Herrgott, Kate! Seit wann denn?«

»Seit vorgestern«, flüsterte sie.

»Warum hast du mich nicht angerufen?« Er klang angespannt.

Er weiß es. Er spürt die Distanz ebenfalls.

»Es ging alles so schnell.«

Er schwieg einen Moment. »Fang von vorne an.«

Sie erzählte ihm von dem Zettel und dem Einbruch.

»Hast du die Polizei gerufen?«

»Das hat die Sicherheitsfirma getan. Der Streifenwagen war sofort da.«

»Und was unternimmt die Polizei, um den Stalker zu finden?«

»Ein Detective geht der Sache mit der Zeichnung nach.« Sie bemühte sich, weiter mit fester Stimme zu sprechen, doch bei der Erinnerung an diese Zeichnung krampfte sich ihr der Magen zusammen.

»Du übernachtest doch nicht trotzdem in deinem Haus, oder?«

»Nein, ich schlafe bei Muriel.«

»Nur ihr beide?«

Kate schloss die Augen. »Ethan hat auf dem Sofa übernachtet.«

»Was hat der mit der Sache zu tun? Er ist doch in der Abteilung für ungelöste Fälle«, fragte Randall scharf.

»Ich habe ihn angerufen, Randall. Er ist sofort gekommen.«

Es wurde still.

»Ich verstehe«, sagte Randall dann. Kate konnte seinen Schmerz und seine Wut durch die Telefonleitung spüren. »Was genau willst du mir eigentlich mitteilen?«

»Ich sage dir nur, was passiert ist. Ich lege dir die Fakten dar, Randall.«

Um Gottes willen, sie konnte nicht fassen, dass sie ihm gegenüber in Anwaltsjargon verfiel.

Um sich zu schützen.

»Verstehe. Dann vielen Dank für diese Darlegung. Bist du auch sicher, dass du keine relevanten Details ausgelassen hast?«

»Ja. Ich habe dir alles erzählt. Ich fand, du solltest Bescheid wissen.«

»Ich weiß nicht, was mich wütender macht: dass du mir nichts von dem Stalker erzählt hast oder dass Ethan auf dem Sofa geschlafen hat.« Er räusperte sich. »Triffst du dich mit ihm?«

»Nein.« Sie schwieg einen Moment. »Ich glaube nicht.«

»Was zum Teufel soll das heißen? Entweder du tust es oder du tust es nicht.«

Jetzt wurde sie auch wütend. »Das Gleiche könnte ich doch über uns sagen, Randall. Ich habe keine Ahnung, was du empfindest oder ob deine Kinder mich jemals als Teil ihres Lebens akzeptieren werden. Wie lange soll ich denn noch auf dich warten? Ich möchte nicht mein ganzes Leben damit verbringen, auf etwas zu warten, das ich vielleicht nie bekomme.«

Es herrschte Schweigen.

Kate zählte ihre Herzschläge.

»Mein Gott.« Randall atmete tief durch. »Es tut mir leid, Kate. Das ist dir gegenüber nicht fair. Ich verspreche, wir klären das, wenn ich im Juli wieder da bin.«

Bis Juli war es noch sehr lange hin.

»Mach's gut«, sagte sie.

41

»Bitte gib das Lily zu ihrem siebzehnten Geburtstag.«

Das hatte Cameron vermutlich nicht erwartet, als Frances ihn mittags angerufen und gebeten hatte, sofort zu ihr zu kommen – und zwar ohne seine Familie. Sicher hatte er in der Zeitung von Kenzies Festnahme gelesen.

Cameron wartete geduldig, bis Frances den Satz beendet hatte. Sprechen war so anstrengend geworden. Und das Frustrierende war, dass Frances umso mehr zu sagen hatte, je schwerer ihr das Sprechen fiel.

Auf ihre Anweisung hin hatte Phyllis das kleine Schmuckkästchen auf das Klapptablett ihres Rollstuhls gestellt. Inzwischen konnte Frances ihre Hand nur noch um wenige Zentimeter heben, deshalb sagte sie: »Nimm es, Cameron.«

Ihr Sohn öffnete das Kästchen. Ein Ring mit einem von Diamanten eingefassten Saphir glänzte in der Morgensonne. »Das ist der Ring deiner Großmutter, nicht wahr?«

Frances zwang ihre Gesichtsmuskeln zu einem Lächeln. »Von einem Rotschopf an den nächsten.«

Seine Lippen wurden zu einem dünnen Strich. Offensichtlich dachte er an den Rotschopf, der gestern von der Polizei festgenommen worden war. »Vielen Dank. Lily wird ihn in Ehren halten.«

Ihr wurde schwer ums Herz bei dem Gedanken, dass sie nie erleben würde, wie Lily mit siebzehn war. Höchstwahrscheinlich nicht einmal, wie sie mit siebzehn Monaten war. Die Rolltreppe fuhr einfach zu schnell.

Ihre Enkelin würde sie nie richtig kennenlernen. Noch schlimmer war, dass sie ihre Großmutter für eine feige Mörderin halten würde.

Das war ein hoher Preis für die Liebe ihrer Tochter.

Keine Reue, Frances.

Auch wenn Kenzie ihren Motiven zunächst vielleicht misstrauen würde, am Ende würde sie erkennen, dass ihre Mutter aus Liebe gehandelt hatte.

Und die kleine Lily würde schließlich jederzeit eine liebende Mutter an ihrer Seite haben. Frances würde für sie nur ein Familiengespenst sein, über das man höchstens im Flüsterton sprach, das ihr aber ein teures Schmuckstück vermacht hatte.

Ihr Sohn wurde unruhig. »Du scheinst mit deiner Lobbyarbeit für Sterbehilfe viel öffentlichen Anklang zu finden.«

»Ja.«

»Was passiert denn jetzt als Nächstes? Wird Harry Owen das Thema im Parlament zur Sprache bringen?«

Sie hielt seinem Blick stand, obwohl ihr Hals vor Trauer wie zugeschnürt war. All den Menschen den Rücken zu kehren, die auf ihre Kampagne reagiert hatten, gehörte zum Schwersten, was sie je getan hatte.

Blut ist dicker als Wasser, Frances. Denk daran.

»Nein. Das ist alles vorbei.«

Cameron hielt die Hand mit dem Schmuckkästchen lässig zwischen den Knien. »Ich muss mit dir über Kenz…«

»Noch etwas …«, sagte sie im selben Moment. Und dann begann sie zu husten.

Oh Gott. Sie schaute Cameron in panischer Angst an. Sie bekam den Schleim nicht aus der Kehle. *Hol Phyllis*, versuchte sie ihm mit ihrem Blick mitzuteilen. Sie würgte, war kurz vor dem Ersticken.

»Phyllis!«, brüllte Cameron.

Phyllis kam ins Zimmer gerannt. Sie stellte schnell die Absaugmaschine an und führte den Schlauch in Frances' Rachen.

Luft, sie bekam keine Luft.

Ihre Lunge rang nach Luft.

In ihrem Kopf war ein schrecklicher Druck, und die Augen traten ihr vor Anstrengung aus den Höhlen. Frances stellte sich vor, sie könnte mit den Händen ihren Hals umfassen, sie könnte ihre Lunge zwingen, den gefährlichen Schleim hinauszuschleudern.

Aber die einzige Rettung war ein Schlauch.

Und schließlich half er ihr tatsächlich.

Sie schnappte nach Luft. Endlich drang ein wenig Sauerstoff in ihre Lunge. Sie schnappte noch einmal nach Luft. Und noch einmal.

Dann bemerkte sie Camerons entsetzte Miene und den angstvollen Blick, den er Phyllis zuwarf: *Mom geht es immer schlechter, nicht wahr?*

Ja, was dachte er denn, weshalb sie ihn um einen Besuch gebeten hatte?

Sie hoffte nur, dass die Rolltreppe sie sanft und ruhig an ihrer letzten Station absetzen würde. Wo immer das sein mochte. Vielleicht war es einfach das völlige Vergessen. Es wäre ihr willkommen.

Denn dann wäre sie frei.

Ihre Seele wäre nicht mehr an diesen völlig nutzlosen, heruntergekommenen Körper gefesselt, sondern schwerelos. Nicht von piepsenden Maschinen umgeben, von Metallstützen und von Schläuchen, die Flüssigkeiten in ihren Körper hinein- und aus ihm hinausleiteten. Stattdessen wäre sie eingehüllt in … Nichts.

Nach ein paar Augenblicken beruhigte sich ihr Herz allmählich so weit, dass sie wieder versuchen konnte zu sprechen. »Ich habe den Mord an Heather Rigby gestanden.«

Cameron sprang auf. Das Kästchen fiel auf den Boden. »Was sagst du da?«

»Ich war es.«

»Mom, das ist doch verrückt.« Misstrauisch kniff er die Augen zusammen. »Kenzie hat dich darum gebeten, nicht wahr?«

»Nein.«

Sie erwiderte seinen Blick. Aus Augen, die in den gleichen haselnussbraunen Farbtönen gesprenkelt waren wie die seines Vaters, schauten er sie ungläubig an. »Warum nimmst du sie in Schutz?«, fragte er leise.

»Das tue ich nicht.«

»Doch. Sie hat es nicht verdient, Mom.«

Ich bin es ihr schuldig.

Er musste ihre Gedanken gelesen haben, denn er fauchte: »Sie ist böse. Sie ist immer böse gewesen. Jetzt willst du für ihre Taten büßen. Dadurch wird alles befleckt werden, wofür du je gearbeitet hast. Die Menschen werden deine Gebäude anschauen und nicht mehr erkennen, was für eine visionäre Architektin du warst, sondern nur noch die Handschrift einer Mörderin darin sehen.«

Ihr Herz krampfte sich zusammen. *Herr, nimm mich zu dir.* Sie spürte Schweiß auf ihrer Haut. Cameron hatte recht, das wusste sie, aber hatte sie denn eine andere Wahl?

Sollte Kenzie wegen eines einzigen schrecklichen Fehlers alles verlieren?

Frances, nicht weinen. Bloß nicht weinen.

Wenn sie weinte, würde über ihre Nebenhöhlen Flüssigkeit in ihren Rachen laufen und einen weiteren Hustenanfall verursachen.

»Es tut mir leid«, sagte sie.

Cameron schaute auf das Kästchen mit dem Ring, das er hatte fallen lassen. »Deine Enkel werden dich für eine Mörderin halten. Lily wird ihren zweiten Vornamen ändern wollen.«

Willst du mir unbedingt wehtun? Denkst du, ich liebe dich nicht mehr, nur weil ich Kenzie schütze?

»Es tut mir leid«, sagte sie noch einmal.

»Es ist noch nicht zu spät, Mom. Noch kannst du der Polizei die Wahrheit sagen.«

Aber ich weiß nicht mehr, was die Wahrheit ist.

Ich kenne nur noch meine eigene Wahrheit. Dass ich nicht sterben kann, ohne meiner Tochter zu zeigen, dass ich sie genug geliebt habe, um so etwas für sie zu tun.

»Es ist schon passiert.«

»Mom, bitte, sie hat das nicht verdient. Sie hat dich nie geliebt. Sie hat keinen von uns geliebt.«

Ihrem Sohn rannen Tränen über die Wangen. Seit er erwachsen war, hatte sie ihn nur bei der Geburt seiner Kinder noch einmal weinen sehen.

»Es tut mir leid.«

»Wie konntest du uns das antun? Du ziehst uns alle mit in den Dreck.«

Das tat weh. Aber es stimmte. Cameron und seine Familie würden auch darunter zu leiden haben. Doch sie hatten einander. Er hatte es beruflich weit gebracht. Sie würden diesem Sturm standhalten.

»Ich habe dich lieb.«

Er schaute sie flehend an. Sie dachte daran, wie er sie als kleiner Junge mit diesen großen haselnussbraunen Augen bittend angeblickt hatte, damit sie ihm half, sein ferngesteuertes Auto zu reparieren. Und sie hatte ihm geholfen.

Sie hatte ihm immer geholfen.

Denn mit ihm war alles ganz einfach gewesen. Es war ihr leichtgefallen, ihm zu helfen, ihn zu lieben.

Kenzie war die Schwierige gewesen.

Bei ihr war es leicht gewesen, frustriert zu sein und sie links liegen zu lassen.

Kenzie so kurz vor dem Tod links liegen zu lassen, wäre ebenfalls leicht.

Aber sie wollte nicht den leichten Weg einschlagen. Sie konnte es nicht.

Diesmal nicht.

»Denk immer daran, dass ich dich liebe.«

Ihr Sohn beugte sich zu ihr herab und gab ihr zum Abschied einen Kuss. Auf ihre Wange fiel eine Träne.

Dann saß sie mit geschlossenen Augen in der Nachmittagssonne, und ihre Haut nahm die Träne ihres Sohnes in sich auf, bis nichts mehr davon zu sehen war.

Frances wartete auf den Anruf ihrer Anwältin.

42

»Ich muss mit Detective Ethan Drake sprechen«, sagte Kate zu dem Polizisten am Empfangstresen des Polizeireviers. »Ich bin Kate Lange. Bitte sagen Sie ihm, dass ich hier bin und ihn sprechen möchte.« Sie setzte sich auf die Holzbank und legte den Umschlag mit der eidesstattlichen Erklärung neben sich. Es hätte sie nicht überrascht, wenn er getickt hätte.

Die Sicherheitstür öffnete sich. Ethan kam auf sie zu. Er sah ziemlich erschöpft aus. Sie wusste, dass er an Kenzies nächtlicher Vernehmung beteiligt gewesen war.

»Kate! Ist alles in Ordnung?« Er schaute ihr prüfend ins Gesicht. Dann wurde sein Blick sanfter, aus Anteilnahme, aber auch aus Freude, sie zu sehen.

»Mir geht es gut.« Sie zwang sich zu einem Lächeln. »Ich bin beruflich hier.«

Er sah den Umschlag, der neben ihr auf der Bank lag. »Komm, wir gehen nach oben.«

Kate folgte ihm durch die Sicherheitstür und die Treppe hinauf. Dabei konnte sie ihren Blick nicht von seiner hochgewachsenen Gestalt lösen.

Wie mochte es Ethan wohl gehen?

»Wir unterhalten uns in meinem Büro. Einer der Vorteile, wenn man bei den ›Ungelösten Fällen‹ ist.« Kate erinnerte sich, dass Ethan früher im Großraumbüro gearbeitet hatte. Jetzt führte er sie in einen einfach eingerichteten kleinen Raum: Aktenschrank, Schreibtisch, Computer, Stühle. Kate setzte sich ihm gegenüber an den Tisch. Den Umschlag legte sie sich auf die Knie.

Erschöpft ließ er sich auf einen Stuhl sinken und lehnte sich zurück. Sie wusste, dass er nur deshalb seine Müdigkeit nicht vor ihr verbarg, weil sie miteinander vertraut waren.

Sie rutschte auf ihrem Stuhl herum. Das Gespräch würde schwierig werden.

Sie zog die eidesstattliche Erklärung aus dem Umschlag und legte sie vor Ethan auf den Schreibtisch. »Ethan, meine Mandantin hat mich heute gebeten, das hier aufzusetzen.«

Als er den ersten Absatz überflog, zuckte sein Augenlid.

»Ich, Frances Sloane, gestehe hiermit den Mord an Heather Catherine Rigby …«

Er blätterte die Erklärung durch. Dann schaute er hoch. Seine Lippen waren fest aufeinandergepresst.

Sie spürte seine Wut.

Er glaubt, dass Kenzie die Mörderin ist.

Sie hätte ihm gern gesagt, dass er recht hatte, dass Kenzie zu dem Verbrechen fähig war, auch wenn ihre Mutter es gestanden hatte, aber die Regeln ihres Berufs verboten es ihr.

»Soll das ein Witz sein?«, fragte Ethan schließlich.

»Nein.« Sie hielt seinem Blick stand.

»Verdammt.«

»Genau.« Sie konnte ihm nicht länger in die Augen sehen. Das Ganze setzte ihr zu. Sehr sogar. Aber das durfte sie Ethan nicht merken lassen. »Es tut mir leid.«

Er fuhr sich mit der Hand durch die Haare. »Deine Mandantin muss herkommen. Sofort.«

»Ich weiß. Ich rufe sie an.« Kate erhob sich. »Du weißt, dass sie nicht mehr lange zu leben hat, oder?«

»Ja.«

Kate verließ Ethans Büro.

Auf der Straße holte sie ihr Handy hervor und wählte die Nummer ihrer Mandantin.

Sie versuchte, sich ihre Wut nicht anmerken zu lassen. Frances hinderte Ethan daran, Heathers wahren Mörder zu überführen. Und Kate war diejenige gewesen, die ihm diesen Schlag verpassen musste.

»Ich komme so schnell wie möglich«, sagte ihre Mandantin mit beschämendem Eifer. »Und vergessen Sie nicht, die Medien zu informieren.«

Kenzie Sloane saß zusammengesackt auf ihrem Stuhl. Eine halbleere Wasserflasche rollte zu ihren Füßen über den Boden. Trotz ihrer körperlichen Erschöpfung blickte sie wachsam auf, als Ethan das Zimmer betrat.

Er hielt ihr die Tür auf. »Ms Sloane, Sie können gehen.«

Sie erhob sich. »Ich muss nicht die vollen vierundzwanzig Stunden hierbleiben?«

Was zum …?

Er schüttelte den Kopf. »Sie können gehen.«

Ein Gefühl des Triumphs durchflutete sie. Sie hatte gegen die Cops gewonnen. Nicht mehr lange, und sie würde auch gegen McNally gewinnen.

Eigentlich musste sie Detective Drake dafür dankbar sein, dass er sie hatte festnehmen lassen. Andernfalls hätte sie nie erfahren, dass McNally diese Skizze für Kate hinterlegt hatte. Jetzt konnte sie den perfekten Plan in die Tat umsetzen.

Detective Drake begleitete sie die Treppe hinunter und zum Haupteingang.

»Können Sie mir bitte ein Taxi rufen?«

Der Polizist am Empfang bestellte ein Taxi. In dem Augenblick bemerkte Kenzie die Frau, die auf der Bank saß.

Sie war wie vom Blitz getroffen.

Kate Lange.

Was wollte sie hier?

Die Augen waren unverändert. Himmelblau und durchdringend. Die Ponyfransen fehlten, und die Haare waren länger, aber immer noch tief kupferrot. Kenzies unverwechselbare Mähne reichte ihr jetzt bis weit über die Schultern.

Unter der Bikerjacke aus Leder war ihre Kleidung zerknittert. Kenzie kam auf Kate zu. Von Nahem bemerkte Kate die Augenringe, das verwischte Make-up und die Müdigkeit.

Aus Kenzies Ausschnitt schaute ein tätowierter Koi hervor und wand sich um ihren Hals.

Kate versuchte, nicht hinzustarren.

Kenzie blieb einen Meter vor ihr stehen. Sie schienen beide zu spüren, dass sie durch eine unsichtbare Linie voneinander getrennt waren, und keine mochte diese Grenze überschreiten. Es würde eher ein Fechtduell werden als ein Ringkampf.

Aber Kate ahnte – nein, sie wusste –, dass Kenzie die Grenze augenblicklich überschreiten würde, wenn sie es für nötig hielt.

»Kate.« In Kenzies Stimme lag keine Feindseligkeit, aber sie klang auch nicht besonders freundlich. Sicherlich nahm Kenzie sich in Acht, weil ihr klar war, dass Ethan und der Constable am Empfang sie im Auge behielten.

»Hallo, Kenzie. Wie geht es dir?«

»Gut.« Sie strich sich eine Haarsträhne hinter die Schulter. Ihr Jackenärmel rutschte hoch und gab den Blick auf ihr Handgelenk frei. Ein aufwendig gezeichnetes Muster aus übereinanderliegenden Schuppen in Weiß, Grün, Blau und Schwarz wurde sichtbar, das sich offenbar von den Handgelenken die Arme hinauf erstreckte.

Hat sie sich eine Rüstung tätowieren lassen?

Nein, das Tattoo begann an den Handgelenken mit einem Nautilus. Die Schuppen waren in Wirklichkeit Meereswellen, die wohl ihre Arme hinaufliefen. Das Motiv war so lebendig und detailliert, so voller Bewegung und Licht und Schatten, dass es Kate schwerfiel, den Blick abzuwenden und Kenzie wieder ins Gesicht zu sehen.

Der böse Geist aus Kates Vergangenheit hatte sich in ein lebendiges Meisterwerk der Tätowierkunst verwandelt.

»Ich habe gehört, dass du meine Mutter juristisch vertrittst«, sagte Kenzie mit leichter Schärfe im Tonfall. Der Kampf war eröffnet.

»Ja. Das mit ihrer Krankheit tut mir leid«, erwiderte Kate ausdruckslos.

Kenzie blickte kurz zu Ethan hinüber, aber er stand ein paar Meter von ihnen entfernt. »Was machst du hier?«, fragte sie leise.

Das möchtest du wohl wissen.

»Tut mir leid, Kenzie, aber das darf ich dir nicht sagen. Warum rufst du nicht deine Mutter an?«

Kenzie presste die Lippen aufeinander. »Ja, das werde ich tun.«

Draußen hielt ein Taxi und hupte. Kenzie ging Richtung Ausgang davon.

»Übrigens«, rief sie Kate über die Schulter hinweg zu, »Finn ist ein toller Kerl.« Ihre Blicke trafen sich noch einmal. »Wir haben viel Zeit miteinander verbracht.«

Kates Herz klopfte wie wild. Sie wusste, was dieser Blick bedeutete.

Tu ihm nicht weh, Kenzie.

Ohne sich noch einmal umzusehen, verließ Kenzie das Revier.

Offensichtlich wusste sie nicht, weshalb man sie hatte gehen lassen, aber es war nur eine Frage der Zeit, bis sie es herausfand.

Kate spürte, wie ihr die Galle hochkam.

Die Geschichte bereitete ihr Übelkeit.

Frances beschützte Kenzie. Finn beschützte Kenzie.

Dabei müssten die beiden *vor* Kenzie beschützt werden.

Besonders Finn. Er wusste ja gar nichts über sie.

Warum hatte er sich von dieser Tätowier-Ikone nur so einnehmen lassen?

All diese Tattoos auf Kenzies Körper waren nur ein Täuschungsmanöver.

Ein *Trompe-l'œil.*

43

Kenzie hätte Kate nie merken lassen, wie sehr ihre verächtliche Miene sie wurmte. Kate tat so verdammt überlegen.

Vielleicht glaubte sie ja, sie hätte gute Gründe dafür.

Nun denn, sie würde schon merken, wie falsch sie damit lag.

Kenzie trat ins Freie.

Frische Luft.

Sie war keine vierundzwanzig Stunden auf dem Polizeirevier gewesen, aber es fühlte sich an wie eine Ewigkeit. Der Wind ließ ahnen, dass bald Nebel aufziehen würde. Trotzdem zog sie die Jacke aus, sodass er über die feinen Härchen auf ihren Armen strich.

Sie lebte.

Sie war frei.

Vorerst.

Der Taxifahrer hupte noch einmal.

Kenzie warf ihm einen genervten Blick zu und stieg hinten ein. Sie nannte dem Fahrer die Adresse von *Yakusoku Tattoo*. Er schaute auf ihre tätowierten Arme. »Ist denn da überhaupt noch Platz?«, sagte er und lachte leise.

Kenzie sah aus dem Fenster.

Ein Transporter fuhr auf den Behindertenparkplatz und hielt direkt vor ihnen, sodass das Taxi nicht vorwärts ausparken konnte.

Der Taxifahrer fluchte, setzte zurück und fuhr um den Transporter herum. Dabei fiel Kenzies Blick auf die Frau am Lenkrad.

Das Gesicht kam ihr irgendwie bekannt vor.

Das Taxi passierte den Citadel Hill, der nach all dem Regen in sattem Grün leuchtete. Es war eine unglaublich intensive Farbe. Eine von Kenzies Lieblingstinten hatte genau diesen Ton …

Phyllis. Die Fahrerin des Transporters war die Pflegerin ihrer Mutter.

In dem Auto musste ihre Mutter gesessen haben.

Und Kate Lange – die Anwältin ihrer Mutter – war bereits auf dem Revier gewesen.

Sie hatte dort auf Kenzies Mutter gewartet.

Endlich fügte sich alles zu einem Bild zusammen. »Himmel Herrgott.«

Wollte ihre Mutter sie noch stärker belasten?

Aber warum hatte man Kenzie dann vor Ablauf der Vierundzwanzig-Stunden-Frist gehen lassen, noch dazu ohne Auflagen?

Sie kramte in ihrem Portemonnaie nach der Visitenkarte, die Eddie Bent ihr gegeben hatte.

Er ging beim zweiten Klingeln ans Telefon.

»Eddie? Hier ist Kenzie Sloane.«

»Wie ist es gelaufen?«

»Ich habe es so gemacht, wie Sie mir geraten haben. Ich habe nichts gesagt.«

»Sehr gut.« Er schwieg einen Moment. »Also hat die Polizei Sie nicht die vollen vierundzwanzig Stunden dabehalten?«

»Nein.«

»Sind Sie ganz sicher, dass Sie keine Fragen beantwortet haben?«

Es war klar, was hinter der Frage steckte: Eddie dachte, sie hätte irgendeine Information an die Polizei weitergegeben, die dieser weiterhalf.

»Ganz sicher. Ich habe wirklich kein einziges Wort gesagt. Sie hätten mich sehen sollen.«

»Okay, Kenzie, ich glaube Ihnen.« Sein brummiger Tonfall hatte etwas sehr Beruhigendes. Als sie ihn zum ersten Mal gesehen hatte, in zerknittertem Hemd, schmutzigen Jeans, mit Nikotinflecken an den Händen und Gartenerde unter den Fingernägeln, war sie ziemlich skeptisch gewesen. Der einzige Grund, weshalb sie den komischen Gartenzwerg nicht weggeschickt hatte, waren seine Augen gewesen. Sie hatten durch all ihre Tätowierungen hindurch direkt in ihr Inneres geblickt. »Aber es ist schon ungewöhnlich, dass die Polizei Sie früher gehen lässt, als sie muss«, fuhr er fort.

»Als ich das Revier gerade verlassen wollte, habe ich Kate Lange dort gesehen.«

»Verstehe«, sagte er in neutralem Tonfall.

»Kurz danach ist meine Mutter angekommen.«

»Ich wusste gar nicht, dass sie überhaupt noch das Haus verlässt.«

»Nur in Notfällen.« Sie knabberte an einem Fingernagel, eine Angewohnheit, die sie sich eigentlich mit acht Jahren abgewöhnt hatte. »Was glauben Sie, was sie auf dem Revier wollte?« Kenzie kannte die Antwort bereits. Doch sie hoffte, dass ihr Anwalt ihr sagte, sie irre sich.

»Offenbar will die Polizei ihre Aussage auf Video aufnehmen.« Eddie Bent ließ seine Worte nachwirken. »Was denken *Sie* denn, weshalb sie dort ist?« Kenzie fühlte sich, als säße sie beim Psychotherapeuten.

Mom, was tust du nur? »Ich weiß es nicht.«

»Ganz sicher?« *Machen Sie mir nichts vor,* besagte sein warnender Tonfall.

»Ja. Ich habe keine Ahnung, warum meine Mutter mit der Polizei sprechen will.« Sie biss ein Stück von dem Fingernagel ab. Sie hatte ganz vergessen, wie befriedigend sich das anfühlte. »Also, wie geht es jetzt weiter?«

»Wir warten ab. Sobald ich etwas höre, rufe ich Sie an. Falls die Polizei Sie anruft, brauchen Sie nicht abzunehmen. Falls man Sie noch einmal festnimmt, sagen Sie wieder nichts, außer dass Sie mich anrufen wollen und dass ich der Anwalt Ihrer Wahl bin.«

»Okay.« Etwas verspätet fügte sie hinzu: »Danke, Eddie.«

»Denken Sie daran, Kenzie, ich bin auf Ihrer Seite. Wenn Sie mir noch irgendetwas mitteilen wollen, rufen Sie mich an. Je mehr ich weiß, desto besser kann ich Sie verteidigen.«

»Danke. Ich muss jetzt auflegen.« Sie waren bei *Yakusoku Tattoo* angekommen.

Sie bezahlte den Taxifahrer und ging direkt zum Parkplatz hinter dem Studio. Gott sei Dank. Ihr Wagen war noch da. Die Polizei hatte ihn nicht beschlagnahmt.

Sie schloss auf und setzte sich hinters Lenkrad. Erst jetzt wurde ihr richtig bewusst, wie müde sie war. Sie hatte die ganze Nacht nicht geschlafen. Sie lehnte sich zurück und wählte die Nummer von Finns Handy.

Er meldete sich gleich beim ersten Klingeln. »Kenzie! Alles in Ordnung bei dir?«

»Ja, alles okay.«

»Hat die Polizei dich gehen lassen?«

»Ja.« Ihre Stimme klang erstaunlich ruhig. »Sie haben nichts gegen mich in der Hand, Finn.«

»Natürlich nicht. Weil du unschuldig bist.«

Gesegnet sei dein vertrauensseliges Herz, Finn.

»Na ja, man weiß nie, ob sie die Dinge nicht so hindrehen, dass es zu ihren Theorien passt«, sagte sie. »Wie geht es Fu?«

»Bestens. Aber er vermisst dich.«

Das versetzte ihr einen Stich. Sie konnte es gar nicht erwarten, ihren Hund wieder im Arm zu halten.

Aber eine Sache musste sie noch erledigen, bevor sie sich

ausruhen konnte. »Bist du in einer Stunde zu Hause? Ich muss meine Sachen abholen.«

»Fliegst du etwa heute Abend schon zurück?« Er war offensichtlich verletzt.

»Hör zu, ich muss einfach wieder nach New York, Finn. Von unserer Begegnung einmal abgesehen war dieser Besuch eine einzige Katastrophe.« Das würde er sicher einsehen.

»Gut, ich bin zu Hause.«

»Danke«, sagte sie leise. Der Abschied von ihm fiel ihr nicht leicht. Vielleicht konnte er sie ja besuchen kommen …

Schluss mit den Tagträumen.

»Also bis gleich. Ich muss vorher nur schnell noch etwas erledigen.«

Sie stellte das Telefon leise. Zeit für einen letzten Besuch im Haus ihrer Mutter.

44

Ethan leerte die Tasse Kaffee in einem Zug und spülte dabei gleich mehrere Tabletten Ibuprofen hinunter. Seit einer Stunde fühlte er sich, als wäre er gegen eine Wand gelaufen. Ihm dröhnte der Kopf. Er konnte nicht glauben, welche Wendung dieser Fall genommen hatte.

Sie saßen ziemlich in der Tinte.

Und alles wegen Kates Mandantin.

Gib nicht dem Boten die Schuld.

Kate hatte nicht so ausgesehen, als wäre sie über das Geständnis ihrer Mandantin besonders glücklich. Damit beging die Kampagne für Sterbehilfe offiziell Selbstmord. Und die Mordermittlungen, die eben noch so aussichtsreich schienen, waren vor Ethans Augen wie ein Kartenhaus in sich zusammengestürzt. Nachdem Frances gestanden hatte, hatten sie Kenzie nicht länger festhalten dürfen. Damit war auch keine Zeit mehr für Infrarotfotos geblieben. Noch eine Spur, der sie nicht nachgehen konnten.

Dieser Fall durfte nicht auch noch den Bach hinuntergehen.

Es reichte.

Lamond kam gemeinsam mit Frances Sloane ins Vernehmungszimmer. Sie steuerte ihren Rollstuhl mit einem Finger. In ihrer Nase steckte eine Art Atemschlauch.

Ihre Pflegerin Phyllis überprüfte den tragbaren Sauerstoffbehälter, hantierte an dem Schlauch herum und zupfte die Decke über Frances' Beinen zurecht. Man sah ihr an, wie sehr ihr die ganze Angelegenheit missfiel.

»Es ist alles in Ordnung, Phyllis. Sie können jetzt gehen«, sagte Frances.

Ethan legte die eidesstattliche Erklärung auf den Tisch, daneben eine dicke Aktenmappe und einen leeren Notizblock. »Mrs Sloane, diese Vernehmung wird auf Video aufgezeichnet. Sie haben das Recht zu schweigen …« Er las ihr die Rechtsbelehrung vor. »… Sie haben das Recht, sich mit einem Anwalt zu beraten …«

»Ich habe schon mit meiner Anwältin gesprochen.« Ihre Augen waren denen ihrer Tochter verblüffend ähnlich. Sie schluckte. »Ich möchte den Mord an Heather Rigby gestehen.« Sie sprach langsam und achtete darauf, die Worte so deutlich wie möglich zu artikulieren.

»Erzählen Sie uns, was in jener Nacht passiert ist, Mrs Sloane.« Ethan lehnte sich auf dem Stuhl zurück.

Sie erzählte exakt die gleiche Geschichte, die Ethan schon aus der eidesstattlichen Erklärung kannte.

Er hörte mit teilnahmsloser Miene zu. Dann nahm er ein Blatt Papier aus der Mappe und las mit gerunzelter Stirn, was darauf stand. Dabei spürte er Frances' Blick auf seinem Gesicht.

Sie sollte sich Sorgen machen. Unsicher werden.

Sie sollte sich fragen, was sie über diesen Fall alles nicht wusste, wie sie sich unabsichtlich verraten könnte.

Er legte das Blatt Papier wieder in die Aktenmappe, schloss sie äußerst bedächtig und hob den Kopf. Er sah Frances Sloane fest in die Augen.

Sie bewahrte auf bewundernswerte Weise die Ruhe. Aber er bemerkte doch eine Spur von Unbehagen in ihrem Blick.

»Mrs Sloane, Ihre Tochter hat rote Haare, nicht wahr?«

»Ja.«

»Hat sie sich die Haare für *Mardi Gras* gefärbt?«

Damit brachte er Frances Sloane in die Zwickmühle. Sie musste sich jetzt fragen, ob die Polizei ein gefärbtes Haar gefunden hatte. Oder ein rotes.

Nach ein paar Sekunden sagte sie: »Nein.« Sie beobachtete genau sein Gesicht, um jede Reaktion zu bemerken.

Er nahm einen Schluck aus dem Kaffeebecher, den er sich vorhin neu gefüllt hatte, und wäre fast zusammengezuckt, weil sein Magen sofort protestierte. »Heather Rigby ist mit einer Halloweenmaske auf dem Gesicht gefunden worden.«

»Ja. Die habe ich ihr aufgesetzt.«

»Warum?«

»Weil ich wütend war.«

»War es Kenzies Maske?« Er fragte es schnell, um sie aus dem Gleichgewicht zu bringen.

»Nein. Sie lag im Bunker auf dem Boden.«

Er öffnete die Aktenmappe und notierte etwas. Dann schloss er die Mappe wieder.

»Hatten Sie die Maske zuvor schon einmal gesehen?«

»Nein.«

»Wie ist sie Ihrer Meinung nach in den Bunker gekommen?«

»Heather könnte sie mitgebracht haben.«

»Haben Sie sie aufgesetzt, bevor Sie sie Heather Rigby angelegt haben?«

Sie zögerte.

Warum fragt er das?, überlegte sie jetzt sicher.

Natürlich: An der Maske war ein Haar gefunden worden. Aber in welcher Farbe? Und von wem?

»Nein.«

Er betrachtete ihre kurzen silbergrauen Haare.

»Welche Farbe hatten Ihre Haare vor siebzehn Jahren, Mrs Sloane?«

»Vorwiegend grau. Aber einige hatten noch die ursprüngliche Farbe.« Auf seinen fragenden Blick hin fügte sie hinzu: »Sie waren rot.«

Rot.

Das war ja interessant.

»Hatten Sie damals die gleiche Frisur?«

»Nein. Ich hatte langes Haar.« Sie schluckte. »Ich habe es kurz schneiden lassen, als ich zu krank wurde, um es zu pflegen.«

»Wie lang waren Ihre Haare damals?«

In ihren wässrigen Augen leuchtete so etwas wie Triumph auf. »Mehr als schulterlang. So lang wie Kenzies.«

Verdammt. Er nippte an seinem Kaffee, um seine Enttäuschung zu verbergen. In seinem Bauch rumorte die Magensäure.

Eine Weile schaute er sie nur an, um so ihre Angst zu verstärken. Dabei unterdrückte er sein Unbehagen darüber, dass er einer Frau zusetzte, die offensichtlich nicht mehr lange zu leben hatte. Sie hatte sich selbst für diesen Weg entschieden. Schließlich sagte er: »Was ist passiert, nachdem Sie sie erschossen haben?«

»Ich habe ihre Leiche ins Moor geschleift.«

»Wie?« Er stellte diese Frage so beiläufig wie möglich. Das Seil war eines der wichtigsten Beweismittel, von denen Presse und Öffentlichkeit nichts wussten. Mit der Tätowierung konnten sie Frances nicht festnageln – die konnte Heather schon gehabt haben, bevor sie den Bunker betrat.

»Ich habe sie unter den Armen gepackt.« Mrs Sloanes Aussprache war ziemlich undeutlich geworden. Sie wurde langsam müde.

»Dann haben Sie ihre Leiche also in einen der Tümpel geworfen?«

»Nein. Ich habe sie vergraben.«

»Wie?«

»Ich habe unter den Büschen ein Loch gegraben.«

Das wäre ziemlich schwierig gewesen.

Aber nicht unmöglich.

»Mrs Sloane, was ist mit dem Revolver passiert?«

»Ich habe ihn ins Meer geworfen.« Das Kinn sackte ihr auf die Brust. Sie nuschelte: »Sind wir fertig?«

Er stand auf und griff nach der Akte.

Sie sah sich die Mappe genau an. Ethan wusste, was sie sich fragte. *Was steht da drin? Welche Beweise gibt es gegen meine Tochter?*

So einige.

Er hielt ihr die Tür auf. »Sie können nach Hause fahren, Mrs Sloane.«

»Wird denn keine Anklage erhoben?«

»Wir müssen erst sämtliche Beweismittel auswerten, Mrs Sloane.«

»Aber ich habe doch gesagt, dass ich es war.« In ihrem Mundwinkel hatte sich ein Speichelfaden gebildet.

»Ich weiß.«

»Also, dann nehmen Sie mich auch fest. Legen Sie mir Handschellen an, Detective.«

»Das ist nicht notwendig.«

Er wartete, bis Phyllis hereinkam. Sie wirkte ausgesprochen erleichtert, als sie die Bremsen am Rollstuhl ihrer Arbeitgeberin löste. »Fahren wir nach Hause, Frances.«

Frances sah Ethan an. »Meine Tochter ist unschuldig. Machen Sie nicht noch so einen schrecklichen Fehler wie bei Randall Barrett.«

Sie wollte ihn provozieren.

Nicht gerade die beste Methode, die Polizei für sich einzunehmen, Frances.

Er begleitete sie zum Fahrstuhl und drückte den Abwärts-Knopf. Die Türen öffneten sich sofort. Frances lenkte ihren Rollstuhl mit Hilfe der Steuerung hinein. Ethan und Phyllis folgten ihr. Die Türen schlossen sich.

Auf dem Weg nach unten sagte keiner ein Wort.

Doch Frances' letzte Sätze gingen Ethan nach.

Hatte er wirklich Scheuklappen auf?

Oder wollte Frances ihn nur dazu bringen, ihre unplausible Geschichte zu glauben?

Die Frau, die eben den Mord an Heather Rigby gestanden hatte, betätigte die Steuerung mit einem Finger und verließ im Rollstuhl das Polizeirevier.

Eigentlich sollte niemand im Haus sein. Schließlich hatte Kenzie ihre Mutter und Phyllis beim Polizeirevier vorfahren sehen. Dennoch näherte sie sich dem Haus ihrer Mutter mit Vorsicht. Im Innern brannten mehrere Lampen, sodass das Gebäude schimmerte wie ein Opal.

Sie ging seitlich daran vorbei. Die Reihe immergrüner Pflanzen, die den Pfad flankierte, erschien in der zunehmenden Dunkelheit undurchdringlich.

Als sie vor siebzehn Jahren diesen Pfad entlanggerannt war, waren die Pflanzen gerade erst gesetzt worden. Jetzt überragten sie Kenzie, und es schien fast, als wollten sie ihr Elternhaus vor ihr schützen.

Sie erreichte die Rückseite. Es verschlug ihr den Atem. Die Veranda, die ihr Vater in Missachtung der ästhetischen Vorstellungen seiner Frau angebaut hatte, war durch einen kleinen japanischen Garten ersetzt worden. Kenzie hätte seine schlichte Perfektion bewundert, wäre sie über die unerwartete Veränderung nicht so erschrocken gewesen.

Wenn die Veranda weg war, bedeutete das etwa auch …

Sie fing an zu laufen, auch wenn ihr übermüdeter und erschöpfter Körper kaum noch mit ihrer Erregung Schritt halten konnte. Ihre Panik ließ etwas nach, als sie den kleinen, mit Schindeln gedeckten Schuppen erblickte, den ihr Vater ganz am Ende des Grundstücks errichtet hatte. Er stand also noch. Ihre Mutter hatte ihn nicht abreißen lassen.

Instinktiv schaute sie zum Wald hinüber, der gleich hinter dem Schuppen begann. Sie bekam eine Gänsehaut. Die kleine Lücke zwischen den Bäumen, die zu dem Pfad an den Klippen entlang führte, war zwar etwas zugewachsen, aber immer noch erkennbar. Als Kind war sie viele Stunden auf diesem Pfad spazieren gegangen. Als Teenager hatte sie sich auf demselben Weg viele Male zum Bunker davongeschlichen. Das letzte Mal hatte sie den Pfad in den frühen Morgenstunden nach *Mardi Gras* benutzt.

Als sie endlich das Ende des Pfades erreichte, hätte sie sich am liebsten auf den Boden geworfen und geweint. Sie war zu Hause. Und sie lebte.

McNally und Lovett hatten sie nicht gefunden.

Sie duckte sich ins Unterholz und schaute über den Rasen hinweg zum Haus. Diesem Symbol für die Kühnheit, den Ehrgeiz, die Ichbezogenheit ihrer Mutter.

Sie steckte sich den Revolver in den Rockbund und rannte zum Hintereingang. Wie erwartet hatte ihre Mutter die Tür für sie unverschlossen gelassen. Sie schlüpfte ins Haus, dankbar dafür, dass sich die neuen Scharniere geräuschlos bewegten.

In der Küche blieb sie stehen und lauschte.

Nichts war zu hören, alle schienen zu schlafen. Aber sie durfte es nicht riskieren, nach oben in ihr Zimmer zu gehen. Jemand könnte aufwachen.

Auf Zehenspitzen durchquerte sie das Wohnzimmer und schlich die Kellertreppe hinunter. An deren Fuß blieb sie stehen.

Es war immer noch still.

Gott sei Dank.

Sie lief in die Waschküche.

Direkt neben der Tür hing das Telefon an der Wand. Mit zitternden Händen nahm sie den Hörer ab.

Vor ihrem geistigen Auge sah sie Heather Rigby am Boden liegen. Aus der Wunde in ihrer Brust strömte Blut.

Sie konnte nicht sprechen, weil Blut in ihre Luftröhre drang.

Aber ihr Blick bat Kenzie um etwas.

Warum?, *fragte der Blick.*

Hilf mir doch.

Hilf mir!

Kenzie hatte sich umgedreht und war weggerannt.

Glaubte Heather vielleicht, dass sie Hilfe holen wollte?

Hielt sie sich mit reiner Willenskraft am Leben und hoffte darauf, dass Kenzie jemanden losschickte, der ihr half?

Aber wenn sie jetzt 911 wählte, ließ sich der Anruf zurückverfolgen.

Die Polizei würde herausfinden, dass sie Heather getötet hatte.

Schweißgebadet knallte sie den Hörer wieder auf die Gabel.

Heather, es ist zu spät.

Es war schon zu spät, als du mit meinem Freund geflirtet hast.

Der Revolver drückte schwer und unbequem gegen ihren Hüftknochen. Sie legte ihn ins Spülbecken und zog ihr zerrissenes, schmutziges Punk-Hexenkostüm aus. Der Stoff war ganz steif von getrocknetem Blut. Heathers Blut.

Sie steckte die zerrissene Kleidung in eine Plastik-Einkaufstüte und knotete sie so fest zu, dass man sie aufschneiden müsste, um sie zu öffnen.

Mit Wasser und Seife entfernte sie den gröbsten Schmutz und das Blut von ihrem Körper. Dann spülte sie den Revolver ab und wusch das Spülbecken sorgfältig aus. Die ganze Zeit betete sie darum, dass das Geräusch von fließendem Wasser niemanden weckte. Ausnahmsweise einmal war sie dankbar dafür, dass ihre Mutter dieses Haus selbst entworfen hatte. Die Rohrsysteme arbeiteten unglaublich leise.

Sie zog Jeans und ein weites Flanellhemd an, die sie im Wäschekorb fand, und stopfte weitere Kleidungsstücke in eine zweite Einkaufstüte. Den Revolver steckte sie sich in den Hosenbund. Aus dem Lauf tropfte kaltes Wasser auf ihren Bauch.

Geld.

Sie brauchte Geld.

Mit den Einkaufstüten unter dem Arm eilte sie nach oben und öffnete die Vitrine in der Küche.

Der Teekannen-Set aus gediegenem Silber, der einmal der Großmutter ihrer Mutter gehört hatte, würde ihr zu etwas Geld verhelfen. Ihre Mutter konnte die Dinger sowieso nicht leiden. Kenzie wickelte die Teile in ein paar saubere Kleidungsstücke. Sie hoffte nur, dass die Plastiktüte unter dem Gewicht nicht riss.

Dann huschte sie nach draußen. Sie schaute zum Himmel.

Die Morgendämmerung färbte den Horizont feurig rot.

Ihr blieb nicht viel Zeit.

Kenzie rannte durch das nebelfeuchte Gras zu dem Schuppen ganz hinten auf dem Grundstück. Vor drei Monaten hatte ihre Mutter einen japanischen Blauregen an eine Ecke des kleinen Gebäudes gepflanzt.

Kenzie kniete sich hinter der Kletterpflanze auf den Boden, sodass man sie vom Haus aus nicht sehen konnte. Sie merkte kaum, wie an ihren Knien Nässe in die Jeans drang. Sie grub mit den Händen, bis sie auf Fels stieß. Die Schicht lag höchstens zehn Zentimeter unter der Oberfläche. Nicht sehr tief.

Es musste reichen. Ihr fehlte die Zeit, noch einmal zu den Klippen zu gehen. Und das Risiko, dabei McNally in die Arme zu laufen, war zu groß.

Außerdem würde die Kletterpflanze das Versteck überwuchern. Es würde schon niemand die Waffe finden.

Sie legte den Revolver in das Loch. Über die Schulter hinweg schaute sie zum Himmel. Die Morgendämmerung war nicht mehr aufzuhalten, sie verscheuchte die Nacht. Kenzie häufte Erde über die Waffe und füllte das Loch. Sie glättete den Boden, bis nichts mehr darauf hindeutete, dass dort jemand gegraben hatte.

Dann nahm sie ihre beiden Einkaufstüten und machte sich zu Fuß auf den Weg in die Stadt. Ihr Geheimnis blieb im Schutz des japanischen Blauregens zurück.

Doch der hatte es nicht eben treu bewahrt.

Genauer gesagt, er war verschwunden.

Vielleicht hatte sie die Stelle, an der die Pflanze wuchs, falsch in Erinnerung. Kenzie schaute hinter dem Schuppen nach. Aber auch dort war nichts von dem Blauregen zu sehen. Nur wucherndes Gras, was ihre Mutter nie geduldet hätte, als sie noch jung und gesund war.

Kenzie öffnete vorsichtig die Schuppentür. Drinnen war es dunkel, durch das schmutzige Fensterglas drang kaum Licht. Es roch modrig. Bei dem Geruch zog Kenzie die Nase kraus. Irgendein Tier musste hier drinnen vor Kurzem gestorben sein.

Sie betrat den Schuppen und lief geradewegs in die feinen Fäden eines großen Spinnennetzes.

Mit dem Handrücken strich sie das Netz beiseite und tastete sich an der Wand entlang zu dem Regal, in dem ihr Vater sein Gartenwerkzeug aufbewahrt hatte. Irgendwo im Schuppen raschelte es.

Sie eilte zur Tür, schloss sie hinter sich und kniete sich an die Stelle, wo sie ihrer Erinnerung nach die Pistole vergraben hatte. Der Boden ließ sich relativ leicht abtragen, ein Zeichen dafür, dass es hier einmal ein Beet gegeben hatte.

Zehn Minuten später hatte sie einen ganzen Graben bis auf den Fels hinunter ausgehoben.

Kein Revolver.

Wer hatte ihn gefunden?

Und was hatte der- oder diejenige damit gemacht?

Wusste der Finder, was es mit der Waffe auf sich hatte?

Sie schaufelte die Erde in den Graben zurück und deckte sie mit Stücken der Grasnarbe zu.

Da kam ihr ein Gedanke. Er durchfuhr sie wie ein Blitz und sorgte dafür, dass ihr die Luft wegblieb.

War ihre Mutter vielleicht deswegen heute zur Polizei gefahren? Um den Detectives den Revolver auszuhändigen?

Ein Schmerz, den sie vor siebzehn Jahren aus ihrem Herzen verbannt hatte, kehrte zurück und wollte ihr die Kehle zuschnüren. Schwankend stand sie auf.

Wäre es denn so überraschend?

Sie brachte die Pflanzkelle in den Schuppen zurück und schloss die Tür.

Bis auf das zerstörte Spinnennetz würde nichts darauf hindeuten, dass sie hier gewesen war.

Aber angenommen, ihre Mutter hatte den Revolver tatsächlich aufs Revier gebracht und Detective Ethan Drake ausgehändigt?

Sie können schon hierher unterwegs sein.

Sie rannte los und verfluchte sich dafür, dass sie so viel Zeit auf die Suche nach einem Revolver verschwendet hatte, der wahrscheinlich längst in einem versiegelten Beutel bei Detective Drake auf dem Schreibtisch lag. Sie lief um die Hausecke.

Und blieb wie angewurzelt stehen.

Neben ihrem Mietwagen wartete ihre Mutter. Ihr Rollstuhl blockierte die Fahrertür.

Kenzie würde schon mit ihr fertig werden. Locker. Sie würde den Rollstuhl einfach zur Seite schieben und abhauen.

Langsam und vorsichtig ging sie auf ihre Mutter zu und suchte in ihrem Gesicht nach Anzeichen für ihren Verrat.

Aber die Krankheit, die Frances zu einer Gefangenen ihres stetig verfallenden Körpers gemacht hatte, verhalf ihr auch zu einem Pokerface.

Als Kind hatte Kenzie nie irgendetwas vor ihrer Mutter geheim halten können. Der Blick ihrer himmelblaue Augen besaß eine Kraft, der Haut und Knochen durchdrang. Sie hatte Kenzie stets bis auf den Grund ihrer Seele schauen können.

Jetzt, während die Dämmerung allmählich der Nacht wich, wurde Kenzie endlich bewusst, weshalb sie schon in jungen Jahren von Ganzkörper-Tattoos fasziniert war.

Weil sie Schutz boten. Während man einen Aspekt seines Ichs mit Hingabe und Leidenschaft sichtbar machte, schützte man zugleich die verletzlichen Bereiche der eigenen Seele.

Diejenigen Bereiche, die ihre Mutter stets zielsicher und präzise getroffen hatte, als Kenzie noch klein war.

Jetzt erkannte Kenzie jedoch, dass es ihr nie gelingen würde, diese Bereiche auch vor der Frau zu verstecken, die für deren Entstehung verantwortlich war. Zwischen ihnen würde immer eine Verbindung bestehen, und auch wenn sie beide im Lauf ihres Lebens versucht hatten, das Band zu durchtrennen, jetzt konnte Kenzie es förmlich in der Abenddämmerung pulsieren sehen.

»Was machst du hier, Kenzie?«, fragte ihre Mutter.

Sie blickte auf Kenzies schmutzige Knie und betrachtete dann ihre erschrockene Miene.

Kenzie hätte auf die Lügentechniken aus ihrer Teenager-Zeit

zurückgreifen und ihre Mutter mit einem ganzen Schwall von Begründungen überschütten können, aber sie begriff, dass ihre Mutter ihr die Gelegenheit geben wollte, alles zu erklären. *Warum verdächtigt dich die Polizei? Und warum gräbst du hinten im Garten herum?* Das wollte ihre Mutter eigentlich wissen.

Kenzie blickte auf ihre Hände. Unter den Fingernägeln saß Erde.

Was sie gemacht hatte, war verdammt offensichtlich – falls ihre Mutter wusste, dass unter dem Blauregen ein Revolver vergraben gewesen war.

»Ich habe nach etwas gesucht, das ich hiergelassen hatte«, sagte Kenzie.

»Und, hast du es gefunden?«

»Nein.« *Und du, Mom?*

Und vor allem: Was hast du damit gemacht?

Hatte sie die Waffe der Polizei übergeben, um kurz vor ihrem Tod noch ihr Gewissen zu entlasten?

Sie schauten einander in die Augen. Wie ähnlich sich diese Augen in Farbe, Form und Schärfe doch waren. Und wie verschieden das war, was sie schon gesehen hatten. Ein wenig hysterisch fragte Kenzie sich, was wohl passieren würde, wenn ihre Mutter tatsächlich *ihre* Augen besäße und in einer Art Rückschau all das sehen könnte, was Kenzie erlebt hatte.

»Der Winter, nachdem du von hier weggegangen bist, hat dem japanischen Blauregen sehr zugesetzt«, brachte ihre Mutter mühevoll und langsam hervor. Kenzie hielt ihre Ungeduld im Zaum. Sie musste wissen, was ihre Mutter mit der Waffe gemacht hatte.

In der Ferne war ein Auto zu hören.

War die Polizei schon unterwegs?

Nein, das Geräusch wurde leiser, nicht lauter.

»Die Wurzeln hatten sich noch nicht weit genug entwickelt«,

fuhr ihre Mutter fort. »Die Pflanze ist eingegangen. Ich habe sie im Frühjahr entfernt.«

»Wie schade«, sagte Kenzie. *Sprich es einfach aus, Mom. Erlöse mich von meinen Qualen.*

»Ich fand es traurig, sie sterben zu sehen.«

Ihre Mutter wusste Bescheid. Sie wusste Bescheid.

Sie hatte die Waffe gefunden.

Kenzie pochte das Blut in den Adern. »Wo …« Sie räusperte sich. »Was hast du damit gemacht?«

»Ich habe mich um alles gekümmert. Du brauchst dir keine Sorgen zu machen. Sie ist weg.«

Es dauerte einen Moment, bis Kenzie begriff, was ihre Mutter da sagte.

Sie hatte die Waffe für sie weggeschafft.

»Danke«, sagte Kenzie. Sofort war ihr leichter ums Herz.

Wenn die Waffe beseitigt war, hatte die Polizei keine Möglichkeit mehr, Kenzie den Mord nachzuweisen. Sie konnte nach New York zurückfliegen. Und nie wieder einen Fuß in diese gottverdammte Stadt setzen.

Aber was war mit Kate Lange? Um die musste Kenzie sich noch kümmern.

Und dafür brauchte sie die Waffe.

Ihr Herz begann zu rasen. Was hatte ihre Mutter mit dem Revolver gemacht?

»Kenzie, ich habe gestanden …«

Geschhhhhhtanden. Ihre Mutter hatte solche Mühe beim Sprechen, dass der Schock Kenzie in Zeitlupe traf.

»… dass ich Heather Rigby ermordet habe.«

»Warum?« Kenzie starrte ihre Mutter an. *Warum sollte sie so etwas tun?*

»Ich weiß nicht, warum ich sie umgebracht habe.« Ihre Mutter redete offenbar absichtlich an ihr vorbei. »Aber ich habe es seitdem immer bereut.« Sie schwieg einen Moment. »Ich hätte dich in der kurzen Zeit, die mir noch bleibt, gern noch einmal neu kennengelernt. Es tut mir sehr leid.«

Kenzie schossen die Tränen in die Augen, mit solcher Macht, dass sie vor Schmerz das Gesicht verzog. »Das hättest du nicht tun sollen«, flüsterte sie.

»Es war richtig so. Jetzt kann ihre Familie einen Schlussstrich ziehen.«

»Du wirst im Gefängnis sterben.«

»Kenzie, meine Freiheit hat die Krankheit mir sowieso schon genommen. Es ist bloß ein kleiner Umweg kurz vor dem Ende.«

»Oh Gott.« Kenzie schloss die Augen.

Sie hatte furchtbare Schuldgefühle. Doch zugleich jubelte sie innerlich darüber, dass sie so einem schrecklichen Schicksal entkam.

Ihre Mutter würde bald sterben.

Wie viele Tage würde sie überhaupt im Gefängnis verbringen müssen? Ein paar Monate? Oder Wochen?

Während Kenzie Jahre dort verbracht hätte. Und alles verloren hätte, wofür sie gearbeitet hatte.

Aber sie konnte sich nicht von ihrer Mutter verabschieden, bevor alles geklärt war. Eine Frage musste noch beantwortet werden, sonst würde Kenzie nie Ruhe finden. »Was hast du mit dem Revolver gemacht?«

Ihre Mutter sah ihr in die Augen.

Oh nein. Sie hat ihn nicht ins Meer geworfen.

Kenzie wurde von Panik ergriffen. »Wo ist er, Mom?«

»Ich habe ihn zu deinen Sachen gepackt und in einem Lagerraum deponiert.«

Kenzie wollte ihren Ohren nicht trauen.

Ihre Mutter hatte die Mordwaffe zu den Möbeln aus ihrem Zimmer gepackt?

»Wo ist der Schlüssel?«, fragte sie hastig.

Frances standen Tränen in den Augen. »Ich habe ihn jemandem gegeben, dem ich vertraue. Damit dieser Jemand ihn nach meinem Tod dir aushändigt.«

»Wer ist es, Mom?«

Ihre Mutter blickte sie flehentlich an. »Warte, bis ich tot bin, Kenzie. Dann bist du in Sicherheit.«

»Mom, bitte sag mir einfach, wem du den Schlüssel gegeben hast.«

»Kate Lange.«

Kenzie stockte das Blut in den Adern.

Soll das ein Witz sein?

Kate Lange. Die Einzige, die eine Verbindung zwischen Heathers Tätowierung und ihr herstellen konnte. Die hatte nun auch noch den Schlüssel zum Lagerraum mit der Mordwaffe?

Kenzies Magen rebellierte. Schlafmangel, Hunger – und nun dies.

»Es tut mir leid, Kenzie«, sagte ihre Mutter. »Ich habe ihn ihr gegeben, bevor … bevor die Tote gefunden wurde.«

Kenzie schaute sie an. Ihr Gesicht war das ihrer Mutter, und doch auch nicht. Ihr Haar, das einst so lang und umwerfend rot gewesen war wie ihr eigenes, war kurz und schütter. Doch in ihrem Blick lag noch die gleiche kühle Entschlossenheit, die Kenzie durch ihre gesamte Kindheit begleitet hatte.

Wahrscheinlich sah sie ihre Mutter gerade zum letzten Mal. »Ist schon in Ordnung, Mom.«

»Kenzie, es tut mir leid«, wiederholte ihre Mutter. Es war kaum zu verstehen. »Es tut mir leid, dass ich nicht für dich da war.«

Was tat ihr leid? Dass sie Kenzie kein Geld geschickt hatte, als sie es dringend brauchte? Oder dass sie sich, als Kenzie ein Kind war, stets mehr für das interessiert hatte, was sie in Stahl und Glas entwerfen konnte, als für ihr eigenes Fleisch und Blut?

»Alles Gute, Mom.« Kenzie bückte sich und küsste sie auf die Wange.

Ihre Mutter bewegte ihren Rollstuhl von der Stelle und gab den Weg zu Kenzies Auto frei. »Ich hoffe, du findest deinen Frieden, Kenzie.«

Trotz des schrecklichen Verbrechens, das du begangen hast, besagte ihr Blick.

Das Urteil war gefällt.

Kenzies Herz klopfte.

Wollte ihre Mutter sich tatsächlich für sie aufopfern? Oder wollte sie nur ein weiteres Mal demonstrieren, dass sie ihrer Tochter in jeder Hinsicht moralisch überlegen war?

Schere, Stein, Papier.

Ganz offensichtlich spielte es keine Rolle, was davon sie in dem lebenslangen Kampf gegen ihre Mutter wählte. Ihre Mutter gewann immer.

Mit zitternden Händen schloss Kenzie den Wagen auf. Sie setzte zurück, wobei sie einen weiten Bogen um die Stelle schlug, an der ihre Mutter im Rollstuhl saß und sie beobachtete.

Bis sie die Straße erreichte, war der Rollstuhl zu einem kleinen schwarzen Fleck in ihrem Rückspiegel geworden. Ihre Mutter war nicht mehr von den gepolsterten Stützen zu unterscheiden.

Ihr Telefon klingelte. Sie schaute aufs Display. Es war ihr Bruder.

Himmel. Mit ihm konnte sie jetzt nicht reden.

Aber das Telefon hörte nicht auf zu klingeln.

Er würde keine Ruhe geben, bis er seinem Ärger Luft gemacht hatte.

»Ja?«

»Hier ist Cameron.«

»Ich weiß.«

»Weißt du, was Mom soeben getan hat?«

Sie biss kurz die Zähne zusammen. »Ich habe davon gehört.«

»Du hast davon gehört? Du hast davon gehört?« Sie sah ihn deutlich vor sich, rasend und rot vor Wut.

»Sie hat es mir erzählt.«

»Sie deckt dich.«

Er musste doch wissen, dass sie das nie zugeben würde.

»Cameron, sie hat gestanden.«

»Ja. Dein Verbrechen. Du dreckige Mörderin.«

»Ruf mich nie wieder an.«

»Deinetwegen verlängert sie ihr eigenes Leiden …«, rief er.

Sie legte auf.

Aber seine letzten Worte klangen in ihr nach.

Deinetwegen verlängert sie ihr eigenes Leiden.

45

»Ich bin wieder zu Hause, Kate«, sagte Frances Sloane.

Beim Klang ihrer Stimme fühlte Kate einen stechenden Schmerz in der Schläfe. Sie hatte mit diesem Anruf gerechnet. Das hieß aber nicht, dass sie darauf vorbereitet war. »Hallo, Frances.«

»Warum hat man mich nicht festgenommen?«

Kate presste den Zeigefinger gegen ihre Schläfe. Manchmal half Druck gegen den pulsierenden Schmerz.

Aber wie erwartet hatte es diesmal keine Wirkung. »Vermutlich haben Sie die Polizei nicht davon überzeugen können, dass Sie schuldig sind.«

Frances schwieg einen Moment.

»Aber ich bin schuldig.«

»Erzählen Sie mir doch erst einmal genauer, was man Sie gefragt hat.«

Frances berichtete, wie die Vernehmung verlaufen war.

Ethan hatte in seine Fragen offensichtlich viele kleine Fallen eingebaut. Er hatte sich auf ein paar entscheidende Punkte konzentriert: die Haarfarbe ihrer Mandantin, das Kostüm, das Heather Rigby getragen hatte, die Frage, wie oft Frances auf sie geschossen hatte und was sie danach mit der Waffe gemacht hatte.

Die Sache mit den Haaren würde sich wohl als Sackgasse erweisen, weil Kenzie die Haarfarbe ihrer Mutter geerbt hatte. Als Frances' Haare noch länger waren, hatte sie ihre von silbergrauen Fäden durchzogene Mähne gerne hochgesteckt getragen. Falls die Polizei ein rotes Haar gefunden hatte, würde es sich nur schwer einer bestimmten Person zuordnen lassen. Es sei denn, man hatte auch DNA gefunden.

Was in diesem Fall extrem unwahrscheinlich erschien.

Aber offenbar hatte die rechtsmedizinische Untersuchung eine ganze Reihe von Hinweisen ergeben. »Wie oft haben Sie denn geschossen, Frances?«

»Das weiß ich nicht genau.« Frances sprach noch langsamer als gestern. Aus Erschöpfung? Oder hatte sich ihr Zustand weiter verschlechtert? »Ein Mal, vielleicht auch öfter. Ich hatte die Nerven verloren. Ich erinnere mich nicht mehr genau.«

Nicht schlecht, Frances. Ein absolut glaubwürdiges Ausweichmanöver.

»Und was haben Sie mit der Waffe gemacht?«

»Ich habe der Polizei erzählt, dass ich sie ins Meer geworfen habe.«

»Und stimmt das?«

Frances schwieg. Kate konnte spüren, wie sie nachdachte. Vermutlich versuchte sie sich zu entscheiden, ob sie Kate die Wahrheit sagen oder lieber bei ihrer Geschichte bleiben sollte.

Kate verstärkte den Druck auf ihre schmerzende Schläfe. *Zu dumm, dass mein Finger keine Pistole ist,* dachte sie. Sie hatte das Gefühl, dass der Fall Sloane gleich noch einmal deutlich komplizierter werden würde.

»Wenn ich beweisen könnte, dass ich die Waffe abgefeuert habe«, sagte Frances nach einer längeren Pause, »würde die Polizei mir dann glauben?«

Was würde ihnen anderes übrig bleiben?

»Wie wollen Sie das denn beweisen, Frances? Der Polizei haben Sie gesagt, Sie hätten die Waffe ins Meer geworfen.«

»Bitte beantworten Sie meine Frage.«

»Ich weiß nicht, welche Hinweise die Polizei noch in der

Hinterhand hat. Aber wenn Sie die Waffe vorlegen, mit der Heather umgebracht wurde, und wenn darauf Fingerabdrücke oder Blutspritzer sind, die zu denen von Heather passen – und wenn bewiesen werden kann, dass die Kugel aus dieser Waffe abgefeuert wurde –, dann käme die Polizei wohl kaum an diesen Beweisen vorbei.« Sie schwieg abwartend. Würde Frances zugeben, dass sich die Waffe noch in ihrem Besitz befand?

»Vielen Dank, Kate«, sagte Frances.

Dann legte sie auf.

Warum? Warum deckst du sie?

Wenn sie diese junge Frau wirklich umgebracht hat – und das glaubst du doch ganz offensichtlich, sonst hättest du nicht dieses Geständnis abgelegt –, dann wäre es zutiefst ungerecht, wenn sie nicht dafür bestraft würde.

Frances wusste, wo die Mordwaffe war – da war Kate völlig sicher.

Aber diese Waffe war ein zweischneidiges Schwert. Wenn sie sich noch in Frances' Besitz befand, konnte Frances ihre Fingerabdrücke darauf anbringen und so die Polizei davon überzeugen, dass sie geschossen hatte.

Doch wenn Frances die Waffe nicht in ihrem Besitz hatte – und sie auch nicht irgendwo versteckt hatte –, dann konnte es Spuren daran geben, die jemand anderen belasteten …

Zum Beispiel Kenzie.

46

»Nat, ich habe einen Knüller für dich«, sagte Kate. Sie stand in Muriels Küche am Fenster und beobachtete, wie die alte Dame ihren Garten düngte. Alaska und Charlie lagen auf der hinteren Veranda.

»Hat es mit der Kampagne für Sterbehilfe zu tun?«

Kate holte tief Luft. »Frances Sloane hat eben den Mord an Heather Rigby gestanden.«

Nat schnappte nach Luft. »Machst du Witze?«

»Nein.«

»Kann ich das verwenden?« Nat war bereits wieder ganz Profi, die Aufregung war aus ihrer Stimme gewichen.

»Ja. Meine Mandantin hat mich gebeten, die Sache öffentlich bekannt zu geben, sobald ihr Geständnis der Polizei vorliegt.«

»Und, liegt es vor?«

»Ja.«

»Kate, ich brauche alle Details. Wann und wie, was war die Mordwaffe …« Kate sah ihre Freundin deutlich vor sich, mit Notizblock und gezücktem Stift, bereit, all die belastenden Einzelheiten zu notieren.

»Tut mir leid, Nat, aber das darf ich nicht preisgeben. Ich kann dir nur sagen, dass Frances Sloane den Mord an Heather Rigby gestanden hat. Verstehst du?«

»Ja. Okay, ich muss mich beeilen, Kate. Das muss unbedingt noch in die Sechs-Uhr-Nachrichten.«

Nat legte auf.

Kate schloss die Augen.

Alaska winselte vor der Tür. Sie ließ die Hunde ins Haus und gab ihnen noch vor dem Abendessen ein Leckerli.

Warum nicht.

»McN… John. Hier ist Kenzie.«

Sie hörte ihn scharf einatmen. Bisher hatte sie ihn noch nie angerufen. »Wo bist du?«, fragte er.

»Die Polizei hat mich wieder freigelassen.«

»Ich muss dich sehen.« Man hörte ihm an, wie dringend er es sich wünschte.

Sie zitterte.

Sie war fast am Ende ihrer Kraft.

Doch dann holte sie tief Luft. Zeit für den großen Wurf. »Ich muss dich auch sehen.« Sie ließ ihm kurz Zeit zu begreifen, was sie da sagte. »Treffen wir uns in einer halben Stunde beim Tattoo-Studio. Ich muss mit dir reden.« Sie bemühte sich, ihrer Stimme einen verführerischen Klang zu geben. »Es geht um Kate Lange. Es wird dir gefallen, das verspreche ich dir.«

47

Kates Telefon klingelte, als sie gerade bei den Richardsons am Küchentisch saß und mit dem Abrechnen ihrer Stunden begonnen hatte. Mit der Büroarbeit war sie in letzter Zeit ziemlich ins Hintertreffen geraten. Normalerweise verabscheute sie diese langweilige Arbeit, aber heute kam sie ihr gerade recht. »Kate Lange«, meldete sie sich und machte zugleich einen Vermerk auf einer Aktenmappe.

»Hier ist Cameron Sloane.«

Sie klemmte sich den Stift hinters Ohr. »Ja?«

»Meine Mutter ist gerade verstorben.«

Oh nein.

Kate hatte sich nicht von ihr verabschieden können.

Ihr traten die Tränen in die Augen.

»Es tut mir leid.« *Frances, es tut mir so leid. Es tut mir leid, dass es so enden musste.*

»Für sie war es eine Erlösung.«

Sie sah zu, wie Muriel eine Schubkarre über den Hof schob. Würden sie das irgendwann auch über diese Frau sagen? *Noch nicht. So weit sind wir noch nicht.* »Ja, das stimmt.«

»Phyllis hat sie gefunden. Sie hatte sich früh schlafen gelegt – der Tag war einfach zu anstrengend gewesen. Als Phyllis später nach ihr geschaut hat, war sie tot.«

»Danke, dass Sie mich benachrichtigt haben.«

Sie legte auf und stützte den Kopf in die Hände.

Eine vielschichtige, begabte und vom Schicksal geschlagene Frau war von ihnen gegangen.

Ihr Leiden hatte ein Ende.

Die Kampagne für Sterbehilfe hatte ihre gewichtigste Stimme verloren.

Und der Polizei fehlte nun eine zentrale Figur im Fall Heather Rigby.

Kate nahm das Telefon und wählte eine Nummer, die ihre Finger nie vergessen hatten.

»Ethan, hier ist Kate.«

»Hi.« *Wenigstens klingt er nicht so, als sei er wegen Frances' Geständnis wütend auf mich.* Das hätte sie jetzt nicht ertragen.

»Ich rufe als Anwältin an. Frances Sloane ist heute Abend verstorben.«

»Wo? Wie?« Es klang erschöpft.

»Zu Hause. Im Bett. Ihre Pflegerin hat sie gefunden.«

»Die Frau hatte ein hervorragendes Timing«, sagte er. »Ich schicke den Rechtsmediziner rüber. Nur zur Vorsicht.«

Natürlich. Ich kann gut verstehen, wie frustriert du bist. »Ich wollte nur, dass du Bescheid weißt. Für den Fall, dass es sich auf eure Ermittlungen auswirkt.«

Deutlicher konnte sie kaum noch werden.

»Danke, Kate. Wirklich.« Er hatte seine Stimme jetzt wieder besser im Griff. »Wir sind gerade dabei, einen Durchsuchungsbeschluss für ihr Haus zu beantragen.«

»Verstehe.« *Sehr gut.* Also hatte Ethan sich Frances' Geständnis genau angeschaut. »Ich glaube, der Testamentsvollstrecker ist ihr Sohn Cameron Sloane. Er wäre dann auch für ihren Grundbesitz zuständig.«

Ethan schwieg einen Moment. »Sehen wir uns nachher?«

Kate zögerte. Sie dachte an ihre Unterhaltung mit Randall. Sie hatte ihn verletzt, das wusste sie. Und er hatte sie verletzt.

Aber sie hatte genug von diesem Spiel.

Sie wollte einfach nur mit ihrem Leben weitermachen. Ohne Warterei. Ohne verpasste Gelegenheiten. »Ruf mich an.«

»Sobald ich hier loskomme.«

Kate rieb sich die Arme.

Frances war tot.

Die Polizei würde ihr Haus durchsuchen. Wahrscheinlich in der Hoffnung, die Waffe zu finden.

Was für eine chaotische Situation für ihren Sohn.

Sie blickte auf ihren Stundennachweis. Ihr Leben, in Zeitabschnitten von sechs Minuten. War diese Zeit gut verwendet worden?

Sie legte die Aufstellung beiseite und ging nach draußen, um Muriel zu helfen.

Die Müdigkeit überkam Kenzie in Wellen. Seit vierundzwanzig Stunden lebte sie nur noch von Adrenalin, sonst nichts, und inzwischen konnte sie kaum noch einen klaren Gedanken fassen. Sie umklammerte das Lenkrad und kniff die Augen leicht zusammen, bis sie nur noch den Asphalt der Straße vor sich wahrnahm.

Du darfst jetzt nicht schlappmachen, Kenzie.

Nur noch ein paar Stunden, dann kannst du alles hinter dir lassen.

Im wahrsten Sinne des Wortes.

Vom Meer war Nebel heraufgezogen. Über der Straße und den Bäumen hing Dunst.

Es erinnerte sie an die Nacht, in der sie über das Torfmoor geflüchtet war.

Sie konnte es nicht erwarten, endlich von hier wegzukommen.

Aber zuerst musste sie Kate Lange anrufen und sich den Umschlag beschaffen, den ihre Mutter ihr hinterlassen hatte.

Warum nur hatte ihre Mutter den Revolver in einem Lagerraum deponiert?

War das als weitere Lektion zum Thema »Konsequenzen« gedacht gewesen? *Ich habe dich vor der Polizei geschützt, aber die Drecksarbeit, das Beseitigen der Mordwaffe, musst du selbst erledigen?*

Nun, diese Lektion hatte sie auf jeden Fall gelernt.

Gründlich.

Und jetzt würde sie das Gelernte in die Praxis umsetzen. Damit ihre Mutter ihr Geständnis nicht umsonst abgelegt hatte. Und damit sie nach Manhattan zurückkehren konnte, ohne dass man sie des Mordes verdächtigte.

Sie war so müde.

Ihr Blick fiel auf das Reklameschild eines Coffeeshops. Sie bog auf den Parkplatz ein, betrat den Laden und bestellte einen extragroßen Kaffee und ein Plunderstück. Mithilfe von Zucker und Koffein würde sie sich schon auf den Beinen halten können.

Sie kehrte zum Auto zurück und nippte an ihrem Kaffee. Das starke Gebräu tat gut.

Sie riss ein Stück vom Plunder ab und steckte es sich in den Mund. Dabei dachte sie an Fu und wie ihm jedes Mal die kleine rosafarbene Zunge aus dem Maul hing, wenn sie etwas aß. Sie hätte ihn so gern bei sich gehabt. Aber erst musste sie das hier erledigen. Finn würde sich schon gut um ihn kümmern.

Nachdem sie das Plunderstück aufgegessen hatte, leckte sie sich die Finger ab und wählte die Nummer von Kate Lange.

Gott, wie sie diese Frau hasste. Sie war so scheinheilig, so unglaublich selbstzufrieden. Warum nur hatte ihre Mutter von allen Anwälten in Halifax ausgerechnet sie wählen müssen?

Hatte sie denn nicht gemerkt, wie sehr Kate Lange Kenzie hasste?

Das war noch so eine Botschaft: *Kate hat mein Vertrauen verdient – du nicht.*

Kate nahm beim dritten Klingeln ab.

»Ist da Kate Lange?« Kenzie versuchte, etwas Wärme in ihre Stimme zu legen. »Hier ist Kenzie Sloane.«

»Ja.« Kate Lange räusperte sich. »Das mit deiner Mutter tut mir sehr leid.«

»Sie wollte sterben«, sagte Kenzie ein wenig angespannt. Sie hob den Kaffeebecher an die Lippen, aber er war leer.

»Was kann ich für dich tun, Kenzie?« Kates Tonfall war professionell. Eine Anwältin, die mit einer Angehörigen sprach. Bis auf das Du gab sie durch nichts zu erkennen, dass sie sich von früher kannten. Und nichts wies darauf hin, dass sie etwas von der Tätowierung ihrer Schwester wusste.

»Meine Mutter hat mir gesagt, dass du einen Schlüssel für mich hast.«

»Hat sie das? Sie hat nicht erwähnt, was in dem Umschlag ist«, sagte Kate.

Verdammt. Sie war so müde, dass sie Kate mehr verraten hatte, als nötig gewesen wäre.

»Ich würde ihn gerne jetzt gleich abholen. Ich reise ab.«

»Vor der Beerdigung?«, fragte die Anwältin ihrer Mutter erstaunt und mit einer gewissen Schärfe in der Stimme.

»Dazu komme ich wieder.« Das war eine unverfrorene Lüge. Es ärgerte Kenzie, dass sie es nötig fand, sich vor Kate zu rechtfertigen.

Kate ging ihr regelmäßig unter die Haut. Sie vermittelte ihr ständig das Gefühl, unzulänglich zu sein. Nicht mit Kates hehrem Charakter mithalten zu können.

»Ich bringe den Umschlag bei Finn vorbei. In einer Stunde.«

»In einer Stunde? Ich muss meinen Flieger kriegen.«

»Tut mir leid, schneller geht es nicht.« Es klang nicht so, als ob es ihr leidtäte. »Wenn du willst, schicke ich ihn dir per Post.«

Miststück.

Kenzie biss die Zähne zusammen, aber sie schaffte es, gelassen zu antworten. »Okay, aber können wir uns beim Tattoo-Studio treffen? Ich muss da noch ein paar Sachen abholen.«

Kate willigte ein. Kenzie legte auf und betrat erneut den Coffeeshop. Sie kaufte noch einen extragroßen Kaffee und kehrte zum Wagen zurück.

Um diesen Abend zu überstehen, brauchte sie jede Menge Koffein.

Frances war tot.

Und Kate hatte ihrer Mandantin gegenüber noch eine letzte Verpflichtung. Sie hätte es fast vergessen, aber Kenzie hatte sie soeben daran erinnert.

Die Briefumschläge.

Frances hatte ihr zwei Umschläge gegeben, einen für Kenzie, den anderen für sie selbst.

Sie drehte sich auf dem Absatz um und stieß mit Charlie zusammen, die in Hoffnung auf ein Leckerli zu ihr herübergekommen war. Kate ging in die Küche. Ihre Aktentasche stand neben dem Küchentisch. Sie kramte darin herum und fand die Umschläge.

Kaum zu glauben, dass Frances sie ihr erst vor so wenigen Tagen gegeben hatte.

Es versetzte ihr einen Stich, die Druckschrift auf den Umschlägen zu sehen. Das hatte ihre Mandantin natürlich nicht selbst geschrieben – sie hatte nicht mehr schreiben können.

Kate hielt Kenzies Umschlag gegen das Licht. Das Papier

war zu dick, als dass man hätte erkennen können, was sich darin befand. Sie fuhr die Konturen des harten Gegenstandes mit dem Finger nach. Er war dünn und flach.

Frances hatte gesagt, es sei der Schüssel zu einem Lagerraum.

Was hatte Frances in einem Lagerraum eingeschlossen, das Kenzie erst nach dem Tod ihrer Mutter bekommen sollte?

War es lediglich ein Fall von »Großmutters Medaillon liegt in der rechten Schachtel«?

Oder eher von »Ich habe all die Jahre die Mordwaffe für dich versteckt, sie liegt ganz unten im Regal«?

Kates Bauchgefühl sagte ihr, dass Letzteres zutraf.

Aber ihre Mandantin hatte ausdrücklich gesagt, sie habe die Waffe ins Meer geworfen. Sie hatte das sogar beeidet.

Kate hatte keinerlei Beweise dafür, dass sich in dem Lagerraum mehr befand als Kenzies Besitztümer.

Tatsächlich hatte Frances Kate die Schlüsselkarte schon ausgehändigt, als Kenzie noch gar nicht unter Verdacht stand und Frances auch noch kein Geständnis abgelegt hatte.

Ihre Mandantin hatte nie durchblicken lassen, dass die Schlüsselkarte zu einer Mordwaffe führen könnte.

Durfte Kate als Frances' Anwältin Ethan anrufen und ihm ihre Vermutung mitteilen?

Nein.

Sie würde Kenzie die Schlüsselkarte übergeben müssen.

Aber sie hätte viel darum gegeben, in dem Lagerraum Mäuschen spielen zu können.

Sie legte Kenzies Umschlag auf den Tisch und nahm mit klopfendem Herzen den Umschlag mit ihrem eigenen Namen zur Hand.

Sie riss ihn rasch auf, und der Inhalt glitt in ihre Hand.

Zwei alte Fotos, zehn mal fünfzehn Zentimeter groß.

Die Aufnahmen waren dunkel und verschwommen.

Aber Kate erkannte ganz deutlich das lächelnde Gesicht ihrer Schwester.

Kates Kehle war wie zugeschnürt. Gennie hatte nur so vor Leben gesprüht. Sie war immer die Lebhafte von ihnen beiden gewesen. Diejenige, die viel lachte. Und weinte.

Auf dem ersten Foto stand ihre Schwester neben Kenzie und hatte ihr lächelnd den Kopf auf die Schulter gelegt. Der Anblick versetzte Kate einen Stich. Genau so hatte ihre Schwester sich auch oft an ihre Schulter gelehnt.

Sie sah sich das zweite Bild an.

Diesmal standen ihre Schwester und Kenzie mit dem Rücken zur Kamera, zogen ihre T-Shirts am Halsausschnitt nach unten und zeigten ihre Nacken vor. Dabei schauten sie grinsend über die Schulter. Im Hintergrund war ein alter Bunker zu erkennen.

Kate starrte auf das Foto. Ihre Gedanken begannen wie wild zu rasen.

Ihre Schwester war tätowiert. Kate hielt den Schnappschuss ins Licht, aber sie konnte nicht erkennen, was das Tattoo darstellte. Die Bildqualität war einfach zu schlecht.

Kate betrat Imogens Zimmer, um sie zu fragen, ob sie sich ein T-Shirt ausborgen konnte. Imogen drehte sich hastig um. Sie hielt einen Pullover an die Brust gepresst und war offensichtlich wütend.

»Raus hier!«

Kate blieb wie angewurzelt stehen.

»Du hast nicht einmal angeklopft!« Imogen wirkte geradezu erschrocken. Sie strich sich das Haar im Nacken glatt.

Kate fiel kaum auf, wie seltsam diese Geste war. Sie hatte zu sehr mit Tränen der Wut und der Kränkung zu kämpfen. Imogen und sie hatten sich immer ganz ungehemmt gegensei-

tig in ihren Zimmern besucht, hatten nebeneinander auf dem Bett gelegen und über alle Ereignisse des Tages geredet, über ihre Wünsche und Hoffnungen, ihre Träume, ihre heimlichen Schwärmereien.

Über alles.

Aber das hatte sich geändert. Kate wusste es längst. Ihre Schwester hatte sich aus ihrem Leben zurückgezogen, so unaufhaltsam wie sich das Meer bei Ebbe zurückzog, und Kate konnte nichts dagegen tun. Andere Kräfte waren stärker, sie zogen ihre Schwester in eine Welt hinein, in der sie beide nichts verloren hatten.

Sie hatte gehofft, heute Abend könnte sie wieder etwas an Boden gewinnen, ihre Schwester aus feindlichem Gebiet zurückholen. Sie wollten beide zur selben Party, bei einem Mädchen, für das Kate eigentlich nur Verachtung übrighatte: Kenzie Sloane. Zumindest würde sie bei der Gelegenheit vielleicht herausfinden, warum Imogen von Kenzie so begeistert war.

Kate betrachtete das Gesicht ihrer Schwester genauer.

Dass sie Drogen nahm, war schockierend genug gewesen.

Dagegen war ein Tattoo doch eigentlich harmlos.

Was hatte ihre Schwester sonst noch vor ihr geheim gehalten?

Kate nahm ihre Jacke und steckte den Briefumschlag für Kenzie in ihre Handtasche.

Dann machte sie sich auf den Weg zum Studio *Yakusoku Tattoo*.

48

McNally wartete. Wie üblich.

Er saß auf dem Parkplatz hinter dem Studio in seinem Wagen und hielt das Lenkrad fest umklammert.

Seine Nerven waren zum Zerreißen gespannt. Er schraubte die Wodkaflasche auf und nahm einen großen Schluck.

Die Flüssigkeit brannte ihm in der Kehle und setzte noch mehr Adrenalin in ihm frei.

Als Kenzies Wagen in den Parkplatz einbog, öffnete er die Fahrertür derart heftig, dass sie in den Scharnieren hin- und herschwang. Er ging zu Kenzie hinüber und ließ sich auf den Beifahrersitz fallen.

»Hallo.«

Man merkte ihr die Anspannung der letzten vierundzwanzig Stunden an. Sie lächelte kühl.

Er umfasste ihr Kinn und küsste sie.

Du lieber Himmel.

Auf diesen Kuss hatte er siebzehn Jahre lang gewartet. Jede einzelne Nervenzelle in ihm wollte explodieren. Er beugte sich weiter zu ihr hinüber. Wie voll ihre Lippen waren. Genau so hatte er sie in Erinnerung gehabt.

Er würde sie nie wieder mit einem anderen Mann teilen.

Sie gehörte ihm. Bis in alle Ewigkeit.

Auch wenn das bedeutete, dass sie einer anderen Art von Ewigkeit entgegensahen.

Er würde sie nie wieder gehen lassen.

Weder ins Gefängnis.

Noch nach Manhattan.

Und auch nicht zu einem anderen Mann.

Sie brach den Kuss ab, strich ihm jedoch über die Wange. »Ich muss mit dir reden.«

Er fühlte sich wie ein Leopard, der sich gleich auf seine Beute stürzen würde.

In das zarte, saftige Fleisch hineinbeißen und die Beute in seine Höhle schleppen.

»Lass uns losfahren«, sagte er.

Sie strich die Sehnen an seinem Hals entlang. Seine Haut begann zu glühen. »Wohin?«

»Was meinst du wohl?« Er grinste sie lässig an. Er hatte die Reisetasche gut versteckt bei den Bunkern deponiert. Darin war alles, was sie brauchten. Bereit für die Party.

Kenzie versteifte sich. »Wir können nicht zum Bunker.«

»Und warum nicht?«, fragte er. »Kate Lange nehmen wir mit. Es wird sein wie in alten Zeiten.«

»Da schnüffelt doch überall die Polizei herum. Und die Medien. Irgendjemand sieht uns garantiert.«

Er fuhr ihr mit der Hand durchs Haar. Die Strähnen legten sich um seine Finger. Er zog daran. »Jetzt hör mal gut zu. *Ich* bestimme hier. Das ist *mein* Plan.«

Irgendetwas in ihrem Blick veränderte sich. »Du hast recht«, sagte sie mit kehliger Stimme.

Er lockerte seinen Griff ein wenig, behielt aber eine Strähne an ihrem Ohr zwischen den Fingern. Das war eine empfindliche Stelle. Er müsste gar nicht kräftig zudrücken, schon hätte sie Tränen in den Augen. Außerdem fühlte sich ihr Haar so verdammt gut an. Er wollte nicht loslassen.

Er würde nie wieder loslassen.

Heute nicht.

Und auch später nicht.

Es würde klappen. Schließlich hatte er die Pistole, die er aus Lovetts Safe gestohlen hatte.

Adrenalin schoss durch Kenzies Körper und schenkte ihr einen letzten verzweifelten Energieschub.

Sie rückte näher an McNally heran und lehnte sich über die schmale Konsole zwischen den Autositzen. »Hör zu, McNa… John, meine ich. Ich habe nachgedacht.« Sie zwang sich zu einem freundlichen Lächeln. »Du hattest die ganze Zeit recht.«

»Wie meinst du das?« Seine Augen wurden schmal.

»Ich hätte damals nicht weglaufen dürfen. Ich hätte bei dir bleiben sollen.«

Da war ein Flackern in seinen Augen – Schmerz vielleicht? Aber er sagte nichts.

»Ich war einfach zu jung. Ich bin ausgetickt.« Sie sprach jetzt leiser und gab ihrer Stimme einen verführerischen Klang. »Aber es war ein großer Fehler. Keiner hat mich je so befriedigen können wie du.«

Sein Hals rötete sich.

Ihre Aufregung wuchs. Es funktionierte.

Schön langsam, Kenzie.

»Und als ich gehört habe, dass Heathers Leiche gefunden wurde, war das wie ein Zeichen, verstehst du? Es hat all die alten Bedürfnisse wieder hochgebracht. Das Verlangen von damals.« Sie fuhr sich mit der Zunge über die Lippen. »Weißt du noch, wie wir Russisch Roulette gespielt haben?«

»Klar weiß ich das noch«, sagte er mit rauer Stimme.

»Und erinnerst du dich, welche Waffe wir verwendet haben?«

Seine Pupillen verengten sich. »Ja.«

Wie sollte ich das jemals vergessen?, besagte sein Blick. Es war schließlich die Mordwaffe.

Sie lächelte. »Ich weiß, wo sie ist.«

»Ja? Wo denn?« Er versuchte ganz offensichtlich, es beiläufig klingen zu lassen, konnte sein Interesse aber nicht verbergen. Wenn er die Mordwaffe in die Finger bekäme – mit ihren Fingerabdrücken darauf –, würde er sie nie wieder gehen lassen. Da war sie sicher.

»In einem Lagerraum. Und Kate Lange bringt mir gleich den Schlüssel.«

Er packte ihre Haare fester. Kenzie traten Tränen in die Augen. »Warum sollte sie?« Er glaubte ihr nicht.

»Es ist wahr.« Sie erzählte ihm von dem Briefumschlag, den ihre Mutter Kate übergeben hatte. »Wir könnten wieder Russisch Roulette spielen. Wie früher.« Sie schaute ihn von der Seite an. »Das war der beste Sex, den ich je hatte.«

Er verzog die Lippen. War das ein Lächeln oder eine Grimasse? Kenzie konnte es nicht erkennen.

»Der Kreis würde sich schließen«, murmelte er. »Imogens Schwester hat sie getötet, bevor wir das erledigen konnten, also nehmen wir uns jetzt die Schwester vor.« Er grinste.

Kenzie lächelte ihn an. Ihr Herz raste.

Es lief perfekt.

Nun musste sie nur noch die Waffe finden.

Und hoffen, dass sie noch geladen war.

Im Rückspiegel tauchten Scheinwerfer auf.

Kate Lange war da.

49

Kate stieg aus dem Auto, den Briefumschlag in der Hand. Sie ging zum Eingang des Tattoo-Studios und blieb unter der Laterne stehen.

Kenzie tauchte aus einer Einfahrt in der Nähe auf.

Die letzten Tage waren nicht spurlos an ihr vorübergegangen. Ihr langes Haar war zerzaust und im Nacken nachlässig zu einem Knoten zusammengesteckt. Die Anspannung stand ihr ins Gesicht geschrieben.

Kate dachte an die Fotos der jungen, schönen, herausfordernden Kenzie. Ob sie in irgendeiner Weise bereute, was sie ihrer Schwester angetan hatte?

Und falls Kate mit ihren Vermutungen recht hatte: Bereute Kenzie, was sie Heather Rigby angetan hatte?

Außerdem fragte Kate sich unwillkürlich, ob sie nicht etwas mit dem Tod ihrer Mutter zu tun hatte.

Aber diese Vermutungen durfte sie nicht äußern. Ihre Mandantin hatte ein Geständnis abgelegt. Kate hatte keinerlei Beweise dafür, dass Frances gelogen hatte. Dass Kenzie das Verbrechen begangen hatte. Nicht einmal das Foto beim Bunker besagte irgendetwas. Die Fotos waren Monate vor Heathers Tod aufgenommen worden. Der Polizei war bereits bekannt, dass Kenzie sich oft dort aufgehalten hatte.

»Hallo, Kate. Danke, dass du gekommen bist.« Kenzie hatte ein freundliches Lächeln aufgesetzt.

Kate konnte es beim besten Willen nicht erwidern. Sie hielt Kenzie den Briefumschlag hin. »Hier ist er.«

Nimm ihn.

Ich will dich nie wiedersehen.

»Danke.« Kenzie riss den Umschlag auf. Dabei schaute sie Kate an. »Meine Mutter hat mir gesagt, dass da ein Schlüssel für einen Lagerraum bei *Bluenose Self-Storage* drin ist. Sie hat die Sachen aus meinem alten Zimmer dort untergestellt, weil sie das Haus für den Verkauf vorbereiten wollte.«

Warum erzählst du mir das?

»Sie hat gesagt, es wären auch ein paar Sachen von Imogen dabei, die sie in meinem Zimmer gefunden hat. Die sollte ich dir geben.«

Ach wirklich? Und wann hast du jemals getan, was deine Mutter wollte?

Trotzdem hörte Kate sich fragen: »Was für Sachen?«

Kenzie runzelte die Stirn. »Keine Ahnung. Ich wusste gar nicht, dass ich überhaupt etwas von ihr hatte. Aber damals war ich sehr mit mir selbst beschäftigt.« Sie lächelte entschuldigend, als wollte sie eingestehen, was für ein Miststück sie einmal war. »Kate … Ich will das schon lange sagen …«

Kate spürte ein Kribbeln im Nacken. Auf diese Worte hatte sie immer gewartet.

Kenzie holte tief Luft. »Was mit deiner Schwester passiert ist, tut mir leid.«

War diese Entschuldigung ernst gemeint?

»Willst du einfach mitkommen?« Kenzies Blick war klar und offen. »Ich bin überhaupt nicht sicher, ob ich Imogens Sachen wiedererkennen würde.« Sie schaute auf ihre Uhr. »Ich habe allerdings nicht viel Zeit, Kate. Mein Flug geht heute spät am Abend.« Sie steckte die Schlüsselkarte ein.

Kate versuchte blitzschnell zu erraten, was Kenzies Angebot bedeuten mochte.

Frances hatte vor ihrem Tod angedeutet, dass sich die Mordwaffe noch in ihrem Besitz befand. Lag die Waffe etwa in dem Lagerraum?

Aber Kenzie war nicht dumm.

Wenn sie glaubte, dass die Waffe dort war, warum sollte sie dann Kate vorschlagen, sie zu begleiten?

Sie würde doch keine Zeugin dabeihaben wollen.

Es sei denn … Kate bekam eine Gänsehaut. Es sei denn, Kenzie wollte sie umbringen.

Aber das ergab keinen Sinn. Ihre Mutter hatte den Mord an Heather Rigby bereits gestanden. Kenzie war ungeschoren davongekommen.

Sie hatte keinen Grund, die Anwältin ihrer Mutter zu töten. Schließlich war es Kate gewesen, die ihr die Schlüsselkarte für den Lagerraum übergeben hatte.

Und Kenzie war auch nicht der Stalker. Dank Finn hatte sie ein wasserdichtes Alibi.

Sie müsste sich jetzt nur unauffällig verhalten und nach Manhattan zurückfliegen. Das wäre das Klügste.

Und Kenzie war nicht dumm.

Also warum hatte sie Kate vorgeschlagen, sie zum Lagerraum zu begleiten? Aus Freundlichkeit?

Vielleicht war es ein Versuch, Kate etwas von ihrer Schwester zurückzugeben? Indem sie ihr Imogens persönlichen Besitz aushändigte? Möglicherweise war das zu wohlwollend gedacht. Aber was auch immer Kenzies Motiv war, wer die Sachen ihrer Schwester abholte, würde sich ein Stück von Imogens Leben aneignen. Und das würde Kate nicht Kenzie überlassen. Frances musste das begriffen haben, als sie ihre Angelegenheiten geregelt hatte.

Kenzie klimperte mit den Autoschlüsseln. »Ich muss jetzt los.«

»Ich fahre hinter dir her.« Kate wusste immer noch nicht,

was sie glauben sollte, aber eins war ihr klar: Wenn sie nicht mitfuhr, würde sie es später bereuen.

Kenzie brauste vom Parkplatz. Kate trat aufs Gas, um nicht den Anschluss zu verlieren. Glücklicherweise wusste sie, dass *Bluenose Self-Storage* vom Tattoo-Studio aus weiter stadteinwärts lag, mitten im Zentrum in einem Geschäftsviertel, das von Mietshäusern, Autoläden und mehreren Fabriken umgeben war.

Sie wählte Ethans Nummer, auch wenn sie deswegen ein schlechtes Gewissen hatte. Randall würde gekränkt sein, dass sie nicht ihn anrief. Aber er war nicht hier. Falls in dem Lagerhaus doch etwas passierte, konnte Ethan schnell vor Ort sein.

Ethan meldete sich beim ersten Klingeln.

»Hier ist Kate.« Sie behielt Kenzies Rücklichter im Auge. »Hör zu, Frances hat mich gebeten, Kenzie nach ihrem Tod einen Briefumschlag zu übergeben. Wie sich herausgestellt hat, war die Schlüsselkarte für einen Lagerraum darin. Kenzie sagt, dass dort auch ein paar Sachen von Imogen aufbewahrt sind.«

»Kate, das ist keine gute Idee«, sagte Ethan besorgt. »Lass dich nicht darauf ein.«

»Ich weiß, was du denkst. Aber ich kann mir nicht vorstellen, dass Kenzie so dumm wäre, mir etwas anzutun. Dazu hat sie gar keinen Grund. Meine Mandantin hat den Mord gestanden. Warum sollte sie mir etwas tun wollen?«

»Sie könnte der Stalker sein, Kate.«

»Finn sagt, sie hätte die Nacht, in der bei mir eingebrochen wurde, bei ihm verbracht. Also war sie es nicht.«

»Aber wir vermuten, dass der Stalker auch Tätowierer ist. Was ist, wenn sie einen Komplizen hat?«

Kate ließ diese Information sacken. »Habt ihr denn irgendwelche Hinweise, dass sie mit jemandem zusammenarbeitet?«

»Nein.« Ethans Frust war offenkundig. »Musst du ausgerechnet heute Abend dort hin? Morgen könnte ich mitkommen. Jetzt machen wir gerade die Hausdurchsuchung bei Frances.«

»Kenzie fliegt heute spätabends zurück.«

»Und angenommen, in Frances' Lagerraum liegt Beweismaterial im Fall Rigby?« Ethan sprach etwas leiser. »Lass dich da besser nicht hineinziehen, Kate.«

»Nicht als Anwältin.« Beruflich betrachtet war sie dabei, Sperrgebiet zu betreten. Auf den ersten Blick musste ihr Vorhaben unklug erscheinen. »Frances hat mir zwei Fotos von Imogen hinterlassen. Auf dem einem hat Imogen ein Tattoo.«

»Was für eins?«

»Das konnte ich nicht erkennen. Die Fotografie ist zu unscharf. Aber es hat mich auf Ideen gebracht …« Kate schluckte. »Meine Schwester hatte offenbar eine Menge Geheimnisse. Vielleicht hat sie Heather Rigby ja gekannt. Vielleicht hat Kenzie sie auch gekannt. Unter Imogens Sachen könnten noch mehr Fotos sein.« Kenzie fuhr inzwischen langsamer und bog in eine Seitenstraße ein. Kate folgte ihr. Am Ende der Einbahnstraße sah Kate das Firmenschild des Lagerhauses. »Vielleicht ergibt sich aus den Fotos ein Hinweis darauf, dass doch jemand anders der Mörder ist.« *Zum Beispiel Kenzie.*

Kate wusste, dass die Polizei im Fall Heather Rigby schon mehrfach gegen Wände gelaufen war, und das größte Hindernis war Frances' Geständnis. Solange nichts auf einen anderen Täter hindeutete, kamen sie nicht daran vorbei.

»Wenn wir Hinweise finden sollten …«, fing Ethan an.

»Du kannst darauf wetten, dass Kenzie die Sachen jetzt sofort durchsehen wird, Ethan. Wir sind gerade beim Lagerhaus angekommen. Ich gehe mit rein.«

»Kate, halt sie hin, bis ich da bin. Unter diesen Umständen brauche ich keinen Durchsuchungsbeschluss. Aber es wird mindestens zwanzig Minuten dauern.« Es klang frustriert und aufgeregt zugleich. »Wir sind draußen in Frances' Haus.«

»Ich tue, was ich kann, Ethan. Aber was soll ich machen, wenn sie ohne mich reingeht?«

Sie darf nicht ungestraft davonkommen.

Es ging ihr nicht um Rache dafür, dass ihre Schwester auf die schiefe Bahn geraten war. Sondern um Gerechtigkeit für eine junge Frau, die nie nach Hause zurückgekehrt war.

»Bleib trotzdem draußen.« Aber es war ihm anzuhören, wie schwer ihm dieser Rat fiel. Beweise ließen sich innerhalb von Minuten vernichten.

»Ich glaube, Kenzie würde mich nicht bitten mitzukommen, wenn sie mir etwas antun wollte. Das ergäbe keinen Sinn. Sie ist klug genug, um damit zu rechnen, dass ich jemandem Bescheid sage, wo ich bin. Alles würde auf sie hindeuten.«

Ethan holte tief Luft. »Okay. Versuch sie hinzuhalten. Ich mache mich auf den Weg.«

Kenzie stellte ihren Wagen in einer dunklen Ecke des Parkplatzes ab. Sie stieg aus, winkte Kate zu und deutete auf ihre Uhr.

»Ich muss Schluss machen.«

»Kate, sei vorsichtig.«

Kate parkte bewusst am anderen Ende des Platzes unter einer Laterne. Kenzie ging zum Eingang des Lagerhauses. Kate folgte ihr. Der Parkplatz war mit Schlaglöchern übersät, Unkraut wuchs in Rissen im Asphalt, und auf beiden Seiten standen struppige Büsche. Auch das Lagergebäude wirkte nicht besonders vertrauenerweckend. Es war heruntergekommen und hatte mehrere bunt zusammengewürfelte Anbauten, die insgesamt ein L ergaben. An den Enden der beiden Flügel führten Lkw-Rampen zu verbeulten zweiflügligen Garagentoren hinab. Außerdem gab es mehrere Laderampen, an deren Unterkanten Teile von alten Autoreifen befestigt waren. Das Holz an den Flanken war vielfach beschädigt, zweifellos durch achtlose Fahrer.

Die ganze Anlage wirkte schäbig und vernachlässigt. Es überraschte Kate, dass Frances einer solchen Firma irgendwelchen Besitz anvertraut hatte. Kenzie hatte inzwischen den Haupteingang erreicht. Sie hielt die Schlüsselkarte an den Sensor und drückte die Sicherheitstür auf. »Komm schon, Kate.«

Kate folgte ihr ins Innere. Es war stockdunkel. Keinerlei Beleuchtung. Nicht sehr vielversprechend. »Kenzie, wir brauchen Licht.«

»Einen Moment.« Kenzie tastete an den Wänden neben der Eingangstür herum und betätigte ein paar Schalter. In dem schmalen Gang sprangen widerwillig einige Leuchtstoffröhren an. Sie gaben gerade so viel Licht, dass man überhaupt etwas sah. Weiter hinten im Gang blieben mehrere Bereiche dunkel. Dort waren Lampen kaputtgegangen und offenbar nie ersetzt worden.

Kenzie klemmte einen gefalteten Briefumschlag zwischen Eingangstür und Rahmen. »Mir gefällt der Laden nicht. Wir lassen die Tür besser offen, für alle Fälle.«

»Ich glaube nicht, dass wir eingesperrt wären, Kenzie.«

»Ich lasse es lieber nicht darauf ankommen. Ich will meinen Flug nicht verpassen. Und die Beleuchtung macht auch keinen guten Eindruck. Wenn sie ausgeht, haben wir so immer noch die Straßenlaternen.«

Ein Schild mit grellbunter Beschriftung wies die verschiedenen Lagerräume aus. Kenzie runzelte die Stirn. »Nummer 132 sehe ich hier nirgendwo.«

Kate zuckte mit den Schultern. »Gehen wir doch einfach in Richtung der Hunderter. Irgendwo da muss es ja sein.«

Nachdem sie fünf Minuten mit Suchen verbracht hatten, mussten sie einsehen, dass das keine gute Idee gewesen war.

»Das ist ja ein gottverdammtes Labyrinth«, murmelte Kenzie. »Wer immer hier für die Nummerierung verantwortlich ist, sollte sich mal den Kopf untersuchen lassen. Wir hätten Brotkrumen ausstreuen sollen.«

Sie mussten nun schon zum dritten Mal umkehren. Zwischen ihnen war eine seltsame Verbundenheit entstanden, die Kate Unbehagen bereitete. Kenzie schien es auch zu spüren. Beim Weg um die vielen unübersichtlichen Ecken wich sie Kates Blick aus.

Dass überall an den Wänden Mausefallen aufgestellt waren, machte es auch nicht angenehmer. *Na, wenigstens heißt das vermutlich, dass es hier keine Ratten gibt,* dachte Kate.

»Hier ist es«, rief Kenzie aus, als sie um eine weitere Ecke bog. Sie schloss eine Tür auf und knipste das Licht an.

Mit Erleichterung stellte Kate fest, dass der Raum nur klein war.

Das dürfte nicht allzu lange dauern. Obwohl sie Ethan gegenüber so mutig getan hatte, machte es sie nervös, mit Kenzie hier drinnen allein zu sein.

An beiden Seitenwänden befanden sich Metallregale. Darin standen ordentliche Reihen von Dokumentenboxen, die alle beschriftet waren. Vermutlich hatte Frances das gemacht, als sie noch nicht an ALS erkrankt war. »Kleiderschrank«. »Bettwäsche«. »Schulprojekte«. »Garten«. »Altes Spielzeug«. »Bücher«. »Verschiedenes«. Und da, ganz am Ende: »Freunde (Imogen?)«. Kates Anspannung ließ etwas nach. So weit hatte Kenzie die Wahrheit gesagt.

Neben dem Regal standen Kleinkram und mehrere Möbelstücke: ein würfelförmiger Beistelltisch, eine dazu passende würfelförmige Tischlampe und ein kleines Bücherregal. Normalerweise hätte es Kate sehr verblüfft, dass eine Mutter die Zimmereinrichtung eines Teenagers einlagerte und für ihre inzwischen erwachsene, entfremdete Tochter aufhob, aber das hier waren Einzelstücke von ausgewähltem Stil und Design.

»Deine Mutter war sehr gut organisiert«, sagte Kate.

»Und ob. Früher hat mich das genervt, aber es hat auch seine nützlichen Seiten.« Kenzie zog den Karton mit der Aufschrift »Freunde« aus dem Regal und stellte ihn ganz hinten im Raum an die Wand. »Hier, schau das mal durch.«

Kate warf einen Blick auf die schwache Deckenleuchte. Die Box stand im Schatten, aber der Raum war so schmal, dass Kenzie anders nicht an die Kartons auf dem Regal herankäme.

Kate hockte sich vor den Karton und klappte den Deckel hoch. Kenzie sah kurz zu ihr herüber und wandte sich dann dem Regal zu, wobei sie sich schnell von Box zu Box bewegte.

Kate spähte in den Karton. Sie bekam eine Gänsehaut. Es war eine Zeitkapsel aus ferner Vergangenheit. Darin befanden sich Dinge, deren Fehlen Kate nie bemerkt hatte. Bis sie sie nun nach siebzehn Jahren wiedersah.

Sie nahm Imogens Englisch-Ordner heraus. Der Name ihrer Schwester stand in einer hübschen mädchenhaften Schrift darauf. Der Ordner war lila. Imogens Lieblingsfarbe. Da lag auch eine Federmappe. Kate nahm sie heraus, in der Hoffnung, darunter vielleicht ein paar Polaroidfotos zu entdecken. Stattdessen sah sie etwas glitzern. Eine Halskette. Ihre Mutter hatte sie Imogen zum dreizehnten Geburtstag geschenkt. Nach Imogens Tod hatten sie das ganze Haus danach abgesucht.

Ein Luftzug war die einzige Warnung. Er stammte von einem schweren Gegenstand, der sich auf ihren Kopf zubewegte.

Kate wich zur Seite aus. Aber es war zu spät.

Sie spürte einen stechenden Schmerz im Kopf.

Sie sackte über Imogens Karton zusammen.

50

Kenzie schaute auf Kate hinunter. Ihre braunen Haare hingen über den Rand des Kartons mit Imogens Sachen. Wo die würfelförmige Lampe Kate am Kopf getroffen hatte, glänzte Blut.

Das war einfach.

Die Waffe zu finden war ebenfalls einfach gewesen.

Ihre Mutter hatte sich schlau angestellt. Sobald Kenzie den Karton mit der Aufschrift »Garten« entdeckt hatte, war ihr klar gewesen, dass sich der Revolver darin befand. Nun kam die nächste wichtige Frage: Würde er noch funktionieren?

Sie nahm ihn aus dem Karton, entriegelte ihn und klappte den Lauf nach unten. Die Trommel glänzte im Lampenlicht. Es war nicht viel Rost zu sehen. Und in den letzten beiden Lagern steckten noch die nicht abgefeuerten Patronen.

Dank Kokain hatte Heather das Tätowieren gut durchgestanden. Jetzt prangte das Motiv schwarz und rot glänzend an ihrem Nacken.

»Wie findest du es?«, fragte John Kenzie, ohne Heather zu beachten.

»Einfach irre.« Kenzies Gedanken rasten, wirbelten, flogen. Das Kokain wirkte jetzt voll, ihre Haut prickelte. Sie konnte nicht fassen, wie gut John alles vorbereitet hatte. Also deshalb war er vor ihrem Auftritt nicht auffindbar gewesen. Er hatte die Tätowierausrüstung und den Alk zum Bunker gebracht und dort in den Büschen versteckt.

Das alles hatte er für sie getan. Nur für sie.

John kramte in seinem Rucksack und holte die Waffe hervor.

Heather schnappte nach Luft. Kenzie kicherte. Die Kleine war eine echte Drama-Queen. »Wieso habt ihr eine Waffe?« Heather schaute von John zu Kenzie, dann zu Lovett, dessen Augen vor Aufregung glänzten, und schließlich wieder zu John.

John strich ihr mit dem Revolverlauf über die Wange.

Das harte Metall auf ihrer weichen Haut zu sehen war unglaublich erregend.

»Wir spielen jetzt ein bisschen, Süße.«

Heather stand unsicher auf und wollte ihr Shirt vom Boden aufheben. Das Kokain und der viele Wodka bewirkten, dass sie ins Taumeln geriet. »Ich muss gehen.« Ihre Stimme zitterte.

McNally packte sie am Handgelenk. »Erst wenn du mitgespielt hast.«

Sie versuchte sich loszureißen, aber es gelang ihr nicht. Natürlich nicht, *dachte Kenzie. John war unbesiegbar. Genau wie sie selbst. Sie konnten tun, was immer sie wollten.*

»Lass mich los! Ich will nach Hause.«

John drehte Heather den Arm auf den Rücken. »Du kannst noch nicht gehen, Heather. Wir sind noch nicht fertig.«

In dem niedrigen, stickigen Raum konnte man Heathers Angst förmlich riechen, was Kenzie und John nur noch mehr erregte. Kenzie hatte noch nie erlebt, dass John so grob mit jemandem umging. Ihr ganzer Körper begann zu kribbeln.

Himmel, wie sehr sie ihn liebte.

Heather schaute Kenzie entsetzt an. »Sag ihm, er soll mich gehen lassen.«

»Stell dich nicht so an«, sagte Kenzie. »Es ist nur ein Spiel. Wir haben es alle schon mal gemacht. Und es hat keinen von uns erwischt.«

»Wirklich? Verwendet ihr keine echten Patronen?«

Lovett hatte hinter Kenzie gesessen; jetzt stand er auf. John fasste Heather an den Händen. »Du hast so schöne Hände, Hea-

ther.« Er legte ihr den Revolver in die Handflächen, schloss seine Hände darum und drehte die Waffe so, dass der Lauf zum Boden zeigte.

»Gäste haben immer Vortritt, Heather.«

Sie schüttelte den Kopf, Tränen traten ihr in die Augen.

Kenzie nahm einen Schluck Wodka. »Heather, stell dich nicht so an. Du hast die besten Chancen von uns allen.«

In dem Moment packte Lovett sie von hinten an den Armen.

Die Wodkaflasche fiel zu Boden.

»Nun sieh dir das an, du Idiot«, rief Kenzie aus. »Der ganze Wodka ist weg.« Sie versuchte ihn abzuschütteln. »Lass mich los, du Penner.«

Er schaute kurz zu John hinüber. Kenzie blitzte McNally wütend an. »John, sag ihm, er soll mich loslassen.«

»Meine Damen, dies sind die Spielregeln: Der Gewinner kriegt alles.«

Die Wände begannen sich um sie zu drehen. Kenzie versuchte sich zu konzentrieren. Was redete John da? »Ich verstehe nicht, was du meinst.«

»Heather wird es uns zeigen.« Er hob die Waffe.

Kenzie wartete darauf, dass er den Lauf an Heathers Schläfe drückte.

Stattdessen zielte er auf Kenzies Brust. Über Heathers Kopf hinweg zwinkerte er Kenzie zu.

»Was zum Teufel machst du da, John?« Kenzie versuchte sich aus Lovetts Griff zu befreien, aber der hielt sie fest.

»Nicht daneben zielen, McNally«, sagte Lovett angespannt.

»Der Gewinner kriegt alles«, sagte John. »Heather, drück ab.«

»Lasst ihr mich gehen, wenn ich schieße?«, fragte Heather. Unter ihren Augen lagen zwei verwischte schwarze Streifen Augen-Make-up.

Er grinste. »Wenn du gewinnst.«

Heather schloss die Augen. Ihre Lippen zitterten.

Der Revolver glänzte. Das Metall war hart und kalt und an den Kanten trüb. Kenzie konnte ihren Blick nicht davon losreißen. John schaute ihr ins Gesicht. Dir passiert nichts, Baby, *versicherte ihr dieser Blick.* Vertrau mir.

Seine Hände lagen um Heathers. Er legte den Finger um den Abzug.

Kenzie versteifte sich.

Der Revolver klickte.

Heather sackte in sich zusammen.

Die Adrenalinwelle, die durch Kenzies Körper rauschte, war so intensiv, wie sie es noch nie erlebt hatte. Ihr Geist jubelte, tanzte, schwebte.

Das war das größte High, das sie jemals erlebt hatte.

Sie wollte John. Jetzt. Im Stehen, mit dem Rücken an der Betonwand.

»Ich bin dran«, sagte sie. Ihre Stimme war hoch und dünn, ganz anders als sonst.

John warf Kenzie den Revolver zu.

Lovett duckte sich.

»Mann, du bist wohl vollkommen verrückt!«, rief er. »Der hätte losgehen können.« Aber er grinste.

Lovett legte seine Hand um die von Kenzie. Es war ein eigentümlicher Kontrast: an der Innenseite ihrer Hand kaltes, hartes Metall, an der Außenseite schwitzige Haut.

»Ich kann das allein«, sagte sie. Alles um sie herum schwankte. Der Griff des Revolvers schien zu pulsieren.

Sie zielte auf Heather.

Die junge Frau starrte sie an.

Bitte nicht, *flehte ihr Blick.*

»Drück ab, Kenz«, sagte John. »Sie gehört dir.«

Kenzie hörte ihn kaum. Der Revolver lag so natürlich in ih-

rer Hand. Er war für sie bestimmt, für ihre Hand, für ihren Körper, für sie.

Und niemanden sonst.

Sie drückte ab.

In diesem Bruchteil einer Sekunde wusste sie es.

In dem Lager war eine Patrone gewesen.

Ein lauter Knall hallte durch den kleinen Bunker. Irgendwer holte tief Luft.

»Heilige Mutter Gottes!«, rief Lovett.

Heather fiel rückwärts gegen McNally. Aus ihrer Brust quoll Blut.

Kenzie schüttelte Lovetts Hand ab.

»Du hast es getan, Kenz«, sagte John. Er grinste.

»Hilf mir«, stöhnte Heather.

Aus der Wunde in ihrer Brust strömte Blut.

John ließ sie zu Boden sacken.

Sie stöhnte wieder.

Kenzies Gedanken standen still.

Sie hatte das schon öfter gespielt, und die Kugel hatte noch nie gegen sie gewonnen.

Das ganze Kokain und der Wodka kamen ihr hoch.

Oh Gott.

Was hatte sie getan?

In dem kleinen Betongebäude roch es nach Blut.

John grinste sie an.

Was würde passieren, wenn sie von hier fortgingen? In ein paar Stunden, wenn die Dämmerung kam?

Sie hatte gerade eine junge Frau erschossen.

Sie. Niemand sonst.

Und John würde Heather jetzt strangulieren.

Sie wusste es. Sie erinnerte sich an die Skizze, die er gemacht hatte.

Sie musste sich gleich übergeben.

Sie rannte zur Tür hinaus und sprintete los, den Revolver immer noch in der Hand.

Erst später, als sie die Waffe über dem Waschbecken abspülte, entdeckte sie die beiden anderen Patronen in der Trommel.

Himmel, sie hätte sich beim Rennen umbringen können.

Dann kam ihr ein anderer, noch schrecklicherer Gedanke.

Hatte John diese Kugeln ihr zugedacht?

Hätte er wirklich denjenigen Menschen umgebracht, nach dem er so verrückt war?

Kenzie wusste es bis heute nicht. Aber sie würde jetzt auch nicht darüber nachgrübeln. Sie ließ die Trommel wieder einrasten, verriegelte die Waffe und wog sie in der Hand.

Sie hatte McNally gesagt, er solle zehn Minuten draußen warten und dann nachkommen.

Sie war bereit.

Sie vermutete, dass er unbewaffnet war, aber ganz sicher war sie nicht.

Und sie würde auf keinen Fall ein Risiko eingehen.

Der Typ war definitiv ein Psychopath.

Er würde sie nie in Ruhe lassen.

Entweder er oder sie.

Danach würde sie Kate umbringen. Sie hatte gar keine andere Wahl. Wenn Kate am Leben blieb, würde sie reden. Kenzie würde verurteilt werden. Wenn Kate dagegen starb, würde es wie ein tragischer Mord mit anschließendem Selbstmord aussehen. Zwei Kugeln aus derselben Waffe, mit der auch Heather Rigby umgebracht worden war. Eine ziemlich elegante Lösung, fand sie.

Sie hörte etwas rascheln.

Sie presste sich an die Wand, hob den Revolver und wartete.

Sie hörte ihr eigenes Blut pochen.

Ein leises Stöhnen durchbrach die Stille.

Kenzie warf einen hektischen Blick zu Kate hinüber. Sie bewegte sich und versuchte, sich mit den Händen am Boden abzustützen.

Reichte die Zeit, um sie noch einmal bewusstlos zu schlagen?

Schritte. Sie wurden lauter. Und schneller.

Scheiße, Scheiße, Scheiße.

McNally war gleich hinter der Ecke.

Kate setzte sich auf, an den Karton mit den Sachen ihrer Schwester gelehnt. Sie hob die Hand an den Kopf. Sie war kreidebleich.

Dann schaute sie Kenzie an. Und sah die Waffe.

Taumelnd kam sie auf die Füße. Über ihre Stirn lief Blut. Sie hielt sich am Regal fest und schwankte. Aber ihre Augen glühten vor Wut. »Du hast mich reingelegt.«

McNally war schon an der Tür.

In Kenzies Ohren rauschte das Blut.

Kate sprang auf sie zu.

Kenzie legte den Finger um den Abzug.

Das ist deine Chance, Kenzie.

Schieß!

McNally stürmte in den Raum. Er kam mit voller Wucht herein, massig und schwer. Kenzie presste sich ans Regal.

Kate stieß voll mit McNally zusammen.

Er schleuderte sie gegen das Regal.

Kenzie hielt ihm den Revolver an die Schläfe.

»Du Miststück«, schrie er und hob die Hand.

Da sah Kenzie, dass er eine Pistole hatte.

Wo zum Teufel hatte er die her?

Schieß.

Jetzt.

McNally zielte auf ihren Kopf.

Jetzt!

Kate sprang vor und trat McNally die Pistole aus der Hand. Die Waffe flog durch die Luft und landete in dem Karton mit Imogens Sachen.

Bevor McNally reagieren konnte, drückte Kenzie ihm den Lauf fest an die Schläfe.

Sie wappnete sich für den Rückstoß. *Stirb, du Dreckskerl!* Sie drückte ab.

Der Abzug ließ sich nicht bewegen.

Sie versuchte es noch einmal, drückte mit aller Kraft.

Der Mechanismus klemmte.

Oh Gott.

McNally schlug Kenzie den Revolver aus der Hand und drehte ihr den Arm auf den Rücken. »Das hattest du von Anfang an so geplant, oder?« Schmerz und Wut lagen in seinem Blick. Er drückte ihren Arm noch höher.

Kenzie schrie auf. Etwas in ihrem Arm knackte.

»Keine Bewegung!«, rief Kate. Sie hielt McNallys Pistole in der Hand. Sie hatte sie aus Imogens Karton hervorgeholt. Ihre Stimme hallte durch den Lagerraum.

McNally liefen Schweißtropfen über die Schläfe. In dem kleinen Raum wirkte er massiger denn je, und sein Körper schien voll geballter Energie. Kenzie sank in sich zusammen und krümmte den Rücken, um ihren verdrehten Arm zu entlasten.

»Schieß, Kate«, stieß sie keuchend hervor. »Sonst bringt er uns um.«

McNally schnaubte. »Das musst du gerade sagen. *Du* hast Heather getötet.«

Kate sah von Kenzie zu McNally.

Tu doch etwas, Kate. Ehe McNally dir zuvorkommt. Wenn sie jetzt nicht schoss, dann würde er sie überwältigen.

Und der Himmel allein wusste, was er noch alles tun würde. Kenzie erinnerte sich genau, welcher Blutdurst an jenem *Mardi-Gras*-Abend in seinem Blick gelegen hatte.

»Er hatte es auf *dich* abgesehen, Kate«, sagte Kenzie verzweifelt. »Er hat mir gesagt, dass ich dich anrufen soll. Er wollte mit dir das Gleiche machen wie mit Heather Rigby.«

Kates Nasenflügel blähten sich, der einzige Hinweis, dass sie überhaupt zuhörte. »Kick deine Waffe zu mir rüber, Kenzie.«

Es machte ihr Angst, ihr einziges Mittel der Verteidigung herzugeben, doch sie schob den alten Armeerevolver mit dem Fuß auf Kate zu.

McNally merkte ihr die Panik an.

»Das Scheißding ist sowieso wertlos.« Er packte ihren Arm fester. Die Botschaft war deutlich: *Du Miststück hast versucht, mich umzubringen. Dafür wirst du jetzt bezahlen.* »Du hast doch nicht wirklich gedacht, dass man ihn nach all der Zeit noch abfeuern kann, oder?«

Bring ihn um, Kate. Bring ihn um. »Er wollte deine Schwester umbringen, Kate«, rief Kenzie. Sie spürte, wie McNally erstarrte. »Er hatte ihr schon sein Zeichen eintätowiert.«

Kate schaute McNally entsetzt an. »Du wolltest Imogen umbringen?«

Kenzie warf ihm einen triumphierenden Blick zu. *Du Dreckskerl. Mich kriegst du nicht klein.* »Imogen sollte sein erstes Opfer werden.«

51

Kate war immer noch halb betäubt, aber Kenzies Worte drangen zu ihr durch. »Sein Zeichen? Was meinst du damit?«

»Es war ein Rabe«, sagte McNally. »Weil Rabenpaare ein Leben lang zusammenbleiben.«

»Sie war doch erst fünfzehn«, sagte Kate. In ihrem Kopf schossen die Gedanken umher wie auf einer Achterbahn.

»*Kenzie* wollte ihr eine Kugel in den Kopf jagen«, fauchte McNally und zerrte an Kenzies Arm. Kenzie stöhnte.

Es stimmte.

Kate las es in ihren Augen.

Kenzie hatte ihre Schwester umbringen wollen.

»Kate, hör nicht auf ihn. Er hat diese kranken, perversen Fantasien. Er will dich vergewaltigen und strangulieren. Das wollte er auch schon mit Immy machen.«

Kates Muskeln zitterten. In ihrem Körper kämpften Erschöpfung und Erregung miteinander.

»Drück ab, Kate. Du musst abdrücken. Sonst lässt er dich nie mehr in Ruhe. Er verfolgt dich, schickt dir Nachrichten, tut jedem etwas an, den du je geliebt hast. Er macht dir das Leben zur Hölle!« Kenzies Stimme bebte. »Er ist der Inbegriff des Bösen. Und er wird keine Ruhe geben, bis er hat, was er will.«

McNallys Augenlid zuckte.

Es war die einzige Warnung.

Er stieß Kenzie gegen das Regal, stürzte sich auf sie und holte mit der Faust aus, den Mund zu einem Kampfschrei verzerrt.

»Drück ab, Kate!«, schrie Kenzie.

Kate drückte ab.

McNally zuckte. Aus einem winzigen Loch in seiner Brust schoss Blut. Kate konnte das Loch kaum sehen.

Dann kam er auf sie zu.

Schieß noch einmal.

Er warf sich auf sie und riss ihr die Pistole aus der Hand.

Oh Gott, er hat die Waffe.

Aus der Wunde in seiner Brust floss immer mehr Blut.

Er richtete die Pistole auf Kate.

Sie wich bis ans Ende des Raums zurück. »Kenzie! Hilf mir!«

Kenzie stand hinter McNally. Sie erwiderte Kates Blick.

Diese Augen. Unbarmherzig.

Sie waren immer unbarmherzig gewesen.

Sie wird zulassen, dass er mich tötet.

McNally schnappte nach Luft und röchelte. Aus seinem Mund quoll Blut.

Er taumelte. Kate sprang vor und packte die Hand, in der er die Pistole hielt. Sie drehte sie zur Seite und schlug sie gegen das Metallregal. McNally öffnete den Mund. Er rang nach Atem, aber seine Luftröhre hatte sich mit Blut gefüllt.

Kate schlug seine Hand noch einmal gegen das Regal. Die Pistole flog an Kenzie vorbei und landete im Gang auf dem Betonboden.

McNally brach vor Kates Füßen zusammen.

Sie stolperte über ihn und taumelte gegen das Regal.

Kenzie trat vor sie hin. Kate schaute hoch.

Mit dem unverletzten Arm hob Kenzie den alten Armeerevolver. »Danke, Kate.«

Willst du mich verarschen? Hörte das denn nie auf? Verdammt noch mal, es reichte allmählich. Sie wollte nur noch raus aus diesem Loch. »Kenzie, leg die Waffe weg. Sie funktioniert ja nicht mal.«

Kenzies Miene verhärtete sich. »Ich gehe nicht ins Gefängnis.«

»Du redest Blödsinn. Selbst wenn du mich umbringst, musst du doch ins Gefängnis. Die Geschichte hier kannst du nicht vertuschen.«

»Ich kann es versuchen.« Sie zielte genau auf Kates Stirn. Ihr Finger lag am Abzug.

Aus ihren Augen blickte der kalte Tod.

Und wenn sich der Abzug nun doch betätigen ließ?

»Leg die Waffe weg, Kenzie!«

»Das geht nicht.« Kenzie schüttelte den Kopf. »Tut mir leid.« Ihre Augen blickten spöttisch.

Ich war schon immer klüger als du, Kate.

»Hast du meine Schwester wirklich umbringen wollen? Hast du sie deshalb tätowiert?«

Kenzie schaute Kate abwägend an. Schließlich sagte sie: »McNally hat sie tätowiert. Sie war in ihn verliebt.«

Imogen. Sie war so vertrauensselig gewesen. Und hatte sich so nach Liebe gesehnt.

Ihre kleine Schwester.

Sie war so unschuldig gewesen wie ein Baby.

»Wie kannst du dir noch in die Augen sehen?«

»Wie kannst *du* dir noch in die Augen sehen, Kate? Sie hat sich doch nur deshalb mir zugewandt, weil du ständig die Aufpasserin gespielt hast. Sie brauchte nicht noch eine Mutter, sondern eine Schwester, eine Freundin.«

Kate fing an zu zittern. »Und was für eine Freundin du warst! Warum wolltest du ihr das antun?«

Kenzies Blick wurde hart. »Es war McNallys Idee. Außerdem hat es Spaß gemacht.« Sie zielte immer noch auf Kate.

Kate sprang auf den Rand des untersten Regalbretts, stieß sich ab und schleuderte sich Kenzie entgegen.

Kenzie drückte ab …

Kate krachte gegen Kenzie.

Sie stürzten beide durch die offene Tür.

Kate hörte, wie Kenzies Kopf auf dem Betonboden aufschlug.

Sie landete auf Kenzie. Einen Moment lang konnte sie beide Herzen schlagen fühlen, wild rasend, zwei Rhythmen, die nie harmonieren würden.

Kate stemmte sich mit den Armen in die Höhe und stand taumelnd auf.

Wo sollte sie hinlaufen? Sie drehte sich nach rechts.

Da glänzte etwas Schwarzes auf dem Boden. Direkt neben Kenzies Füßen.

McNallys Pistole.

Verdammt.

Kenzie entdeckte sie im gleichen Augenblick.

Kate hechtete auf die Waffe zu.

Kenzie trat ihr ins Gesicht und griff selbst nach der Pistole.

In Kates Wange explodierte der Schmerz.

Schwarze Punkte. Sie wirbelten, tanzten, verblassten …

Kate schüttelte den Kopf, bis sie wieder klar sah.

Kenzie hatte die Pistole.

Kate stemmte sich hoch – dank all der Liegestütze wussten ihre Muskeln von allein, wie das ging – und trat Kenzie gegen den verletzten Arm.

»Oh Gott!« Kenzie schrie auf, krümmte sich vor Schmerz und hielt sich die Schulter.

Kate entriss ihr die Pistole. In ihrem Blut raste das Adrenalin. In ihren Ohren klingelte es.

Und ihr Herz schlug wie verrückt.

Kenzie durfte nicht davonkommen.

Sie hatte Kate umbringen wollen. Selbst nachdem Kate sie vor McNally beschützt hatte, hatte sie sie immer noch töten wollen.

Sie hatte auch ihre kleine Schwester töten wollen. Sie und McNally hatten vorgehabt, Imogen zu erschießen und zu strangulieren, genau wie sie es schließlich mit Heather Rigby gemacht hatten.

Kenzie hatte Kate absichtlich in den Lagerraum gelockt.

In dem Wissen, dass McNally nachkommen würde.

Und dass er sie ermorden wollte.

Aber sie würde sich nicht zum Opfer machen lassen.

Nie wieder.

Die Pistole fühlte sich hart an.

Verdammt gut.

Glatt. Mächtig. Tödlich.

Sie schaute über Kimme und Korn hinweg nach unten. Direkt in Kenzies Augen.

Es lag Spott darin. Über sie.

Und über ihre Schwester.

Die Entschuldigung war nichts wert gewesen.

Wut wallte in ihr auf.

Sie musste lediglich auf den schmalen metallenen Abzug drücken. Es war ganz einfach.

Drück ab.

Sie könnte es tun. Jetzt gleich. Kenzie für alles bezahlen lassen. McNally bezahlen lassen.

Die ganze verdammte Welt bezahlen lassen.

Ihr Finger war rutschig vor Schweiß.

»Schieß, Kate. Schieß doch«, flüsterte Kenzie. »Jag mir eine Kugel in den Kopf. Es fühlt sich gut an, nicht wahr?«

Kate lief ein kalter Schauder über den Nacken.

Kenzie sah ihr unverwandt in die Augen. *Drück ab. Ich will, dass du abdrückst.*

»Du kannst das, Kate. Du bist so anmaßend, du findest dich toll, und die Leute halten dich für eine Heldin, aber unter der makellosen weißen Haut bist du genau wie ich.« Sie hob die Augenbrauen. »Es braucht Mumm, Kate. Nicht jeder hat das Zeug zum Mörder.«

Kates Finger zitterte so stark, dass sie keine Kontrolle mehr darüber hatte.

»Drück ab, Kate.«

»Verdammt!« Kate ließ die Pistole sinken.

Sie bebte am ganzen Leib. Taumelnd machte sie einen Schritt vorwärts.

Dann fing sie an zu rennen.

»Du kannst nicht vor dir selbst davonlaufen, Kate!«, rief Kenzie.

Kate hörte, wie sie auf die Füße kam.

Aber Kenzie konnte ihr nichts anhaben.

Jetzt nicht mehr.

Stolpernd lief sie ins Freie.

In ihrem Auto sackte sie auf den Sitz, verriegelte die Türen und legte den Kopf aufs Lenkrad.

Vor ihren Augen tanzten schwarze Punkte.

Nicht jeder hat das Zeug zum Mörder. Aber du schon. Ich sehe es in deinen Augen. Du bist genau wie ich.

»Zum Teufel mit ihr!« Kate schlug mit der flachen Hand aufs Lenkrad. Erst da fühlte sie das Blut, klebrig und feucht.

Sie kramte in ihrer Handtasche nach dem Handy und wählte Ethans Nummer.

»Kate! Wo bist du? Ich brauche noch fünf Minuten.«

»Kenzie hätte mich fast umgebracht. Im Lagerhaus. *Bluenose Self-Storage*.«

Und ich hätte sie fast erschossen.

Ich war so kurz davor.

Zu kurz.

»Bist du immer noch drinnen?«, fragte er drängend.

»Nein. Ich sitze im Auto.«

»Und Kenzie?«

»Ich glaube, sie ist noch im Gebäude.«

»Verschließ die Wagentüren und rutsch im Sitz tief nach unten, Kate. Wir sind gleich da.«

Kate sagte rasch: »Sie hat eine Waffe.«

»Kannst du fahren?«

Sie hatte ständig dunkle Schleier vor den Augen, die sich dann wieder auflösten. Dunkel, hell, dunkel, hell. Gab es nicht auch noch etwas dazwischen? »Ich kann es versuchen.«

»Fahr sofort los. So weit du es schaffst.«

Kate ließ den Motor an.

Die Tür zum Lagerhaus öffnete sich. Kenzie stürzte heraus und fiel auf die Knie. Taumelnd erhob sie sich wieder.

Ob sie mit einer Hand fahren konnte?

Egal. Ethan würde sie schon früh genug finden.

Kate legte unbeholfen den Rückwärtsgang ein, und der Wagen setzte sich mit einem Ruck in Bewegung. Langsam fuhr sie vom Parkplatz.

Sie zwang sich, geradeaus zu schauen.

Nicht nach hinten zu Kenzie.

Und auch nicht auf die Waffe, die auf dem Beifahrersitz lag und im Licht der Straßenlaternen glänzte.

52

Nicht viel später – Kate hatte jegliches Zeitgefühl verloren – hörte sie es bei den Richardsons klopfen. Sie war dorthin gefahren, um sich auszuruhen, obwohl die Polizisten sie eigentlich ins Krankenhaus hatten bringen wollen. »Es geht mir gut«, hatte sie ihnen versichert.

Gleich nach der Ankunft hatte sie Finn angerufen. Als er hörte, was passiert war, kam er sofort vorbei, bleich und fassungslos.

Aber er stellte Kate keine Fragen. Er konnte sehen, dass es ihr dafür zu schlecht ging. Stattdessen entführte er Muriel in die Küche und beschäftigte sie damit, für die Patientin Suppe zu kochen.

Es klopfte erneut, diesmal lauter. Finn und Muriel mussten es überhört haben. Langsam stand Kate auf und ging zur Haustür. Dabei stützte sie sich an den Möbeln ab, um das Gleichgewicht zu halten. Sie öffnete.

»Kate!« Ethan stürmte herein und nahm sie in die Arme. »Warum hast du dich geweigert, dich ins Krankenhaus bringen zu lassen?«

»Zu müde«, sagte Kate. Obwohl Ethan sie fest im Arm hielt, drehte sich alles um sie. »Ich muss mich wieder hinlegen.« Er führte sie zurück zum Sofa.

Sie ließ sich darauf sinken und legte den Kopf auf ein Kissen.

Ethan beugte sich über sie. Er strich ihr eine blutverkrustete Haarsträhne aus dem Gesicht. »Das muss genäht werden. Du blutest ja immer noch.«

»Die Wunde ist ganz oberflächlich, Ethan.« Die Augen wollten ihr ständig zufallen.

»Kate, sieh mich an.«

Sie öffnete die Augen.

»Ich bringe dich ins Krankenhaus.«

»Morgen«, murmelte sie.

»Nein. Jetzt.«

Er schob eine Hand unter ihren Rücken und half ihr hoch. »Eigentlich müsste ich dir ein paar Fragen stellen, aber das kann warten.«

Er führte sie in die Diele und bückte sich, um ihr in die Schuhe zu helfen. »Um Himmels willen«, murmelte Kate. Aber sie konnte sich nicht vorbeugen. Die Kopfschmerzen wurden dann unerträglich.

Zwei Stunden später hatte die Ärztin in der Notaufnahme die Kopfwunde geklammert – »Ziemlich oberflächlich, aber eine kleine Narbe am Haaransatz könnte zurückbleiben« – und bestätigt, dass Kate eine Gehirnerschütterung hatte. »Hatten Sie das schon einmal?«, fragte sie Kate.

»Nein.«

»Hatten Sie schon einmal eine Kopfverletzung?«

Kate schloss die Augen. Hier drinnen war das Licht so grell. In ihrem Kopf hämmerte es. »Nein.«

»Sie ist vor einem Jahr am Kopf verletzt worden«, sagte Ethan zu der Ärztin. »Sie wurde bewusstlos geschlagen.«

Die Ärztin schaute Kate an. »Möchten Sie mir davon erzählen?«

»Ach ja, das hatte ich ganz vergessen.« Himmel. Die Gehirnerschütterung musste schon ziemlich schlimm sein, wenn sie diesen Überfall vergaß. »Ich habe einen Schlag auf den Kopf bekommen und war bewusstlos.«

»Hatten Sie damals ähnliche Symptome wie jetzt?«

»Nur Kopfschmerzen. Und ich habe alles verschwommen gesehen. Aber das hat sich wieder gegeben.«

»Ms Lange, Sie brauchen ein paar Tage lang Ruhe in einem abgedunkelten Raum und möglichst wenig Störungen. Sollten die Symptome nicht abklingen, müssen wir Sie noch einmal untersuchen. Falls Sie schon einmal eine Gehirnerschütterung hatten, heilt diese möglicherweise etwas langsamer aus. Und wir müssen die Möglichkeit einer Schwellung im Gehirn im Auge behalten.«

Ethan half Kate von der Untersuchungsliege.

»Puh.« Kate schwankte.

Ethan legte ihr stützend einen Arm um die Taille. »Kannst du gehen?«

»Ja.« Sie wollte die Nacht auf keinen Fall im Krankenhaus verbringen. Nicht wie letztes Jahr. Sie hatte keine Lust, das zur Gewohnheit werden zu lassen.

Schweigend fuhren sie nach Hause. Es war dunkel. Kate schloss die Augen und lehnte den Kopf an.

»Ethan«, murmelte sie.

»Ja?«

»Ich hätte Kenzie beinahe umgebracht.«

Er legte ihr eine Hand aufs Knie. »Es war Notwehr, Kate.«

In ihrem Kopf wurde es dunkel. Dichte dunkle Wolken legten sich über ihre Wut und ihre Angst und schenkten ihr Trost.

Sie bekam kaum noch mit, wie Ethan sie nach oben begleitete. Er half ihr aufs Bett, deckte sie zu und schloss hinter sich die Tür.

Als sie aufwachte, war es zwei Uhr nachmittags.

»Hier ist Tee für dich«, sagte Nat mit einem Lächeln.

Kate setzte sich im Bett auf. »Und ich habe einen Knüller für dich.«

53

Finn klopfte an die Tür zu Kenzies Hotelzimmer.

Am Abend zuvor war ihre Schulter im Krankenhaus wieder eingerenkt worden. Kurz nach Mittag hatte man sie gegen Kaution freigelassen. Sobald sie ihr Handy zurückhatte, hatte sie Finn angerufen. Sie war jedoch nicht sicher gewesen, ob er kommen würde.

Sie öffnete die Tür.

Er stand im Flur.

Er musterte ihre Armschlinge und die blauen Flecken in ihrem Gesicht.

Danach schaute er durch sie hindurch.

Sie rang sich ein Lächeln ab. »Komm rein.«

»Nein, danke.«

»Ich würde dir gern erklären …«

»Ich weiß schon Bescheid.«

Sein Blick besagte: *Du bist für mich gestorben.*

»Ich habe Fehler gemacht, Finn. Ich war jung. McNally war herrschsüchtig und hat Leute misshandelt …«

»Was ist mit deiner Mutter?«, unterbrach er ihre Verteidigungsrede.

Die Polizei hatte die Information an die Presse durchsickern lassen, dass man Kenzie gesehen hatte, wie sie kurz vor Frances' Tod das Haus ihrer Mutter verließ.

Kenzie sah ihn nur ihn an. In ihren Augen standen Tränen.

Ihre Mutter schlief, als Kenzie durch die Hintertür ins Haus schlüpfte. Im Zimmer war es still. Friedlich, bis auf die Geräusche der Atemmaschine.

Kenzie küsste ihre Mutter leicht auf die Wange. Ihre Haut war immer noch ganz glatt, ganz warm. So wie früher, als sie noch gesund war.

»Ich liebe dich, Mom.«

Sanft hob sie den Kopf ihrer Mutter an und zog das Kopfkissen darunter hervor.

Ihre Mutter öffnete die Augen.

»Danke«, flüsterte sie.

»Träum schön.« Kenzie legte das Kissen sanft auf das Gesicht ihrer Mutter.

Und hielt es dort fest.

Nach einer Weile hob sie den Kopf ihrer Mutter wieder an und legte das Kissen an seinen Platz zurück. Sie strich ihrer Mutter eine Haarsträhne aus dem Gesicht.

»Ruhe in Frieden.«

Mit dem Daumen – demjenigen, der das Kanji-Tattoo »Gelassenheit« trug – strich sie ihrer Mutter über die Wange.

Dann rief sie Kate Lange an.

Eine Träne drohte die Wange hinunterzulaufen.

»Schluss jetzt.« Finn steckte die Hände in die Hosentaschen. »Ich hätte gar nicht herkommen sollen.«

»Ich weiß, ich habe nicht das Recht, dich um etwas zu bitten …«

Er versteifte sich.

»Ich werde wegen Körperverletzung ins Gefängnis kommen …« Sie brachte es nicht über sich, Kate vor ihm zu erwähnen. »… deshalb wollte ich dich bitten, auf Fu aufzupassen.« Ihre Unterlippe zitterte.

Seine Miene wurde eine Spur weicher. »Okay.«

»Danke.«

»Ich tue das nicht für dich, Kenzie, sondern für ein unschuldiges Tier. Er hat ein gutes Zuhause verdient.«

»Es ist nicht für immer.«

Er lächelte bitter. »Nichts ist für immer, Kenzie.«

Er drehte sich um und ging.

54

Das Team versammelte sich im Einsatzraum. Ferguson öffnete mit dem Ellbogen die Tür und balancierte zwei Tabletts mit *Tim-Hortons*-Kaffee und eine Pappschachtel Donuts herein.

Sie reichten den Kaffee herum und kabbelten sich um den einzigen Donut mit Vanillecreme-Füllung. Ethan leerte seinen Kaffeebecher schnell, sein übermüdeter Körper saugte das Koffein förmlich auf. Der süße Donut tat auch ganz gut, aber er brauchte mindestens noch einen Kaffee, bevor er sich einigermaßen wie ein Mensch fühlte.

»Okay, dann legen wir mal los«, sagte Ferguson. Ihre Augen leuchteten. »Ethan, wie ist der neuste Stand?«

»Wir haben Kenzie Sloane wegen des Mordes an Heather Rigby verhaftet, obwohl sie nach wie vor ihre Unschuld beteuert. Kate Lange zufolge hat John McNally zu ihr gesagt, dass Kenzie diejenige war, die Heather erschossen hat.«

»Haben wir irgendwelche Beweise, die das stützen?«

Ethan schüttelte den Kopf. »McNally ist tot. Wir haben nur Kates Aussage darüber, was er gesagt hat. Und sie war kurz vorher bewusstlos.«

Die Teammitglieder wechselten Blicke. Keine besonders gute Ausgangsbasis für eine Anklage.

»Was ist mit der Waffe?«

Ethan verzog das Gesicht. »Ich denke nicht, dass wir da noch irgendetwas finden. Die Fingerabdrücke von damals sind längst weg. Was die Beweiskette angeht, so befand sich die Schlüsselkarte für den Lagerraum ganz unbestreitbar in Frances' Besitz, bevor sie sie Kate Lange ausgehändigt hat. Kate hat die Schlüsselkarte Kenzie übergeben und sie zum Lagerraum begleitet. Falls Kenzie den Revolver also nicht bei sich trug, ist er von Frances im Lagerraum deponiert worden. Außerdem … Heathers Todesursache steht nicht eindeutig fest. Es ist unklar, ob sie durch die Schusswunde oder durch Strangulation gestorben ist. Also selbst wenn wir beweisen könnten, dass Kenzie die Waffe abgefeuert hat, glaube ich nicht, dass es für einen Schuldspruch reichen würde.«

»War außer Kenzie und McNally noch jemand bei Heathers Ermordung anwesend?«, fragte Ethan.

Lamond zuckte mit den Schultern. »Die Einzige, die Fragen beantwortet, ist Kate. Weiß sie, ob noch andere Personen beteiligt waren?«

Ethan schüttelte den Kopf. »Sie sagt, McNally und Kenzie hätten niemanden außer sich selbst erwähnt.«

Die Stimmung im Raum war jetzt deutlich nüchterner. »Was ist mit McNally? Wer hat den erschossen?«

»Kate. In Notwehr«, sagte Ethan knapp. Ferguson sah Lamond an und hob die Brauen. Lamond zuckte wieder mit den Schultern.

»Hat Kenzie auf irgendjemanden geschossen?«, fragte Ferguson.

»Nein. Wir können ihr nur Körperverletzung anlasten.«

»Meinen Sie denn, wir sollen uns weiter an Frances' Geständnis halten?«

Ethan schüttelte den Kopf. Ihr Sohn würde sich garantiert mit Zähnen und Klauen dagegen wehren. Vermutlich würden seine Anwälte mangelnde Geschäftsfähigkeit ins Feld führen. Und vielleicht hätten sie damit sogar recht. »Nein. Ich denke, es war Kenzie. Gemeinsam mit McNally. Aber dafür haben wir nicht den geringsten Beweis. In einer Tasche, die beim Bunker versteckt war, haben wir eine Tätowiermaschine und ein Seil entdeckt. Wir glauben, dass die Sachen McNally gehört haben. Vielleicht lässt sich eine Übereinstimmung mit dem Seil nachweisen, das Heather umgelegt wurde, aber sehr aussichtsreich ist das nicht.«

Es sah ganz so aus, als würde aus dem Vermisstenfall Heather Rigby ein ungelöster Mordfall werden.

Die Vorstellung, dass Kenzie ungestraft davonkommen könnte, machte Ethan verrückt.

Er wünschte, Kate hätte sie erschossen.

Auge um Auge.

Aber darüber wäre Kate nie hinweggekommen.

»Lamond, was haben Sie über Frances Sloanes Tod herausgefunden?«, fragte Ferguson und biss nachdenklich in einen Krapfen.

Lamond klappte seinen Notizblock auf. »Ihre Pflegerin sagt, sie hätte gesehen, wie Kenzie an dem Abend das Haus durch die Hintertür verlassen hat.«

Ethan setzte sich auf. »Glauben Sie, sie hat ihre Mutter umgebracht?«

»Schwer zu sagen. Jedenfalls hat die Pflegerin sie dort gesehen. Und ich habe überprüft, welche Telefonnummern zuletzt gewählt wurden. Frances hat Kenzie eine Stunde vor ihrem Tod noch angerufen.«

»Was hat die Autopsie ergeben?«, fragte Ferguson.

Lamond verzog den Mund. »Letztlich nur, dass Mrs Sloane aufgehört hat zu atmen. In ihrem Zustand war das sowieso zu erwarten. Ob es durch die Krankheit verursacht wurde oder ob ihr jemand ein Kissen aufs Gesicht gedrückt hat, lässt sich schwer sagen. Man hätte nicht viel Druck aufwenden müssen, um sie zu töten.« Folglich würde es nur wenige oder gar keine Spuren von Gewaltanwendung an der Leiche geben.

Einen Moment herrschte nachdenkliches Schweigen.

»Also: Kenzie tötet ihre Mutter, um sicher zu sein, dass sie das Geständnis nicht widerruft. Aber McNally belästigt sie weiter. Deshalb entschließt sie sich, sowohl Kate als auch McNally zu erledigen. Stattdessen erledigt Kate McNally.« Ethan rieb sich das Kinn. »Was meinen Sie dazu?«

»Für mich ergibt das Sinn«, sagte Ferguson. »Sie wollte klar Schiff machen. Aber warum hätte sie Kate töten wollen?«

»Ich bin gar nicht sicher, ob sie das wollte«, erwiderte Ethan. »Ich denke, McNally hat sie unter Druck gesetzt. Er hat ihr an dem Abend eine SMS gesendet. Er bedrängte sie immer stärker. Kate sagt, Frances hätte sie schon vor mehr als einer Woche gebeten, Kenzie nach ihrem Tod den Schlüssel zu einem Lagerraum zu übergeben. Wenn Kenzie wusste, dass sich in dem Lagerraum die Tatwaffe befand, musste sie sich diese Waffe noch vor ihrer Abreise beschaffen. Sonst hätte ihr Bruder sie gefunden und uns ausgehändigt.«

»Aber warum musste sie Kate da mit hineinziehen?«

»Kate gegenüber hat sie behauptet, dass McNally ursprünglich Kates Schwester als sein erstes Opfer ausgewählt hatte. Er hatte ihr schon das gleiche Tattoo verpasst wie Heather Rigby. Vermutlich hatte Kenzie Angst, dass Kate das Motiv wiedererkennen und sie dadurch mit dem Mord in Verbindung bringen würde.«

Ethan holte tief Luft. »McNally war krank, ein Stalker. Er war davon besessen, seine Opfer durch Tätowierungen zu ›zeichnen‹.«

»Ich habe mal gelesen, dass Tätowierungen früher als Stigma galten und man auf die Art Kriminelle ›gezeichnet‹ hat«, sagte Lamond.

»Vielleicht hatte er die Idee daher. Außerdem hatte der Rabe für ihn symbolische Bedeutung. Rabenpaare bleiben ein Leben lang zusammen.«

»Aber warum hat er dieses Zeichen dann den Frauen verpasst, die er umbringen wollte?«

»Er wollte derjenige sein, der sie beherrscht. Die Frauen ›gehörten‹ ihm, und er hatte die Macht, sie zu töten. Kate zufolge hatte Kenzie auch so ein Tattoo. Aber ich glaube, sie war für ihn etwas Besonderes. Er sah sie als Bonnie und sich als Clyde. Stattdessen hat sie ihn sitzen lassen und ist eine bekannte Tattoo-Künstlerin geworden.«

»Ein echter Schritt nach oben«, sagte Lamond.

»Also, momentan reicht das, was wir gegen Kenzie in der Hand haben, allenfalls für eine Anklage wegen Körperverletzung«, sagte Ferguson. »Die Waffe, mit der sie auf Kate gezielt hat, war defekt, und beide wussten es. Verdammt.«

»Und bei einer berühmten Tattoo-Künstlerin ist so ein Hauch von Kriminalität bestimmt gut fürs Geschäft«, sagte Ethan grimmig.

Wenn sie nicht doch noch irgendetwas Wesentliches herausfanden, würde Kenzie Sloane ungestraft mit einem Mord davonkommen.

Mit mindestens einem.

55

Es klingelte an der Tür.

Der Ton schrillte durch Kates Schädel. Sie hoffte nur, dass es nicht wieder Presseleute waren. Sie tappte zum Fenster und spähte durch die vorgezogene Gardine. Sie sehnte sich danach, wieder in ihrem eigenen Bett schlafen zu können, aber erst musste das Fenster repariert und das Fingerabdruckpulver überall im Haus weggewischt werden. Kate hatte zwar eine Firma damit beauftragt, aber es war noch nicht erledigt.

Zum Glück kam Corazon täglich vorbei und half ihnen, was ein wahrer Segen war, denn vor wenigen Stunden war Enid aus dem Krankenhaus entlassen worden. Finn hatte sie nach Hause gebracht, sie oben einquartiert und war dann gegangen.

Kate hatte ihm mit schwerem Herzen nachgeschaut.

Der stets so unbeschwerte, gelassene Finn hatte ein paar Falten mehr im Gesicht, und in seinem Blick lag eine neue Härte.

Das war das Werk von Kenzie Sloane.

Es klingelte erneut. Corazon musste oben bei Muriel und Enid sein.

Kate eilte zur Haustür, so schnell sie es bei all den Prellungen und den Kopfschmerzen schaffte. Sie öffnete und kniff die Augen zusammen, weil ihr das Licht so grell vorkam.

Ethan hielt ihr einen Strauß aus orangefarbenen Tulpen und irgendwelchen blauvioletten Blumen hin.

»Hallo.« Sie strich sich übers Haar. Wegen der Klammern an ihrem Kopf hatte sie es nicht waschen können, und es fiel ihr in schlaffen Strähnen ums Gesicht. »Komm rein.«

Einen Moment herrschte verlegenes Schweigen.

»Ich mache dir einen Tee«, sagte Ethan dann.

»Nein, vielen Dank. Mir steht der Tee bis hier.« Sie zog ihren Bademantel fester um sich. »Macht es dir was aus, wenn ich mich wieder hinlege? Dann fällt mir das Reden leichter.«

Mit unsicheren Schritten kehrte sie ins Wohnzimmer zurück. Ethan folgte ihr und setzte sich neben dem Sofa in einen Sessel.

»Ethan, ich weiß, dass ihr immer noch alle Hände voll damit zu tun habt, den Fall abzuschließen«, sagte Kate. »Hier ist wirklich gut für mich gesorgt.«

»Glaub mir, wenn ich nicht hier sein wollte, wäre ich auch nicht hier.« Er zögerte, stand dann auf und trat ans Sofa. Er nahm ihre Hand und schaute ihr in die Augen. »Kate, weißt du noch, wie wir uns vor ein paar Tagen zum Kaffee getroffen haben?«

»Ja.«

Sie ahnte schon, worauf dieses Gespräch hinauslaufen würde. Und sie war überhaupt nicht sicher, ob sie dem schon gewachsen war.

»An dem Abend habe ich gesagt, dass ich es gern noch einmal mit dir versuchen würde. Weil das Leben so kurz ist. Und man nicht weiß, was noch alles passieren wird …«

Kate bekam ein müdes Lächeln zustande. »Die berühmten letzten Worte.«

Er strich ihr über die Wange. »Ich hätte dich fast verloren. Bevor wir überhaupt die Chance hatten, noch einmal neu anzufangen.«

Neu anfangen.

Wollte sie das?

Ethan war für sie da gewesen. Die ganze Zeit hindurch.

Aber liebte sie ihn?

Sie wusste es nicht.

Sie hatte geglaubt, dass sie Randall liebte.

Aber auch da wusste sie nicht mehr, ob es stimmte.

In ihrem Kopf war alles wirr. »Ethan, im Moment kann ich mich nicht binden.« Sie schluckte. »Ich weiß nicht, ob ich es jemals kann.«

Sie merkte ihm an, dass er verletzt war. »Ich kann warten.«

Das hatte sie sich auch gesagt, als Randall weggegangen war.

Aber es war schwerer, als es sich anhörte.

»Das möchte ich dir nicht zumuten«, flüsterte sie. »Dafür ist das Leben zu kurz.«

Ethan sah ihr forschend in die Augen. »Er hat dich nicht verdient«, sagte er heftig. »Das weißt du genau.«

»Ich sage das nicht wegen Randall. Sondern weil ich nicht will, dass jemand auf mich wartet. Das ist nicht fair.« In seinen Augen lag schon jetzt viel zu viel Schmerz. Wie würde das erst in drei Monaten sein? »Timing ist alles, Ethan. Und unser Timing war nie besonders gut.«

Er stand auf. »Ich glaube wirklich, wir hätten eine Chance gehabt. Alles war wieder wie früher.«

»Das ist ja das Problem. Wir wollten in die Vergangenheit zurück. Wir sind aber beide nicht mehr dieselben Menschen.«

»Ich glaube immer noch an dich, Kate. An uns.«

Du brichst mir das Herz. »Ich weiß. Aber ich möchte nicht, dass du weiter auf mich wartest.«

Er versteifte sich und steckte die Hände in die Hosentaschen. Oh Gott. Sie ertrug es nicht, so viel Schmerz in seinen Augen zu sehen. Hatte er vielleicht doch recht?

Er bückte sich und küsste sie zart auf die Stirn.

»*Au revoir.*«

Sie lächelte ein wenig über seine Wortwahl.

»*Au revoir.*«

Ein kleiner Hoffnungsschimmer schien in seinen Augen auf. »*Au revoir*« bedeutete nicht »Lebe wohl«. Und sie beide waren sich dessen bewusst.

»Ruh dich ein wenig aus«, sagte er. »Ich finde allein nach draußen.«

»Bevor du gehst, möchte ich einfach noch Danke sagen.«

Er sah ihr fest in die Augen. »Gern geschehen.«

Sie hörte noch, wie er die Tür schloss, dann schlief sie ein.

»Kate …«, sagte Enid zögerlich. »Möchtest du Tee?«

Enid kam langsam und mit unsicheren Schritten herein. Sie waren beide dem Tod sehr nahe gekommen. »Du solltest dich ausruhen, Enid.«

»Mein Arzt hat gesagt, ich brauche ein wenig Bewegung.« Sie tätschelte Kate die Hand. »Also bin ich jetzt von der Küche bis ins Wohnzimmer gegangen. Muriel und Corazon haben Tee und Kekse vorbereitet.« Corazon stellte ein Tablett mit gefüllten Porzellanbechern auf den Tisch und goss Milch in den Tee. »Und jetzt setze ich mich hierhin, und du erzählst mir, was alles passiert ist.«

Muriel kam ebenfalls ins Zimmer und zeigte stolz einen Teller mit selbst gebackenem Mürbegebäck vor. Sie stellte ihn auf das Tablett, setzte sich neben ihre Schwester auf das Zweiersofa und lehnte sich an sie. Neben ihrer kräftigen Gestalt wirkte Enid sehr schmal. Brulée sprang Muriel auf den Schoß. Das Trio sah Kate erwartungsvoll an, doch sie fühlte sich nicht überfordert, sondern getröstet.

»Das meiste hat mir Eddie Bent schon erzählt«, sagte Enid. »Aber wie bist du zu den Klammern am Kopf gekommen?«

Kate lieferte ihnen ein kurzen und stark zensierten Bericht von der Begegnung im Lagerraum. Als sie erzählte, wie Kenzie sie hatte umbringen wollen, schnürte es ihr die Kehle zu.

»Ich hatte noch nie eine Schusswaffe abgefeuert.« Ihr kamen die Tränen. »Ich wollte sie töten, Enid.«

Sie schaute die beiden alten Damen an, die mit ihren Teebechern aus Porzellan in der Hand vor ihr saßen, und fragte sich, wie sie das verstehen sollten. Würden sie jetzt schlecht von ihr denken?

Doch Enids Blick war mitfühlend. Ohne Vorwurf. »Es tut mir so leid, Kate.«

»Ich hätte sie fast umgebracht, Enid. Ich war so kurz davor.«

»Kate«, sagte Enid bestimmt, »sie hat dich provoziert.«

»Ich wollte, dass sie für alles bezahlt.« Eine Träne rann ihr die Wange hinunter. In ihrem Kopf pochte es. *Mein ist die Rache.* »Sie hat gesagt, ich hätte Imogen erdrückt.« Die Tränen waren jetzt nicht mehr aufzuhalten. Sie schaute zwischen den beiden Schwestern hin und her. »Wäre es anders gekommen, wenn ich weniger streng auf sie aufgepasst hätte? Vielleicht hätte sich Imogen dann nie mit Kenzie angefreundet.«

»Kate.« Enids Augen glühten. Vor Zuneigung. Und dem Wunsch, sie zu beschützen. »Das hat Kenzie dir einreden wollen. Sie wollte dir die Verantwortung zuschieben. Aber schau mal, wenn du deine Schwester nicht von dieser Feier weggeholt hättest, wenn ihr nicht diesen Autounfall gehabt hättet und deine Schwester nicht dabei gestorben wäre – dann wäre sie McNallys und Kenzies erstes Opfer geworden. Du hast sie *gerettet*, Kate. Du hast deine Schwester vor einem schrecklichen Tod bewahrt.

Im Zimmer herrschte Schweigen.

So hatte Kate das noch nicht gesehen.

Bis jetzt.

»Ich wollte Kenzie *umbringen*. Ich hatte die Pistole in der Hand. Es hat sich so gut angefühlt, Enid.«

»Mach dir deswegen keine Vorwürfe, Kate. Du bist eben keine Maschine.«

Muriel tat ein Zuckerstück in Kates Teebecher. Und noch eins.

Kate sah Enid fragend in die Augen. »Was bin ich dann?«

Eine Mörderin?

Enid lächelte leicht. »Du bist eine Kämpferin.« Sie schaute zu Muriel hinüber. »Wir sind alle Kämpferinnen.«

Muriel reichte Kate den Becher. Inzwischen waren mindestens drei Zuckerstücke darin.

Kate nahm den Becher und legte ihre Hände um das warme Porzellan.

Eine Kämpferin.

Das hört sich doch ganz gut an.

Danksagung

Dieses Buch zu schreiben war eine persönliche und berufliche Odyssee. Mitten im Arbeitsprozess hat mich das Leben mit voller Wucht getroffen, wie es das nun einmal von Zeit zu Zeit tut. Für die Unterstützung meiner Freunde, meiner Familie und meiner Kollegen, die mir auf unterschiedlichste Art beigestanden haben, bin ich äußerst dankbar.

Ich danke den großzügigen Experten, die sich die Zeit genommen haben, mich an ihrem Wissen teilhaben zu lassen und mir Einblick in ihre faszinierende Arbeit zu geben. Insbesondere danke ich folgenden Personen:

Detective Sergeant Mark MacDonald vom Halifax Regional Police Department. Er ist einfach der Größte!

Dr. Marnie Wood, M. D., Fellow des *Royal College of Physicians* in Canada und Rechtsmedizinerin, die mir beim Erfinden der ersten Moorleiche Kanadas geholfen hat – was für ein Vergnügen!

Michelle Patriquin, M. Sc., die mir einen tiefen Einblick in die Methoden und Techniken der forensischen Anthropologie gewährt hat. Von nun an werde ich menschliche Gesichter mit anderen Augen sehen.

Susan MacKay, LLB, die mir bei einigen juristischen Szenarien geholfen hat. Ich bin froh, derart geduldige Freunde zu haben.

Amber Thorpe, Tattoo-Künstlerin und Besitzerin des Studios *Adept Tattoo*, die mir gezeigt hat, wie es die Profis machen.

Jegliche Fehler sind allein mir zuzuschreiben, und ich möchte mich schon im Voraus bei denen entschuldigen, die ihr Wissen mit mir geteilt haben.

Ich danke meinem Team bei *MIRA Books* für die Unterstützung und für ihren großartigen Einsatz für *Tattooed*. Ihr seid die Besten!

Besonderer Dank gilt meiner Lektorin Valerie Gray für ihre unermüdliche Unterstützung in dem Bestreben, das Allerbeste aus dem Buch zu machen, und für ihr Mitgefühl in schwierigen Zeiten.

Ich danke auch meinem Agenten Al Zuckerman. Er hat mich mit Weisheit, Erfahrung und Freundlichkeit durch ein anstrengendes Jahr begleitet und mir immer und immer wieder geholfen, inmitten all der Bäume den Wald zu sehen.

Ein Dankeschön gilt auch meinen Freunden und meiner Familie, die immer für mich da waren:

Mein Ehemann Dan, der mich stets selbstlos unterstützt hat.

Meine Töchter, die meine besten Cheerleader sind und zugleich mein größter Stolz.

Mein Bruder, meine Schwester und mein Vater.

Meine beste Freundin und Weggefährtin Linda Brooks.

Meine kritische Kollegin Kelly Boyce, die bei der Entstehung dieses Buches mehrfach beruhigend auf mich einwirken musste.

Meine Testleserinnen Cathryn Verge und Julianne McLean.

Mein Ortsverband der *Romance Writers of Atlantic Canada*, dem die inspirierendsten Autoren angehören, die ich kenne.

Und keineswegs zuletzt mein Mops Peaches. Sie bringt mich jeden Tag aufs Neue zum Lachen.

Leseprobe

KAREN KESKINEN
Jaymie Zarlin
Ein schmutziges Spiel

Lili Molina war allein in der Garderobe, die Letzte, und sie nahm sich Zeit. Sie streifte die ellbogenlangen Handschuhe mit ihren Fingern aus Laub und gekrümmten Zweigen über. Daphnes Finger, Kennzeichen der Verwandlung der griechischen Nymphe vom Mädchen zum Baum. Ein lebendiger Tod, eigentlich fürchterlich. Aber Lili schien die Einzige zu sein, die das so empfand.

In der Werkstatthalle riefen Trommelschläge zur Aufmerksamkeit. Sie trat hinter dem Sichtschutz hervor und hielt vor dem großen Spiegel inne, bezaubert von der Schönheit der jungen Frau, die ihr entgegenblickte. Zum ersten Mal seit vielen Stunden lächelte Lili.

Leuchtend kupferfarbene Strähnen zogen sich durch ihr dunkles Haar. Ihre braune Haut schimmerte unter einer Schicht goldenen Puders, und mehrere Lagen transparenten, silbernen Netzstoffs schmiegten sich fließend an ihren scheinbar nackten Körper. Unter den Netzen trug Lili einen undurchsichtigen Bodystocking, aber das war kaum erkennbar. Ihre Figur – im normalen Leben recht gewöhnlich, wie sie dachte – sah in dem Kostüm atemberaubend aus, all die kleinen Unvollkommenheiten schienen wie verwandelt.

Weitere Trommeln mischten sich in den Ruf. Lilis Stimmung blühte auf, entflammte schließlich wie rote Rosen. Sie schüttelte den Netzstoff zurecht, warf ihr Haar über die Schulter und tänzelte in den Saal hinaus.

Alle, die sich in dem höhlenartigen Arbeitsraum versammelt hatten – die Tänzer, Schneider, Maskenbildner und Festwagenbauer – brachen in Applaus aus, als sie eintrat. Sie kletterte zu Jared, nun als Apollo kostümiert, auf die Plattform des Festwagens. Die Mambotrommeln wurden schneller und lauter. Lili küsste zwei Fingerspitzen und legte sie an ihr Medaillon, ein Bild der Virgen de Guadalupe, das wie stets an ihrer Halsgrube ruhte.

Dann sprang die mächtige Doppeltür auf, und der prachtvolle Festwagen der Apollogilde rollte hinaus in die Gluthitze des Sonnenwendtages. Es war Mittag.

Die Sonne hatte sich einen Pfad gen Westen gebrannt, als Lili das Pflaster erneut überquerte, dieses Mal zu Fuß, ihren Schlüssel ins Schloss steckte und eine der schweren Türen aufzog. Nun herrschte Stille in der halbdunklen Gildewerkstatt, erleuchtet allein durch das Licht, das durch die Fenster hoch oben in den Wänden hereinsickerte. Hinter ihr donnerte die Tür ins Schloss.

So viele schöne Stunden hatte sie hier verbracht. Sechs Monate hatten sie an dem Festwagen und den Kostümen gearbeitet, hatten gesungen, getanzt und Pizza gegessen. Und vor drei Wochen war es hier, in diesem Raum, dann verkündet worden: Lili war auserwählt, die Daphne zu geben, genau wie sie es sich erträumt hatte. Die Erinnerung zauberte ein Lächeln auf ihre Lippen, als sie sich zwischen Tischen und Sägeböcken, die sich in dem Raum verteilten, einen Weg zur Garderobe im Ostflügel bahnte. Plötzlich hörte sie etwas.

Eine Art Pochen drang aus einem der zellenartigen Kämmerchen auf der Rückseite des Saals. Lili blieb stehen, hielt den Atem an und lauschte. Wer mochte wohl am Sonnenwendtag arbeiten, während die Party im Alameda Park noch voll im Gang war?

Doch dann verstand sie. Das war Danny. Natürlich. Es konnte nur Danny Armenta sein. Erleichtert machte sie kehrt und betrat den schmalen Flur zu ihrer Rechten.

»Danny?«, rief sie. »Ich bin's, Lili. Danny, bist du hier?« Sie ermahnte sich, ihn nicht zu erschrecken – in jüngster Zeit ließ er sich von allem so leicht einschüchtern.

Als sie Dannys beengten Arbeitsplatz erreichte, schaute er schon erwartungsvoll zur offenen Tür her. Als er sie aber erblickte, senkte sich ein Ausdruck der Verwirrung über sein Gesicht. Es lag, wie Lili bewusst wurde, an dem Make-up, an der goldenen Hautfarbe, den Pailletten und dem Glitter.

»Ich bin's, Danny – Lili. Nur ich im Kostüm, okay?« Spielerisch wedelte sie vor ihm mit ihrer belaubten Hand. »Ich bin zurückgekommen, um mich umzuziehen.«

Dannys Miene hellte sich auf. »Hi, Lili.«

»Du hast mich wohl nicht gesehen, als ich auf den Festwagen gestiegen bin, sonst hättest du gewusst, dass ich es bin.«

»Nein, ich …« Er zuckte mit einer Schulter. »Ich bin lieber hiergeblieben.«

Danny war immer noch niedlich. Hatte immer noch dieses rotbraune Haar und die hellen, haselnussbraunen Augen. Er hatte zugenommen – wahrscheinlich wegen der Medikamente, die er nehmen musste –, aber das hatte seinem Aussehen nicht allzu sehr geschadet.

»Was machst du da?« Mit einem Nicken deutete sie auf den Hammer in seiner Hand.

Danny blickte zu einer Pastellkreidezeichnung an der Wand. »Hab das aufgehängt.«

»Wow – bin das etwa ich?«

Er studierte das Porträt. »Ja«, sagte er leise. »Das bist du.«

»Das ist viel zu schön.«

Sichtlich verwirrt blinzelte er sie an. »Aber so … so siehst du aus.«

»Schön wär's.« Lili lachte. »Aber danke. Danke, dass du mich gezeichnet hast und mich so hübsch aussehen lässt.«

»Ich habe daran gearbeitet, wenn niemand in der Nähe war. Ungefähr zwei Wochen lang.« Danny fummelte an seiner alten Baseballkappe herum. *Santa Barbara High School Dons*. Der einst kastanienbraune Stoff war inzwischen fast grau, der Rand dort, wo er die Mütze vermutlich schon tausendmal vom Kopf gehoben hatte, fettig.

Lili hatte ihn noch nie ohne seine Mütze gesehen. Er war First Baseman gewesen, und irgendein Typ hatte ihr einmal erzählt, Danny Armenta wäre der beste Schlagmann gewesen, den die Dons je hatten. Aber das war zwei Jahre her.

In seinem letzten Schuljahr hatte er überraschend die Schule geschmissen. Annähernd sechs Monate lang schien er ernsthaft verwirrt zu sein, und dann – mit achtzehn – hatte er vollends den Boden unter den Füßen verloren. *Übergeschnappt*, hatten die anderen Jugendlichen geflüstert.

Übergeschnappt. Ein beängstigender Begriff. Ein Begriff, der nicht zu ihm passte, soweit es Lili betraf. Und das würde sich auch nie ändern.

»Ich muss raus aus meinem Kostüm. Aber danach, was hältst du davon, mit mir zusammen in den Park zu gehen? Sie spielen Musik, es gibt Essen, und da sind massenweise Leute …« Aber sie sah, wie sich Dannys Züge spannten. Lärm und massenweise Leute – nicht gerade das, was ihm besonders gefiel, wie ihr bewusst wurde. Ganz und gar nicht.

»Äh … ich möchte lieber hierbleiben.« Er griff nach einem Stück kürbisfarbener Kreide und rieb sie gereizt an seinem Handrücken. »Okay?«

»Klar ist das okay. Pass auf, ich gehe in die Garderobe. Wenn ich fertig bin, komme ich wieder und sage auf Wiedersehen.« Dann tat Lili etwas, das sie noch nie getan hatte: Sie drückte Danny einen schwesterlichen Kuss auf die Wange.

Er wich einen Schritt zurück und wandte den Blick ab. Aber sie nahm es nicht persönlich. Sie wusste, dass er Probleme damit hatte, wenn jemand ihn berührte, selbst wenn es nur eine Hand auf seinem Arm war.

Die Garderobentür gab das übliche klägliche Jaulen von sich, als Lili sie öffnete. An diesem Nachmittag wirkte der Raum mit der hohen Decke und all den offenen Nischen, aus denen die Kostüme vergangener Sonnenwendfeiern geradezu herauswogten, gespenstig. Das einzige Fenster, dessen Scheibe aus drahtgitterverstärktem Milchglas bestand, war offen, und eine sanfte Brise strömte in den Raum und brachte Bewegung in die Luft. Eine gute Idee, wie sie fand; in der Garderobe roch es stets ziemlich muffig.

Lili schloss die Tür hinter sich und stellte sich noch ein letztes Mal vor den Spiegel. *Daphne* … Wieder bewunderte sie ihre seidene, goldene Haut, die blitzenden Augen.

Beinahe ein Jahr lang hatte sie sich heimlich gewünscht, sie würde die Daphne sein. Und dann war das unfassbare Wunder geschehen: Sie war ausgewählt worden. Von diesem Moment an war alles perfekt gewesen … abgesehen von letzter Nacht.

Sie wandte sich vom Spiegel ab. *Beeil dich, zieh dich um, geh zurück in den Park und amüsier dich*, befahl sie sich in Gedanken. *Das ist dein großer Tag, lass ihn dir nicht durch irgendwas verderben*.

Lili nahm ihre Alltagskleidung aus dem Spind, trug sie hinter den Paravent und legte sie auf einen alten Holzstuhl. Zum letzten Mal streifte sie die belaubten Handschuhe ab und drapierte sie auf dem Stuhlrücken, ehe sie vorsichtig die diversen Lagen silbernen Netzstoffs über ihren Kopf schob. Dann faltete sie den Stoff zusammen, platzierte ihn unter den Handschuhen und fing an den Armen an, sich aus dem Bodystocking zu schälen, erst links, dann rechts.

Das Elastangewebe war eng, und sie arbeitete sich langsam voran und achtete darauf, dass sich die Maschenware nicht an ihren funkelnden, goldenen Fingernägeln verfing. Sie rollte den Stocking am Körper hinab zur Taille und weiter zu den Hüften und schließlich zu den Knien.

Dann streckte sie eine Hand nach dem Stuhl aus, um das Gleichgewicht zu halten – und erstarrte, als sie ein scharfes Klicken hörte.

»Hallo? Wer ist da?«, rief sie mit zitternder Stimme.

Sie erhielt keine Antwort und kam sich albern vor. Das alte Gebäude erwärmte sich eben in der Sonne, und das war alles. Erneut bückte sie sich und streckte die Hand zu ihrer Wade aus.

»Hure!«

Starke Arme umfassten Lili von hinten. Sie schrie, und etwas Sprödes wurde ihr gewaltsam in den Mund geschoben. Heftig biss sie zu, bohrte die Zähne in raues, schmutziges Leder.

»Du dreckige Schlampe.«

Vor Furcht erschlaffte Lili, und in diesem Moment wurde sie mit dem Gesicht voran auf den Betonboden gestoßen. Ihre Nase wurde gequetscht und fing heftig zu bluten an. Keuchend schnappte sie nach Luft, sog dabei Blut ein und verschluckte sich daran. Schließlich sammelte sie all ihre Kraft, presste das Leder aus dem Mund und schrie erneut. Aber als sie noch versuchte, sich auf die Knie zu stemmen, ließ ihr Angreifer sich mit seinem ganzen Gewicht auf ihren Rücken fallen.

Nun kämpfte Lili mit allem, was sie hatte, aber ihre Beine waren immer noch in dem Bodystocking gefangen, und das erstickende Gewicht, das sie niederdrückte, wog viel schwerer als sie selbst. Etwas glitt um ihren Hals und zog sich langsam zu – Nein, nein – sie wollte nicht – wollte nicht – Bitte, hilf mir, lieber Gott!

»Spürst du das? Tu, was ich sage, oder ich bring dich um«, zischte er ihr ins Ohr. *»Und jetzt halt deinen dreckigen Mund.«* Sein Atem strich heiß über ihre Wange.

Er war es also wieder. Er war es tatsächlich. Verblüfft, geradezu versteinert, erstarrte Lili. Sie wusste, er würde sie vergewaltigen. Aber sie würde es überleben. Sie würde am Leben bleiben. Sie hörte seinen schweren Atem, als er an seiner Hose herumfummelte …

Lieber Gott, klopfte da jemand ans Fenster?

Sie versuchte zu schreien, aber die Schnur schnitt sich in ihren Hals. Nur ein kaum wahrnehmbares Gurgeln entrang sich ihrer Kehle.

Wieder hörte sie das leise Pochen. Sie lauschte angestrengt, betete … versuchte zu rufen … und das Pochen wurde leiser.

»Hab ich dir nicht gesagt, du sollst still sein? Hab ich dir nicht gesagt, du sollst tun, was ich dir sage, oder du stirbst?« Er flüsterte direkt in ihr Ohr, flüsterte wie ein Liebhaber aus der Hölle, während sich die Schlinge weiter zuzog.

Ich schlängelte mich mit meinem Fahrrad durch das Strandgut, das die vergangene Nacht zurückgelassen hatte: Cascarones, Konfetti, Pfützen bonbonfarbener Kotze. Es war der Morgen nach der Sonnenwende, und ich hatte es geschafft, dem frivolen Treiben zu entgehen. Mit siebenunddreißig war ich inzwischen wohl zu alt, um dem Sirenengesang zu erliegen.

Gemächlich umrundete ich eine Ecke, hielt vor der West Mission Street 101 und hob das Schwinn, dessen blaue Farbe längst verblasst war, über den Bordstein und die Stufen hinauf zu der Bungalowanlage aus den 1930ern. Vor zwei Jahren, als ich meinen Laden aufgemacht hatte, hatte ich ein glänzendes Messingschild an die der Straße zugewandte Tafel geschraubt: JAYMIE ZARLIN, SANTA BARBARA INVESTIGATIONS – SUITE D. Dank der salzhaltigen Luft war das Schild schon jetzt angelaufen.

Ich schob das Fahrrad den mit Muschelsplittern bedeckten Weg hinunter zur Rückseite des Gebäudes. Die West Mission 101 war in den Sechzigern als Ansammlung winziger Büros zu neuem Leben erweckt worden, moderte aber nun vor sich hin, und der Putz blätterte von den Wänden. Schimmernde Termitenwolken füllten nach jedem warmen Regen den Hof. Aber die Miete war gering und noch geringer, wenn man die Verzichtserklärung unterzeichnete.

Aber nicht gering genug. Und heute schwor ich mir, ich würde mich um die Abrechnung kümmern – soweit es etwas abzurechnen gab – und die Suppe auslöffeln.

»Schon mal was vom frühen Vogel gehört?«

Wie angewurzelt blieb ich stehen. Auf der obersten Stufe vor Suite D hockte eine kleine, mollige Mexikanerin in einem Trainingsanzug, grellpink mit Silber und Schwarz abgesetzt. »Jaymie Zarlin?«, fragte sie. »Santa Barbaria Investigations?«

Barbaria? War das ein Witz? »Santa Barbara Investigations«, korrigierte ich.

»Sicher?« Die Frau, irgendwo um die fünfzig, legte eine Hand in den Lendenwirbelbereich und verzog das Gesicht, als sie sich erhob. Dann griff sie in ihre Hosentasche und entnahm ihr mit einiger Mühe mit zwei Fingern eine zerknickte Karte, die sie mir vor die Nase hielt. »Ihre Augen. Die haben zwei verschiedene Farben.«

»Als ich das letzte Mal nachgesehen habe, war es so«, stimmte ich zu, lehnte das schwere alte Rad an meine Hüfte und las den Text auf meiner Visitenkarte, die ich inzwischen seit beinahe zwei Jahren verteilte. *Jaymie Zarlin, Santa* Barbaria *Investigations.* »Wo haben Sie die her?«, fragte ich in gestrengem Ton, ganz so, als wäre ich das Opfer einer Falschschreibungsverschwörung.

»Von einem Bullen. Großer Bursche, sexy. Dawson, glaube ich. Scheint Sie zu mögen. Ich kann mir vorstellen, warum – abgesehen von den Augen und Ihren Klamotten sind Sie eine *Chica guapa*.«

Ein hübsches Mädchen? Sie schmeichelte mir: Ich wusste verdammt gut, wie ich aussah. Ja, meine Augen hatten unterschiedliche Farben, eines leuchtete in unschuldigem Blau, das andere in einem verschlagenen, zynischen Grün. Meine olivfarbene Haut war mit störrischen Sommersprossen übersät, die noch aus meiner Kindheit übrig geblieben waren, und ich trug mein braunes Rosshaar vorzugsweise zu einem Pferdeschwanz gebunden. Zu gesetzt, um hübsch zu sein, hätte ich gesagt. Aber ansehnlich genug, um über die Runden zu kommen.

Aber was zum Teufel war falsch an meiner schwarzen

Jeans, den Sportschuhen und meinem besten altehrwürdigen T-Shirt? Kalt lächelnd beschloss ich, den Köder nicht zu schnappen. »Mike Dawson? Klar, den kenne ich.«

»So, so. Darauf wette ich.« Die Frau hielt mir die Fliegengittertür auf und wartete, als ich mein Fahrrad am schmiedeeisernen Treppengeländer anschloss. »Ich bin übrigens Gabi Gutierrez. Gehen wir rein, ja? Und könnte ich bitte ein Glas Wasser haben? Ich bin schon seit einer Stunde hier, und es ist so heiß, dass mir der Schweiß in die Arschritze fließt.« Gnadenlos folgte sie mir auf dem Fuße.

Der für Suite D kennzeichnende Geruch von feuchtem Putz und trockenem Schwamm hieß uns willkommen, als wir eintraten. Ich warf meine Tasche auf den Schreibtisch, machte mich daran, eines der brüchigen Rollos hochzuziehen und erschrak: Ein winziges, hutzeliges Gesicht stierte mir durch das Glas entgegen.

»Schmarotzer! Krächz! Schmarotzer!« Das Kreischen war laut genug, eine Sirene zu übertönen. Meine Nachbarin, die ihren Lebensunterhalt mit der Rückführung nicht bezahlter Wertgegenstände verdiente, hatte ihren gelbgrünen Papagei draußen geparkt und eines seiner schuppigen Beine an einer Stange festgebunden. Wie üblich flatterte sich der Vogel bei meinem Anblick in blinde Raserei.

»Ziemlich muffig hier drin. Soll ich die Fenster aufmachen?« Ms Gutierrez wartete nicht erst auf eine Antwort, sondern zog die übrigen Rollos hoch und schob die Fenster nach oben. »Wow, sieh sich einer diesen Staub an. Und dieser Vogel – *pft!* Hässlich wie die Sünde.«

Sie lehnte sich aus dem Fenster und wedelte warnend mit dem Finger vor dem Papagei. Ungläubig starrte ich an ihr vorbei: Schmarotzer putzte sich auf seiner Stange den Schnabel, emsig und stumm.

Ich ging zur Küche und sah unterwegs verstohlen zurück. Die Frau strich argwöhnisch mit einem Finger über meinen Schreibtisch und lächelte.

»Sie sollten sich ein neues Fahrrad kaufen, aus Aluminium«, rief sie mir nach. »Etwas, das leichter ist als das alte Ding. Wie viele Zimmer haben Sie hier?«

»Zimmer?« Mit einem Glas Wasser kehrte ich zurück und reichte es ihr. Dann ließ ich mich hinter dem Schreibtisch auf meinen Bürostuhl fallen und nahm eine Haltung ein, von der ich hoffte, dass sie Respekt gebietend wirkte. »Drei, mit dem Bad, schätze ich. Übrigens, was Sie als ›altes Ding‹ bezeichnen, habe ich seit der fünften Klasse. Ich habe es mir mit Babysitting verdient.«

»Okay, schon verstanden. Für Sie ist es etwas Besonderes.« Ihre Augen wanderten über die Wände und erfassten meine gesamte Innendekoration: eine zerknitterte Karte von Santa Barbara, ein Gezeitenkalender aus dem letzten Jahr und ein Schaukasten mit aufgespießten Schmetterlingen. »Dieser Raum braucht ein kreatives Händchen. Vielleicht ein paar hübsche Samtvorhänge. Ich kenne eine Dame an der San Andres Street, die näht wirklich …«

»Ms Gutierrez?« Ich kämpfte darum, die Papiere, die auf meinem Schreibtisch verstreut lagen, zu einem Stapel zusammenzuschieben, den ich anschließend mit einem Sandsteinklumpen sicherte. »Wie kann ich Ihnen helfen?«

»Bitte, nennen Sie mich Gabi.« Sie setzte sich auf den Klientenstuhl und faltete die Hände im Schoß. »Also, gestern … der Junge meiner Schwester, Danny … Danny, er … *Dios mío*.«

Mit dem Ärmel ihres grellpinkfarbenen Oberteils tupfte sich Ms Gutierrez die Augen ab.

Ich kramte eine Packung Taschentücher hervor und stellte sie vor ihr auf den Schreibtisch. »Lassen Sie sich ruhig Zeit.«

»Tut mir leid.« Sie riss ein Taschentuch aus der Packung und trompetete hinein. »Schätze, ich musste einfach mal loslassen.«

»Wann immer Sie soweit sind.«

»Okay, ich bin soweit. Ich bin wegen meiner kleinen Schwester hier, Alma Armenta. Und wegen ihres Jungen, Danny. Aber vor allem wegen Alma.« Sie atmete tief durch. »Sehen Sie, ich habe meine Brüder und Schwestern großgezogen. Ich hatte sechs, aber einer ist tot. Alma war die Kleinste, die Süßeste. Und dann hat sie sich in einen miesen Kerl verliebt, und ich konnte nichts dagegen tun. Sie hat ein paar wirklich schlimme Jahre hinter sich …«

Die Erzählung geriet auf Abwege. »Geht es um ihn, Ms Gutierrez? Um den miesen Kerl?«

»Nennen Sie mich Gabi. Nein, der ist lange weg, *gracias a Dios*«, verkündete sie finsteren Blicks. »Alma hatte drei Kinder mit ihm, bis sie sich endlich von ihm befreit hat. Chuy, Aricela und Danny. Danny ist der Älteste, er ist achtzehn. Meine Schwester sagt, er ist krank. Für mich ist er einfach verrückt. *Loco!*« Das Wort sauste durch den kleinen Raum wie ein Flummi.

Ich räusperte mich. Verrückt, *loco* – ich verabscheute diese Begriffe. »Also geht es um Ihren Neffen, der *geistig behindert* ist?«

Gabi Gutierrez schwieg und starrte ins Nichts. Als sie mir schließlich in die Augen blickte, sah ich, dass ihr Ärger verflogen und nur Trauer zurückgeblieben war. »Verstehen Sie mich nicht falsch. Danny war ein toller Junge. Früher war er mein Lieblingsneffe. Aber ich … ich weiß einfach nicht, ob er es womöglich wirklich getan hat.«

Ich schob meinen Stuhl zurück und trat ans Fenster. Der Teufelsvogel entdeckte mich und streckte mir seine spitze schwarze Zunge heraus.

»Schauen Sie, Ms … Gabi«, sagte ich und kehrte zurück zum Schreibtisch. »Ich nehme an, Deputy Dawson hat Ihnen nicht gesagt, womit ich mich beschäftige. Ich stelle Nachforschungen an und ermittle nicht bei Straftaten. Im Grunde suche ich nur vermisste Personen. Wenn Ihr Neffe also nicht vermisst wird, dann fürchte ich, Sie haben sich die falsche Person ausgesucht.«

»Nein!« Gabi sprang auf, ihre Handtasche kippte um und ein Haufen Zeug fiel auf den Boden: eine Schere mit purpurnem Griff, ein rosarotes Handy, ein dickes Bündel Gutscheine, zusammengehalten von einer Geldklammer.

»Sie *sind* die richtige Person, das weiß ich. Hören Sie mir zu: Danny … es heißt, er hätte ein Mädchen getötet! Zwei andere Jugendliche haben ihn gestern entdeckt, als er blutverschmiert neben der Leiche saß. Das Opfer war Lili Molina, ein gutes Mädchen und Dannys Freundin. Vielleicht seine einzige Freundin. Ich glaube, dass Danny keiner Fliege was zuleide tun würde, aber was weiß ich schon?«

Karen Keskinen

Ein schmutziges Spiel

Jaymie Zarlin

Thriller

Je tiefer man gräbt, desto schmutzigere Geheimnisse findet man!

Nach dem Tod ihres Bruders hat Jaymie Zarlin ihr Leben völlig umgekrempelt. Sie betreibt nun eine kleine Privatdetektei in Santa Barbara und sucht nach vermissten Menschen, Tieren und Gegenständen. Als ihr ehemaliger Freund, der Deputy Sheriff Mike Dawson, sie bittet, einen angeblich geklärten Mord an einem Teenager noch einmal unter die Lupe zu nehmen, führen sie die Spuren in die feine Gesellschaft der kalifornischen Stadt. Jaymie ahnt nicht, in welches Wespennest sie sticht. Schon bald ist ihr eigenes Leben in großer Gefahr ...

»Keskinen liefert einen Thriller, bei dem sich die Seiten wie von selbst umblättern.«
Hector Tobar

Band 1 der Serie
416 Seiten, kartoniert mit Klappe
€ 9,99 [D]
ISBN 978-3-8025-9214-0